Andreas Gruber

LAST LINE OF DEFENSE

Der Angriff

In der Reihe »Last Line of Defense« sind erschienen:

Der Angriff
Die Bedrohung (Herbst 2024)
Der Crash (Frühjahr 2025)

ANDREAS GRUBER

LAST LINE OF DEFENSE

BAND 1

DER ANGRIFF

Ravensburger

MIX
Papier | Fördert gute Waldnutzung
FSC® C111262
FSC www.fsc.org

1 3 5 4 2

Originalausgabe

Postfach 2460, D-88194 Ravensburg

Text: Andreas Gruber
Dieses Werk wurde vermittelt durch die
AVA international GmbH Autoren- und Verlagsagentur, München.
www.ava-international.de

Umschlaggestaltung: ZeroMedia GmbH
Verwendete Bilder von FinePic®, München

Printed in Germany

ISBN 978-3-473-58636-3

ravensburger.com

FÜR DIE DREI COOLEN PIRATENBRÄUTE
ANNA, MARIA UND MAGDALENA

»ENTWEDER WIR FINDEN EINEN WEG ODER WIR MACHEN EINEN.«

Hannibal

Feldherr Karthagos (247–183 v. Chr.)

PROLOG

BUENOS AIRES, ARGENTINIEN

»Stehen bleiben!«, rief der Mann, doch Sofia rannte weiter über den Parkplatz. Weg von dem Firmengebäude. Sie würde nicht aufgeben. Was sollten ihre Verfolger schon tun? Auf sie schießen? Das würden die niemals wagen. Nicht mitten in der Innenstadt von Buenos Aires.

Sie hastete an einer Reihe geparkter Autos vorbei, erreichte keuchend die Abstellplätze der Motorräder und lief zielstrebig zu ihrem Moped, das zwischen zwei schweren Maschinen stand. Den Schlüssel für das Kettenschloss hatte sie bereits aus ihrer Umhängetasche geholt. Nun duckte sie sich hinter ihr Gefährt.

Warum war sie nur so blöd gewesen und hatte ihr Moped abgesperrt? Aber sie hätte ja nicht ahnen können, dass sie eine Stunde später auf der Flucht sein würde!

Hastig öffnete sie das Schloss, zog die Kette zwischen den Speichen des Hinterrads durch und warf sie achtlos auf den Asphalt.

»Komm hervor! Hände hoch!«, brüllte einer der Männer.

Hände hoch? Nein, das meinte der doch nicht ernst. Die Typen würden niemals auf sie schießen. Oder?

Sofia schwang sich auf das Moped, rammte den Zündschlüssel ins Schloss und startete das Gefährt. Ihr Helm hing auf dem

Lenker, doch den ignorierte sie. Da krachte ein Schuss. Sie zuckte zusammen. Die Kugel hatte den Tank des Motorrads neben ihr durchschlagen. Benzin spritzte aus den Löchern. Diese Mistkerle schossen wirklich!

Im Bruchteil einer Sekunde wägte sie ab, ob es besser wäre, sich zu ergeben. Aber das, was sie in ihrer Umhängetasche bei sich trug, war viel zu wertvoll, als dass sie es kampflos hergeben würde. Nein, die konnten sie mal!

»Bleib stehen!«

Jetzt oder nie! Sie gab den ersten Gang rein, drehte am Gashebel, sodass der Motor aufheulte und das Hinterrad durchdrehte. Eine nach Gummi stinkende Rauchwolke hüllte sie ein, dann ließ sie die Kupplung los, raste über den Asphalt und einen Wiesenstreifen direkt auf die Straße zu.

Weitere Schüsse krachten. Neben ihr spritzte die Erde auf. Sofia duckte sich und machte sich so klein wie möglich. Die tief stehende Sonne, die gerade über die Hausdächer kletterte, blendete sie. Sekunden später erreichte sie die Straße, raste über den Bordstein und fädelte sich unter wütendem Hupen der anderen Verkehrsteilnehmer in den morgendlichen Stadtverkehr ein. Im Rückspiegel sah sie, dass drei ihrer Verfolger auf metallic-schwarze Motorräder sprangen. Der Rest von ihnen quetschte sich in einen schwarzen Jeep. Ohne Rücksicht auf den Straßenverkehr drängten sich die Typen zwischen die hupenden Autos und nahmen die Verfolgung auf.

Fuck! Wohin sollte sie fahren? Die Motorräder würden sie binnen Sekunden eingeholt haben. Und wenn die weiter schossen, dann gute Nacht!

Verzweifelt beugte sie sich über den Lenker. Sie musste sich rasch entscheiden. Entweder fuhr sie zum Bahnhof, warf ihr Moped vor dem Eingang hin, tauchte in der Menschenmenge unter und sprang in den nächstbesten Zug, in der Hoffnung, dass die Typen sie aus den Augen verloren ... Oder sie bretterte direkt in die nächste Polizeistation. Dann wäre sie aber selbst dran. Und zwar wegen Diebstahls. *Keine gute Idee!*

Sie schielte in den Rückspiegel. Die drei Motorräder holten auf, wurden aber vom dichten Verkehr behindert.

Oder du fährst mitten in die Fußgängerzone, wo sie dich nicht verfolgen können. Aber bestimmt würden sie das trotzdem tun, und wenn diese Verrückten dann immer noch schossen, würden dabei garantiert unschuldige Menschen verletzt werden.

Sofia wurde bei dem Gedanken übel. War es das wirklich wert gewesen? Jetzt kamen auch noch hämmernde Kopfschmerzen dazu. Und dann sah sie vor sich eine rote Ampel. *Auch das noch!* Sie wollte schon abbremsen, sah jedoch am rechten Straßenrand ein Hinweisschild mit Pfeil: Britische Botschaft, 500 Meter.

Natürlich!

Sie gab wieder Gas, raste auf die Ampel zu, lehnte sich nach rechts und nahm die Kurve in die Quergasse in einer solchen Schräglage, dass ihre Umhängetasche fast auf dem Boden schleifte. Ein Autofahrer, der sie beinahe gerammt hätte, bremste scharf ab und hupte heftig.

Vor ihr war ein Stau. *Mist!* Ohne lange zu überlegen, sprang sie mit dem Moped auf den Gehsteig und raste an den stehenden Autos vorbei. Nur noch vierhundert Meter.

»Aus dem Weg!«, rief sie den Passanten entgegen, hupte wie wild und bretterte mit Höchsttempo über den Bürgersteig. Der Fahrtwind wirbelte ihr einige Haarsträhnen ins Gesicht. Schon bald sah sie das Schild der Botschaft. Zugleich bemerkte sie im Rückspiegel, dass die Motorräder ihr in die Querstraße gefolgt waren.

Das schaffst du nie!

Doch dann raste eines der Motorräder gegen eine Laterne und überschlug sich mit einem lauten Krachen. Die anderen beiden schlingerten, verfolgten sie aber weiterhin. Allerdings hatte Sofia dadurch einen kleinen Vorsprung rausholen können.

Sie blickte wieder nach vorn und machte vor Schreck einen kleinen Schlenker. Beinahe wäre sie gegen die Hütte einer Bushaltestelle gedonnert. *Konzentrier dich! Nur noch ein paar Meter.*

Sofia sah bereits das Areal der Botschaft. Die Mauer war etwa zwei Meter hoch, oben drauf wand sich Stacheldraht. Die Einfahrt lag genau vor ihr. Der Schlagbaum war unten, daneben stand ein Pförtnerhäuschen. An einem hohen Mast wehte die britische Fahne im Wind. Zwei uniformierte Soldaten mit umgehängter Maschinenpistole bewachten den Zugang.

Jetzt musste sie nur noch die Straße queren, dann war sie da. Ein Lkw donnerte von der Seite heran, doch Sofia drehte den Gashebel bis zum Anschlag und raste haarscharf vor dem Kühlergrill des Lasters vorbei. Die Autos um sie herum bremsten mit quietschenden Reifen und hupten wie verrückt. In hohem Tempo fuhr Sofia auf die Soldaten zu. Die hatten sie bereits bemerkt. Einer riss die MP von der Schulter. Der zweite sprach in ein Funkgerät.

Ein letzter Blick in den Rückspiegel. Der Lkw war vorbei und die metallic-schwarzen Motorräder waren direkt hinter ihr. Sofia zog die Bremse, sprang vom Moped und lief mit vollem Schwung auf die Männer zu. Neben ihr überschlug sich ihr Moped auf dem Rasen und krachte gegen den Fahnenmast.

»Stopp!« Der Soldat legte mit der MP auf sie an.

»Ich bin unbewaffnet … mein Name ist Sofia González«, rief sie auf Englisch und hob keuchend die Hände. »Ich bin argentinische Aktivistin und investigative Journalistin.«

»Bist du verrückt?« Er blickte kurz zu ihrem rauchenden Moped, das jetzt nur noch Schrott war. »Was sollte das? Ein missglückter Terroran …?«

»Ich werde verfolgt!«

Der Soldat schielte zu den Motorrädern. »Das sehe ich. Die …«

Da krachte ein Schuss. Hinter ihnen riss der Asphalt auf. Ein paar Meter weiter und das Projektil wäre auf britischem Hoheitsgebiet eingeschlagen.

Sofia wollte noch etwas sagen, aber der Soldat hörte ihr nicht mehr zu. Er hatte bereits den Finger am Abzug, ging leicht in die Knie und erwiderte das Feuer mit kurzen präzisen Salven.

»Stell dich hinter mich!«, befahl er Sofia, ohne sein Ziel aus den Augen zu lassen.

Sein Kollege beendete soeben das Funkgespräch, legte ebenfalls die MP an und stellte sich vor Sofia. Die beiden trugen kugelsichere Westen. Gemeinsam traten sie den Rückzug in Richtung Pförtnerhaus an.

Weitere Soldaten kamen aus dem Häuschen gelaufen und gaben ihren Kollegen Feuerschutz.

Sofia wankte mit weichen Knien rückwärts, stolperte, fiel auf den Asphalt und schürfte sich Ellenbogen und Hände auf.

»Komm weiter!«, rief ein großer Mann in Uniform, der sie von hinten am Kragen packte und zwischen Schlagbaum und Pförtnerhäuschen auf das Botschaftsareal zerrte. Gleichzeitig heulte eine Sirene los, rote Lampen blinkten auf der Mauer und ein eisernes Rolltor schob sich vor den Eingang.

Aus dem Augenwinkel sah Sofia, dass einer der Motorradfahrer auf dem Boden lag und ein zweiter ihn wegzerrte. Hinter ihnen kam der Jeep mit ihren Verfolgern quietschend zum Stehen.

Einer der Soldaten baute sich vor ihr auf und schob sein Barett auf dem Kopf zurecht. »Was zum Teufel hast du angestellt?«, brüllte er, wobei sein Schnauzbart bedenklich bebte.

»Ich bitte um Asyl«, keuchte Sofia.

1. KAPITEL

Jayden sortierte in der Postabteilung der Botschaft gerade die eingegangenen Briefe und erfasste sie am PC, als er die Schüsse hörte. Sofort liefen im Büro alle zu den Fenstern. Auch Jayden sprang auf. Da er für seine siebzehn Jahre ziemlich groß war, konnte er über die Köpfe seiner Kolleginnen hinwegsehen. Viel war trotzdem nicht zu erkennen.

Anscheinend gab es vor der Botschaft eine Schießerei. Nicht unbedingt ungewöhnlich für Buenos Aires, wo es immer wieder Überfälle und Bandenkonflikte gab, doch diesmal wurde unmittelbar vor dem Gebäude geschossen. Und es waren keine einzelnen Schüsse. Als die Salve einer automatischen Maschinenpistole erklang, duckten sich alle unter das Fensterbrett. Nur Jayden blieb stehen. Er verschanzte sich hinter der Mauer, beugte sich aber gleich wieder nach vorn, um vorsichtig aus dem Fenster zu blicken. Das Securitypersonal der Botschaft erwiderte das Feuer. Die Sirene ging los und das Rolltor wurde geschlossen. Eine junge Frau wurde von General Petersen höchstpersönlich auf das Botschaftsgelände gezerrt.

»Alle wieder an die Arbeit!«, rief der Postchef und klatschte einmal laut in die Hände. Seine Stimme zitterte. Nervös blickte er zum Fenster. »War nur ein kleiner Zwischenfall. Unsere Leute haben die Situation unter Kontrolle.«

Das sieht aber nicht danach aus, dachte Jayden. Er reckte noch einmal den Kopf und sah einen schwarzen Jeep und zwei schwarze Motorräder, die fluchtartig den Platz vor der Botschaft verließen. Nummernschilder konnte er auf die Entfernung keine erkennen, aber die Überwachungskameras hatten das sicher gefilmt.

»Los, los! Alle wieder an eure Plätze – auch du, Jayden!«

»Ja.« Murrend setzte er sich wieder an seinen Schreibtisch und sortierte weiter Briefe, während sein Herz aufgeregt pochte und seine Hände leicht zitterten. Die junge Frau, die der General gerettet hatte, war achtzehn, höchstens neunzehn gewesen. Braun gebranntes Gesicht, lange schwarze Haare, Jeans, T-Shirt und eine Umhängetasche. Mehr hatte er nicht gesehen – und als Praktikant würde er bestimmt als Letzter etwas über den Vorfall erfahren.

Jayden arbeitete erst seit zwei Wochen in der Botschaft und hatte schon mitbekommen, dass aus vielen Dingen eine große Geheimniskrämerei gemacht wurde. Als Postjunge erfuhr er höchstens, wer wem schrieb.

Als Jayden eine halbe Stunde später einen Aktenordner aus dem Schrank holte und dabei aus dem Fenster blickte, sah er, wie das Rolltor für einen Moment geöffnet wurde und eine schwarze Limousine mit verspiegelten Scheiben auf das Gelände fuhr. Anhand der Autonummer erkannte er, dass es ein Wagen des MI6 war, des britischen Auslandsgeheimdienstes. So viel zum Thema: *War nur ein kleiner Zwischenfall.*

Fünf Minuten später stürmte Olivia, die Assistentin des Botschafters, mit wehender Mähne in die Postabteilung und sah sich um. »Jayden D. Knoxville?«, rief sie.

Jayden sprang von seinem Sitz auf. »Ja, Ma'am.«

Olivia schnippte mit den Fingen. »Ich brauche dich. Komm mit!«

Er ging zu ihr, woraufhin sie ihn skeptisch musterte. »Richte dein Hemd und deine Haare. Wo ist dein Namensschild?«

Jayden griff in die Hosentasche und steckte sich die Plakette an die Brust. Dann stopfte er sich das weiße kurzärmelige Hemd in die Anzughose und schloss den obersten Knopf. Da er muskulös gebaut war, spannte der Stoff ein wenig um Brustkorb und Oberarme. Rasch fuhr er sich mit den Fingern durch die schulterlangen schwarzen Haare und wischte sie sich hinter die Ohren. »Gut so?«

»Kaum wiederzuerkennen«, sagte Olivia zynisch. »Und lächle ein bisschen.«

Jayden verzog den Mund zu einem schiefen Grinsen.

»Perfekt – mir nach!«

Er folgte ihr in die Küche, wo er das edle Porzellangeschirr für hohen Besuch sowie Löffel, Zucker und ein Kännchen Milch auf ein Tablett stellen, einige Thunfischsandwiches mit Tomaten, Kapern und je einem Salatblatt zubereiten und währenddessen fünf Tassen frischen Kaffee aus der Maschine laufen lassen sollte.

»Ist die Haushälterin nicht da?«, fragte er.

»Die ist krank. Wenn du fertig bist, bringst du das alles in den großen Besprechungsraum. Dann frag dort, ob du dich irgendwie nützlich machen kannst.«

»Und Sie?«, fragte Jayden.

»Ich muss dringend mit dem Botschafter telefonieren – ist gerade in Chile auf Staatsbesuch. Muss ihn darüber informieren, was gerade vorgefallen ist.«

»Was ist denn gerade vorgefallen?«, fragte Jayden beiläufig.

»Das wüssten wir alle selbst gern«, sagte sie aufgebracht. »Aber selbst wenn wir es wüssten, wäre es topsecret und nicht für deine Gehaltsklasse. Vergiss die Kapern und Tomaten nicht!« Olivia verschwand in ihr Büro und Jayden richtete alles wie verlangt auf einem großen Tablett her.

Minuten später schob er das Servierwägelchen in das große Besprechungszimmer. Die Vorhänge waren zugezogen und er merkte gleich, dass die Stimmung gedämpft war.

Auf der Couch lag die junge Frau mit einem Eisbeutel auf der Stirn. Neben ihr saß die Hausärztin der Botschaft und maß ihren Blutdruck. Es roch nach Desinfektionsmittel. Handflächen und Ellenbogen der jungen Frau waren ziemlich übel aufgeschürft.

Daneben standen General Petersen, der sein Barett nervös in der Hand knetete, und zwei Männer in dunklen Anzügen. Vermutlich waren das die Besucher vom MI6. Einer war glatzköpfig, der andere trug eine dicke Hornbrille. Beide sahen wie die Unfreundlichkeit in Person aus.

Die Hornbrille durchwühlte gerade die Umhängetasche der jungen Frau. Auf dem Couchtisch lagen eine Laptophülle, ein schlankes Notebook, eine externe Festplatte sowie Handy, Brieftasche, eine Wasserflasche und ein Schlüsselbund. Die Hornbrille betrachtete den Ausweis der Frau. »Sofia González, neunzehn Jahre alt«, murmelte er und schüttelte den Kopf. »Ist das nicht ein bisschen jung für eine Journalistin?«

»Ich bin *investigative* Journalistin, ich decke Missstände auf! Dafür ist man nie zu jung.« Die junge Frau schob sich den Eisbeutel über die Schläfe.

Während Jayden das Servierwägelchen zu einer Kommode schob, schielte er zu Sofia. Sie hatte eine leicht abgehackte englische Aussprache mit südamerikanischem Akzent. Bestimmt war sie Argentinierin.

»Sie dürfen die junge Frau nicht so aufregen!«, fuhr die Ärztin die Hornbrille an, doch der Mann grinste nur abfällig. »Im Moment ist das eine Geheimdienstangelegenheit«, sagte er. »Alles Mögliche könnte hinter dem Vorfall stecken. Ein Anschlag auf die Botschaft, ein Spionagefall, eine Undercover-Aktion – wir wissen es nicht. Solange sind wir im Ausnahmezustand und da gelten *unsere* Regeln. Wir haben im Moment die Verantwortung für die Sicherheit dieses Gebäudes und seiner Mitarbeiter, haben Sie das verstanden?«

Die Ärztin verdrehte genervt die Augen.

»Aber nichts von alledem, was Sie gesagt haben, trifft zu«, widersprach Sofia. »Es ist reiner Zufall, dass ich hier bin.«

»Es gibt keine Zufälle«, widersprach die Hornbrille.

»*Mierda!*«, fluchte Sofia. »Wie oft denn noch? Ich habe mich vor drei Monaten als Mitarbeiterin in den High-Tech-Konzern Futurotec eingeschlichen, um Korruption, Betrug und Machtmissbrauch aufzudecken«, rief sie zornig, als hätte sie diese Geschichte schon zigmal erzählt und immer noch würde ihr keiner glauben.

»Ja, ja«, unterbrach sie der Glatzkopf. »Und dort hast du ein paar streng vertrauliche Daten über den Konzern auf diese externe Festplatte gespeichert.« Er stemmte die Hände in die Hüften. »Das soll der Grund sein, warum die dich durch halb Buenos Aires gejagt und auf dich geschossen haben?«

»Ich weiß ja selbst nicht, warum die so ausgerastet sind«, rief Sofia und richtete sich nun auf. »Wie oft soll ich es denn noch erklären? Das Material, das ich kopiert habe, ist zwar brisant, aber so sensationell und brandgefährlich nun auch wieder nicht, dass es gleich einen Mord rechtfertigt.«

»Du gibst also zu, dass an dieser Geschichte etwas nicht stimmt?«

Seufzend ließ sich Sofia wieder in die Kissen sinken. Unterdessen reichte Jayden jedem von ihnen eine Tasse Kaffee und Sandwiches.

Sofia drehte sich weg. »Ich kann jetzt nichts essen.« Sie war blass im Gesicht, ihre Arme und Beine zitterten.

»Aber trink wenigstens einen Schluck Kaffee«, versuchte es die Ärztin. »Das Koffein wird deinem Kreislauf guttun.«

»Danke, ich bin schon aufgeputscht genug.«

»Ich stimme zu, diese Geschichte klingt ziemlich haarsträubend«, mischte sich nun General Petersen in das Gespräch.

Jayden stellte das Tablett mit den restlichen Sandwiches auf den Couchtisch. Für ihn war klar, dass die MI6-Agenten der jungen Frau nicht glauben würden. Es war ihr Job, jedem, sogar ihren eigenen Partnern, zu misstrauen. Aber ihn wunderte, dass auch General Petersen, den er bisher als fairen und klugen Mann eingeschätzt hatte, an Sofias Worten zweifelte.

»Selbst wenn deine Geschichte der Wahrheit entspricht und du aus berechtigten politischen und humanitären Gründen Asyl beantragst«, fuhr General Petersen fort, »können wir dich nicht so einfach außer Landes bringen. Die ganze Sache ist eine heikle diplomatische Angelegenheit, denn Futurotec macht unter anderem auch Geschäfte mit der britischen Regierung und du hast deren Eigentum gestohlen.« Er nickte zur Festplatte.

Jayden wollte sich bereits abwenden, um leise nach draußen zu gehen, doch der General gab ihm mit einer knappe Geste zu verstehen, dass er noch bleiben sollte.

»Aber ich habe diese Daten nicht *gestohlen*, sondern nur *kopiert*, um ein großes Unrecht aufzudecken.«

»Dann müssen wir uns diese Daten ansehen«, sagte der Glatzkopf.

»Nein!«, entfuhr es Sofia sofort. »Das sind vertrauliche Informationen, die unter das Redaktionsgeheimnis fallen und die meine Zeitung prüfen und danach veröffentlichen wird.«

»Du solltest uns jetzt mal deinen Presseausweis zeigen!«

»Wie ich schon sagte, habe ich das Unternehmen undercover ausspioniert, da werde ich mir nicht meinen Presseausweis an die Brust heften«, antwortete Sofia spitz.

»Dann verrate uns wenigstens, worum es bei deinen Recherchen ging.«

Sofia schüttelte den Kopf. »Der Inhalt ist streng vertraulich und fällt unter die journalistische Schweigepflicht. Ich habe drei Monate lang hart dafür gearbeitet und werde das jetzt nicht so einfach aus der Hand geben.«

»Du vertraust uns nicht?«, fragte der Glatzkopf lauernd.

Sofia kniff die Augen zusammen und betrachtete sie der Reihe nach. »Sie haben selbst gesagt, dass die britische Regierung Geschäfte mit Futurotec macht.« Sie setzte sich auf und griff nach der Festplatte. »Diese Daten müssen veröffentlicht werden. Sie dürfen nicht unter den Teppich gekehrt werden.«

General Petersen atmete tief durch. »Was möglicherweise zu diplomatischen Folgen ungeahnten Ausmaßes führen könnte.«

»Bringen Sie mich sicher außer Landes«, schlug Sofia vor. »Dann haben Sie mit der ganzen Sache nichts mehr zu tun und ich kann die Daten an die Redaktion meiner Zeitung übermitteln.«

Der General warf den beiden MI6-Agenten einen Blick zu. Beide nickten. »Also gut«, seufzte Petersen, »wir werden unser Möglichstes versuchen. In der Zwischenzeit sollten wir diese Daten – ob brisant oder nicht – sicher im Tresor verwahren.« Er deutete zu dem riesigen Safe, der unter einem gerahmten Ölgemälde von König Charles III stand.

»Nein«, widersprach Sofia. »Die Daten bleiben bei mir.«

General Petersen lächelte nachsichtig. »Niemand will dir diese Daten stehlen.«

»Das glaube ich ja, aber sind die Daten dort sicher?«

»Die gesamten streng geheimen Dokumente der Botschaft lagern dort«, erklärte Petersen leicht amüsiert. »Dann wird es ja wohl auch …«

»Das beantwortet meine Frage nicht«, konterte Sofia.

Petersen stöhnte auf. »Dieser Tresor, der Thackeray 3000, wiegt 650 Kilogramm, hat einen eigenen Brandschutz, Spezialdichtungen in der Tür, erweiterte Schlosspanzerung, eine sichere dreiseitige Verriegelung durch massive Schließbolzen und einen Korpus, der Angriffen mit mechanischen und thermischen Einbruchwerkzeugen standhält. Außerdem hat er ein Doppelbart-Hochsicherheitsschloss und …« Sofia wollte etwas sagen, doch der General unterbrach sie mit einer knappen Geste. »… und diesen Schlüssel habe nur ich – ich trage ihn ständig um den Hals.« Wie zur Bestätigung klopfte er sich auf die Brust.

»Ist das kein Sicherheitsrisiko, wenn Sie mir das verraten?«, fragte Sofia irritiert.

General Petersen lächelte. »Wenn ich mich nicht sehr irre, wirst du sowieso gleich sehen, wie ich damit den Safe öffne … oder etwa nicht?«

Unsicher sah Sofia zu Petersen, zur Ärztin, zu den beiden MI6-Agenten und schließlich zu Jayden, an dem ihr Blick für mehrere Sekunden hängen blieb. Jayden versuchte, ebenfalls zu lächeln, dann nickte er knapp.

»Also gut.« Sie beugte sich nach vorn und gab dem General zögernd die Festplatte.

Der nickte zufrieden, öffnete den Tresor, verstaute die Festplatte im obersten der insgesamt fünf Fächer zwischen einigen Dokumentenmappen und verschloss das monströse Ding wieder. »Während meine Kollegen vom Geheimdienst und ich mit der Stellvertreterin des Botschafters besprechen, wie wir dich am schnellsten aus Argentinien rausschaffen, bist du hier erst einmal in Sicherheit. An deiner Stelle würde ich deine Wohnung in Buenos Aires nicht mehr betreten. Dort könnte Gefahr lauern. Deswegen möchte ich auch keinen meiner Mitarbeiter dort hinschicken. In der Zwischenzeit …« Er deutete zu Jayden. »… wird sich Mr Knoxville um dich kümmern und dir alles bringen, was du brauchst – und zwar so rasch wie möglich.« Er nickte Jayden zu.

»Danke«, murmelte Sofia.

Die Ärztin packte ihr Equipment zusammen und erhob sich.

»Meine Dame, meine Herren – ich denke, wir haben zu tun.« Petersen deutete zur Tür. Alle bis auf Jayden und Sofia folgten ihm.

Nachdem die Gruppe das Besprechungszimmer verlassen hatte, schnappte sich Jayden Notizblock und Kugelschreiber von der Ablage, zog einen Stuhl heran und setzte sich zu Sofia. »Hi. Ich bin Jayden.«

Sie lächelte. »Sofia.«

»Also, was brauchst du? Einen Koffer? Zahnpasta, Zahnbürste, Seife, Shampoo, Aspirin, Haarbürste, ein Deo, Socken, Unterwäsche, Wechselkleidung?«

»Ja, danke.« Sie nickte, griff nach einem Sandwich und biss hinein. »Ich bin nicht anspruchsvoll und nehme alles, was du mir besorgen kannst«, sagte sie mit vollem Mund. »Wichtig wäre vielleicht ein Internet-Stick, eine Powerbank für meinen Laptop und ein Ladekabel für mein Handy, falls du so etwas auftreiben könntest, Notizblock, Stifte und …« Sie senkte beschämt die Stimme. »… ein bisschen Bargeld? Ehrlich gesagt, traue ich mich nicht, mit der Kreditkarte zu bezahlen, nach dem, was vorhin passiert ist.«

Jayden verstand. Niemand sollte herausfinden können, wo

sie sich aufhielt. »Sicher, das lässt sich beschaffen.« Er notierte alles.

Erleichtert ließ Sofia die Schultern sinken, legte das Sandwich weg und lehnte sich auf der Couch zurück. »Du bist Engländer?«, fragte sie.

Er nickte. »Ich bin in London geboren und in Liverpool aufgewachsen.«

»Liverpool!« Sie setzte sich auf und strahlte. »Leider war ich noch nie dort, und das, obwohl ich ein großer Fan der Beatles bin.« Wie zur Bestätigung straffte sie ihr ausgewaschenes T-Shirt, auf dem der Schriftzug der Beatles zu lesen war. »Du kennst doch die Beatles, oder nicht?«

»Sicher«, sagte er rasch. »Wenn man in Liverpool aufgewachsen ist, kennt man vor allem zwei Dinge, um die man nicht herumkommt. Den FC Liverpool und die Beatles – meine Tante ist ein Fan der Band, ich selbst höre aber andere Musik.«

»Was denn? Ed Sheeran?«

Er verzog das Gesicht, als würde er einen üblen Mief einatmen. »Nein, Punk.« Er machte eine Pause. »Pennywise, Offspring, Blink-182 ...«

»So altes Zeug? Scheinst ein harter Typ zu sein.« Sie blickte ihm in die Augen. Sie hatte genauso dunkelbraune Augen und lange Wimpern wie er.

»Ich glaube dir deine Geschichte«, sagte er plötzlich.

»Wirklich? Das ist nett, danke.« Sie seufzte. »Aber du scheinst hier der Einzige zu sein.«

Möglich! Allerdings war Sofia ihm auch etwas vertrauter und näher als allen anderen in der Botschaft. Er hatte ihre Panik, ihre Aufregung und ihr Zittern hautnah gespürt, als er ihr Kaffee und Sandwiches gebracht hatte. Er kannte diese Angst aus den Docks von Liverpool, wo er aufgewachsen war – und ihm war klar, Sofias Gefühle waren echt. Am liebsten hätte er ihr mehr geholfen – aber er wusste nicht wie.

2. KAPITEL

FÜNFZEHN MONATE ZUVOR

Die Sonne war gerade aufgegangen, doch die Docks von Liverpool lagen noch in bleiernem Nebel. Jayden ging an den Hafengebäuden aus rotem Backstein vorbei in Richtung der betonierten Molen. Dort schaukelten die ausrangierten Fischkutter im Wasser auf und ab. Über der grauen Wasseroberfläche waberte der Nebel und irgendwo tutete ein Schiff, das vermutlich gerade in den Hafen einfuhr.

Jayden erreichte den Pier Nr. 7, eine abgelegene Anlegestelle, an der es früher jeden Samstag einen Fischmarkt gegeben hatte. Jetzt war mit roten Straßenkegeln und einem gelben Absperrband eine kleine quadratische Fläche abgesteckt worden, um die sich eine aufgebrachte Menschenmenge versammelt hatte.

Hier würde gleich ein illegaler Bare Knuckle Fight stattfinden – ein Faustkampf ohne Boxhandschuhe und ohne Regeln. Fast alle Zuschauer waren hergekommen, um Geld auf diesen Kampf zu setzen. Man konnte viel Geld gewinnen, aber auch viel Geld verlieren. Jayden hatte vor, viel Geld zu gewinnen.

In einer Ecke des Rings stand der alte Ilja, ein vor vielen Jahren eingewanderter Russe mit grüner Militärhose, Schnürstiefeln und einem grauen Rollkragenpullover, unter dem sich seine dicken Muskeln abzeichneten. An seinem roten Gesicht und der faltigen Stirn konnte Jayden erkennen, dass er zornig war.

»Mein Mann ist jeden Moment da!«, brüllte Ilja der Menge zu. Er reckte den Hals, sah sich um und entdeckte Jayden. »Da bist du ja endlich!«, rief er und winkte den Jungen herbei.

»Ich wurde aufgehalten.« Jayden schlüpfte aus seiner Jacke.

»Und ich dachte, du kneifst.« Ilja nahm ihm das Kleidungsstück ab. »Bist du aufgewärmt?«

»Einigermaßen – bin zu Fuß hergelaufen.« Jayden zog sein graues T-Shirt aus. Es war sein Lieblingsshirt, schon ziemlich ausgewaschen, aber das Emblem des FC Liverpool konnte man noch gut erkennen. *You'll never walk alone* hieß der Schlachtruf, der darunter stand. »Pass gut drauf auf – ist mein Glücksbringer.« Er drückte Ilja das Shirt in die Hand.

»Sicher.« Ilja legte es auf Jaydens Jacke.

Hinter ihnen johlte die Menge. »Jetzt wirst du plattgemachen!« Andere riefen: »Das wird dein letzter Kampf, Jayden!«

Der Wind ließ Jayden frösteln und die Haare auf seiner hellbraunen Haut richteten sich auf. Ilja stellte sich hinter ihn und massierte seinen Nacken. »Hör nicht auf diese Idioten. Mann, sind deine Schultern verspannt.«

Jayden ließ den Kopf kreisen und versuchte, das Gebrüll der Zuschauer zu ignorieren. Dann schielte er zu seinem Gegner in der anderen Ecke: ein rothaariger Hüne mit Sommersprossen, der vermutlich schon achtzehn war und – wie man an den sich wölbenden Muskeln sah – viel Zeit mit Gewichtdrücken verbrachte. Außerdem sah seine Nase ziemlich verknorpelt aus und war schon mehrmals gebrochen.

Ilja deutete zu dem Kerl. »Der Typ kommt aus Dublin. Ist ziemlich groß.«

»Was?«, fragte Jayden. »Dublin?«

»Mann, das ist nicht witzig! Der Kerl ist riesig.«

»Hab ich gesehen.«

»Und stark.«

»Hab ich mir gedacht.«

»Und ein fieser Kotzbrocken. Ich habe ihn gestern kämpfen gesehen. Nimm dich vor seinem rechten Haken in Acht. Und seinen Kicks!«, warnte Ilja ihn.

»Tu ich doch immer.«

»Er kommt mit dem rechten Knie ziemlich hoch rauf. Die Quoten stehen fünf zu eins.«

»Ich weiß.« Jayden dachte kurz nach. »Für mich?«

»Witzbold!« Ilja seufzte. »Denk dran, was wir besprochen haben! Welche Runde?«, flüsterte er.

»Die fünfte.« Jayden zog den Gürtel seiner Hose enger und stieg in den Ring.

Nun erhob sich auch sein Gegner vom Hocker. *O Mann!* Der Kerl war wirklich riesig. Jayden war auch nicht gerade klein, aber der Typ überragte ihn um mindestens einen Kopf und er hatte Fäuste wie Vorschlaghämmer. Jayden wollte gar nicht wissen, wie der Typ hieß, und nannte ihn deshalb im Geiste nur den Iren. So konnte er besser Distanz zum Gegner wahren. Und die war notwendig, denn er wollte ihn gnadenlos vermöbeln. Andernfalls würde er die nächsten eineinhalb Minuten nicht überleben. Der Kampf würde dreckig werden, so wie jeder Bare Knuckle Fight bei den Docks. Ohne Handschuhe, ohne Zahnschutz, ohne Lendenschutz – und ohne Regeln.

Die röhrende Hupe zur ersten Runde ertönte und der Ire fackelte nicht lange. Er kam wie eine Dampfwalze auf Jayden zu, den Oberkörper angriffslustig nach vorn gebeugt, die Arme erhoben. Ohne Umschweife schlug er zu. Anscheinend wollte er den Kampf bereits in den ersten Sekunden entscheiden. Aber Jayden war enorm wendig – und er hatte Erfahrung. Das war sein Bonus. Schließlich verdiente er schon seit über einem Jahr sein Geld mit diesen Kämpfen. Er war zwar von Haus aus muskulös, doch um sich in Form zu halten und besser zu werden, trainierte Jayden zielstrebig und regelmäßig. Das war der Grund, weshalb er all diese Kämpfe in den Docks bis jetzt ohne große Verletzungen überstanden hatte.

Sein zweiter Bonus hieß Ilja. Bevor der alte Russe begonnen hatte, ihn zu trainieren, hatte Ilja als Matrose auf russischen Frachtschiffen in Cage Fights gekämpft. Ilja hatte ihm alle Tricks beigebracht, die er kannte – und das hatte der Ire bei seinen Recherchen über Jayden offenbar übersehen.

Jayden wich den ersten fünf Schlägen aus, die sein Gegner mit voller Wucht ins Nichts schwang. Als der Ire merkte, dass es nicht so leicht werden würde, überdachte er seine Strategie, konzentrierte sich besser und plante seine Angriffe präziser. Doch Jayden wich auch seinen nächsten Angriffen mit dem Ellenbogen und Kicks mit den Knien gekonnt aus, und wenn das nicht reichte, blockte er die Hiebe mit den Unterarmen.

Die erste Runde ging nach eineinhalb Minuten zu Ende. Der

Oberkörper des Iren war schweißgebadet, allerdings keuchte er nur ein wenig, als hätte er sich gerade für einen Marathon warmgelaufen.

Die Pause dauerte nur wenige Sekunden. Lang genug, damit Jayden etwas trinken und sich Iljas Ratschläge anhören konnte. »Sei nicht so lässig, du verärgerst ihn nur.«

»Ach, *ich* darf ihn nicht ärgern?«, entgegnete Jayden ruppig.

»Wenn er dich mit seinem Dampfhammer erwischt, stehst du nicht mehr auf. Dann gute Nacht, und ich muss deiner Tante beibringen, dass deine Birne nur noch Matsch ist.«

»Danke, dass du mich an meine Tante erinnerst«, fauchte Jayden. »Ist nicht gerade hilfreich.«

Die Hupe zur zweiten Runde röhrte, und diesmal ging der Ire noch aggressiver in den Kampf als vorher. Mit erhobenen Armen kam er erneut wie ein Bulldozer auf Jayden zu und feuerte blitzschnell eine Gerade nach der anderen ab. Jayden konnte erneut viele Schläge mit den Unterarmen abwehren, kassierte aber trotzdem eine Schramme unter dem Auge und einen Tritt gegen die Hüfte, weshalb er jetzt nicht mehr so leichtfüßig wie zuvor ausweichen konnte. *Komm schon, du musst deine Taktik überdenken!*

Kurz vor dem Röhren der Hupe traf Jayden mehrmals hart die Rippen des Iren, immer an der gleichen Stelle – zweimal mit dem Knie und einmal mit der Faust –, sodass sich der Typ nicht mehr traute, den linken Arm zu heben, da Jayden sofort da war und die freie Stelle gnadenlos malträtierte.

Als die zweite Runde zu Ende ging, keuchte auch Jayden – und das Fatale war, dass der Ire trotz der Schläge, die er hatte einstecken müssen, wie eine Maschine wirkte und einfach nicht müde wurde.

Für sein Alter hatte Jayden eine enorme physische Stärke und reichlich Tricks in den verschiedenen Kampftechniken auf Lager, die ihn gegenüber anderen Jugendlichen herausstechen ließ. Aber sein Gegner war ein Monster auf zwei Beinen, das er so lange auf Distanz halten musste, bis einer von ihnen keine Kraft mehr hatte. Jayden hoffte, dass das nicht er war.

Die dritte Runde begann. Nun baute der Ire seine Deckung besser auf und versuchte, Jayden nebenbei mit Psychospielchen zu provozieren. »Hab gehört, deine Mutter war erst achtzehn, als sie im Krankenhaus bei deiner Geburt gestorben ist, richtig?«, keuchte er hinter den erhobenen Fäusten hervor.

Jayden ging nicht darauf ein, sondern versuchte, das Geschwafel auszublenden und sich weiter auf den Kampf zu konzentrieren. Er hielt nach einer ungeschützten Stelle Ausschau. Aber die bot ihm der Ire nicht. Stattdessen trieb er Jayden mit Schlägen und Tritten bis an den Rand der Absperrung zurück. Einmal draußen, wäre es vorbei.

»Keiner hat sich um die Schlampe gekümmert, ist im Krankenhaus einfach abgekratzt«, presste der Ire schnaufend hervor.

Das war es also, worauf er hinauswollte! Doch Jayden war immun gegen diese Gehässigkeiten. *Noch!* Er wusste, dass er sich nicht aus der Ruhe bringen lassen durfte und sich konzentrieren musste.

Jayden beobachtete die Reaktionen des Iren. Jedes Mal, wenn Jayden zu einem Schlag ansetzte, zog der Ire sofort die

Hände zur Deckung vors Gesicht und schirmte gleichzeitig mit den Ellenbogen die Rippen ab.

»Wie ist es, schuld am Tod der eigenen Mutter zu sein?«

Jaydens Blut begann zu kochen.

»Du hast sie getötet!«, fauchte der Ire.

Hör auf damit!

»Warst schon als Baby ein Mörder!«

Da gingen mit Jayden die Emotionen durch. Zugleich wusste er, dass der Ire genau das bezweckte. Aber da war es schon zu spät.

Kurz vor dem Ende der dritten Runde täuschte Jayden einen Schlag an. Sein Gegner riss wie erwartet die Arme zur Deckung nach oben und für eine Sekunde war sein Kehlkopf ungeschützt.

Jayden schlug ihm die ausgestreckten Finger in den Adamsapfel, woraufhin der Ire mit weit aufgerissenen Augen röchelnd zurücktaumelte. Während er keine Luft mehr bekam, einen Moment lang rot im Gesicht wurde und ihm Tränen übers Gesicht liefen, trat ihm Jayden von der Seite in die Kniekehle, woraufhin der Ire zu Boden sackte. Noch bevor der Ire reagieren konnte, rammte ihm Jayden mit so einer Wucht das Knie gegen die vor den Kopf erhobenen Arme, dass der Kerl zu Boden fiel, rücklings aus dem Ring schlitterte und stöhnend zwischen den Kegeln und verheddert im Absperrband liegen blieb.

»Ich habe meine Mutter nicht getötet«, zischte Jayden. »Aber bei dir war ich knapp davor.« Er wartete noch eine Weile, aber der Mistkerl blieb nach Luft japsend liegen, dann drehte Jayden sich um und verließ den Ring.

Einige, die auf Jayden gewettet hatten, brüllten vor Freude auf und sprangen hoch, aber alle anderen tobten vor Wut und beschimpften den Iren, dass er aufstehen solle.

Jayden wusste, was jetzt gleich kommen würde, daher hielt er den Kopf gesenkt und starrte auf den rissigen Asphalt, als er sich den Schweiß vom Gesicht wischte und in sein T-Shirt schlüpfte.

Der alte Ilja baute sich vor ihm auf, die Hände in die Hüften gestemmt, und zischte wütend. »Ich habe beim Buchmacher ziemlich viel Geld auf dich gesetzt!« Vorwurfsvoll hielt er seine dicke Brieftasche hoch. »Fünfte Runde hatten wir ausgemacht! Aber nein, du Idiot musst ihn schon in der dritten plattmachen.«

»Er hat mich provoziert«, murmelte Jayden.

»Das tun doch alle! Das gehört zum Geschäft! Das darf dich nicht jucken«, brüllte Ilja.

»Ich hatte ja keine Ahnung, dass der nicht mehr aufsteht.«

»Weißt du, wie viel Geld wir gerade verschenkt haben, nur weil du Idiot dich mal wieder nicht beherrschen konntest?«

»Wir haben sicher trotzdem genug gewonnen«, knurrte Jayden.

»Ja, aber es hätte deutlich mehr sein können, wenn du dich nicht so dämlich benommen hättest.« Ilja drückte ihm seinen Anteil von dreihundert Pfund in die Hand, die er sogleich einsackte.

»Ich bin kein Idiot«, knurrte Jayden, schlüpfte in seine Jacke und verließ den Platz.

»Jayden!«, rief Ilja ihm nach. »Ich habe das nicht so gemeint!«

»Schon gut.« Er musste an seine Mutter denken und an seine Tante, die ihm vermutlich wieder Vorwürfe machen würde, weil er mit blauen Flecken und Schrammen im Gesicht heimkehrte, anstatt sich einen anständigen Job zu suchen.

Schnurstracks verließ er die Docks in Richtung Zuhause. Aus dem Augenwinkel bemerkte er, dass sich ein Mann im feinen dunklen Anzug mit Sonnenbrille aus der Menge löste. Er passte so gar nicht zu den Hafendocks.

Und er folgte Jayden.

3. KAPITEL

Jayden hatte mitbekommen, wie seit seinem Gespräch mit Sofia die Telefone in der Botschaft heiß gelaufen waren. Kurz nach zehn Uhr vormittags war bereits alles organisiert. Sofia bekam einen vierundzwanzig Stunden gültigen Reisepass mit Diplomatenstatus und sollte innerhalb der nächsten zehn Minuten in einem gesicherten Pkw-Konvoi des MI6 zum Flughafen gebracht werden. Anschließend würde man sie nach London ausfliegen, wo sie in Sicherheit wäre. Was immer die Firma Futurotec ihr vorwerfen würde, Großbritannien würde sie nicht ausliefern, und von England aus konnte sie ihre Recherchen veröffentlichen. Das hatte das Sekretariat des britischen Premierministers James Metcalf bestätigt.

Für Jayden bedeutete das, von Sofia Abschied zu nehmen. Sie standen allein im großen Besprechungszimmer und ihnen blieben noch knapp zehn Minuten.

Jayden gab ihr die Hand. »Ich werde nach deinem Artikel in der Zeitung Ausschau halten. Gute Reise.«

Sie drückte seine Hand. »Danke für deine Hilfe. Ich bin so froh, dass doch noch alles geklappt hat.«

Er nickte zum Servierwägelchen. »Noch ein Sandwich?« Sie verneinte und er merkte, wie aufgeregt sie war, da ihre Stimme zitterte. Außerdem war ihre Hand eiskalt. »Nervös?«

Sie nickte. »Ich müsste vorher noch dringend auf die Toilette.«

»Kein Problem, wir haben genug Zeit.« Er schnappte sich den Servierwagen und führte sie durch einen langen Gang in die Küche. Zwei Kolleginnen standen beim Kaffeeautomaten und tuschelten. Als sie sahen, dass Jayden und Sofia eintraten, verschwanden sie sofort, indem sie sich kichernd an den beiden vorbeidrückten. In der Botschaft wurde es nicht gern gesehen, dass man in der Kaffeeküche tratschte, und soweit Jayden mitbekommen hatte, hatte es deswegen schon mehrmals einen Anschiss gegeben.

»In der Nische neben dem Kühlschrank ist die Toilette«, erklärte er ihr.

Sofia verschwand und Jayden schob das Wägelchen zur Spüle. Kurz war ihm der Gedanke gekommen, dass Sofia versuchen könnte, still und heimlich abzuhauen, doch diese absurde Idee verwarf er gleich wieder. Erstens hatte die Gästetoilette über dem Handwaschbecken nur ein kleines Fenster, durch das sich nicht einmal ein Kind hätte quetschen können, und zweitens befand sich Sofias Umhängetasche mit ihren privaten Sachen noch im Besprechungsraum. Zudem lag ihre Festplatte immer noch im Safe und ohne die würde sie wohl kaum abhauen.

Jayden aktivierte die Espressomaschine, um sich selbst eine Tasse starken Kaffee herauszulassen. Indessen schwemmte er Teller und Tassen in der Spüle ab und räumte alles in den Geschirrspüler. Neben ihm begann die Kaffeemaschine zu röcheln und zu husten. Wasserdampf stieg auf, dann erstarb das Gerät mit einem Gluckern. *Kein Wasser!*

Jayden wollte den Wasserzulauf überprüfen, als er merkte, wie auch das Wasser aus dem Hahn in der Spüle versiegte. *Seltsam.*

Er drehte den Hahn zu und wieder auf, aber aus der Leitung kam kein Tropfen mehr. Bloß ein hohles Klopfen aus den Rohren war zu hören. »Verdammter Mist!«, fluchte er.

»Was ist denn passiert?«, rief Sofia aus der Toilette.

»Das Wasser in der Küche ist aus.« Er hörte, wie Sofia die Spülung betätigte und danach den quietschenden Wasserhahn des Handwaschbeckens aufdrehte. »Hier ist das Wasser auch weg«, rief sie durch die geschlossene Tür. »Ich wollte mir gerade die Hände waschen, kommt aber nur noch ein Rinnsal heraus.«

»Ich bring dir eine Flasche Mineralwasser.« Jayden öffnete den Kühlschrank und wollte bereits zu dem Fach mit den Wasserflaschen greifen, als er bemerkte, dass im Kühlschrank kein Licht brannte.

Er schlug die Tür wieder zu und sah zur Kaffeemaschine. Das rote Licht hatte aufgehört zu blinken. Die Anzeige im Display der Mikrowelle daneben war ebenfalls weg. *Das gibt es doch nicht!* Er kippte den Lichtschalter an der Wand. Auch das Deckenlicht der Küche war ausgefallen.

Kein Wasser, kein Strom.

Nun blickte er aus dem Fenster. Im begrünten Innenhof der Botschaft waren soeben drei schwarze Limousinen vorgefahren. Sofias Konvoi zum Flughafen. Die Fahrer stiegen aus und zündeten sich Zigaretten an. Anscheinend hatte noch keiner von ihnen bemerkt, dass etwas auf dem Areal der Botschaft nicht stimmte.

»Komm raus«, sagte Jayden zu Sofia. Er verließ die Küche und warf einen Blick in den Gang. Auch hier war das Deckenlicht ausgefallen.

»Wir brauchen das Notstromaggregat!«, brüllte jemand.

»Ich kümmere mich darum!«, rief ein anderer.

»Die Funkverbindung ist weg«, drang eine weibliche Stimme aus einem der Büros. »Außerdem haben wir den Kontakt zum Satelliten verloren!«

Oh, oh, das klang gar nicht gut. Instinktiv griff Jayden zum roten Wandtelefon, das ihn automatisch zur Telefonzentrale der Botschaft verbinden sollte, und falls dort keiner abhob, weiter zum Pförtnerhäuschen. Aber die Leitung war tot. Nicht einmal ein Piepen drang aus dem Lautsprecher.

Verdammt! Er knallte den Hörer auf den Apparat.

Sofia kam aus der Toilette. »Was ist denn los?«

Jayden bedeutete ihr mit einer Geste, leise zu sein. Er stand immer noch halb im Gang und hörte den aufgebrachten Rufen seiner Kolleginnen und Kollegen zu.

»Ich habe kein Netz mehr!«, schrie jemand.

Jayden blickte auf sein Handy. *Tatsächlich. Kein Netz.* Etwas störte den Empfang. Damit war der Kontakt zur Außenwelt abgerissen. Er steckte sein Handy in die Brusttasche und lief zum Fenster. Die Fahrer und das Securitypersonal bei den Wagen hatten mittlerweile auch bemerkt, dass etwas nicht stimmte. Während einige versuchten zu telefonieren, hatten die anderen die Waffen gezogen.

Und dann sah Jayden die drei riesigen Drohnen, die über den Innenhof flogen und über den Autos kreisten.

»Evakuieren Sie sofort alle Mitarbeiter!«, rief jemand im Gang. »Wir werden angegriffen!«

Sofia blickte ihn mit vor Entsetzen geweiteten Augen an. »Ist das wahr?«, flüsterte sie.

Jayden nickte. Sein Herz raste. Er starrte immer noch auf die Drohnen im Innenhof. Die Männer versuchten, die Dinger herunterzuschießen, aber niemand traf sie. Instinktiv griff Jayden nach dem Tablett vom Servierwagen. Sofia stellte sich an seine Seite. »Was ist dort draußen los?«

»Kopf runter«, krächzte er. Seine Kehle war trocken. Im gleichen Augenblick schossen die Drohnen Raketen auf die Autos. Auf die kurze Distanz sahen die rauchenden Leuchtspuren aus wie von einem Flammenwerfer. Sekunden später explodierten die Fahrzeuge mit einem gewaltigen Knall und wurden über einen Meter hochgehoben. Die Druckwelle war so gewaltig, dass alle Fensterscheiben der Gebäudefronten um den Innenhof gleichzeitig barsten.

Jayden hatte bereits das Tablett wie einen Schild hochgerissen, um sich und Sofia vor dem Splitterregen zu schützen. Um sie herum prasselten die Scherben zu Boden. Die Druckluft fegte Blätter und Servietten vom Küchentisch in den Gang. Von draußen drang der Gestank von Gummi, Öl, geschmolzenem Kunststoff und verbranntem Lack herein. Außerdem biss der Rauch der schwarzen Wolke, die gewaltig in den Himmel waberte, in Augen und Nase.

Im Innenhof brüllten die verletzten Männer. Die Autowracks brannten lichterloh.

»Was passiert hier?«, schrie Sofia.

Jayden warf das Tablett weg und packte Sofia am Handgelenk. »Du bist hier nicht mehr sicher. Wir holen deine Sachen aus dem Besprechungszimmer, dann bringe ich dich zum Hinterausgang.«

»Was ist dort?«

Jayden gab keine Antwort. Soweit er wusste, stand dort ein gepanzerter Kastenwagen. Der war ihre einzige Chance, sich in Sicherheit zu bringen.

Er zerrte sie hinter sich durch den Gang. Noch mehr Explosionen erschütterten das Gebäude. Weitere Fensterscheiben splitterten. Die Kollegen kamen ihnen entgegen und flohen schreiend und kreischend in Richtung Hinterausgang. Jayden und Sofia kämpften sich durch den Menschenstrom. Trümmer und Mauerteile flogen durch die offenen Türen aus den Büros in den Gang, gefolgt von Rauchwolken, die alles einnebelten.

Genauso muss es im Krieg zugehen, dachte Jayden erschüttert, hielt die Luft an und stieg über den Schutt.

Dort wo der Hinterausgang lag, detonierte eine weitere Rakete. Jayden hörte das dumpfe Wummern und das Knirschen von Metall. *Verdammt!* Das musste der Panzerwagen gewesen sein. Nun war auch der Geschichte.

Er blieb kurz stehen und dachte nach.

»Und jetzt?«, rief Sofia panisch.

»Weiter zum Besprechungszimmer!« In seinem Kopf formte sich ein Plan. Es war zwar kein besonders genialer Einfall, aber zumindest hatte er eine Idee, wie sie den Angriff überleben konnten.

4. KAPITEL

FÜNFZEHN MONATE ZUVOR

Jayden war bereits durch das ganze Hafenviertel in Richtung Liverpooler Innenstadt gelaufen, als er zu einer Bushaltestelle kam, wo er im Spiegelbild der Verglasung sah, dass ihn der Mann mit der Sonnenbrille im dunklen Anzug immer noch verfolgte. Er war bereits bis auf wenige Schritte an ihn herangekommen, und gerade der Versuch, dabei so unauffällig wie möglich zu wirken, verriet, dass er etwas vorhatte.

Abrupt blieb Jayden stehen und drehte sich um. Jeder andere wäre in Jayden hineingerannt, doch der Mann stoppte rechtzeitig und betrachtete Jayden mit lächelndem Gesichtsausdruck – wohl ein kläglicher Versuch, sympathisch wirken zu wollen.

Was für ein feiner Pinkel. Der Mann war etwa so alt wie Jaydens Tante, um die fünfzig, trug ein vermutlich maßgeschneidertes Sakko, das wie angegossen passte, weißes Hemd, dunkelblaue Krawatte und funkelnde Manschettenknöpfe. Seine schwarzen Lackschuhe glänzten ebenfalls.

»Ja?«, fragte Jayden übel gelaunt.

»Können wir reden?«

»Tun wir doch schon.«

»Ich meine irgendwo, wo wir ungestört sind«, schlug der Fremde vor.

»Ehrlich gesagt habe ich kein Interesse an einer Plauderstunde. Wer sind Sie überhaupt?«

»Das tut nichts zur Sache«, sagte der Mann geheimnisvoll.

»Sind Sie von der Polizei?«, fragte Jayden.

Mr Geheimnisvoll lächelte. »Sehe ich so aus?« Er war frisch rasiert. Jayden konnte sein Aftershave riechen. »Hast du Angst vor der Polizei?«

»Warum sollte ich?«

»Wegen des illegalen Boxkampfes vorhin.«

»Welcher Boxkampf?«, fragte Jayden gespielt überrascht.

Mr Geheimnisvoll schob sich die Sonnenbrille in die kurz geschorenen grauen Haare. Seine Augen waren rauchgrau. »Nein, ich bin nicht von der Polizei. Ich wollte dich fragen, ob du dir etwas Geld dazuverdienen möchtest.«

Jayden trat einen Schritt näher und senkte gespielt interessiert die Stimme. »Was muss ich dafür tun?«

Der Kerl legte Jayden vertraut die Hand auf die Schulter. »Ich arbeite für eine Organisation, die junge Leute wie dich ausbildet.«

»Ach, wirklich?« Jayden zog die Augenbrauen hoch. »Militär?«

Mr Geheimnisvoll winkte lächelnd ab. »Nein, aber ich kann dir mehr darüber erzählen, wenn wir …«

»Nein danke, bin nicht länger interessiert«, wehrte Jayden ab und wich zurück.

Mr Geheimnisvoll sah ihn überrascht an. »Ich bin sicher, du könntest einiges von uns lernen.«

»Das glaube ich kaum. Schönen Tag noch.« Jayden wandte

sich um und ging weiter. In der Spiegelung der Plexiglasscheibe sah er, dass der Mann ihm nachsah und dann zum Handy griff.

Seltsamer Typ! Tatsächlich hatte Jayden das Gespräch von Anfang an nicht die Bohne interessiert. Als er weit genug weg war, zog er grinsend die lederne Brieftasche heraus, die er Mr Geheimnisvoll geklaut hatte, während der ihm die Hand auf die Schulter gelegt hatte.

535 Pfund in bar! Ein guter Schnitt. Er steckte die Scheine in seine Hosentasche und wollte die Geldbörse bereits in den nächsten Mülleimer werfen, als sein Handy läutete. Es war Tante Maggie. Sogleich ging er ran. »Ja?« Ein Bus fuhr an ihm vorbei.

»Wo treibst du dich gerade herum?«

Jayden hielt sich ein Ohr zu. »Hab mich mit Freunden bei den Docks getroffen.«

»Etwa schon wieder mit dem alten Ilja?«, fragte Maggie scharf. »Das sind nicht deine Freunde.«

»Weswegen rufst du an?«

»Nimm auf dem Heimweg Milch und Brot mit. Ich komme von der Nachtschicht etwas später heim. Dann frühstücken wir gemeinsam mit Grace.«

»Ist gut«, seufzte Jayden und steckte das Handy weg. Er sah sich um; der Fremde im Anzug war weg. Den sah er hoffentlich nie wieder.

Wenige Meter vor ihm war Sam's Supermarkt. Jayden drängte sich zwischen den Passanten durch und betrat den Laden. Von dem gewonnenen Preisgeld der letzten Kämpfe hatte sich Jayden noch nie ein Computerspiel gekauft, ebenso wenig eine Playstation, ein Skateboard, ein iPhone, die neuesten Nike-Schuhe oder eine coole Jacke. Es war immer alles für Lebensmittel für seine Tante und seine Zwillingsschwester Grace draufgegangen. Und so füllte er auch diesmal eine große Papiertüte mit Milchflaschen und Gebäck und legte außerdem Maisdosen, Avocados, Orangen, Datteln, Mangos, Süßkartoffeln und eine Melone dazu.

Mit dem aktuellen Preisgeld kamen sie zwei Wochen lang aus, ohne Angst zu haben, den Gürtel enger schnallen zu müssen. Grace arbeitete als Verkäuferin in einer kleinen Buchhandlung in der Innenstadt, und sie und Tante Maggie brauchten ihr gesamtes Geld, um Miete, Gas und Strom ihres kleinen Reihenhauses mit Vorgarten zu bezahlen, damit ihnen die Stadtverwaltung nicht die Energiezufuhr abdrehte. Solange Jayden noch keinen richtigen Job hatte, wollte er weiter für Ilja arbeiten, der ihn sowohl trainierte als auch managte.

Jayden lief zu Fuß den Weg zu ihrem Haus und stellte die Papiertüte auf der Treppe vor der Eingangstür ab. Es brannte kein Licht in der Küche. Offenbar war Tante Maggie noch nicht vom Dienst im Krankenhaus zurück und Grace föhnte sich im ersten Stock vermutlich noch die Haare, bevor sie mit dem Bus zur Buchhandlung fahren würde.

Er wollte schon den Haustürschlüssel aus der Jacke fischen, als er sich daran erinnerte, dass er immer noch die gestohlene Brieftasche besaß. *Mist!* Die wollte er ja wegwerfen. Rasch sah er sich um. Zum Glück beobachtete ihn niemand. Hastig kramte er sie hervor und warf noch mal einen Blick hinein, bevor er sie in einer der Mülltonnen entsorgen wollte. Vielleicht war ja noch etwas Brauchbares darin.

Kreditkarten jedenfalls nicht, wobei Jayden sich sowieso davor gescheut hätte, sie zu benutzen. Aber dafür sah er eine andere funkelnde Plastikkarte. *Ein Ausweis!* Sah sehr offiziell und wichtig aus. Offenbar hieß der Mann, den er bestohlen hatte, Colonel Frank Brettner – und wenn der Ausweis nicht gefälscht war, dann arbeitete der Kerl für den MI6, den britischen Geheimdienst. Was suchte so ein Typ in Liverpool? *O Mann!* Ein Grund mehr, die Brieftasche so rasch wie möglich loszuwerden. Aber in keiner der Mülltonnen vor ihrem Haus. Er würde die Geldbörse mitnehmen, zerschneiden und in der Toilette hinunterspülen.

Rasch kramte Jayden nach dem Hausschlüssel, doch der war nicht da. *Mist!* Hatte er ihn verloren, während er bei den Docks aus Jacke und T-Shirt geschlüpft war?

Er könnte Grace auf dem Handy anrufen oder einen Kieselstein gegen das Badezimmerfenster werfen.

Da hüstelte jemand. Jayden fuhr herum und bemerkte Mr Geheimnisvoll, der um die Häuserecke kam und gemächlich auf Jayden zuschlenderte. Schlagartig wurde ihm heiß, sein Puls begann zu rasen.

Colonel Frank Brettner kam mit einem überlegenen Grinsen näher, während er Jaydens Schlüssel lässig am Finger baumeln ließ. »Suchst du den hier?«

Jayden presste kurz die Lippen zusammen. »Sie haben mir meinen Schlüssel geklaut«, stellte er fest.

»Nachdem du mir meine Brieftasche gestohlen hast.« Colonel Brettner blieb vor ihm stehen und blickte auf die Supermarkttüte. »Das ging ja fix. Du hast mein Geld schon ausgegeben?«

»Das habe ich von meinem Preisgeld bezahlt.«

»Ach, dann hast du also doch geboxt?«

Jayden biss die Zähne zusammen, sagte aber nichts.

»Machen wir einen Gefangenenaustausch«, schlug Brettner vor. »Die Schlüssel gegen meine Brieftasche.«

Anscheinend konnte er von dem Kerl doch noch etwas lernen. Jayden reichte ihm die Geldbörse und nahm seinen Schlüsselbund.

Colonel Brettner warf einen Blick hinein und stellte fest, dass das Geld fehlte. »Man sieht, dass du nicht besonders clever bist, Kleiner, sonst hättest du die Brieftasche gleich vor Ort entsorgt.«

Der überhebliche Tonfall des Colonels gefiel Jayden nicht. »Ich bin eben kein professioneller Dieb.«

»Du hast sicher schon herausgefunden, dass ich für den MI6 arbeite«, sagte der Colonel. »Ich möchte dich für eine Ausbildung beim Geheimdienst anwerben.«

»Geheimdienst? Ich?«, entfuhr es Jayden.

»Ich habe dich bei den Docks kämpfen gesehen.«

»Ich bin erst sechzehn.«

»Genau im richtigen Alter.« Der Colonel griff in die Seitentasche seines Sakkos und drückte Jayden ein Bahnticket für eine Zugfahrt nach London in die Hand. »Du warst gut in diesem Kampf und hättest den Rotschopf eigentlich schon locker in der ersten Runde fertigmachen können.« Er machte eine

Pause. »Der Zug geht nächste Woche, Montagfrüh um sieben, kurz darauf beginnen Training und Ausbildung. Überleg es dir, wir zahlen gut.«

»Und wo ist …?«

»Die Adresse findest du auf der Rückseite des Tickets. Nimm vom Bahnhof ein Taxi in die Pennystreet.«

Jayden griff in die Hosentasche und holte die geklauten 535 Pfund heraus. »Tut mir leid.« Er wollte dem Colonel das Geld zurückgeben, doch der wehrte ab.

»Betrachte es als Anzahlung.«

5. KAPITEL

Auf dem Weg über Schutt, Mauertrümmer und durch wabernde Rauchwolken in Richtung Besprechungsraum hörte Jayden weitere Detonationen. Manche waren ganz nah, andere drangen von weiter weg zu ihnen. Entweder stammten sie von Raketen eines weiteren Drohnenangriffs oder von Handgranaten. Jedenfalls hörte es sich schrecklich an. Und zwischendurch war auch immer wieder das Knattern der Maschinenpistolen der eigenen Leute zu hören, die sich verzweifelt zur Wehr setzten.

Jayden spürte den grobkörnigen Staub auf den Lippen. Seine Ohren klingelten und er hörte die Schreie der Botschaftsangestellten nur noch dumpf wie durch ein Wattekissen. *Was für ein Wahnsinn!*

Als Nächstes knatterten draußen die Schüsse mehrerer automatischen Waffen. Durch ein gesplittertes Fenster sah Jayden Leuchtspurmunition, die durch den Nebel flog. Das Gebäude war schwer unter Beschuss.

»Wir müssen uns verstecken!«, rief Sofia.

»Bin dran …«, keuchte Jayden. Er packte sie an den Schultern und drängte sie in das Besprechungszimmer.

Auch dieser Raum war bereits zerbombt und sah aus, als hätte eine Handgranate alles zerrissen. Der Rauch biss in Hals und Rachen und ließ Jaydens Augen tränen. Zwischen den Trümmern lag General Petersen.

»O nein!« Jayden kniete neben ihm nieder und fühlte mit zwei Fingern nach dem Puls an seiner Halsschlagader. Aber da war nichts mehr. Der General war tot. *Verdammt!* Er war doch gerade noch am Leben gewesen und hatte mit ihm geredet! Mit zitternden Fingern schloss Jayden ihm instinktiv die Augen. Das war der erste Tote, den er je zu Gesicht bekommen hatte. Aber er hatte keine Zeit, weitere Gedanken darüber zu verlieren, denn in diesem Moment detonierten in den Nebenräumen einige Granaten.

»Wir müssen raus!«, schrie Sofia und wollte bereits zur Tür laufen.

»Bleib hier!«, brüllte Jayden. Er riss die Kette mit dem Schlüssel von General Petersens Hals und lief zum Tresor. Rasch sperrte er ihn auf, drehte am Rad und zog die schwere Tür auf.

Der Thackeray 3000 wog 650 Kilogramm und hatte einen Brandschutz, Spezialdichtungen und eine Schlosspanzerung, die einem schweren Angriff standhielt. Zumindest hatte General Petersen das behauptet.

Anscheinend begriff Sofia, was er vorhatte, denn sie stand bereits neben ihm und half ihm, die Fächer samt Inhalt herauszureißen. Doch dann sah sie plötzlich zur Seite und schrie auf, als zwei, drei, vier Handgranaten in den Raum flogen und über den Boden kullerten.

»Schnell!«, drängte Jayden.

Sie zwängten sich in den Tresor. Keine Sekunde zu früh,

denn kaum hatte Jayden die Tür zur Hälfte zugezogen, explodierte die erste Granate. Die Splitter flogen mit einem dumpfen Knall gegen die Hülle des Tresors. Kurz darauf explodierten die anderen Granaten. Ein wahrer Splitterregen prasselte auf den Tresor nieder und es hörte sich an, als würde jemand einen Sack Nägel und Schrott gegen die Tresorwände werfen.

Instinktiv hielten Jayden und Sofia die Luft an. Kurz darauf rangen sie wieder nach Atem. Jayden ließ die Tür einen Spaltbreit offen, da er nicht sicher war, ob er sie jemals wieder von innen öffnen konnte, falls die Schließbolzen automatisch einrasten sollten. Da der enge Raum ihnen beiden nur dicht aneinandergekauert Platz bot, hätten sie wohl kaum für mehr als ein paar Minuten Atemluft gehabt, wenn der Tresor erst mal luftdicht verschlossen war.

Jayden merkte, wie Sofia unruhig wurde und nach draußen drängen wollte. »Nicht«, flüsterte er. »Warten wir noch die nächste Angriffswelle ab.« Er war sicher, dass die Attacke noch lange nicht vorbei war. »Hier sind wir im Moment sicher.«

Sofia kauerte sich wieder neben ihm zusammen. Sie zitterte am ganzen Leib. Ihm selbst erging es nicht anders. Im Dämmerlicht musste er wieder an den toten General denken. Wer wusste schon, wie viele es vom Botschaftspersonal noch erwischt hatte. Mit rasendem Herzen hörte er, wie erneut etwas in den Raum flog und über den Boden kullerte. Wieder hielten sie die Luft an. Sekunden später folgte die Detonation.

Eine Rauchgranate.

Der beißende Geruch kroch durch den Spalt in den Tresor

und kratzte ätzend in Jaydens Hals. Wer immer dafür verantwortlich war, machte keine halben Sachen.

Sie warteten weiter, rangen nach Luft und schließlich drückte Jayden die Tresortür mit dem Fuß etwas weiter auf, damit sie hinaussehen konnten.

Kurz darauf erstarben die Explosionen um sie herum. Auch die Pistolenschüsse und das Knattern der Gewehre hörten auf. Es wurde verdächtig ruhig.

Du musst Hilfe holen!, war Jaydens nächster Gedanke. Doch der war völlig absurd, denn mittlerweile wusste bestimmt jeder in der Innenstadt von Buenos Aires von diesem Angriff. Der Lärm und die Rauchwolken waren wohl kaum zu überhören und zu übersehen. Polizei, Militär und Rettungswagen waren sicher schon unterwegs.

»Es ist vorbei«, flüsterte Sofia.

Und wenn nicht? Womöglich war das erst der Anfang. Jayden konnte sich nicht vorstellen, dass irgendjemand außer ihnen den massiven Raketen-, Bomben- und Granatenangriff, gefolgt vom Schusswechsel, überlebt haben könnte. Und wenn, dann nur schwer verletzt. Die Frage war: *Wozu das alles?* Wer immer dahintersteckte, hatte sein Ziel vielleicht noch nicht erreicht.

»Wir sollten auf Verstärkung warten …«, flüsterte Jayden.

»Mach du das!« Sofia drückte die Tür ganz auf und kroch aus dem Tresor. Der Rauch hatte sich mittlerweile einigermaßen gelegt, schwebte aber immer noch über die Trümmer auf dem Boden.

»Warte!« Keuchend kroch Jayden hinter ihr aus dem Safe.

Mit tränenden Augen sah er, wie Sofia auf dem Boden kauerte und mit den Händen durch den Schutt wühlte, bis sie ihre Festplatte gefunden hatte. Dann schnappte sie sich ihr Handy, das mit dem zerbombten Tisch in eine Ecke geschleudert worden war. Ihre Umhängetasche und der Laptop waren nirgends zu sehen.

»Bleib hier, es ist noch nicht sicher!«, raunte er ihr zu.

»Sicher?«, wiederholte sie mit flatternder Stimme. »Hier ist gar nichts sicher! Ich hau ab!«

Die komplette Botschaft lag in Trümmern. Vermutlich kam man ohne Probleme durch irgendein Loch in der Wand ins Freie und von dort über Mauer und Zaun vom Gelände. Etwas weiter weg hatte sich bestimmt schon eine neugierige Menschenansammlung gebildet, die nicht genau wusste, was hier passiert war. Möglicherweise war es Sofias Plan, dort unauffällig zu verschwinden.

Die Reste der Tür zum Besprechungsraum hingen schief in den Angeln und Sofia stolperte durch die Öffnung in den von Rauch geschwängerten Gang.

»Sofia«, presste er hervor, doch sie war schon verschwunden.

Verdammt! Jayden wollte ihr hinterherlaufen, doch da detonierte eine Granate im Nebenraum. Dem Klang nach ein Schrapnell, denn die Metallkugeln flogen mit einem dumpfen Klatschen gegen die Wände, sodass der Putz staubend von der Mauer bröckelte.

Einer der Metallsplitter durchschlug die Wand und bohrte sich mit voller Wucht in Jaydens Brust. Er stolperte zurück und verlor das Gleichgewicht, während er zum Herzen griff und nach Luft schnappte.

Schon oft hatte er gehört, dass zum Zeitpunkt des Todes das Leben wie im Zeitraffer vor dem geistigen Auge ablief.

Es stimmte …

Im nächsten Moment schlug er hart auf dem Boden auf.

6. KAPITEL

FÜNFZEHN MONATE ZUVOR

Nachdem Jayden das Haus betreten und die Papiertüte mit den Lebensmitteln in der Küche abgestellt hatte, kam Tante Maggie heim. Sie trug noch ihre weiße Krankenhauskleidung. Ihre Haare waren zu einem Knoten hochgesteckt, einige wenige Strähnen fielen ihr in die Stirn. Sie sah erschöpft aus.

Eigentlich war sie gar nicht Jaydens richtige Tante. Sie hatte früher in London als Hebamme im Children's University Hospital gearbeitet und in jener Nacht Dienst gehabt, als Jaydens Mutter hochschwanger und mit schweren Unterleibsblutungen eingeliefert worden war. Wenige Tage zuvor war seine Mutter von Sri Lanka nach England eingereist. Niemand kannte den Grund. Sie hatte hier weder Freunde noch Verwandte gehabt, und bis auf ihren Vornamen Shyla hatte man nichts weiter über ihre Identität herausfinden können. Deshalb hatte sich Maggie Knoxville anfangs um die beiden Babys gekümmert und sie später adoptiert. Andernfalls wären Grace und er in ein Waisenhaus gesteckt worden, so aber waren sie bei »Tante« Maggie aufgewachsen.

»War der Nachtdienst anstrengend?«, fragte Jayden.

»Ja, wie immer«, seufzte Maggie. »Drei Geburten, aber diesmal …« Sie verstummte, starrte Jayden an und kniff die Augen zusammen. »Wusste ich es doch!«, rief sie. »Du hast wieder bei den Docks gekämpft.« Sie kam näher, wischte ihm grob die Haare aus dem Gesicht und begutachtete die Schrammen unter dem Auge und auf Stirn und Wangen.

»Aua!«, rief Jayden.

»Geschieht dir recht.« Dann packte sie seine Handgelenke und betrachtete die wundgeschlagenen Knöchel. »Wenn du nicht schon so groß wärst, würde ich dir den Hintern versohlen.« Sie atmete tief durch. »Warum tust du das?«

»Boxen ist das Einzige, das ich richtig gut kann.«

»Stattdessen solltest du etwas aus deinem Leben machen!«

»Diesmal hat es nicht lange gedauert«, verteidigte er sich.

»Das sehe ich, dein Gesicht sieht aus wie eine eingetretene Wirtshaustür.« Sie schob seine Oberlippe zur Seite wie bei einem Pferd, das man begutachtete. »Wenigstens hat dir dein Gegner keinen Zahn ausgeschlagen.« Sie öffnete die Schranktür über der Spüle und wollte den Verbandskasten herausholen.

Doch Jayden schloss den Schrank wieder. »Ist schon okay. Ich gehe duschen, dann ist alles wieder in Ordnung.«

»Nichts ist in Ordnung!«, fauchte Maggie. »Sieh dich doch nur an.«

»Ich musste ein paar Schläge einstecken, sonst gehen die Quoten beim nächsten Kampf nicht rauf«, verteidigte sich Jayden.

Sie seufzte. »Hast du wieder auf dich gesetzt?«

»Natürlich.«

Sie blickte zur Einkaufstüte. »Wie viel hast du diesmal verdient?«

»Dreihundert Pfund.«

Laut stöhnte sie auf. »Du weißt, dass ich das nicht gutheiße. Eines Tages gerätst du an den Falschen und der prügelt dich ins Krankenhaus.«

»Wo du mich wieder zusammenflickst.« Jayden grinste, merkte jedoch, dass sein Kiefer dabei schmerzte. »Schau mal.« Dann packte er die Tüten aus und ließ die Maisdosen, Avocados, Mangos und frischen Orangen herausrollen.

»Verschwinde schon in die Dusche, bevor Grace dich so sieht«, befahl sie. »Ich räum das weg und mach uns allen ein Frühstück.«

Das ließ Jayden sich nicht zweimal sagen. Er verließ die Küche und sprintete über die Treppe ins obere Stockwerk, wo Grace und er je ein eigenes Zimmer hatten.

Doch Grace kam gerade die Treppe herunter, im blauen Kleid, die dunklen Haare zu einem Zopf geflochten und mit ihrer viel zu kleinen Brille auf der Nase, die sie schon seit ihrem zwölften Lebensjahr hatte. Auf halber Strecke begegneten sie sich. Die Verwandtschaft zwischen ihnen ließ sich nicht abstreiten. Grace hatte ebenfalls hellbraune Haut, schwarze Haare und dunkelbraune Augen, allerdings sah sie wesentlich hübscher aus als er, weil sie große Augen und ein breites gewinnendes Lächeln hatte.

Obwohl Grace nur drei Minuten älter war als er, wirkte sie viel erwachsener und reifer als andere Mädchen in ihrem Alter. Lag vermutlich daran, dass sie schon ziemlich früh erwachsen werden musste und seit einem Jahr in der Buchhandlung von Mr Margolis arbeitete.

»Guten Morgen, mein Großer.« Sie lächelte ihn an, verzog

jedoch kurz darauf das Gesicht. »Jayden!«, sagte sie vorwurfsvoll.

Jayden drückte sich mit einem knappen »Morgen« an ihr vorbei, doch Grace folgte ihm ins obere Stockwerk. Während er in sein Zimmer ging, hörte er sie im Badezimmer herumkramen, dann kam sie auch schon mit dem Erste-Hilfe-Kasten zu ihm.

Er hatte bereits Jacke und T-Shirt ausgezogen, um in die Dusche zu springen, aber sie versperrte ihm den Weg und drängte ihn ins Zimmer zurück.

»Warum tust du das immer wieder?«, rügte sie ihn, während sie seine aufgeschlagenen Fingerknöchel mit Desinfektionsmittel bestrich. »All die schrecklichen Boxkämpfe?«

»Aua!«, entfuhr es ihm. »Um Geld zu verdienen.«

»Blödsinn! Du musst dir deinen Frust und deinen Zorn von der Seele prügeln.«

»Welchen Zorn?«

»Tu nicht so ahnungslos ... und halt still, du Memme!« Sie tränkte einen Wattebausch mit Alkohol und entfernte die Blutkruste auf seiner Lippe. »Du hast eine Abneigung gegen arrogante Typen, denen alles in die Wiege gelegt wurde, die aber nichts draus machen.«

»Blödsinn«, nuschelte er, während sie immer noch an seiner Lippe herumfummelte.

»Du kannst all die College-Bübchen an den Universitäten nicht ausstehen«, fuhr sie unbeirrt fort, »weil du tief in dir weißt, dass du auch das Zeug dazu hättest, dort zu studieren. Weil du ebenso clever bist wie die, aber keine Möglichkeit hast, da du dich die meiste Zeit auf der Straße herumgetrieben und nie die Chance genutzt hast, mehr aus deinem Leben zu machen.«

»Ich will gar nicht zur Schule.«

»Du belügst dich selbst!«

»Nein.«

»Doch«, widersprach sie und bestrich die blauen Flecken auf seinen Armen mit einem kühlenden Gel. »Und das Tragische dabei ist, dass du selbst schuld an deiner Situation bist.«

»Ach, tatsächlich?«

»Ja, und schau mich nicht so an! Du denkst, du wärst schuld am Tod unserer Mutter, weil sie die Bluttransfusion zu spät bekommen und deine Geburt nicht überlebt hat. Und deshalb willst du für den Rest deines Lebens büßen und lässt es gar nicht zu, dass dir etwas Gutes widerfährt.«

»Hör auf damit!« Er wollte sich an ihr vorbeidrängen, doch sie versperrte ihm den Weg. »Nein, Jayden, es ist die Wahrheit, auch wenn du sie nicht hören willst. Darum prügelst du dich, weil du nur deine Schuldgefühle und deinen Frust loswerden kannst, indem du andere vermöbelst. Der alte Ilja weiß das und nutzt dich nur aus.«

Jayden wurde still, ließ die Schultern hängen, dann sah er auf. »Und was soll ich deiner Meinung nach tun?«

»Vergib dir selbst.« Sie strich ihm die Haare hinters Ohr und lächelte ihn an. »Und lass zu, dass du etwas aus deinem Leben machst.« Sie schloss den Erste-Hilfe-Koffer und schob ihn mit dem Fuß unter sein Bett. Mittlerweile zog von unten der Duft von Kaffee, Eiern und gebratenem Speck ins Zimmer. Plötzlich sah sie auf die Uhr. »O Mann, ich muss in den Buchladen.«

»Isst du nichts mit uns?«

»Nein, bin schon spät dran.«

»Ich wünsche dir einen schönen Tag.«

Sie sah ihn skeptisch an.

»Das meine ich ernst«, verteidigte er sich. »Schönen Gruß an Mr Margolis und verkauf viele Bücher.« Er sah ihr nach, wie sie das Zimmer verließ und die Tür hinter sich schloss. Während ihre Schritte auf der Treppe immer leiser wurden, nahm er das einzige Buch, das er besaß, zur Hand und setzte sich im Schneidersitz auf sein Bett.

Der Einband war schon zerschlissen, der Buchrücken gebrochen und fast alle Seiten waren geknickt. *999 Dinge, die Sie wissen müssen, bevor das Leben zu Ende ist* stand auf dem Cover. Das Buch stammte von der Londoner Psychologin Elly D. Shepard. Auf der Rückseite des Buches war ein Foto von ihr. Sie lächelte und trug einen jungen weißen Kater mit einem schwarzen Fleck um ein Auge im Arm. Das war Houdini, wie Jayden aus ihrer Kurzbiografie wusste.

Grace hatte ja verdammt noch mal recht. Er war alles andere als dumm und hatte vermutlich mehr Grips als die meisten anderen Jungs in seinem Alter – aber gleichzeitig wusste er auch, dass die abgefuckte Schule bei den Docks, die er vor dem Sommer beendet hatte, ihn keinen Meter im Leben weiterbrachte. Mit diesem Abschluss hatte er nicht die geringste Chance, einen höheren Bildungsweg einzuschlagen.

Grace wusste das genauso gut wie er und hatte ihn immer dazu bewegen wollen, mehr Bücher zu lesen. Aber er hatte bisher nur dieses eine Buch verschlungen, das jedoch mehrfach –

so oft, dass es beinahe schon auseinanderfiel. Etwas Besonderes verband ihn mit diesem fast 700 Seiten dicken Schmöker. Er hatte seiner Mutter gehört – und war das Einzige, das sie ihren beiden Kindern hinterlassen hatte. Darin standen sämtliche Weisheiten, die man seiner Meinung nach brauchte, um sich im Leben durchzuschlagen.

»Frühstück«, rief Tante Maggie aus der Küche.

»Komme gleich …« Er öffnete das Buch wahllos in der Mitte. *Die cleveren Menschen machen am Anfang das, was die Dummen später machen,* lautete Tipp Nr. 511. Jayden kramte das Zugticket, das Colonel Brettner ihm gegeben hatte, aus der Hosentasche und legte es als Lesezeichen ins Buch.

Er dachte an seine Mutter, die er nie kennengelernt hatte, an Tante Maggie, Grace und den Colonel und merkte erst jetzt, dass ihm eine Träne über die Wange lief. Sie alle hatten recht. *Mach etwas aus deinem Leben.*

7. KAPITEL

Jayden hyperventilierte. Mit zitternden Fingern griff er sich an die Brust. Der Splitter des Schrapnells hatte sich durch seine Hemdtasche in sein Handy gebohrt. Es war total zerfetzt. Einige scharfkantige Metallstücke hatten seine Haut aufgeritzt, aber sonst war er bis auf eine gewaltige Prellung unverletzt. Er zog das zerstörte Handy aus der zerrissenen Brusttasche und warf es von sich. Keuchend und mit spitzen Fingern zupfte er sich die Splitter aus der Haut.

Du hast verdammt noch mal mehr Glück als Verstand!

Mit weichen Knien rappelte er sich auf. Und jetzt? Er musste Sofia finden! Die irrte vermutlich irgendwo in der Botschaft herum – staubbedeckt wie ein Geist – auf der Suche nach einem Weg nach draußen.

Bevor er den Raum verließ, beugte er sich noch einmal über den toten General und nahm dessen Handy an sich. »Sorry«, murmelte er.

Jayden hatte zwar immer noch kein Netz, aber zumindest waren Telefon und Akku intakt.

Dann ging er in die Richtung, die Sofia zuvor eingeschlagen hatte. Es war kaum zu glauben, wie das Gebäude binnen weniger Minuten so massiv hatte zerstört werden können. Die Büros waren nicht mehr wiederzuerkennen.

Der Staub juckte in seinen Augen. Dazu kam auch noch der Rauch der Granaten. Röchelnd und mit tränenden Augen erreichte er die Küche. Dort schnappte er sich ein Geschirrtuch aus einer Schublade, tränkte es mit Wasser aus einer Flasche und band sich das nasse Tuch über Mund und Nase.

Danach machte er sich weiter auf die Suche nach Sofia. Aber er hatte keine Ahnung, wohin sie gelaufen sein könnte. Er wollte schon laut nach ihr rufen, verstummte jedoch jäh, als er den Strahl einer Taschenlampe sah, der wie ein Lichtfinger durch die Nebelschwaden schnitt. War das ein Überlebender?

Jayden wollte schon auf das Licht zugehen, stoppte jedoch rechtzeitig und drückte sich hinter einem Wandschrank in eine Nische. Denn da war nicht nur das Licht der Taschenlampe zu sehen, sondern auch der dünne rötliche Laserstrahl eines Gewehrs, der synchron mit dem Licht durch den Nebel wanderte. Und es war auch kein Mitarbeiter der Botschaft, sondern ein Soldat in einer schwarzen Kampfuniform mit schweren Stiefeln und einer Gasmaske. Der Typ schritt die Räume der Reihe nach ab und durchsuchte alles.

O verflucht!

Jayden rutschte das Herz in die Hose. Um ein Haar wäre er dem Kerl in die Arme gelaufen. Während der Mann in ein Büro ging und ihm den Rücken zukehrte, huschte Jayden im Gang an ihm vorbei. Dabei versuchte er, so leise wie möglich zu sein, indem er auf keinen Schutt und keine Trümmer trat. Allerdings waren seine Ohren immer noch halb taub, weil sie von den Explosionen dröhnten, und so konnte er nur hoffen, kein verräterisches Geräusch zu machen.

Da war noch ein Kerl! Jayden versteckte sich hinter einer aufgesprengten Schranktür und wartete, bis der Soldat vorbei war. Dann schlich er leise weiter durch die Gebäuderuine.

Je weiter er kam, desto mehr bewaffnete Männer mit Gasmasken sah er, die die Botschaft durchsuchten. Er verbarg sich hinter einer Tür, die nur noch halb in den Angeln hing, und presste sich an die Wand. *Wenn das nur gutgeht!* Wegen des feuchten Tuches musste er zumindest nicht husten und sich nicht räuspern. Abgesehen davon war es nur einem riesengroßen Glück zu verdanken, dass ihn bisher niemand entdeckt hatte. Aber vermutlich rechnete von den Angreifern niemand damit, dass noch jemand außer ihnen lebend durch das Gebäude schlich.

Dumpf hörte er jetzt das Knacken und Knistern von Funkgeräten. Die Soldaten unterhielten sich über Funk, und zwar auf Spanisch. Einiges davon verstand Jayden sogar, da er die Sprache ein wenig konnte. Das war auch der Grund, weshalb er diesen Ferienjob bekommen hatte. Außerdem hatte er in den letzten zwei Wochen seine Kenntnisse ein wenig auf Vordermann bringen können, was ihm jetzt von Nutzen war.

»Durchsucht Kantine, Aufenthaltsraum und Besprechungszimmer. Wir treffen uns in zwei Minuten auf der Treppe am Hintereingang.«

Jayden lugte aus seinem Versteck hervor und sah, wie sich die Männer trennten und gezielt in die entsprechenden Richtungen liefen.

Die kennen die genauen Baupläne des Gebäudes, schoss es ihm durch den Kopf.

»Wenn sie sich bereits auf dem Weg zu den Limousinen im Innenhof befand, wurde sie vielleicht im Büro der Assistentin in Sicherheit gebracht …«, drang eine Stimme aus einem der Funkgeräte.

Jaydens Puls stieg. Die kannten sogar das Prozedere in der Botschaft, wie man Leute aus dem Areal schaffte. Und bestimmt auch den genauen Ablauf von Sofias Überstellung zum Flughafen. Die Angreifer waren also nur hinter einem Ziel her: Sofia! Demnach konnte nur dieser IT-Konzern Futurotec hinter dem Anschlag stecken, auch wenn Sofia das selbst nicht glauben wollte. Aber es musste so sein!

Jedenfalls wurde ihm durch diese Funkgespräche auch klar, dass die Soldaten Sofia immer noch nicht gefunden hatten. Und er begriff, dass er sie vor diesen Männern finden musste.

Er spähte aus seinem Versteck hervor und sah, wie die Soldaten vom Gang aus in jedes Büro sahen. Kurz blitzten die Gewehrmündungen im Rauch grell auf, doch Jayden hörte nur ein leises Ploppen. *Schalldämpfer!* Hilflos, mit weichen Knien und zitternden Händen, musste er zusehen, wie diese Mistkerle jeden abknallten, auf den sie stießen. Bei dem Gedanken daran, welche Tragödien sich in den Büros abspielten, wurde Jaydens Brustkorb eng und drückte auf sein Herz.

Er schob den Unterkiefer hin und her und schluckte, bis es in seinen Ohren knackte. Mittlerweile konnte er wieder einigermaßen gut hören. Seine Augen tränten zwar noch, aber er bekam anständig Luft, da sich der Staub gesenkt und der Rauch ein wenig verflüchtigt hatten. Langsam, ohne ein Geräusch zu verursachen, kam er aus seinem Versteck hervor und schlich in die Richtung, aus der die Soldaten gekommen waren.

Jayden dachte nach. *Was würdest du an Sofias Stelle tun?* Er wusste fast nichts über die junge Frau, versuchte aber trotzdem, die Gefahr, in der er sich befand, für einen Moment auszublenden und sich in Sofia hineinzuversetzen. Nach dem ersten Schusswechsel vor der Botschaft hatte General Petersen sie vom Haupteingang quer über das Areal in das Hauptgebäude in Sicherheit gebracht. In dieser Zeit hatte Sofia von dem Gelände nicht viel gesehen. Sie war lediglich am Müllplatz vorbeigekommen, wo die Container direkt an der Mauer standen. Dort könnte sie theoretisch auf einen der Container klettern und von da über die Mauer und den Stacheldraht springen. Dann befände sie sich zwar in einer schmalen Seitengasse, aber sie wäre draußen. Und er schätzte Sofia so ein, dass sie das Gelände so rasch wie möglich verlassen wollte, um in der Stadt unterzutauchen. Vielleicht wollte sie auch gegen den Ratschlag des Generals in ihre Wohnung flüchten. *Verdammt schlechte Idee!*

Außerdem wusste Jayden, dass die Angreifer Drohnen besaßen und damit garantiert das gesamte Grundstück der Botschaft überwachten. In der Seitengasse hinter den Müllcontainern stand sicher ein Wachposten. Schon allein deshalb, um Alarm zu schlagen, sobald die Polizei anrückte. Wo blieb die eigentlich? So gesehen war es keine gute Idee, an jener Stelle über die Mauer abzuhauen – aber das alles konnte Sofia nicht wissen.

Instinktiv hatte Jayden bereits den Weg durch die Gänge zum Büro der Ärztin eingeschlagen, die sich gegenüber dem

Kopierzimmer und der Abstellkammer befand. Von dort aus konnte er durch ein Fenster direkt auf den Müllplatz sehen. Mit etwas Glück würde Sofia gerade geduckt zu einem der Container laufen. Dann konnte er durchs Fenster springen, um sie abzufangen.

In der Ferne hörte Jayden, wie die Soldaten die einzelnen Räume durchkämmten, vernahm ihre verzerrten blechernen Stimmen über die Funkgeräte und hin und wieder einen Hilferuf, gefolgt von einem Schrei und einem Ploppen, bei dem es ihm jedes Mal die Kehle zuschnürte.

Endlich erreichte er das Arztzimmer. Vorsichtig drückte er die Tür auf. Der Schutt knirschte unter dem Türspalt. Wie in jeden Raum, so war auch in dieses Zimmer eine Granate geflogen, die die gesamte Einrichtung zerstört hatte. Die Leuchtstoffröhre baumelte demoliert von der Decke, Scherben von den Glasvitrinen lagen auf dem Boden und in der Mitte lag eine Tote mit verrenkten Gliedmaßen. Der Schreck fuhr Jayden in die Knochen, doch dann beruhigte er sich wieder. Nein, das war nur eine Gummipuppe, an der sie beim Erste-Hilfe-Kurs Wiederbelebungsmaßnahmen trainiert hatten. Daneben lagen ein manngroßes Plastikskelett und ein Plakat über die menschliche Anatomie unter einem Schuttberg begraben. *Alles gut*, sagte er sich und atmete erleichtert aus.

Als er sich zum Fenster drehte, stürzte ein Schatten auf ihn. Reflexartig riss er die Arme im Kreuzblock nach oben, wehrte die lange Eisenstange ab und wand sie dem Angreifer mit einer Drehung aus den Händen. Das Rohr fiel in den Schutt. Unterdessen packte er seinen Gegner am Arm und schleuderte ihn über die Schulter hart zu Boden. Im nächsten Moment hockte er auf der Person, die Faust zum Schlag erhoben, stoppte jedoch. Er sah Sofias staubbedecktes Gesicht. Ihre Haare waren grau. Sie wollte schreien, doch er presste ihr die Hand fest auf den Mund. Mit der anderen Hand zog er sich das Stofftuch vom Gesicht. »Ich bin es!«

Sie verstummte, ihr Widerstand erschlaffte.

Er nahm die Hand von ihrem Mund und legte den Finger auf seine Lippen. »Leise!«, zischte er.

Sie nickte. »Tut mir leid, ich dachte …«

»Schon gut.« Er stand auf und half ihr hoch. Er blickte zu der Eisenstange, mit der Sofia ihn attackiert hatte. Anscheinend hatte sie in ihrer Panik nach der erstbesten Waffe gegriffen – und das war der Ständer, auf dem das Plastikskelett gehangen hatte.

»So viele Leute sind tot … Das ist alles wie in einem schrecklichen Albtraum …«, schluchzte sie und fing plötzlich an zu weinen.

Er nahm sie in die Arme, strich ihr übers Haar, blickte aber immer mit einem Auge zur Tür. Es war ein Wunder, dass Sofia es überhaupt unbemerkt und unverletzt bis hierher geschafft hatte. »Wir müssen weg«, flüsterte er.

»Ja.« Sie schniefte, löste sich aus seiner Umarmung und wischte sich die Tränen aus dem Gesicht. Dabei verteilte sie den Staub auf ihren Wangen, der nun aussah wie eine Kriegsbemalung.

»Komm mit.« Er wollte sie zur Tür schieben, doch sie wehrte sich.

»Nein«, zischte sie und deutete zum Fenster. »Wenn wir da rausklettern und es über den Platz zu den Müllcontainern schaffen, können wir über die Mauer klettern.«

Er schüttelte den Kopf. »Dort entdecken sie uns sofort.«

»Vielleicht lassen sie uns abhauen?«

Wieder schüttelte er den Kopf. Wie sollte er es ihr beibringen? »Sofia, die suchen nach dir! Deswegen gibt es den Angriff auf die Botschaft.«

»Wegen mir? Das kann ich nicht glauben!«

»Hör mir zu! Ich habe ihre Funkgespräche belauscht. Die suchen *dich*!«

»Du meinst …« Sie stockte. »All die Leute sind tot … wegen mir?«

Jayden wollte schon nicken, doch dann sah er Sofias entsetzten Blick und sagte stattdessen: »Was immer du getan hast, sie sind hinter dir her und nehmen dabei keine Rücksicht auf andere.«

»Wenn das stimmt«, flüsterte sie schockiert, »dann habe ich einen weiteren Grund, so rasch wie möglich von hier zu verschwinden.« Sie wollte zum Fenster laufen, doch er hielt sie am Arm zurück.

»Du kennst dich in dem Gebäude und auf dem Areal nicht aus – ich schon«, redete er auf sie ein. »Ich kann dich hier rausbringen!«

»Du bist doch nur der Sandwich-Junge«, sagte sie verzweifelt.

Er sah sie überrascht an. »War mit den Sandwiches etwas nicht in Ordnung?«

»Doch … aber wer bist du?«

»Praktikant in der Postabteilung.«

»Postabteilung?«, wiederholte sie. »Für einen Briefträger kannst du ganz schön hart kämpfen.«

Er erwiderte nichts darauf, sondern schob sie vom Fenster weg in Richtung Tür. »Warte hier!« Er durchsuchte die Schränke und Schubladen des Arztzimmers, bis er eine funktionierende dünne Stabtaschenlampe fand, die er sich in die Hosentasche steckte.

»Und wie kommen wir jetzt raus?«, fragte sie.

»Durch keinen der Ausgänge. Die werden mit Sicherheit überwacht.«

»Dann verstecken wir uns?«

Jayden schüttelte den Kopf. »Die werden alles so lange durchsuchen, bis sie dich gefunden haben.«

Panik flackerte in ihren Augen auf. »Was machen wir dann?«

Er griff nach der Eisenstange. »Wir hauen durch den Keller ab.«

8. KAPITEL

FÜNFZEHN MONATE ZUVOR

Jayden war mit dem Zug früh morgens nach London gefahren, hatte am Bahnhof ein Taxi in die Pennystreet genommen und traf gegen neun Uhr im Ausbildungscamp des MI6 ein. Es war kein modernes Gebäude aus Stahl, Beton und großen blauen Glasfenstern, wie er angenommen hatte, sondern bloß ein unscheinbares rotes Backsteingebäude, das wie eine leer stehende Lagerhalle aussah.

Am Rolltor befanden sich Überwachungskameras und ein elektronischer Türöffner. Ein breitgebauter Mann mit Glatze und Vollbart stand davor. »Name?«

»Jayden D. Knoxville«, sagte er.

»Wofür steht denn das D?«, fragte der Glatzkopf.

»Keine Ahnung.« Jayden wusste es wirklich nicht.

»Okay, du Witzbold, geh weiter durch die Halle, erste Tür rechts, Trakt B, Zimmer 25. Dort sind die Umkleidekabinen. Zieh einen der grauen Trainingsanzüge an. Dann folgst du den gelben Markierungen in die Arena.«

Jayden runzelte die Stirn. »Welche Tür war das gleich noch mal?«

»Dir wird das Lachen noch vergehen!« Der Mann schob ihn in die Halle.

Drei Minuten später hatte Jayden die Umkleidekabinen

gefunden. Dort sah es aus wie in einer heruntergekommenen Sportgarderobe. Ein großer Spiegel, lange Holzbänke und eine lange Reihe mit absperrbaren Schränken. An jedem Spind hing ein grauer Trainingsanzug, der ziemlich verschlissen aussah.

Jayden hörte mehrere jugendliche Stimmen. Anscheinend war er nicht der Einzige, der zu diesem Termin eingeladen worden war. Ein schlanker, hoch gewachsener etwa sechzehnjähriger Junge mit kurzen strubbligen silbergrauen Haaren saß auf einer Bank und schnürte gerade seine Turnschuhe zu.

Jayden trat näher. »Hallo, ich bin Jayden.«

Der Junge sah auf, grinste breit und reichte ihm die Hand. »Ich bin Erik.« Er hatte eisgraue Augen wie ein Husky und einen skandinavischen Akzent. »Auch neu hier?«

Jayden nickte. »Wie viele sind wir?«

Erik zuckte mit den Achseln. »Hab noch nicht viele kennengelernt … schätze aber, etwa zwanzig Leute.«

»Was wird das?«

»Keine Ahnung.« Erik stand auf und krempelte die Ärmel seines Trainingsanzugs hoch. Auf seiner Brust prangte die Zahl siebzehn. »Beeil dich, ich glaube, es geht gleich los.«

Jayden schlüpfte in einen der Trainingsanzüge, der ihm ein wenig zu eng war, mit der Nummer elf auf der Brust, und sperrte seine Kleidung in einen Spind. Allerdings steckte er seine Brieftasche mit dem Ausweis in die Hose. Er hatte keinen Bock darauf, dass einer der anderen Jugendlichen seinen Spind aufbrach und sein Geld klaute.

Erik, der ihn dabei beobachtete, kniff skeptisch die Brauen zusammen. »Du glaubst wohl nicht an das Gute im Menschen?«

Jayden lächelte. »Ich verlasse mich lieber auf das Schlechte.« *Elly D. Shepards Tipp Nr. 87.*

Erik grinste, dann schlug er ihm auf die Schulter. »Komm, Alter, ich glaube, wir sind die Letzten, schauen wir uns die Show an.«

Gemeinsam folgten sie den gelben Pfeilen. Die sogenannte Arena war eine große Sporthalle, in der mehrere Plattformen für Boxkämpfe errichtet worden waren. Es gab jede Menge Matten, Sandsäcke, Schlagpolster und einen Schrank voller Boxhandschuhe.

Seitlich, auf der länglichen Tribüne, befanden sich fünf ansteigende Sitzreihen, auf der zwei Dutzend gut gekleidete Männer und Frauen saßen, die sich unterhielten, telefonierten oder auf Tablets herumscrollten.

»Das ist unser Publikum?«, flüsterte Jayden. »Wirkt irgendwie wie ein streng geheimes Casting.«

Erik verzog das Gesicht. »Erinnert mich an eine Prüfung im Turnunterricht.«

»Meinst du, die sind alle vom Geheimdienst?«

Erik hob die Schultern. »Vom örtlichen Gesangsverein bestimmt nicht.«

Eine Frau mit langen blonden Haaren im schwarzen Trainingsanzug saß an einem Tisch und teilte den etwa zwanzig Jugendlichen, die wie Erik und Jayden graue Kleidung trugen, gerade passende Karatehandschuhe aus. Jayden erkannte neben ihr Colonel Frank Brettner. Der kam sogleich mit ausgestreckter Hand auf sie zu. »Guten Morgen, Jayden, Erik.« Er schüttelte ihnen die Hand. »Ihr seid spät dran, der Showkampf beginnt gleich.« Er deutete auf eine große Kreidetafel, die voll mit Namen und Uhrzeiten war. Jayden entdeckte seinen Namen und auch den von Erik. *Erik Tuomi.* Klang Finnisch.

Jayden überflog die Liste der Kämpfe. Offenbar musste jeder von ihnen zweimal antreten.

»Drei Regeln«, sagte der Colonel. »Ihr kämpft immer mit Zahnschutz. Keine unfairen Techniken, keine Kicks in die Weichteile, keine Schläge ins Gesicht.«

»Das sind vier Regeln«, sagte Erik.

»Klugscheißer!«, bemerkte der Colonel mit einem Lächeln.

Jayden starrte immer noch auf die Kreidetafel. »Dort stehen vierzig Namen«, stellte er fest und sah sich um. »Wir sind aber nur zwanzig.«

Der Colonel nickte. »Eure Gegner kommen gleich.« Ein Gong ertönte und der Colonel deutete zu seiner Kollegin. »Schnappt euch Zahnschutz und Handschuhe, dann geht zur Tribüne und wartet darauf, dass ihr aufgerufen werdet.« Er zog ein paar zusammengefaltete Blätter aus der Innentasche seines Sakkos. »Lest euch das in der Zwischenzeit durch und unterschreibt es. Ihr könnt doch lesen?«

Jayden funkelte den Colonel an.

»Eine MI6-Verschwiegenheitserklärung?«, witzelte Erik.

»Ja, das auch …« Der Blick des Colonels blieb ernst. »… und eine Schadenersatz- und Schmerzensgeldverzichtserklärung für den Fall, dass ihr beim Kampf ernsthaft verletzt werdet.«

»Das sollten dann wohl eher unsere Gegner unterschreiben, und nicht wir«, scherzte Erik.

»Nimm den Mund nicht so voll.« Der Colonel nickte zur Tribüne. »Und jetzt weg mit euch, wir fangen gleich an.«

»Yes, Sir, ich …«, begann Erik, als ein weiterer Gong ertönte. Durch eine Seitentür betraten zwanzig weitere Jugendliche in blütenweißen Karateanzügen die Arena, bei deren Anblick es Erik die Sprache verschlug. Die Jungs und Mädchen waren alle mindestens zwei Jahre älter als Jayden und Erik, durchtrainiert und sahen finster drein.

»Scheiße …«, entfuhr es Erik mit trockener Kehle.

»Mach dir nicht gleich in die Hose«, flüsterte Jayden, »die Typen verspeisen wir zum Frühstück.« Er zog Erik zu dem Ausgabetisch, wo sie sich Zahnschutz, Karatehandschuhe und einen Kugelschreiber geben ließen. Dann hockten sie sich auf die Tribüne und lasen sich das Formular durch.

Eine Viertelstunde später hatte Jayden bereits die ersten Kämpfe beobachten können. Sie folgten immer dem gleichen Schema. Es gab eine Ringrichterin und die Jugendlichen in den grauen Trainingsanzügen kämpften stets gegen die etwas älteren Jugendlichen in den weißen Karate-Ghis, die allesamt einen schwarzen Gürtel trugen. Jayden konnte unmöglich sagen, ob manche von ihnen den ersten, zweiten oder schon dritten Dan hatten, doch allein die Tatsache, dass manche Gürtel schon abgenutzt aussahen, deutete darauf hin, dass diese Typen nicht erst seit gestern Karate trainierten.

Und die Kämpfe sprachen für sich. Die wenigsten der Teenager in den grauen Anzügen hatten eine Chance gegen ihre Gegner. Anscheinend gehörten die Schwarzgurte zu einer besonderen Elite – und je länger Jayden zusah, desto mehr dämmerte ihm, dass sie selbst nur als lebende Boxsäcke für diese Kids dienten.

In seinem ersten Kampf musste Jayden gegen ein 18-jähriges Mädchen namens Zoë antreten. Sie hatte lange braune Zöpfe, Sommersprossen, volle Lippen, lange Wimpern und sah sehr sympathisch aus. Allerdings sprachen ihre Fäuste eine andere Sprache. Sie war verdammt schnell, hatte irre Reflexe, eine gewaltige Power in ihren Schlägen, eine große Standfestigkeit und kam mit dem Bein fast bis zu Jaydens Kopf hinauf.

Nachdem Jayden ein paar Schläge gegen Rippen und Kniescheiben eingesteckt hatte, ging sein Temperament mit ihm durch und er verteidigte sich im Reflex mit einer Streetfight-Technik gegen die Halsschlagader, die Zoë sogleich zurückweichen ließ, woraufhin eine schrille Sirene ertönte, die ihm einen Strafpunkt einbrachte.

»Keine Schläge in die Weichteile und ins Gesicht!«, ertönte eine blecherne Stimme über Lautsprecher.

In der Folge wurde Jayden von Zoë zweimal auf die Matte geworfen und mit einem Festhaltegriff fixiert. Beim dritten Mal befreite er sich mit einem Schlag gegen ihren Hals, woraufhin wieder die Sirene ertönte und er erneut gemaßregelt wurde.

Frustriert nahm er anschließend wieder auf der Tribüne Platz. Von dort aus sah er zu, wie Erik, der offensichtlich auch hart zu kämpfen wusste, von einem Kerl namens Dylan im weißen Karateanzug so arg vermöbelt wurde, dass Jayden unwillkürlich das Gesicht verzog. »Das ist übel«, entfuhr es ihm, als Erik einen kräftigen Tritt in den Solar Plexus kassierte.

Minuten später ließ sich Erik keuchend an Jaydens Seite nieder. Er rieb sich zuerst den Oberarm, dann die Rippen. »So ein mieses Arschloch!«, fauchte er.

»Dieser Dylan trainiert wahrscheinlich schon sein Leben lang Karate«, stellte Jayden fest.

»Richtig. Er ist ein fieses Großmaul und einer der Star-Rekruten des MI6«, knurrte Erik. »Trainiert schon seit seinem fünften Lebensjahr im Dojo seines Vaters Karate und Taekwondo.«

Jayden sah ihn von der Seite an. »Und das weißt du alles *woher*?«

»Hab mich gestern in die Rekrutierungsliste des MI6 gehackt.«

»Du verarschst mich!«

Erik nickte zu dem Mädchen, gegen das Jayden gekämpft hatte. »Das ist Zoë. Ist die Tochter eines Londoner Rechtsanwalts.« Er wischte sich über den Mund. »Stammt aus reichem Haus und gibt das Geld ihres Vaters für teure Kampfsportcamps in exklusiven asiatischen Trainingshallen aus.«

»Aha, plötzlich weißt du das alles – und vorhin hast du so getan, als hättest du keine Ahnung, was uns erwartet«, warf Jayden ihm vor.

Erik grinste schief. »Da wusste ich ja noch nicht, ob ich dich leiden kann.«

Jayden sah ihn überrascht an. »Was für ein schönes Kompliment. Da wird mir gleich ganz warm ums Herz.«

»Wie schön.« Erik rieb sich über die Nase. »Das Problem dieser Typen ist, dass sie ihre Kampfsporttechniken nur in der Halle trainieren und keine Erfahrung im Straßenkampf haben.«

»Und dort würdest du sie natürlich schlagen?«, fragte Jayden vorsichtig nach.

»Sicher – du doch auch. Aber das dürfen wir hier nicht … *oooh!*« Er verzog schmerzvoll das Gesicht, als ein Mädchen im grauen Trainingsanzug brutal auf die Matte geknallt wurde. »In Wahrheit sind wir doch nur Kanonenfutter für diese Elite-Schnösel.«

Offenbar tickte Erik genauso wie er. Nun blickte Jayden zu den Damen und Herren auf der Tribüne und brachte den Gedanken zu Ende. »Das ist also gar kein Aufnahmetest für uns.«

»Gratuliere, dass du das auch schon kapiert hast!« Erik senkte die Stimme. »Schau dir die Schlipsträger doch an. Von denen interessiert sich keine Sau für uns. Wirkt auf mich nicht so, als würde uns einer von denen für irgendetwas engagieren wollen.«

Jayden nickte. Nun ergab vieles einen Sinn. Es war keine Auslese für sie. Colonel Brettner hatte sie nur angeworben, damit sie als Sparringspartner für diese Jugendlichen herhielten.

Nach zehn Minuten war Jayden zum zweiten Mal dran und musste diesmal gegen ein anderes Mädchen kämpfen, das ihn mit Hand- und Fußtechniken eindeckte, die ihn an eine Mischung aus der israelischen Selbstverteidigung Krav Maga und dem brasilianischen Capoeira erinnerte. Die Attacken kamen blitzschnell, wirkten jedoch viel zu koordiniert und einstudiert. Jayden wich aus, ging in die Hocke und holte sie mit einem fiesen Tritt gegen das Knie von den Beinen. Als er sie von hinten mit einem Ellenbogenschlag ins Genick endgültig ausknocken wollte, ertönte wieder die schrille Sirene. Frustriert ließ er diesen zweiten Kampf über sich ergehen und versuchte dann nur mehr, die Angriffe ohne Gegenwehr zu blocken.

Minuten später, als er wieder auf der untersten Bank der Tribüne saß, sah er, wie Dylan einen anderen Jugendlichen auf die Matte legte. Das über viele Jahre einstudierte Programm sah auf den ersten Blick ja echt beeindruckend aus, doch Jayden bezweifelte, dass Dylan auch nur eine Minute lang in einem illegalen Kampf bei den Liverpooler Docks überlebt hätte.

Erik gelang es bei seinem zweiten Kampf, diesmal gegen Zoë, das Mädchen sogar einmal auf die Matte zu knallen – und das völlig im Rahmen aller erlaubten Stilmittel. Erik blickte stolz zu Jayden auf die Tribüne und Jayden zeigte ihm den erhobenen Daumen.

Der nächste Gong zeigte die Halbzeit an. Die Kreidetafel wurde umgedreht und es stellte sich heraus, dass jeder von ihnen zwei weitere Male antreten musste. Jayden reckte den Hals und kniff die Augen zusammen. Als Nächstes war er dran. Diesmal musste er gegen Dylan in den Ring steigen. *Verfluchter Mist!*

Müde erhob er sich und ging die Tribüne entlang. Bevor er die Arena betrat, musste er sich an einem älteren Herrn im grauen Anzug vorbeischieben, der in der ersten Reihe saß und aus einer Papiertüte Nüsse naschte.

»Die sind nur darauf trainiert, dass sie Angriffe aus dem Karate blocken können«, murmelte der Alte.

Jayden blieb stehen. »Wie bitte?«

Der Mann hob den Kopf und schob sich die Brille auf die Nase. Seine Augen waren wässrig, schwere Tränensäcke zeichneten sein Gesicht, aber sein Blick war klar und frisch. »Denkst du, dass Dylan schon mal gegen einen echten Bare Knuckle Fighter gekämpft hat?«, krächzte er.

What the fuck?, dachte Jayden, sah den Alten aber nur verwundert an.

»Vermutlich nicht«, gab sich der Alte selbst die Antwort und schob sich wieder ein paar Nüsse in den Mund. »Wie wäre es, wenn du noch ein paar von deinen Tricks auspackst?« Er lächelte. »Wäre bestimmt lustig.«

Jayden starrte ihn verdutzt an.

»Mach mir die Freude.« Der Mann unterdrückte ein Gähnen. »Bis jetzt war es hier todlangweilig. Oder kennst du keine schmutzigen Tricks mehr?«

»Ich kenne nur schmutzige Tricks.«

Der Alte schmunzelte. »Wusste ich es doch!«

»Jayden D. Knoxville gegen Dylan Mallick!«, ertönte die Stimme über den Lautsprecher.

Jayden betrat die Arena und ging zum Ring. Erik kam ihm entgegen. Der Kragen seines Trainingsanzugs war vom Kampf gegen Zoë eingerissen und er hatte eine böse Schramme am Hals. »Mach den Arsch fertig«, flüsterte er im Vorbeigehen.

Jayden sagte nichts, nickte nur. Aus dem Augenwinkel schielte er zu Colonel Frank Brettner, der an der Seite stand und sich mit einem grauhaarigen Herrn im Anzug unterhielt. Beide lachten und schlugen sich gegenseitig kameradschaftlich auf die Schulter. *Was für ein Arsch!*

Sowohl Erik als auch der alte Mann mit den Tränensäcken hatten vollkommen recht. Jayden hatte die Schnauze voll.

Brettner hatte ihm zwar ein Bahnticket und seine 535 Pfund überlassen, ihn aber trotzdem unter falschen Voraussetzungen nach London gelockt. Es ging nicht darum, ausgebildet zu werden. Die einzigen, deren Potenzial hier getestet werden sollte, um sie später auszubilden, waren die Typen in den blütenweißen Karate-Ghis, für die der Rest von ihnen als Punchingball diente.

»Da ist ja der Kleine.« Dylan stand bereits im Ring und rieb sich die Handschuhe. »Ich habe dich halbe Portion gegen Zoë kämpfen sehen. Ich schlage vor, wir machen kurzen Prozess, du Anfänger.«

»Anfänger?«, fragte Jayden scheinbar naiv.

»Ich zeig dir, wie ein professioneller Kampf innerhalb von zehn Sekunden entschieden wird.«

»Zehn Sekunden?«, echote Jayden.

»Warum wiederholst du ständig alles?«

»Ich dachte, ich hätte mich gerade verhört«, antwortete Jayden.

»Weil du es bist … sagen wir in *sieben* Sekunden.« Dylan grinste gönnerhaft. »Kannst du überhaupt so weit zählen?«

Was für ein Großmaul!

Jayden stieg in den Ring. Kaum stand er auf der Matte, spuckte er seinen Zahnschutz in weitem Bogen aus.

Dylan sah ihn irritiert an.

»Habt ihr das gesehen? Was macht er da?«, rief eine Frau entsetzt von der Tribüne aus.

Nur ein psychologischer Trick, dachte Jayden, denn nun war Dylan für einen Augenblick verwirrt.

Nach kurzem Zögern griff Dylan mit voller Wucht an, doch Jayden wich aus und trat Dylan seitlich mit der Ferse gegen die Kniescheibe. Bevor dieser mit dem Bein einsackte, rammte Jayden ihm in einer schnellen seitlichen Drehung den Ellenbogen ins Gesicht. Dylans Kopf flog zurück und Jayden schlug ihm mit dem Karatehandschuh gegen den Kehlkopf. Sogleich ertönte mehrmals die Sirene.

Röchelnd kippte Dylan langsam nach hinten. Jayden wollte ihm noch einen Punch in die Rippen versetzen, aber das war nicht mehr nötig. Dylan knallte hustend auf den Boden und wusste nicht, ob er sich zuerst an die schmerzende Kniescheibe, an die blutende Nase oder den geprellten Kehlkopf fassen sollte.

Der Kampf hatte gerade mal drei Sekunden gedauert. Jayden war nicht einmal außer Atem.

Während zwei Sanitäter in den Ring sprangen, löste Jayden die Verschlüsse seiner Handschuhe und warf sie auf die Matte. Er war hier fertig.

Colonel Brettner schwang sich zwischen den Seilen in den Ring und schrie Jayden wutentbrannt an, dass seine Halsschlagadern blau hervortraten. »Was sollte das Ganze, verdammt noch mal? Bist du verrückt? Du hättest ihn töten können!«

»Er hat doch sicher auch diese Verzichtserklärung unterschrieben«, murmelte Jayden.

»Du bist ein durchgeknallter Psychopath!«, schrie Brettner, der sich plötzlich von einer ganz anderen Seite zeigte.

Möglich! Jayden blickte zu Dylan, dem die Sanitäter eine Sauerstoffmaske aufs Gesicht pressten. Ein anderer Helfer hatte Dylan das Hosenbein aufgeschnitten. Das Knie war rot und angeschwollen. Vermutlich war die Kniescheibe rausgesprungen. Hätte Jayden ohne Handschuhe mit bloßer Faust zugeschlagen, wäre sein Gegner vermutlich gar nicht mehr aufgestanden. Im Straßenkampf ging kaum etwas legal, nett und rücksichtsvoll zu.

»Beim nächsten Kampf hältst du dich verdammt noch mal an die Regeln!«, brüllte Brettner immer noch mit hochrotem Kopf.

Nun hob Jayden den Blick und sah Brettner an. »Es gibt keinen nächsten Kampf.« Er griff in die Tasche seiner Trainingshose, holte seine Brieftasche heraus und warf Brettner 500 Pfund vor die Füße. »Den Rest behalte ich fürs Taxi.«

Brettner schnaubte. »Was denkst du eigentlich, wer du bist, du miese kleine Rotznase?«

Ohne weiteren Kommentar verließ Jayden den Ring und ging in Richtung Umkleidekabinen. Aus dem Augenwinkel sah er, wie Erik übers ganze Gesicht grinste. *Coole Aktion*, formte er mit den Lippen.

Unter anderen Umständen hätte Jayden vermutlich darüber gelacht, doch im Moment musste er die Zähne zusammenbeißen, damit ihm die Tränen nicht über die Wangen liefen. Er war fürchterlich enttäuscht und fühlte sich missbraucht, ärgerte sich aber am meisten über sich selbst, dass er so dumm gewesen war, nach London zu fahren, weil er gedacht hatte, dass sich wirklich jemand für ihn interessierte.

Ohne sich noch einmal umzusehen, verließ Jayden die Arena und folgte den gelben Markierungen im Korridor.

Er merkte nicht, dass sich der ältere Mann mit den Tränensäcken aus der ersten Reihe der Tribüne erhob, die Papiertüte mit den Nüssen in seine Sakkotasche steckte, die Krawatte richtete und ihm folgte.

9. KAPITEL

»Das Gebäude hat einen Keller?«, fragte Sofia. »Ich habe keinen einzigen Treppenabgang gefunden.«

»Den gibt es auch nicht.« Jayden schob Sofia zur Tür, danach spähte er vorsichtig in den Gang. Die Luft war rein. »Unter dem Gebäude befinden sich alte Katakomben, die nachträglich zu einem Keller umgebaut wurden. Statt der alten Treppe wurde ein Lastenfahrstuhl eingebaut«, flüsterte er.

Sofia senkte ebenfalls die Stimme. »Aber der Strom ist ausgefallen«, erinnerte sie ihn. »Willst du den Fahrstuhl mit der Handkurbel bewegen?«

Jayden grinste. »Ich kennen einen Weg in den Keller, von dem die Angreifer garantiert nichts wissen.«

»Und dann?«

»Verschwinden wir durch die Kanalisation.« Er hielt die Eisenstange wie einen Bō, einen japanischen Langstock, hinter seinem Rücken und schob sich neben Sofia in den Gang. »Sei leise und bleib hinter mir.«

Er schlich durch den Korridor und hörte, wie Sofia ihm dichtauf folgte. Sie mussten nur zehn Meter gehen, an der Funkstation und der Druckerei vorbei, in der Reisepässe und Dokumente erstellt wurden. Dahinter lag der Quergang, in dem sich der Lastenaufzug befand.

Jayden stoppte abrupt und hob eine Hand, um Sofia zu signalisieren, dass sie ebenfalls stehen bleiben sollte. Er beugte sich ein wenig zur Seite, damit sie an ihm vorbeischauen konnte. Vor ihnen stand ein Soldat, der ihnen den Rücken zudrehte. Er hatte sich die Gasmaske auf die Stirn geschoben und Jayden sah, dass er ein Headset trug. Offenbar unterhielt er sich gerade mit einem Kollegen. Eine Hand lag auf dem Gürtelholster, in dem eine Pistole steckte, die andere presste er sich gegen das Ohr, vermutlich um besser zu hören.

»Hier ist niemand«, sagte er auf Spanisch. Dann blickte er nach beiden Seiten in den Gang hinunter. Offenbar stand er bewusst an genau dieser Stelle, um den Fahrstuhl zu bewachen. Der war zwar offen und die Kabine war leer, aber immerhin hätte jemand vom oberen Stockwerk heimlich durch den Fahrstuhlschacht und die Deckenklappe nach unten in die Kabine gelangen können.

Jayden nahm die Stange in beide Hände, atmete tief ein und langsam wieder aus, machte einen vorsichtigen Schritt auf den Mann zu und wartete, bis er sein Gespräch beendet hatte. Dann holte er aus und schwang die Stange von hinten zwischen die Beine des Soldaten. Es klatschte. Der Mann ging pfeifend in die Knie, und noch bevor er einen Laut von sich geben konnte, hatte Jayden die Stange herumgeschwungen und ihm das andere Ende von der Seite gegen den Hals geschlagen.

Bevor der Mann auf den Boden krachte, war Sofia bereits da und fing ihn schnaufend auf. Gemeinsam legten sie ihn leise hin. Jayden riss das Kabel des Headsets aus dem Funkgerät und schaltete es sicherheitshalber aus. Als Nächstes zog er die

Pistole aus dem Holster des Soldaten. Es war ein österreichisches Fabrikat, eine neuwertige Glock 17 mit Schalldämpfer. Jayden ließ das Magazin rausgleiten, überprüfte die Munition und schob es wieder in den Griff. Flink montierte er den Schalldämpfer ab, damit die Waffe nicht so groß und sperrig war, und steckte beide Teile in seine Hosentaschen.

»Kannst du überhaupt damit umgehen?«, flüsterte Sofia.

Jayden gab keine Antwort darauf. Eigentlich hätte er schon zuvor im Besprechungsraum die Waffe des toten Generals an sich nehmen müssen, aber da war er noch so geschockt und durcheinander gewesen, dass er gar nicht daran gedacht hatte. Doch mittlerweile hatte er sich mit der Situation abgefunden und konnte wieder einigermaßen klar denken.

»Sollen wir ihn wegschaffen?«, flüsterte Sofia.

Jayden schüttelte den Kopf. »Keine Zeit.« Er sah sich im Gang um, dann bedeutete er ihr, ihm in die Kabine des Fahrstuhls zu folgen.

Jayden hockte sich hin und fingerte einen Ring aus der Vertiefung der metallenen Bodenplatte. Genauso wie in der Decke, so gab es auch im Boden, am Rand der Kabine, eine Klappe, die in den Fahrstuhlschacht führte.

Jayden öffnete die Luke, dann holte er die Lampe aus der Tasche, schaltete sie ein und nahm sie zwischen die Zähne. Er leuchtete in die Dunkelheit, aus der ein muffiger, modriger Geruch heraufstieg. Das Licht der Lampe riss die Metallsprossen einer in die Mauer eingelassenen Leiter aus der Dunkelheit.

Er deutete hinunter. »Du zuerst«, nuschelte er mit zusammengebissenen Zähnen.

Ohne zu widersprechen, schwang sich Sofia durch die Öffnung, tastete mit den Beinen nach den Sprossen und kletterte über die Leiter an der Wand hinunter.

»Pass auf deine Füße auf«, warnte er sie. »Auf dem Boden sind Eisenfedern und die Stoßdämpfer des Fahrstuhls.« Er wartete eine Weile. »Bist du unten?«, flüsterte er.

»Ja.«

»Hier ...« Jayden reichte ihr die Eisenstange hinunter. Dann beugte er sich einen Moment lang zurück und starrte nach links und rechts in den Korridor. In einigen Büros lagen sicher noch verwundete Arbeitskollegen, die dringend Erste Hilfe benötigten. Er könnte hierbleiben und ihnen helfen. Aber dann fiel er garantiert den Angreifern in die Hände und die würden ihn ohne mit der Wimper zu zucken töten! Es war ohnehin ein Wunder, dass sie es bis hierhin geschafft hatten.

Wenn er hingegen jetzt mit Sofia abhaute, hatte er zumindest ein Menschenleben gerettet. Um die anderen würden sich die Notärzte und Sanitäter kümmern, die jeden Moment eintreffen mussten. *Also hau ab, solange es noch geht!*

»Was ist?«, zischte Sofia.

»Ich komme gleich ...« Jayden zögerte noch. Er hörte ein Geräusch im Gang und erstarrte.

»Esteban?«, rief jemand.

Jayden zog den Kopf zurück in die Kabine. *Das war knapp!* Hastig schlüpfte er durch das Loch, hangelte sich einige Sprossen hinunter und schloss den Deckel behutsam und leise über seinem Kopf. Schlagartig wurde es bis auf den dünnen Strahl der Lampe finster.

Nach drei Metern gelangte er auf den Boden und kam neben Sofia zum Stehen. »Alles in Ordnung?«, nuschelte er. Seine Worte hallten ein wenig nach.

»Ja«, flüsterte Sofia.

Er nahm die Lampe aus dem Mund, wischte sie an seiner Hose ab und reichte sie Sofia. »Hier.« Dann griff er nach der Eisenstange. »Leuchte mir.«

Sofia strahlte die geschlossene Fahrstuhltür des Untergeschosses an. Jayden presste die Eisenstange zwischen die beiden Flügel, hob den Riegel an und drückte die Tür gewaltsam auf. Einen Moment lang hielt er inne und legte den Kopf schief, da er in weiter Ferne die Sirene mehrerer Einsatzfahrzeuge hörte. Jayden konnte nicht ausmachen, ob es sich um Polizei, Rettung oder Feuerwehr handelte. Jedenfalls kamen die ziemlich spät!

»Mach schon!«, zischte Sofia. Sie hatte recht. Sie mussten weg. Sofia half ihm und gemeinsam konnten sie die Tür aufschieben.

Jayden lehnte die Stange an die Wand, nahm Sofia die Lampe ab und leuchtete in den Gang. Im Keller befand sich kein einziges Fenster und ohne Strom blieb die Taschenlampe ihre einzige Lichtquelle. Zielstrebig ging er voraus. An der Decke verliefen Heizungs-, Wasser- und Kanalrohre und es roch nach Moder und feuchtem Mauerwerk.

»Wohin gehen wir?«, flüsterte Sofia hinter ihm.

»Zum Heizungskeller. Dort gibt es einen Putzschacht, der in die Kanalisation führt.«

»Du kennst dich hier unten aber gut aus«, stellte sie fest.

Er nickte nach links zu einer Tür. »Dort ist das Archiv. Da

habe ich letzte Woche Akten sortiert. Hier unten gibt es keinen Handyempfang. Jedes Mal, wenn ich eine Frage hatte oder pinkeln musste, musste ich mit dem Fahrstuhl rauffahren. Glaub mir, ich kenne mich hier unten besser aus als in meiner Hosentasche.«

Dass er zudem vor Beginn seines Praktikums die Grundrisse der Botschaft eingehend studiert hatte, verschwieg er.

»Wo hast du gelernt, so mit der Eisenstange zu kämpfen?«

Zuerst die Frage wegen der Waffe, jetzt wegen der Stange. »Sind alle Journalisten so neugierig?«

»Nur investigative Journalistinnen«, präzisierte sie.

»Was wolltest du bei Futurotec eigentlich?«, lenkte er vom Thema ab.

Sofia stolperte keuchend hinter ihm her. »Das Management sackt schon seit Jahren enorme Staatsförderungen ein und zahlt keinen einzigen Peso Steuern. Außerdem verkaufen sie illegale Waffentechnologien für Kampfdrohnen in andere Länder.«

Unwillkürlich musste Jayden an die Drohnen im Innenhof der Botschaft denken. »Und du wolltest das alles aufdecken?«

»Ich bin investigative Journalistin, das ist meine Aufgabe.«

»Demnach kann also nur Futurotec hinter diesem Anschlag stecken.«

»Bestimmt nicht«, widersprach sie. »Die sind zu klein und kriegen einen so großen Angriff gar nicht auf die Reihe.«

»Vielleicht ein größerer rivalisierender Konzern, der hinter den Informationen her ist, die du geklaut hast?«

»So brisant sind die nun auch wieder nicht.«

»Vielleicht steckt eine noch größere Sache dahinter, von der du noch gar nichts weißt?«

»Schon möglich.«

Sie erreichten den Heizungskeller. Zwischen dem Ofen, der Gastherme und dem Wasserkessel befand sich ein runder gusseiserner Gullydeckel im Boden, der zur Kanalisation führte. Gleich zu Beginn seines Praktikums hatte es eine Verstopfung gegeben und Jayden hatte den Installateur hinunterbegleiten müssen. Kein anderer hatte den Job machen wollen, und er – ganz neu in der Botschaft – war nun mal das Mädchen für alles gewesen. Nun war er froh, dass er diesen geheimen Zugang zur Botschaft nicht nur vom Grundrissplan her kannte.

Jayden hob den Deckel hoch und rümpfte die Nase. Der Gestank von warmer dampfender Kloake drang herauf.

»Oh, das ist übel.« Sofia verzog das Gesicht. »Aber du hast recht … hier unten wird uns niemand vermuten.«

»Und schon gar nicht folgen«, ergänzte er.

»Ich hoffe, da unten gibt es keine Ratten.«

Ratten sind mir egal, dachte Jayden. *Hoffentlich gibt es da unten keine Alligatoren.* »Bereit?«, fragte er. Sie nickte, woraufhin sie hintereinander in das Kanalisationsrohr stiegen. Es war nur eineinhalb Meter hoch. Gebückt und bis zu den Knöcheln im Dreck wateten sie durch das Abwasser.

Jayden folgte dem Lauf des Wassers. Er hatte keine Ahnung, wohin genau das Rohr der Kanalisation führte, aber ganz gewiss unter dem Gebäude raus, weg vom Areal der Botschaft, mitten durch die Stadt in Richtung Meer.

Nach einigen Minuten begann die Taschenlampe zu flackern. *Mist!*

»Was ist los?«, fragte Sofia beunruhigt.

Jayden schüttelte die Lampe. »Die Batterie ist gleich alle … Hast du ein Feuerzeug?«

»Nein, du?«

»Würde ich sonst fragen?«

Sofia stieß einen spanischen Fluch aus, den Jayden nicht kannte. Er schwieg und beeilte sich, schneller durch das Rohr zu laufen. Mittlerweile hatte er sich an die Hitze, den Dunst und den Gestank gewöhnt. Allerdings nicht an den Durchmesser des Rohrs. Alle paar Meter streifte er mit dem Kopf, dem Nacken oder der Schulter an der Decke und schürfte sich auf.

Die Lampe flackerte ein letztes Mal, dann ging das Licht aus.

»Und jetzt?«, rief Sofia.

Jayden schüttelte die Lampe, doch das brachte nichts. Er blieb stehen und lauschte. »Hörst du das?«

Das Wasser lief gluckernd zwischen ihren Beinen durch.

»Meinst du das Wasser?«, wisperte Sofia.

»Nein.« Er neigte den Kopf und lauschte angestrengt. »Autogeräusche!« Es musste hier irgendwo einen Gullydeckel geben. Außerdem hatte er auch eine Sirene gehört. Vermutlich fuhren weitere Einsatzwagen zur Botschaft. »Komm weiter.« Er spürte, wie sie sich mit ihren Fingern in seinen Hosenbund krallte und ihm durch die Dunkelheit folgte.

Mit jedem weiteren Meter nahm der Verkehrslärm zu, bis Jayden schließlich deutlich das Rattern der Autos auf dem Asphalt hörte. Hin und wieder klapperte ein Wagen auch über einen wenige Meter entfernten Gullydeckel. *Ka-klack! Ka-klack!* Hier konnte er auch aufrecht stehen, weil ein enger kreisrunder Schacht senkrecht nach oben führte. Und von oben fielen sogar zwei Lichtstrahlen durch den Kanaldeckel.

»Hier können wir raus.« Er tastete die Schachtwände ab. Allerdings gab es weder eine Leiter noch Sprossen, und der Kanaldeckel befand sich etwa einen Meter über seinem Kopf.

Sofia quetschte sich neben ihm in den Schacht und stöhnte erleichtert auf, als sie wieder aufrecht stehen und sich durchstrecken konnte.

»Ich mache dir die Räuberleiter«, schlug Jayden vor, »und dann hebe ich dich hoch.«

»Ich soll als Erste raus?«, rief sie. »Damit mich die Autos zuerst überfahren?«

»Willst *du* mich hochheben?«, entgegnete er.

»Schon gut.«

Jayden ging in die Knie und wartete, bis Sofia mit einem Bein auf seine verschränkten Finger gestiegen war, dann stemmte er sie hoch. »Kannst du den Deckel anheben?«

»Ja … aber schieb nicht so fest! Oder soll ich mit dem Kopf den Gully aufdrücken?«

Er ging ein bisschen in die Hocke. »Mach schon!«, keuchte er.

Als Nächstes hörte er das Knirschen von Metall. Sofia hob den Kanaldeckel und schob ihn über den Rand der Öffnung. Sonnenlicht blendete Jayden und er musste die Augen schließen. Gleichzeitig spürte er den Luftzug, der nach heißem Asphalt, aber zugleich auch erfrischend nach Gräsern und Blumen roch.

»Alles okay«, rief sie.

Nun drückte er Sofia nach oben, bis sie durch die Öffnung ins Freie schlüpfen konnte. Oben hörte er lautes Stimmengemurmel und das Hupen von Autos.

»Beeil dich!«, rief sie nach unten und streckte ihm die Hand entgegen.

Er sprang hinauf, krallte sich an den Rand der Schachtöffnung und versuchte, sich mit den Schuhen hochzudrücken, aber die Sohlen waren glitschig und nass. Sofia packte seinen Arm und half ihm hoch, bis schließlich auch er im Freien war.

Vom Sonnenlicht geblendet, sah er sich zwinkernd um. Sie standen neben einer Bushaltestelle an einer Hauptverkehrsstraße, die direkt an einem kleinen Park vorbeiführte.

Die Autos rasten an ihnen vorüber und neben ihnen stand eine Handvoll Touristen, die offenbar auf den Bus wartete. Sofias Haare waren verfilzt und grau, Staub bedeckte ihr Gesicht, ihre Kleidung war dreckig und Wasser lief ihr aus den Schuhen. Wenn er an sich hinunterblickte, sah er mit seinem zerrissenen Hemd, der blutigen Stelle auf der Brust und seinen dreckigen Händen auch nicht viel besser aus.

Die Menschen starrten sie verdutzt mit offenen Mündern an. Einige machten sogar Fotos von ihnen. Sofia schien die ganze Sache unendlich peinlich zu sein, doch Jayden sah die Leute mit fragendem Blick an. »Welches Jahr haben wir?«

Kreischend wich die Menge einen Schritt zurück.

Entschuldigend hob Jayden die Arme. »War nur Spaß.«

»Dummkopf!«, zischte Sofia, doch dann wandte auch sie sich an die Touristen. »Ich wollte ja mit dem Taxi in die Innenstadt fahren«, erklärte sie, »aber *er* wollte unbedingt diese Abkürzung nehmen.«

Nun fiel die Anspannung von Sofia, sie musste lachen, und an ihrem Blick merkte Jayden, dass sie genauso froh war wie er, lebend dieser Hölle entkommen zu sein.

10. KAPITEL

FÜNFZEHN MONATE ZUVOR

Jayden saß in der Umkleidekabine der MI6-Trainingshalle auf der Bank vor seinem geöffneten Spind und hielt immer noch seine Brieftasche in der Hand.

Gedankenverloren starrte er auf das vergilbte Foto seiner Mutter. Sie war vor sechzehn Jahren hochschwanger aus Sri Lanka nach England gereist und hatte nur ein paar Pfund Bargeld, ihre Kleidung am Leib, ein Buch von Elly D. Shepard und dieses Foto bei sich gehabt. Keinen Ausweis, kein Visum, kein Flug- oder Schiffsticket – und man wusste nur das, was sie den Pflegern und Ärzten im Krankenhaus in gebrochenem Englisch mitgeteilt hatte. Angeblich erst achtzehn Jahre alt, war sie damals auf dem Weg zu einem feinen Restaurant in der Londoner Innenstadt gewesen. Außerdem wusste er von Tante Maggie, dass seine Mutter in exakt derselben Sekunde gestorben war, in der er auf die Welt gekommen war und seinen ersten Schrei gemacht hatte. *Ein Leben ging, ein anderes kam,* hatte er sie viele Jahre später einmal sagen hören.

Eine Träne lief ihm über die Wange, während er auf das Bild seiner Mutter starrte. Shyla war eine so junge und hübsche Frau gewesen. Grace sah ihr sogar ein wenig ähnlich. Sie hatten beide dieselben langen schwarzen Haare, diese großen Augen und dieses strahlende Lächeln.

Niemand wusste, wer ihr Vater war. Die Polizei hatte nach einem Mann gesucht, der Shyla gekannt haben könnte, jedoch niemanden gefunden und die Suche nach einem halben Jahr eingestellt. Und deshalb kannte niemand den Grund ihrer Reise oder wusste, was sie in England in diesem feinen Restaurant vorgehabt hatte. Aber tief in seinem Inneren wusste Jayden, dass seine Mutter – selbst wenn sie vor etwas geflohen war – sicher kein schlechter Mensch gewesen war, nur weil sie als schwangerer Teenager ihr Land verlassen hatte. Sie hatte ihr eigenes Leben für das ihrer Kinder gegeben und mit ihrer Geburt für das größte Geschenk gesorgt, das man einem Menschen nur machen konnte.

»Mama, ich hoffe, du bist stolz auf mich«, murmelte Jayden mit heiserer Stimme und wischte sich die Träne von der Wange, »aber ich lasse mich nicht verbiegen und auch nicht benutzen …«

»Entschuldige bitte.«

Jayden fuhr hoch. Rasch wischte er sich übers Gesicht und ließ das Foto in der Brieftasche verschwinden.

Im Türrahmen stand der seltsame alte Mann, der ihn vorhin angesprochen hatte. Er lehnte am Türstock, die Hände salopp in den Hosentaschen.

»Wie lange stehen Sie schon da?«, krächzte Jayden.

Der Mann lächelte. »Nicht lange. Hast du kurz Zeit?«

Jayden griff in seinen Spind, holte das Handy aus dem Rucksack und tippte darauf herum. »Ja«, murmelte er, »mein Zug geht erst in zwei Stunden. Aber ich habe keine Lust, mir eine Strafpredigt anzuhören.« Er nickte zur Tür in Richtung Arena. »Der Typ hat nur bekommen, was er verdient hat.«

»Ja, sicher.« Der Mann kam näher. »Darf ich mich setzen?«

Jayden nickte.

Der Mann ließ sich Jayden gegenüber stöhnend auf der Holzbank nieder, streckte die Beine von sich, beugte sich nach vorn und reichte Jayden die Hand. »Mein Name ist Finley.«

Jayden schüttelte seine Hand und war von dem festen Händedruck überrascht. »Finley und wie noch?«

»Nur Mr Finley.« Er kramte seine Papiertüte aus der Sakkotasche und hielt sie Jayden hin. »Walnüsse?«

»Nein, danke.«

»Hab ich selbst geschält. Sind dringend notwendig für Hirn, Herz und Kreislauf.«

Ab einem gewissen Alter, fügte Jayden in Gedanken hinzu.

»Außerdem haben sie von allen Nüssen den höchsten Anteil an Omega-3-Fettsäuren und versorgen den Körper mit Kalium, Magnesium, Eisen, Zink, Vitamin B und E.«

»Sind Sie Ernährungsberater?«

Mr Finley lachte laut auf. »Nein.« Er schob sich ein paar Nüsse in den Mund und ließ die Packung wieder verschwinden. »Ich habe dich in der Arena dreimal kämpfen gesehen«, sagte er mit halb vollem Mund. »Du hast Charakter und ein einzigartiges Talent.«

Jayden wischte sich mit den Handballen noch einmal über die geröteten Augen, dann klärte er seine Kehle mit einem Räuspern. »Das sind Techniken, die man auf der Straße lernt, um sich zu verteidigen.« Mr Finley wollte etwas sagen, doch Jayden brachte ihn mit einer Handbewegung zum Schweigen.

»Aber ich tue das nicht, weil es mir Spaß macht, sondern weil ich es zum Überleben brauche.«

Mr Finley breitete die Arme aus. »Du musst dich vor mir nicht rechtfertigen.« Er verzog das Gesicht. »Schon klar, du bist ungestüm, unbeherrscht und wild. Ein ungeschliffener Rohdiamant …« Er hob den Zeigefinger. »… aber mit vielversprechenden Anlagen. Du könntest zu einer effizienten Waffe geschmiedet werden.« Er machte eine Pause, wartete einen Moment lang auf Jaydens Reaktion, die jedoch nicht kam, und fügte dann hinzu: »So jemanden wie dich könnten wir gut gebrauchen.«

Jayden runzelte die Stirn. »Wer ist *wir*?«

Mr Finley beugte sich nach vorn und stützte die Ellenbogen auf die Knie. »Ich rekrutiere junge Menschen für ein Ausbildungsprogramm, das …«

O Gott! Nicht schon wieder. »Danke, bin nicht im Geringsten daran interessiert«, konterte Jayden sofort. Noch so ein Kerl, der ihn für einen Showkampf anheuern wollte.

»Du verstehst nicht.« Mr Finley hob beschwichtigend die Hände. »Ich habe nichts mit dem MI6 zu tun. Der MI6 kann so jemanden wie dich nicht brauchen, wir schon.«

»Noch einmal – wer ist *wir*?«, wiederholte Jayden.

Für einen Moment flackerte das Deckenlicht in der Kabine, und von der Arena war ein dumpf klingender Gong, gefolgt von tosendem Applaus zu hören, aber Mr Finley ließ sich nicht davon beirren. »Meine Organisation ist eine … nun ja, sagen wir mal … Geheimorganisation der britischen Regierung, von der nicht einmal der MI6 weiß, dass sie existiert.«

11. KAPITEL

Jayden und Sofia saßen im Park auf der Wiese zwischen den Büschen. Über ihnen versperrte das Blätterdach der Bäume den Blick auf den Himmel. Außerdem verlief der Straßenverkehr etliche Meter von ihnen entfernt. Vorerst waren sie in Sicherheit und niemand schien ihre Flucht aus der Botschaft bemerkt zu haben.

Jayden zog General Petersens Handy aus der Hosentasche. Hier würde er wieder Empfang haben. Sofia warf ebenfalls einen Blick auf ihr Smartphone.

»Das würde ich an deiner Stelle nicht mehr verwenden«, riet Jayden ihr. Sie sah ihn verwirrt an. »Diese Typen wissen längst, wer du bist, und sie kennen mit ziemlicher Sicherheit deine Nummer«, erklärte er ihr. »Womöglich können sie dich sogar über dein Telefon orten.«

»Und deines?« Sie nickte zu seinem Handy.

»Das gehörte General Petersen. Er … braucht es nicht mehr.« Jayden betrachtete das Telefon. Es war gesperrt. Unter anderen Umständen hätte er das Display gegen das Licht gehalten, um zu sehen, ob eine Fettspur darauf zu sehen war, doch das war nicht notwendig. General Petersen musste das Handy kurz vor seinem Tod noch einmal entsperrt haben, um damit zu telefonieren. Mit einem blutigen Finger hatte er die Form eines

M auf dem Display hinterlassen. Jayden entsperrte das Handy. »Dieses Ding wird niemand anpeilen – hoffe ich zumindest.« Er machte eine Pause. »Allerdings sehen wir ziemlich auffällig aus. Wir brauchen dringend eine Waschgelegenheit und saubere Kleidung.«

»Ich gehe in meine Wohnung.«

O Gott! »Hast du nicht zugehört, was der General erklärt hat?« Er senkte die Stimme. »Wer immer diese Leute sind – sie sind bestimmt schon in deiner Wohnung und warten dort auf dich. Einfach deshalb, weil es das Naheliegendste ist, dass du dorthin gehen könntest.«

»Du bist paranoid«, warf sie ihm vor.

»Nach dem, was gerade passiert ist, habe ich auch allen Grund dazu«, konterte er. »Hast du zu Hause ein Festnetztelefon?«

Sie nickte. »Ja, mit Faxgerät und Modem.«

Voll old school! Jayden betrachtete das Handydisplay. Sieben Anrufe in Abwesenheit. Der letzte war vor eineinhalb Stunden eingegangen. Seitdem war tote Hose. Hatte sich wohl schon herumgesprochen, dass der General tot war.

Kommentarlos aktivierte Jayden die Rufnummernunterdrückung am Handy des Generals und reichte es Sofia. »Ruf zu Hause an, dann wirst du sehen, was passiert.«

Zögerlich griff sie danach und wählte ihre Festnetznummer. Jayden rückte näher, dann steckten sie die Köpfe zusammen und hörten das Läuten. Nach dem sechsten Klingeln hob tatsächlich jemand ab.

»Ja, hallo?«, fragte eine weibliche Stimme auf Spanisch.

»Spreche ich mit Sofia González?«, fragte Jayden rasch mit verstellter Stimme auf Englisch, bevor Sofia etwas anderes sagen konnte.

»Ja, am Apparat. Wer spricht denn?«, antwortete die Frau ebenfalls auf Englisch.

»Wir haben ein neues Internetpaket, das wir Ihnen günstig anbieten können, falls Sie umsteigen wollen. Die ersten zwanzig Gigabyte sind gra…«, sagte Jayden, kam jedoch nicht weiter, weil die Frau bereits aufgelegt hatte. »Siehst du – die warten bei dir zu Hause darauf, dass dich jemand kontaktiert.« Er nahm Sofia das Telefon aus der Hand und steckte es ein.

Sie sah ihn verblüfft und zugleich schockiert an. *»Mierda.«* Wie in Trance nahm sie die Rückseite ihres Handys ab, zögerte einen Moment, zog dann jedoch Akku und SIM-Karte heraus. Sie stand auf, ging zur nächsten Parkbank, warf alles in den Mülleimer daneben und hockte sich wieder neben ihn ins Gras. *»Mierda«*, fluchte sie noch einmal.

Jayden nickte zufrieden. »Das war ein erster wichtiger Schritt. Als Nächstes müssen wir uns den Dreck vom Körper waschen und neu einkleiden.«

»Und dann?«, fragte sie verzweifelt, da sie anscheinend erst jetzt so richtig den Ernst der Lage erfasste.

Er dachte nach. »Durch den Anschlag ist der Kontakt zu allen Leuten, die ich in Buenos Aires kenne, abgerissen. Wenn ich zur Polizei gehe und denen erzähle, was passiert ist, werden sie mir raten, Kontakt zu anderen britischen Botschaftskollegen aufzunehmen. Ha, ha, sehr witzig! Aber genau die gibt es nicht mehr.« Er lachte mit rauer Kehle. »Hast du Bargeld?«

Sie schüttelte den Kopf. »Ich konnte meine Brieftasche in dem Chaos nicht finden.«

Er zog seine eigene Geldbörse aus der Gesäßtasche und warf einen Blick hinein. Mit der Kreditkarte Bargeld abzuheben, war vermutlich nicht so schlau. Immerhin hatten ihn einige in der Botschaft mit Sofia gesehen. Und sonst hatte er nur Peso im Wert von umgerechnet dreißig Pfund dabei; damit konnten sie sich gerade mal Getränke und ein paar günstige Mittagessen kaufen.

»Wir wissen nicht, wer den Anschlag verübt hat«, redete er wie im Selbstgespräch weiter, »wir haben fast kein Bargeld, dürfen niemanden kontaktieren, ohne ihn in Gefahr zu bringen, und sind auf uns allein gestellt.«

»Mit anderen Worten: Wir sitzen in der Scheiße«, fasste Sofia ihre Situation zusammen.

Und wir haben keine Ausrüstung, fügte er in Gedanken hinzu. *Aber für genau solche Fälle wurdest du doch über ein Jahr lang ausgebildet. Denk nach!*

Er nahm das Handy und tippte eine SMS an eine Nummer, die er auswendig kannte. *Botschaft in Trümmern. Sitze in der Tinte. Brauche sicheren Kontakt – JDK.* Dann steckte er es weg.

»Wem hast du geschrieben?«, fragte sie.

»Leuten, die ich kenne und denen ich vertraue.«

»Und warum rufst du nicht einfach an?«

»Es ist eine Hotline für Notfälle.«

»Aha, klingt sehr mysteriös«, stellte sie fest. »Du bist übrigens vorhin schon wieder meiner Frage ausgewichen.«

»Welcher Frage?«

»Wer du wirklich bist! Ich habe gesehen, wie du mit der Stange und der Pistole umgegangen bist. Wer bist du?«, drängte sie. »Doch nicht nur der Postjunge, der Kaffee und Sandwiches bringt und eine Powerbank organisieren kann!«

»Nein«, sagte Jayden, zögerte jedoch. »Ich …«

»Sag mir jetzt bitte nicht, dass ich bei dir sicher bin und bei dir bleiben soll, wenn ich überleben möchte.«

Jayden lächelte gequält auf. »Nein«, gab er zu. »Aber im Moment müssen wir uns gegenseitig helfen, um heil aus diesem Schlamassel rauszukommen. Du kennst dich in der Stadt aus und sprichst besser Spanisch als ich – und ich habe Kontakt zu Leuten, die uns sicher aus Argentinien raus und nach England bringen können.«

»So sicher wie der MI6 in der Botschaft?«, fragte sie zynisch.

»Nein, besser – hoffe ich zumindest.«

Sie atmete tief durch. »Und was mache ich in England?«

»Das, was du ohnehin tun wolltest – dein Material veröffentlichen. Außerdem kannst du dort in aller Ruhe herausfinden, wer in deiner Wohnung sitzt.«

»Und wenn ich stattdessen zur Polizei gehe?«

»Vielleicht ist es ja die Polizei, die in deiner Wohnung auf dich wartet«, gab er zu bedenken. »Immerhin hast du bei Futurotec Daten geklaut.«

»Mierda!«, zischte sie und kaute nervös am Fingernagel. Es schien ihr in diesem Moment egal zu sein, wie schmutzig sie war und durch welches Loch sie gerade gekrochen war. Schließlich sah sie auf. »Okay«, sagte sie mit fester Stimme. »Du hast mir vermutlich das Leben gerettet.«

Jayden hob die Schultern. »Vermutlich.«

»Das heißt, ich kann dir vertrauen. Und deshalb habe ich gerade beschlossen, dass wir als Team zusammenarbeiten, und zwar so lange, bis wir lebend aus dieser Katastrophe raus sind. Wenn jeder von uns seinen Teil dazu beiträgt, schaffen wir das auch.« Sie hielt ihm die Hand hin. »Deal?«

Er schlug ein. »Deal.«

»Gut, hier in der Nähe ist ein Einkaufscenter, dort können wir uns frische Kleidung besorgen.« Sie erhob sich.

»Mit besorgen meinst du *klauen*?«

»Hast du ein Problem damit?«

Er stand ebenfalls auf. »Nein, ganz sicher nicht.« Er hatte sein halbes Leben lang Dinge geklaut, um zu überleben.

Als sie ihr Versteck zwischen den Büschen verließen, fuhren neben den Autos zwei metallic-schwarze Motorräder am Park vorbei. Es waren dieselben Motorräder, die Sofia an diesem Morgen verfolgt hatten.

12. KAPITEL

FÜNFZEHN MONATE ZUVOR

»Nicht einmal der MI6 weiß, dass es Ihre Organisation gibt?«, wiederholte Jayden ungläubig.

Mr Finley lockerte den Knoten seiner Krawatte, dann öffnete er ihn. Lässig ließ er die beiden Enden herunterbaumeln. Außerdem öffnete er den ersten Hemdknopf. »Ich hasse diese Dinger«, stöhnte er. »Colonel Frank Brettner rekrutiert junge Leute für den britischen Auslandsgeheimdienst. Sein Anzug ist fünfmal so teuer wie meiner, seine Krawatte dreimal so teuer und seine … ach, reden wir erst gar nicht von seinen perfekt glänzenden Lacklederschuhen.«

Jayden blickte auf Mr Finleys Schuhe. Die sahen abgetragen aus, genauso wie sein Anzug, aber trotzdem – oder vielleicht sogar gerade deswegen – war ihm dieser alte Mann, der gut sein Großvater hätte sein können, sympathisch.

»Wir suchen keine selbstgefälligen aalglatten Elite-Bübchen und zweitklassigen James-Bond-Doubles wie diesen Dylan, den du aufgemischt hast«, erzählte Mr Finley. »Wir suchen richtig harte Typen, die im Ausland unter gefährlichsten Bedingungen undercover arbeiten und die Kastanien aus dem Feuer holen, wenn der MI6 mal wieder Mist gebaut hat.«

»Sie verarschen mich!«, stellte Jayden fest.

Mr Finleys Blick blieb ernst. »Sehe ich so aus, als würde ich andere verarschen?« Er atmete tief durch. »Wir sind die letzte Linie der Verteidigung, wenn alle anderen versagen.«

Jayden dachte kurz darüber nach, was der Mann erzählt hatte. »Und wie heißt Ihre supergeheime Organisation? Oder müssen Sie mich töten, nachdem Sie es mir verraten haben?«, fragte er lächelnd.

Mr Finley lächelte ebenfalls. »Wir haben keinen Namen, aber der britische Premierminister James Metcalf nennt uns seine Last Line of Defense.«

»Aha ...« Jayden zog eine Augenbraue hoch. »Unser Premierminister weiß also davon?«

Mr Finley blieb von Jaydens sarkastischem Ton unbeeindruckt. »*Nur er* weiß davon. Er hat uns vor sechs Jahren ins Leben gerufen.«

»Von dieser Organisation habe ich noch nie gehört«, sagte Jayden skeptisch.

Mr Finley lächelte. »Daran erkennst du, wie gut wir sind ... wenn nicht einmal *du* von uns gehört hast«, sagte er nun ebenso sarkastisch. »Und übrigens, *ja*, wenn du dich nicht von uns ausbilden lässt, muss ich dich leider töten, denn mit diesem Wissen kann ich dich nicht am Leben lassen.«

Jayden wartet darauf, dass sich herausstellte, dass das alles nur ein Witz war – aber offenbar war es keiner, denn Mr Finleys Blick wurde wieder todernst.

»Da haben Sie mich aber in eine dumme Situation gebracht, denn ich habe nicht vor, mich von Ihnen trainieren zu lassen.«

Mr Finley schob die Unterlippe nach vorn. »Ich weiß, dass du dich von uns ausbilden lassen wirst.«

»Dann wissen Sie mehr wie ich.«

»Es heißt mehr *als* ich«, korrigiert Mr Finley ihn freundlich. »Und ja, das tue ich vermutlich … denn ich habe gesehen, wie du kämpfst, und diese Ausbildung ist genau dein Ding, vertraue mir.«

Jayden richtete den Oberkörper auf. »Warum ich?«

»Ganz einfach – wir suchen Jugendliche genau wie dich, die gut sind in dem, was sie tun, charakterfest, ihre Prinzipien haben und nicht ständig vor der Glotze hocken, am PC hängen oder ihr Leben auf Social-Media-Kanälen in die Welt posaunen.«

»Die verwende ich doch auch«, widersprach Jayden.

»Aber nicht sehr intensiv«, korrigierte Mr Finley ihn. »Deshalb hinterlässt du nur eine kleine Datenspur.«

Das stimmte sogar, denn oft ließ er sein Handy zu Hause, wenn er etwas mit seinen Freunden unternahm. »Und woher wissen Sie das alles?«

»Wüsste ich es nicht, wäre ich nicht gut in dem, was ich tue.« Mr Finley lächelte wieder. »Jedenfalls sollte man so wenig wie möglich über dich herausfinden können – das ist die Grundvoraussetzung, wenn du undercover arbeitest.«

»Wenn ich zusage …«

Mr Finley hob den Zeigefinger und unterbrach ihn. »… muss dir klar sein, dass niemand von deinen Freunden, ja nicht einmal deine Schwester und schon gar nicht deine Tante, je erfahren werden, was du machst.«

»Und die Bezahlung?«

»Nicht so gut wie beim MI6, um ehrlich zu sein.« Mr Finley

deutete bescheiden auf seine Krawatte. »Aber dafür macht der Job höllisch Spaß und du lernst Dinge, die du sonst nirgends lernst.«

13. KAPITEL

Jayden und Sofia liefen so unauffällig wie möglich durch die Shoppingmall. Sie sahen aus wie zwei Landstreicher mit schmutziger und zerrissener Kleidung, aber zum Glück zogen sie nur eine Handvoll abfälliger Blicke auf sich. Die meisten Leute waren damit beschäftigt, die Schaufenster zu betrachten oder ihre Einkäufe zu verstauen. Anscheinend war die Nachricht vom Angriff auf die Botschaft noch gar nicht bis hierher durchgedrungen.

»Dort vorn sind die öffentlichen Toiletten«, erklärte Sofia ihm. »Ich schlage vor, wir trennen uns und treffen uns in einer Viertelstunde dort.«

Jayden betrachtete sie skeptisch und warf einen Blick auf die Festplatte, die in der Gesäßtasche ihrer Jeans steckte. »Und ich kann mich darauf verlassen, dass du nicht abhaust?«

»Du hast mir das Leben gerettet«, stellte sie fest. »Außerdem bist du doch in dieser Stadt ohne mich aufgeschmissen.«

»Okay, klingt überzeugend – bis später.« Er nickte und sah Sofia nach, die in Richtung einer Damenboutique lief, dann steuerte er eine Drogerie an. Dort klaute er von einem Drehständer eine Miniflasche Desinfektionsmittel und ließ ebenso Pinzette und Verbandszeug mitgehen.

Damit verschwand er zu den Toiletten und schloss sich in

der Behindertentoilette ein. Der Raum war groß und hatte einen breiten Spiegel. Zuerst schlüpfte er aus seinem schmierigen Hemd und wusch sich Hände, Gesicht und Oberkörper mit der Seife aus dem Spender. Danach säuberte er die Wunden auf seiner Brust.

Als er die Krusten mit dem heißen Wasser löste, begannen die Wunden wieder zu bluten. Er biss die Zähne zusammen und zog sich die kleinen Splitter seines Handys aus der Haut.

»Okay, tief durchatmen …«, knurrte er, biss erneut die Zähne zusammen und leerte sich das Desinfektionsmittel über die Wunden. »Fuck!« Er presste die Augen zusammen und ballte die Faust, bis der Schmerz nachließ. Dann trocknete er die Stelle mit einem Wattebausch, presste eine Wundauflage darauf und klebte sich ein großes Pflaster darüber.

Hübsch ist es nicht, aber bis du heiratest, ist alles wieder gut, hätte Tante Maggie gesagt. Er warf sich im Spiegel ein Lächeln zu. Anschließend schüttelte er sich den Staub aus den Haaren und brachte seine Frisur in Ordnung.

Er warf die versifften Socken in den Mülleimer und putzte mit feuchtem Klopapier den Schmutz von seinen Schuhen. Ein Blick auf die Uhr verriet ihm, dass eine Viertelstunde längst um war. *Du brauchst nur noch frische Kleidung!*

Da klopfte es am Eingang. Er schlich hin und presste das Ohr an die Tür. »Ja?«

»Ich bin es«, flüsterte Sofia.

Er öffnete die Tür einen Spalt und sie reichte ihm eine schwarze Jeans mit Rissen, ein weißes T-Shirt und eine Baseballkappe durch den Türspalt.

»So schnell warst du fertig?«, entfuhr es ihm.

»Ja, nimm schon!«

»Du kennst ja gar nicht meine Größe.«

»O doch, die kenne ich«, antwortete sie.

Er nahm die Stücke, stopfte seine alte Kleidung in den Mülleimer und schlüpfte in die neue. Auf dem T-Shirt stand in breiten Lettern die Aufschrift *I ♥ BUENOS AIRES*.

Das muss sich erst noch herausstellen, dachte er. Es war um den Brustkorb ein wenig zu eng, aber der Rest passte.

Er warf einen Blick auf das Handy. *Verdammt, immer noch keine Nachricht vom Major.* Handy, Brieftasche und Schalldämpfer steckte er in die Hosentaschen, die Glock stopfte er hinter seinem Rücken in den Hosenbund und zog das T-Shirt darüber. Dann fuhr er sich mit den nassen Händen durch die Haare, strich sie zurück und setzte sich die Kappe auf. Zwei Minuten später kam er aus der Toilette heraus.

Sofia trug eine weite bunte Bluse und eine kurze Jeans, die bis zur Taille reichte. Sie hatte die langen schwarzen Haare zu einem Zopf geflochten und trug eine blaue Spiegelsonnenbrille.

»Wir sind kaum wiederzuerkennen«, stellte sie fest.

Er nickte und wollte sich schon in Richtung Ausgang in Bewegung setzen, doch Sofia stoppte ihn. »In diese Richtung würde ich nicht gehen«, warnte sie ihn. »Es sei denn, du willst von ein paar wütenden Ladenbesitzern wegen Diebstahls festgenommen werden.«

Guter Gedanke! Kommentarlos durchquerten sie die Mall in die andere Richtung und verließen sie durch den dortigen Ausgang. Sie warteten die vorbeifahrenden Autos ab und liefen über die Straße in Richtung Fußgängerzone, als Sofia plötzlich wie vom Blitz getroffen stehen blieb.

»Was ist?«, fragte Jayden.

Sofia war blass geworden. »Dort stehen dieselben Motorräder, die mich heute Morgen verfolgt haben.«

»Nicht stehen bleiben!«, zischte Jayden und zog sie am Arm weiter. »Nicht hinsehen!« Nun schielte er unauffällig in die Richtung, in die Sofia zuvor geblickt hatte. Dort standen zwei geparkte Motorräder. Die Helme hingen an den Lenkern. Von den Fahrern war weit und breit keine Spur zu sehen.

»Kann das ein Zufall sein?«, flüsterte Jayden.

»Es ist dieselbe Marke: Honda. Ich glaube nicht an Zufälle.« Sie wollte sich wieder umsehen, doch Jayden hielt sie davon ab. »Gehen wir unauffällig weiter in die Fußgängerzone«, schlug er vor.

»Dort sind sie!«, rief Sofia plötzlich. »Es sind dieselben Leute.«

»Nicht hinsehen!«, warnte Jayden sie erneut, doch es war schon zu spät. Die Männer hatten sie entdeckt. Sie waren zu dritt und sie sahen finster aus. Zwei trugen schwarze Motorradkluft, der dritte einen dunklen Anzug. Allein die Art und Weise, wie sie sich verhielten und einander Blicke zuwarfen, verriet, dass sie zusammengehörten. Der Kerl im Anzug presste sich den Finger aufs Ohr und sprach offenbar in ein Mikrofon, das Jayden aus der Entfernung allerdings nicht erkennen konnte.

»In die Fußgängerzone«, sagte er und zog Sofia weiter.

»Sie werden uns folgen«, rief sie panisch.

»Ja, das werden sie.« Sie mischten sich unter die Leute und liefen zügig weiter. Aus dem Augenwinkel sah Jayden, dass die drei Männer sie verfolgten. Nun sprach auch ein zweiter in ein vermutlich am Kragen der Lederjacke verborgenes Funkgerät.

»Ich weiß, wo die nächste Polizeistation ist«, sagte Sofia.

Jayden winkte ab. »Schlechte Idee.« Sein Bauchgefühl sagte ihm, dass es, solange sie noch nicht wussten, wer hinter ihnen her war, ein Fehler wäre, die Polizei um Hilfe zu bitten. Stattdessen mussten sie die Kerle so rasch wie möglich loswerden.

Im Vorbeilaufen schnappte sich Jayden vom Drehständer eines Kiosks eine Zeitung.

»Du fängst aber jetzt nicht an, die Nachrichten zu lesen?«, raunte Sofia ihm zu.

Ohne eine Antwort zu geben, blätterte Jayden zum Annonceteil und riss ein Inserat mit einem Chiffren-Code heraus. In der Eile konnte er nicht erkennen, worum es in dieser Anzeige ging, aber das war auch völlig unwichtig. Wer sich für das Angebot interessierte, konnte über eine Chiffrennummer Kontakt mit dem Anbieter aufnehmen. Wichtig war nur diese Nummer.

»Die kommen immer näher«, rief Sofia.

»Bin gleich so weit.« Als er drei Annoncen hatte, warf er – als ihre Verfolger es nicht sehen konnten – den Rest der Zeitung inmitten einer Menschentraube in einen Mülleimer.

»Was wird das?«, zischte Sofia.

»Wirst du gleich sehen.«

Als er sich sicher war, dass ihre Verfolger sie wieder im Blick hatten, drückte er einem bulligen Kerl mit Vollbart einen der

Papierschnipsel in die Hand und sagte: »Codewort Walküre, Treffpunkt am alten Bahnhof.« Der Mann sah ihn verdutzt an.

»Was soll das?«, keuchte Sofia.

»Abwarten.«

Sie liefen weiter und Jayden wiederholte das noch zweimal bei anderen zufällig daherkommenden Passanten mit den Codewörtern Futurotec und Gemini.

»Ich weiß, was du vorhast«, dämmerte es Sofia schließlich. Sie nahm die Sonnenbrille ab und verwendete sie wie einen Rückspiegel beim Autofahren.

»Siehst du etwas?«, fragte er.

Sofia kniff die Augen zusammen und konzentrierte sich. »Unsere Verfolger halten die Passanten an.«

Genau das hatte er damit erreichen wollen. Die Verfolger wollten herausfinden, mit wem Jayden Kontakt aufgenommen hatte, und den Sinn dieser Botschaft entschlüsseln – wodurch sich ihre Verfolgung verzögerte.

»Zumindest haben wir einen kleinen Vorsprung herausgeholt«, sagte Jayden. Mittlerweile hatten sie das Ende der Fußgängerzone erreicht. Vor ihnen lag der Abgang einer U-Bahn-Station. »Dort hinunter!«, rief er. »Schnell.« Ohne sich umzudrehen, hetzten sie neben der Rolltreppe die Stufen hinunter.

Es wurde rasch dunkler und statt des Sonnenlichts strahlten jetzt nur noch gelbe Leuchtstoffröhren von der Decke. Zudem roch es nach abgestandener klimatisierter Luft.

Am Bahnsteig stand eine sich drängelnde Menschentraube, die gerade in eine U-Bahn einsteigen wollte.

»Beeilen wir uns, wir müssen diesen Zug erwischen«, rief

Jayden. Sofia drehte sich um und blickte kurz nach oben. »Weiter!«, drängte er.

»Der Mann im Anzug ist uns gefolgt«, rief sie.

Keuchend hasteten sie den Rest der Treppe hinunter. Die letzten Passagiere stiegen gerade ein und drängten sich ins Innere der Waggons. Eine Lampe blinkte rot auf. *Mist!*

»Zurücktreten, Türen schließen, Zug fährt ab«, sagte eine elektronische Stimme über die Lautsprecher auf Spanisch.

Sie waren nur noch wenige Meter vom Zug entfernt und drängten sich zwischen den letzten Menschen durch, die ausgestiegen waren und jetzt nach oben strömten.

»Aus dem Weg!«, rief Jayden.

Nur noch einen Meter. Jayden wollte in den Waggon springen, da knallte die Tür vor seiner Nase zu.

»Mierda!«, fluchte Sofia hinter ihm.

Er schlug wütend auf die Scheibe. Der Zug fuhr ab und die digitale Anzeige verriet, dass der nächste erst in zehn Minuten kommen würde. Jayden blickte zum anderen Gleis des Bahnsteigs. Dort würde der nächste Zug in die Gegenrichtung in fünf Minuten einfahren. *Auch viel zu spät! Verdammt!*

Nun sah Jayden zur Rolltreppe. Wie Sofia gesagt hatte, kam dort der Typ im Anzug herunter. Er hielt Ausschau nach ihnen, sprach in sein Funkgerät am Kragen, und dann hatte er sie auch schon erblickt. Jayden merkte es daran, wie er in der Bewegung nur kurz innehielt und versuchte, unauffällig zu ihnen zu blicken, während er zügig weiterlief. *Verflucht!*

Sofia hatte es auch bemerkt und wollte bereits losrennen, vermutlich den Bahnsteig entlang zum zweiten Ausgang am anderen Ende, doch da die Station mittlerweile fast menschenleer war, würden sie hier wie auf dem Präsentierteller sitzen. Eine leichte Beute für jemanden, der skrupellos genug war, um auf sie zu schießen.

»Nein!« Jayden hielt Sofia am Arm fest.

»Bist du verrückt?«, fuhr sie ihn an. »Der Typ ist gleich da. Wir müssen weg.«

»Ja, aber in diese Richtung. Komm mit.« Jayden sprang vom Bahnsteig auf die Gleise und lief in den Tunnel in die Richtung, aus der der Zug gekommen war, den sie verpasst hatten. Die nächste U-Bahn würde erst in zehn Minuten kommen. Da er nichts hinter sich hörte, drehte er sich noch einmal um. »Komm jetzt!«

Sofia steckte sich die Sonnenbrille in den Ausschnitt der Bluse, sprang runter und folgte ihm. Gemeinsam liefen sie über die Bahnschwellen in die Dunkelheit. Schon nach wenigen Metern wurde es kühl und es stank nach Kot und Urin.

»Weißt du, was du da tust?« Keuchend sah Sofia sich um. »Der Typ ist ebenfalls auf die Gleise gesprungen! Er verfolgt uns.«

»Das soll er auch.«

14. KAPITEL

Sie hatten im Tunnel einen Vorsprung von gut hundert Metern. Mittlerweile hatten sich Jaydens Augen an die Dunkelheit gewöhnt. Von der Station fiel das Licht nur noch sehr spärlich in den Tunnel. Aber das reichte aus, dass Jayden die Tür in der Wand entdeckte. Darauf befand sich ein Schild mit mehreren Symbolen: *Betreten verboten* und *Hochspannung.* Es war ein Technikraum.

Jayden blieb abrupt stehen und rüttelte an der Klinke. *Zugesperrt!* »Hast du eine Haarnadel oder einen Draht dabei?«

»Leider nicht.«

»Mist.« Es würde auch ohne Draht funktionieren. Und zwar mit roher Gewalt. Jayden zog die Pistole aus dem Hosenbund, packte sie am Lauf, holte aus und schlug mit dem Griff gegen das Zylinderschloss. Schon beim ersten Schlag knackte es und beim zweiten flog das Schloss mitsamt dem Riegel aus der Tür ins Innere des Raums.

Da ihr Verfolger bisher keine Taschenlampe verwendet hatte, konnte er bestimmt nicht viel von dem erkennen, was Jayden da machte. Jayden zog die Tür auf und schlüpfte in den Raum. Sofia wollte ihm folgen, doch er drängte sie zurück. »Bleib hier draußen stehen und …«

»Soll ich mich töten lassen?«, zischte sie aufgebracht.

»Verwickle ihn nur ein paar Sekunden in ein Gespräch und spiel die Verängstigte«, flüsterte er.

»Die muss ich nicht spielen«, sagte sie mit zittriger Stimme.

»Umso besser. Gib mir ein Zeichen, wenn er genau vor der Tür steht.« Jayden trat einen Schritt zurück und zog die Tür zu. Da es kein Schloss und keinen Riegel mehr gab, konnte er die Tür schließen, ohne dass der Riegel mit einem verräterischen Klicken einrastete.

»Er kommt …«, wisperte Sofia.

Durch das Loch in der Tür, wo kurz vorher noch das Schloss gewesen war, sah Jayden, dass der Mann im Anzug nun doch die Taschenlampe eingeschaltet hatte. »Stehen bleiben! Wo ist dein Begleiter?«, hallte seine dumpfe Stimme auf Spanisch durch den Tunnel.

»Abgehauen.« Sofia deutete in den Tunnel. Jayden hörte, wie sie einige Schritte zurückwich. »Was wollen Sie von mir?«

Der Mann näherte sich. »Das, was du gestohlen hast.«

»Das habe ich nicht mehr«, log Sofia.

»Das soll ich dir glauben?«

Es folgten einige schnelle Sätze auf Spanisch, die Jayden nicht verstand.

»Keinen Schritt weiter!«, warnte Sofia den Mann nun laut und deutlich. Panik schwang in ihrer Stimme mit.

»Du drohst mir?« Er lachte schäbig. »Sonst passiert was?«

Jayden sah durch das Loch, wie der Mann unmittelbar vor der Tür stand.

»Sonst kriegen Sie die Tür an den Schädel«, rief Sofia.

»Was?«

Jayden ging einen Schritt zurück, holte aus und trat schwungvoll gegen die Tür, die aufflog und den Kerl mit einem lauten Krachen traf. Jayden sprang gleich hinterher. Der Typ stolperte zurück, fiel rücklings hin und knallte mit dem Hinterkopf gegen die Gleise. Im Dämmerlicht sah Jayden, wie er sich benommen die Nase hielt, aber gleichzeitig versuchte, sofort wieder auf die Beine zu kommen. Doch Jayden stand schon vor ihm, packte seinen Kopf an den Ohren und rammte ihm das Knie gegen die Nase. Jayden hörte den Knochen brechen. Mehr war nicht nötig. Der Mann kippte stöhnend zur Seite, wo er ohnmächtig liegen blieb.

»Und jetzt?«, fragte Sofia.

»Hilf mir.« Sie packten ihn an den Beinen und zogen ihn zum Technikraum. Weder Jayden noch Sofia nahmen Rücksicht darauf, dass sein Kopf dabei über die Schienen rumpelte. Der Typ hatte nichts anderes verdient, hätte er Sofia doch garantiert umgelegt, sobald er die Festplatte von ihr bekommen hätte.

In der Kammer war es noch finsterer als im Tunnel, aber Sofia fand einen Lichtschalter. Nachdem sie ihn gedrückt hatte, zog sie die Tür zu. Der Raum war gerade mal so groß, dass der Mann auf dem Boden liegen konnte und sie daneben Platz hatten. Außer einem Tisch mit einem vergilbten technischen Handbuch, einer nackten Glühlampe an der Decke, zahlreichen Elektroschaltschränken und dicken, schlecht isolierten Kabelsträngen, die auf dem Boden verliefen, gab es hier nichts.

Zunächst machte Jayden mit dem Handy des Generals ein Foto von dem Kerl. Er hatte ein kantiges Gesicht, einen graumelierten Bürstenhaarschnitt, einen Dreitagebart und dichte

Augenbrauen. Anzug, Hemd und Krawatte sahen ziemlich teuer aus, ebenso die Lederschuhe. Und an seinem Kragen hing tatsächlich ein verkabeltes Mikrofon.

Jayden zog den Stöpsel aus dem Ohr des Mannes und lauschte.

»Miguel? Wo bist du?«, fragte eine dumpfe Stimme auf Spanisch. *»Melde dich!«*

Miguel heißt du also!, dachte Jayden. Er legte den Stöpsel auf den Boden und trat drauf, bis es knirschte. Danach riss er sicherheitshalber das Mikrofon vom Kabel ab.

Sofia hatte sich neben den Mann gekniet und tätschelte seine Wange, doch ohne Erfolg. Er rührte sich nicht und atmete nur langsam. »Den können wir nicht mehr verhören«, stellte sie trocken fest, woraufhin sie seine Taschen durchsuchte. Doch auch dieses Ergebnis fiel mager aus. »Keine Geldscheine, keine Münzen, kein Handy, nur das Funkgerät, das du demoliert hast, eine Armbanduhr und die kleine Taschenlampe am Schlüsselbund.«

»Ist die Uhr wertvoll?«, fragte Jayden.

»Die bringt vielleicht zwanzigtausend Peso auf dem Schwarzmarkt.«

Jayden machte ein langes Gesicht. Er wusste, dass der Peso nicht viel wert war. Aber immerhin. Davon konnten sie sich im besten Fall ein supergünstiges Flugticket nach England kaufen.

»Wenn sie beim Sturz auf die Gleise nicht kaputtgegangen wäre«, fügte Sofia hinzu.

Mist! Nicht einmal das war ihnen vergönnt. Jayden verzog das Gesicht. »Sonst hat er nichts bei sich?«

»Doch, diesen Ausweis.« Sofia hielt eine Plastikkarte ins Licht.

Jayden bemerkte schon an den Farben und dem Layout, dass es sich dabei um einen Regierungsausweis handelte. Solche hatte er bereits öfter in der Botschaft zu Gesicht bekommen.

Sofia wurde blass, ehe sie aufsah. »Weißt du, wen du da gerade niedergeschlagen hast?«, fragte sie.

»Den Bürgermeister von Buenos Aires?«

»Sehr witzig … der ist vom argentinischen Geheimdienst Agencia Federal de Inteligencia, kurz AFI.«

Etwas Ähnliches hatte er befürchtet. »Hinter dem Anschlag steckt also die argentinische Regierung«, schlussfolgerte er diesmal ernst.

»Stimmt. Verdammt!«, entfuhr es Sofia. »Dein Instinkt, nicht zur Polizei zu gehen, ist demnach richtig gewesen«, gab sie kleinlaut zu.

»Ist Futurotec ein staatlicher Betrieb?«, fragte er.

Sofia nickte. »Ja, die Wissenschaftler führen dort schon seit Jahren ein High-Tech-Forschungs- und Entwicklungsprogramm im Auftrag der argentinischen Regierung durch.«

»Na prima!«, sagte er ironisch. »Du musst ziemlich brisantes Material geklaut haben.«

»Wie oft denn noch? Auf der Festplatte befinden sich bloß E-Mails über Missstände und Korruption im Management. Rechtfertigt das all die Toten?«

»Anscheinend schon.«

Der Boden begann leicht zu vibrieren. Das Deckenlicht flackerte. Draußen im Tunnel waren elektrisches Knistern und das Sirren der Gleise zu hören. Im nächsten Moment donnerte die U-Bahn vorbei. Die Bremsen schrillten kreischend auf, als der Zug in die Station einfuhr.

»Nehmen wir diese U-Bahn?«, fragte Sofia.

Jayden schüttelte den Kopf. »In der Station wimmelt es mittlerweile vermutlich von den Kollegen dieses Kerls.« Er dachte kurz nach. Ihnen blieben etwa zehn Minuten, bis der nächste Zug vorbeifahren würde. »Wie weit ist es bis zur nächsten Station?«

Sofia überlegte. »In der Innenstadt sind die Stationen knapp hintereinander. Ich würde sagen sieben- bis achthundert Meter.«

»Wenn wir laufen, schaffen wir das in drei bis vier Minuten.«

»Du willst durch den Tunnel bis zur nächsten Station laufen?«

Jayden steckte den Ausweis ein. »Ja, sicher. Komm!«

Sie ließen den Mann liegen, verließen den Technikraum und rannten durch den Tunnel. Es war ein merkwürdiges Gefühl, fast orientierungslos über die Bahnschwellen zu laufen, immer in der Gewissheit, dass ihnen jederzeit ein Zug mit grellen Scheinwerfern entgegenkommen konnte.

Jayden leuchtete den Weg vor ihnen mit der Handytaschenlampe aus, aber das machte es auch nicht wirklich besser, denn die quiekenden Ratten, deren lange Schatten wie große Schemen vor ihnen über die Gleise huschten, wirkten dadurch nur noch gruseliger. Allerdings kamen sie schneller voran als gedacht, da es leicht bergab ging.

Endlich tauchte hinter einer Biegung mattes Licht auf. Die Leuchtstoffröhren der nächsten Station.

»Geht es noch?«, fragte Jayden.

»Ja …«, keuchte Sofia.

»Wir haben es gleich geschafft.«

Noch stand kein Zug in der Station. Jayden konnte aber bereits die blechern klingende Durchsage hören und nun sah er auch die Menschen, die am Bahnsteig standen und alle in die entgegengesetzte Richtung blickten. Erwartungsvoll, da schon bald der nächste Zug einfahren würde.

Es wurde immer heller, und als sie ins Licht kamen und sie nur noch wenige Meter von der Station trennten, wurden sie langsamer.

Sofia wischte sich den Schweiß von der Stirn. »Puuuh, was für ein bescheidener Tag.«

»Aber wir sind immer noch am Leben.« Jayden hievte sich vom Gleis auf den Bahnsteig, dann reichte er Sofia die Hand und zog sie zu sich hoch.

Ein Kleinkind bemerkte sie und starrte sie mit großen Augen an, während es am Rockzipfel seiner Mama zog. In der anderen Hand hielt es eine Puppe.

Jayden legte verschwörerisch den Finger auf die Lippen. »Nicht nachmachen!«, flüsterte er dem perplexen Mädchen mit den bunten Maschen in den Zöpfen zu. »Wir haben bloß nachgesehen, ob die Strecke in Ordnung ist, damit der Zug nicht entgleist.«

»Hör auf!« Sofia stieß ihm den Ellenbogen in die Rippen, musste aber selbst lachen. Dann wurde sie ernst. »Wollen wir es wagen, nach oben zu gehen?«

Jayden sah sich um. »Ich denke, es war vorher einfach nur

Pech, dass wir den Typen in die Hände gelaufen sind. Schließlich können sie nicht jede Station überwachen.«

»Also ja?«

Jayden nickte.

Sie fuhren auf einer ziemlich langen Rolltreppe nach oben. Sofia setzte sich die Sonnenbrille auf und er zog sich die Schirmkappe tiefer ins Gesicht. Dann kam er näher an Sofia heran und senkte die Stimme. »Was genau ist in dem Konzern passiert, bevor du abgehauen bist?« Er machte eine Pause. »Ich würde gern jedes auch noch so unwichtige Detail erfahren.«

»Okay«, seufzte sie. »Ich erzähl es dir, aber nicht, während wir hier herumlaufen.« Ihre Hände zitterten. »Ich brauche dringend einen starken Kaffee und etwas zu essen.«

Jayden hatte selbst noch weiche Knie von ihrer Flucht und dem Kampf im Tunnel. Außerdem war er deutlich unterzuckert und hätte auf der Stelle einen Riesenburger mit einem halben Rind und einen Eimer Eiscreme hinunterschlingen können. »Also gut, gehen wir irgendwo einen Happen essen.« Dabei konnten sie auch gleichzeitig eine Zeit lang untertauchen.

Als sie oben ankamen, sah Jayden sich um. Hier kreuzten sich zwei Straßen mit mehreren Verkehrsinseln. Er kannte die Gegend nur flüchtig, aber Sofia war sie umso vertrauter. Doch als sie sich in Bewegung setzen wollte, hielt Jayden sie zurück.

»Warte einen Moment.« Er beobachtete die Menschen um sie herum. Alle waren in Bewegung und niemand, der ihm spontan aufgefallen wäre, schaute zu ihnen. Anscheinend hatte sie bisher niemand erkannt und auch niemand verfolgt. »Gut, verjubeln wir unser letztes Bargeld.«

Sofia nickte quer über die Straße zu einem Kaufhaus. »Im dritten Stock gibt es ein Kundenrestaurant, die haben immer ziemlich günstige Mittagsgerichte.«

Jayden sah an der blau schimmernden Glaswand empor. Dritter Stock klang perfekt. Von da aus würde er die Kreuzung gut im Blick haben.

Zehn Minuten später saßen sie an einem Zweiertisch direkt am Fenster mit Ausblick auf die Verkehrsinseln und die U-Bahn-Station. Auf den Tabletts vor ihnen standen drei Wasserflaschen und zwei Pfannen Paella, ein Reisgericht mit Fleisch und Muscheln. Jayden hatte noch eine Handvoll Peso übrig, die er für später aufheben wollte.

»Also schön«, sagte Sofia mit vollem Mund und stopfte sich weiter Essen hinein. »Ich erzähl dir alles, was im Konzern passiert ist.«

»Und lass nichts aus.«

Sofia kaute und schluckte hinunter. »Oooh, schmeckt das gut … Ich habe schon drei Monate lang unentdeckt bei Futurotec undercover als Sachbearbeiterin in der Buchhaltung gearbeitet, Belege sortiert, Rechnungen erfasst und solchen Kram. Und dann hat sich plötzlich eine günstige Gelegenheit ergeben, als ich zufällig erfuhr, dass der Geschäftsführer …«

15. KAPITEL

SECHS STUNDEN ZUVOR

»… Señor Delgado ist heute Vormittag nicht im Haus«, sagte die Buchhaltungskollegin mit der kieksenden Stimme. Sie hielt sich die Hand vor den Mund und senkte die Stimme. »Ist beim Friseur und bei der Maniküre, weil er später – so erzählt man sich – hohen Besuch von einer wichtigen Kundin in seinem Büro erwartet. Oh, là, là.« Sie verdrehte die Augen.

»Nein, wirklich?«, tat Sofia ziemlich gelangweilt, obwohl sie innerlich die Ohren spitzte. Wenn das stimmte, war es die perfekte Gelegenheit, endlich einen Blick in sein Büro zu werfen. Denn aus anderer Quelle wusste sie, dass Señor Delgados Sekretärin heute Urlaub hatte, und somit standen zumindest diese beiden Büros in der Chefetage leer.

»Boah …«, stöhnte Sofia eine Minute später auf und presste sich die Hand mit schmerzverzerrtem Gesicht auf den Unterleib. »Die scheiß Regel macht mich fertig.«

»Brauchst du ein krampflösendes Mittel?«

»Nein, danke – geht gleich wieder.« Sofia wehrte ab, schnappte sich unauffällig ihren USB-Stick aus der Schublade, hängte sich die Umhängetasche über die Schulter und ging in Richtung Toiletten. Nur dass sie nicht aufs Klo ging, sondern die Tür zum Treppenhaus nahm und zu Fuß die fünf Etagen ins oberste Stockwerk lief.

Oben angelangt, atmete sie einmal kräftig durch, öffnete vorsichtig die Tür und lauschte. Kein Mucks war zu hören, bloß das Stimmengemurmel und Türenknallen aus dem unteren Stockwerk. Sie schlüpfte in den Korridor und schlich an der Wand entlang. Zuerst kam sie am Büro von Señor Delgados Sekretärin vorbei, daneben lag das seines Assistenten und gegenüber waren die Räume von Delgado selbst. Sie legte das Ohr an eine seiner Türen und lauschte. *Nichts!* Bloß aus dem gegenüberliegenden Büro hörte sie eine Stimme. Anscheinend telefonierte Señor Delgados Assistent. Sie hatte schon mitbekommen, dass der nicht viel arbeitete und jede Menge privat telefonierte, sobald der Chef außer Haus war.

Sofia drückte die Klinke nieder. Abgesperrt. Sie holte einen Kugelschreiber aus ihrer Umhängetasche, brach die dünne Klammer ab und bog sie wie einen Draht auseinander. Dann führte sie die beiden Enden in das Schloss und werkelte eine Weile darin herum. Für ihre Reportage über Einbrecher hatte sie gelernt, ein einfaches Schloss wie dieses zu knacken. Dennoch dauerte es eine knappe Minute, in der sie den Assistenten ständig lachen hörte. Danach war Señor Delgados Büro endlich offen.

Leise schlüpfte sie hinein und schloss die Tür hinter sich. Die Jalousien waren zwar zugezogen, aber das Dämmerlicht reichte aus, um sich zu orientieren. Das Büro war gewaltig. Feine Teakmöbel, roter Teppich, Wandschränke, stilvolle Deckenbeleuchtung. Außerdem konnte man links und rechts durch die offen stehenden Türen in die Nebenräume blicken. Einer war offenbar ein Besprechungszimmer, der zweite privat mit Fitnessgeräten, einer Hausbar und einem großen TV-Bildschirm. Señor Delgado wusste, wie man arbeitete und gleichzeitig lebte.

Sofia schlich an einer Couch und einem kleinen Glastisch vorbei zum wuchtigen Schreibtisch. Dort startete sie den PC, und während der hochfuhr, durchsuchte sie sämtliche Schubladen. Keine davon war abgesperrt und dementsprechend uninteressant waren die Unterlagen, die sie dort fand. Viel wichtiger dagegen würde das Material auf Delgados PC sein. Der war mittlerweile hochgefahren und hatte zum Glück kein Passwort. *Wie fahrlässig!* Aber so war Señor Delgado – er hielt sich für unantastbar.

Sogleich öffnete Sofia den E-Mail-Account. 132 fett markierte ungelesene Nachrichten … und Hunderte andere gelesene. *Eine wahre Fundgrube an Informationen!* Die Betreffzeilen reichten von Personalangelegenheiten über technische Details, Produktions- und Lieferprobleme bis zu Kundenanfragen und Steuersachen. Zwei Archiv-Ordner hießen »Außertourliche Aufwendungen« und »Besondere Absprachen«. *Hier wirst du garantiert fündig!*

Sie kramte den USB-Stick aus ihrer Hosentasche und steckte ihn an den PC. Dann griff sie zur Maus und kopierte den gesamten E-Mail-Verkehr mit allen Adressdaten in eine eigene Transferdatei auf den USB-Stick. Das heißt, das *wollte* sie tun, doch der PC brachte eine Fehlermeldung.

Externes Laufwerk kann nicht gelesen werden!

»Verdammt«, zischte sie, zog den USB-Stick aus dem Port und steckte ihn wieder hinein.

Externes Laufwerk kann nicht gelesen werden!

»Verflucht noch mal!« Diesmal steckte sie den Stick in einen anderen Port und probierte es da, allerdings mit demselben Ergebnis. Das verdammte Mistding war anscheinend defekt.

Hastig durchsuchte sie die Schubladen im Schreibtisch ein weiteres Mal, doch sie fand weder einen Stick noch eine externe Festplatte, auf die sie die Daten hätte kopieren können. *Die Chance, ungesehen in dieses Büro zu gelangen, hast du kein zweites Mal!* Dann blieb also nur noch eine Möglichkeit. Sie würde die wichtigsten E-Mails ausdrucken. Aber dazu musste sie erst einmal alle verdächtigen Nachrichten lesen. *Verflixt!*

Doch so weit kam sie gar nicht. Sie hörte Stimmen im Gang. Eine weibliche und eine männliche – allerdings nicht die des Assistenten. Als Nächstes knirschte ein Schlüssel im Türschloss. Sofia plumpste das Herz in die Hose.

»Nanu, gar nicht abgesperrt«, wunderte sich Señor Delgado. »Wie nachlässig von mir.« Lachend öffnete er die Tür und schaltete das Licht ein. »Treten Sie bitte ein.«

Sofia verschwand unter dem großen wuchtigen Schreibtisch aus Teakholz, kauerte sich hinter der Blende zusammen und hielt die Luft an. Neben ihr surrte der PC. Ihr Herz schlug bis zum Hals, Schweiß trat ihr auf die Stirn. Durch einen schmalen Spalt unter der Tischplatte, durch den die Kabel für Telefon, Drucker und Computer verliefen, konnte sie in den Raum schauen.

Señor Delgado führte eine große, schlanke Frau mit kurzen blonden Haaren in sein Büro. Das musste die wichtige Kundin sein, von der die Buchhalterin gesprochen hatte. Hoffentlich würde Señor Delgado nicht bemerken, dass PC und Monitor an waren. Im Moment sah es gut aus, denn Delgado schien nur Augen für seine Klientin zu haben. Sie trug hochhackige Schuhe und ein elegantes eng anliegendes rotes Kleid. Sofia schätzte die Frau auf Mitte dreißig. Um so stramme Waden und so einen flachen Bauch zu haben, musste sie zweifelsohne überdurchschnittlich viel Zeit im Fitnessstudio verbringen.

»Nehmen Sie doch Platz, Miss Woolf.« Señor Delgado deutete auf die niedrige Couch neben dem Glastisch.

»Aber bitte, nennen Sie mich doch Amanda.«

Señor Delgado lächelte ebenso schleimig wie unterwürfig. Sein Schnauzbart zuckte und er hob die Augenbrauen.

Verdammt! Sofia hatte gehofft, dass sie ins Besprechungszimmer gehen und die Tür schließen würden. Stattdessen setzte sich die Frau nur wenige Meter von ihr entfernt hin. Das Ausdrucken der E-Mails konnte sie sich abschminken. Gerade jetzt, wo sie so knapp davor war, all das herauszufinden, woran sie schon so lange gearbeitete hatte. Abgesehen davon war es nur eine Frage der Zeit, bis Delgado sie entdecken würde.

»Kommen wir zum Geschäft«, sagte Delgado.

Amanda Woolf schlug ein Bein über das andere. »Sind wir hier wirklich ungestört?«

»Selbstverständlich.« Delgado sperrte die Bürotür ab, dann ging er zum Schreibtisch. *Auch das noch!* Sofia japste nach Luft und kauerte sich zusammen. Aber zum Glück ging Delgado nicht um den Tisch herum, sondern betätigte nur eine Taste am Telefon.

»Ja?«, drang eine männliche Stimme aus dem Lautsprecher.

»Amanda Woolf ist jetzt bei mir. Ich möchte in der nächsten Stunde nicht gestört werden«, bellte Delgado. Dann schnappte er sich ein Tablet vom Schreibtisch und setzte sich zu Amanda Woolf an den Glastisch.

»Das gehört unserem Chef-Techniker. Darauf finden wir die aktuellen Baupläne der neuesten Technologie.«

Sofia holte so leise wie möglich wieder tief Luft und spähte durch den Schlitz. Schweiß lief ihr über die Schläfen. Delgado hatte das Tablet aufgestellt und wischte so auf dem Bildschirm herum, dass Amanda Woolf mitschauen konnte.

»Ist darauf auch die gesamte Antriebstechnik der Drohnen zu sehen sowie die Relaisstationen der verbesserten Beta-Reihe?«, fragte sie.

Señor Delgado bejahte, woraufhin sich Amanda Woolf interessiert nach vorn beugte, um die Daten zu prüfen. »Aha, alles da, sogar die Verknüpfung der Schaltkreise und die Baupläne für die Navigation. Sehr gut.« Sie sah auf. »Ich könnten Ihnen jetzt einen Preis nennen, Sie sagen, der sei zu niedrig, ich gehe rauf, Sie lehnen ab, wir verhandeln … aber sparen wir uns doch die ganze Diskussion. Mein erstes und letztes Angebot: Zehn Millionen amerikanische Dollar für diese Pläne sowie eine weitere Million für die ersten siebzig Drohnen für die Testphase.«

Señor Delgado dachte kurz nach, dann nickte er. »Einverstanden.«

»Wann können Sie liefern?«

»Die ersten fünf Prototypen in zwei Wochen – der Rest, wenn wir in Serienproduktion gehen … in zwei Monaten.«

»Früher nicht?«

Señor Delgado verzog bedauernd das Gesicht und Sofia sah, wie Amanda Woolf kalt lächelte. Eigentlich wäre sie ja eine absolut attraktive Frau gewesen, aber sie hatte ziemlich harte Gesichtszüge. Und wenn sie versuchte, zu lächeln, so wie gerade eben, wirkte es gekünstelt, da der Ausdruck der Augen eiskalt blieb.

Soviel Sofia mitbekam, unterzeichneten die beiden jetzt eine Art Vorvertrag.

»Wie soll ich die Daten transferieren?«, fragte Delgado.

»Gar nicht – zu unsicher.« Amanda holte aus ihrer Handtasche eine kleine externe Festplatte, die sie über ein Verbindungskabel mit Adapter an das Tablet steckte. »Während ich die Daten kopiere, würde ich gern meinen Vorgesetzen über den abgeschlossenen Deal informieren.«

»Sehr gern.« Señor Delgado nickte unterwürfig. »Lassen Sie sich Zeit, die Daten haben insgesamt über drei Terabyte. Der Kopiervorgang wird dauern. Sie können inzwischen ungestört im Besprechungszimmer telefonieren, während ich uns einen Drink mixe, damit wir auf den Geschäftsabschluss anstoßen. Einverstanden?«

Amanda Woolf erhob sich und straffte ihren Rock, der nach oben gerutscht war. »Einverstanden. Einen Martini. Wodka, Wermut, Eis, einen Schuss Zitrone und eine Olive.« Sie verschwand in den Nebenraum, während Señor Delgado in das andere Zimmer ging.

Wie gebannt starrte Sofia durch den Spalt auf die externe Festplatte auf dem Glastisch, während Amanda Woolf nebenan telefonierte und sie Señor Delgado im gegenüberliegenden

Zimmer mit den Gläsern und Flaschen vor der Hausbar klimpern hörte.

Das ist deine Chance!

Sofia kroch hinter dem Schreibtisch hervor und lief auf Zehenspitzen zum Glastisch. Ein Blick auf das Tablet zeigte ihr, dass die externe Festplatte noch fast leer war.

7 % des Kopiervorgangs abgeschlossen, zeigte das Fenster auf dem Tablet an.

Sorry, dachte sie und trennte die Festplatte vom Tablet. Damit schlich sie zurück zum Schreibtisch, entfernte den Adapter vom Kabel und steckte es anschließend an den PC. Dann startete sie den Kopiervorgang, der sämtliche E-Mails auf die Festplatte kopieren würde.

2 % abgeschlossen, Restdauer 3 Minuten, zeigte der PC an.

Oh, fuck! So lange? Es waren ja aber auch Hunderte E-Mails. Aber sie musste es einfach riskieren!

Sofia kauerte sich unter den Tisch und zählte die Sekunden, während sie am Fingernagel kaute. Zum Glück telefonierte Amanda Woolf immer noch. Inzwischen klimperte Delgado mit den Gläsern, hackte Eis mit einem Pickel und spießte eine Olive auf einen Zahnstocher. Dabei pfiff er ein Lied.

Sofia wartete, dann spähte sie wieder über die Tischkante zum Monitor.

81 % abgeschlossen, Restdauer 35 Sekunden.

Wieder biss sie sich auf den Fingernagel. Sollte sie die Festplatte jetzt einfach runterreißen und damit abhauen? Die Chancen standen günstig. Noch war niemand im Büro. Amanda telefonierte und Delgado pfiff immer noch.

Sie spähte wieder über die Kante.

93 % abgeschlossen, Restdauer 13 Sekunden.

Solange hältst du noch durch. Sie hielt den Atem an und zählte im Geiste mit.

Im nächsten Moment kam Delgado mit einem Serviertablett ins Büro. *Verflucht!* Zu spät! Sie hätte abhauen sollen. Aber vielleicht würde er noch einmal ins Zimmer zurückgehen, weil er etwas vergessen hatte.

Doch diesen Gefallen tat er ihr nicht. Delgado stellte das Tablett, immer noch pfeifend, auf dem Glastisch ab. Zum Glück war er zu abgelenkt, als dass er bemerkte, dass die Festplatte fehlte.

Mit rasendem Herzen hörte Sofia, wie Amanda Woolf das Telefonat beendete, die Tür öffnete und ebenfalls das Büro betrat.

Fuck!

»Alles mit Ihrem Boss geklärt?«, fragte Delgado.

»Ja, er ist mit Ihren Lieferbedingungen einverstanden. Wir werden das Geld …« Sie hielt inne. »Wo ist meine Festplatte?«

Sofias Herzschlag setzte für eine Sekunde aus. Im gleichen Moment piepte der PC. Anscheinend war der Kopiervorgang gerade zu Ende. Durch den Spalt sah sie, wie beide gleichzeitig zum Schreibtisch starrten.

Ohne lange zu überlegen riss Sofia die Festplatte mit dem Kabel vom PC, sprang auf und rannte an den beiden vorbei zur Tür. *Die ist abgesperrt*, kam ihr geistesgegenwärtig in den Sinn. Aber sie sah, dass der Schlüssel steckte.

»Wer zum Teufel sind Sie? Und was machen Sie in meinem Büro?«, rief Delgado verblüfft.

Sofia drehte den Schlüssel, zog ihn geistesgegenwärtig ab und riss die Tür auf. Aus dem Augenwinkel sah sie, dass sich Amanda Woolf gar nicht erst lange mit Fragen aufhielt, sondern um den Glastisch herum zu ihr rannte. Doch da war Sofia bereits draußen.

Allerdings würde sie nicht rechtzeitig aus dem Gebäude kommen. Nun kam der Schlüssel wieder ins Spiel. Sie knallte die Tür zu und sperrte von außen ab.

»Mach auf!«, kreischte Amanda Woolf, während sie mit den Fäusten gegen die Tür hämmerte.

Mehr hörte Sofia nicht mehr, da sie bereits zu den Fahrstühlen lief. Zum Glück stand die Kabine immer noch in dieser Etage. Sie sprang rein, betätigte die Taste für das Erdgeschoss und wartete, bis sich die Tür schloss. Dann ließ sie die Festplatte in ihrer Umhängetasche verschwinden und dachte fieberhaft nach. Delgado telefonierte garantiert schon längst mit dem Sicherheitsdienst, der sie am Empfang abpassen würde. Also würde sie den Weg über den Seiteneingang nehmen und von dort um das Gebäude herum direkt zum Parkplatz laufen, wo ihr Moped stand. *Ein Kinderspiel!*

Während sie an der Unterlippe kauend auf das Display starrte, wo die Anzeige für die einzelnen Stockwerke nur im Schneckentempo umsprang, ging im Haus ein ohrenbetäubender Sirenenalarm los.

Verflixt! Jetzt musste sie nur noch lebend aus dem Gebäude kommen!

16. KAPITEL

»Und während deiner Flucht mit dem Moped haben die Typen auf den Motorrädern bereits begonnen, auf dich zu schießen?«, fragte Jayden, der es gar nicht glauben konnte, dass ein Mensch so viel Glück an einem einzigen Tag haben konnte.

Sofia nickte.

Jayden verzog das Gesicht. »Du bist ganz schön abgebrüht, weißt du das?«

Sie lächelte gequält. »Anscheinend hatte ich mehr Glück als Verstand.« Mittlerweile hatte sie ihre Portion Paella weggeputzt und eine Tasse Kaffee mit drei Löffeln Zucker getrunken. Ihre angespannten Nerven hatten sich wieder beruhigt.

Jayden stützte nachdenklich das Kinn auf die Hand. »Du hast ziemlich viel riskiert«, stellt er fest.

»Ich bin investigative Journalistin«, erinnerte sie ihn.

Ja, das hast du schon mehrmals deutlich betont! Zu oft, als dass ich es dir abnehmen würde! »Investigative Journalistin«, wiederholte Jayden gedehnt. »Weißt du, ich habe mich schon die ganze Zeit über gefragt, warum du diese Daten nicht schon längst, als du noch in der Botschaft warst, über dein Handy an deine Redaktion gemailt hast.« Sie blieb stumm, woraufhin er sie eindringlich ansah. »Und?«

»Was und? Äh … das … das ist meine Sache.«

»Sicher«, lenkte er achselzuckend ein. »Für welche Zeitung, hast du noch mal gesagt, arbeitest du?«

»Ich hab noch gar nichts gesagt«, stellte sie richtig. »Aber es ist die La Nación.«

Aha! »Wie hoch ist denn eure Auflage?«, fragte er wie nebenbei und sah durchs Fenster auf den Platz mit der U-Bahn-Station. Während sie hier gegessen hatten, war alles unauffällig geblieben.

»Hundertsechzigtausend unter der Woche und am Sonntag zweihundertfünfzigtausend. Warum willst du das alles wissen?«

»Kann uns dein Chefredakteur nicht helfen?«, wollte er wissen.

Sie schüttelte den Kopf. »Ich fürchte nicht.«

»Wo sitzt denn die Redaktion?«

»In der ...« Sie stockte kurz. »... der Avenida del Libertador, in der Nähe der Nationalbibliothek.«

Jayden nickte. Nun war ihm alles klar. »Wir haben in der Botschaft die Zeitung abonniert, gemeinsam mit fünf anderen argentinischen Tageszeitungen. Und da ich in der Postabteilung sitze ... *saß*«, korrigierte er sich, »und ich die Rechnungen für die Abonnements an die Buchhaltung weitergeleitet habe, weiß ich, dass die Redaktion der La Nación *nicht* in der Avenida del Libertador sitzt.«

Sofia schluckte, dann wurde sie rot.

»Also ...« Er atmete tief durch und beugte sich nach vorn. »... für wen arbeitest du, und verarsch mich nicht wieder! Wir haben schon zu viel gemeinsam durchgemacht. Außerdem haben wir uns versprochen, dass wir einander helfen und vertrauen.«

Sie knirschte mit den Zähnen, dann nickte sie schließlich. »Tut mir leid … in Wahrheit arbeite ich für keine Zeitung. Die würden so jemanden wie mich gar nicht einstellen, weil ich zu wenig Erfahrung habe.«

»Was machst du stattdessen?«

»Bin selbstständige Journalistin und schreibe Artikel für mein eigenes Online-Magazin.«

»Und wie viele Abonnenten hast du?«

Sie starrte zu Boden. »Dreihundert Follower … na ja, fast.« Sie hob die Schultern. »Zweihundertsiebzig, um genau zu sein.«

»Ehrlich? Und dann knöpfst du dir gleich so eine Riesenfirma vor?«

Sie gab keine Antwort.

»Warum gerade Futurotec?«, bohrte er weiter. »Warum hast du dich in so einen Fall verbissen?«

Jayden sah, wie es in Sofia arbeitete. Schließlich gab sie sich einen Ruck. »Mein Vater hat in der Buchhaltung für Futurotec gearbeitet und dort vor einem halben Jahr zufällig eine große Korruptionssache entdeckt. Er hätte in der Firma besser schweigen sollen, aber das wollte er nicht, woraufhin das Management ihm Datendiebstahl und Geldunterschlagung angehängt hat und er fristlos gefeuert wurde.«

»Diese Schweine«, entfuhr es Jayden. »Und deine Mutter? Wie hat die reagiert?«

»Die lebt nicht mehr – mein Vater ist alles, was ich noch

habe.« Sofias Augen wurden wässrig. »Nun wird er angeklagt, und wenn sie ihn schuldig sprechen, droht ihm eine Gefängnisstrafe für etwas, das er gar nicht getan hat – nur damit er die Wahrheit, die er herausgefunden hat, nicht weitererzählen kann.«

»Und du willst seinen Ruf reinwaschen«, stellte Jayden fest.

»Nicht nur das. Ich will beweisen, dass Futurotec Dreck am Stecken hat. Und jetzt sind sie auch hinter mir her. Das allein beweist doch schon, dass mein Vater recht hatte.«

»Aber andererseits sagst du, dass die E-Mails, die du geklaut hast, keine so brisanten Informationen enthalten, dass sie den Mord an einer ganzen Botschaftsbelegschaft rechtfertigen«, erinnerte er sie. »Wenn das so wäre, hätten sie deinen Vater ja direkt umbringen können.«

Sie nickte. »Genau – darum verstehe ich das alles nicht.«

Im Gegensatz zu ihr war Jayden die Sache jedoch sonnenklar. »Dann geht es um die Baupläne der Drohnen«, stellte er fest.

»Aber die wurden zu gerademal sieben Prozent rüberkopiert, weil ich die Festplatte vorher abgezogen habe.«

»Aber das wissen die doch nicht«, dachte Jayden laut nach. »Die denken, du hast die *gesamten* Baupläne geklaut.«

Sofia wurde blass. »Die sind wegen etwas hinter mir her, das ich gar nicht habe.« Sie richtete sich auf, als wollte sie aufspringen und davonrennen. »Ich muss das richtigstellen.«

»Moment mal.« Jayden hob beschwichtigend die Hände. »Die Leute, die ich gesehen habe, sahen nicht so aus, als wollten sie gemütlich bei Kaffee und Kuchen mit dir verhandeln.

Die sind davon überzeugt, dass du die Daten über die Drohnen bewusst geklaut hast, und keiner wird dir glauben, dass es nur ein dummes Missverständnis war. Die gehen bestimmt davon aus, dass du die Daten mittlerweile schon längst weitertransferiert hast.«

»O Dios!« Sofia wurde noch blasser. »Und zur Polizei können wir nicht gehen, weil es Leute von der Regierung sind, die mich verfolgen.«

»Beruhige dich wieder.« Jayden blickte auf sein Handy. Immer noch keine Nachricht vom Major. »Ich werde einen Weg finden, uns beide aus dem Land zu bringen.«

Sofia schielte auf sein Handy. »Ich müsste vorher mit meiner Nachbarin telefonieren. Vielleicht könnte sie uns …?«

Er schüttelte den Kopf. »Solange wir noch in der Stadt sind, würde ich an deiner Stelle keine Freunde oder Bekannten kontaktieren. Die werden bestimmt schon alle überwacht, in der Hoffnung, dass du dich bei einem von ihnen meldest.«

Sie presste die Lippen zusammen und nickte schließlich.

»Außerdem sollten wir langsam verschwinden«, sagte er. »Wir sind schon zu lange hier.«

»Willst du eine sichere Unterkunft suchen?«

Wieder schüttelte er den Kopf. »Das klingt jetzt sehr theatralisch, aber wenn wir überleben wollen, müssen wir ständig in Bewegung bleiben.«

»Woher weißt du so viel über all diese Dinge?«, fragte Sofia erneut und hob gleichzeitig drohend den Finger. »Und speis mich nicht wieder mit einer müden Floskel ab.«

»Ich würde dir ja gern mehr darüber verraten, aber das darf

ich nicht«, seufzte er und erhob sich. »Komm, gehen wir. Wir brauchen zuerst mal genügend Bargeld, wenn wir aus Argentinien rauswollen.«

17. KAPITEL

VIERZEHN MONATE ZUVOR

Die Sommerferien waren vorbei, der Herbst hatte begonnen. Jayden kam am frühen Morgen mit dem Nachtbus in Brighton an. Eigentlich hatte er ja angenommen, dass sowohl das Ausbildungscamp als auch das Hauptquartier der Last Line of Defense in London lagen. Immerhin befanden sich dort auch der MI5, der MI6, der Militärnachrichtendienst und die Gebäude des Scotland Yard. Doch da hatte er sich geirrt. Dabei lag der Grund auf der Hand: Im Fall eines Angriffs würde als Erstes London von einem Feind plattgemacht werden, und deshalb hatte der britische Premierminister James Metcalf vor sechs Jahren entschieden, dass die Last Line of Defense knapp hundert Kilometer weiter südlich stationiert werden sollte. In der Hafen- und Küstenstadt Brighton, wo sich im Ärmelkanal die schäumenden Wellen des Atlantiks auf den weißen Sandstränden brachen.

Jayden hatte sich den Ort zuvor auf der Karte angesehen. Zweifelsohne war er strategisch gut gewählt. In nur wenigen Kilometern war man übers Meer im französischen Le Havre angelangt, durch die Enge des Ärmelkanals in Richtung Belgien oder in Richtung Westen aufs offene Meer unterwegs.

Jayden schulterte seinen Rucksack und spazierte durch das morgendliche Brighton. Die Sonne ging gerade über dem Meer auf und die ersten Möwen flogen kreischend über den Strand. Hier sollte für die nächsten Monate also sein neues Zuhause sein – falls er wirklich hierbleiben wollte. Der Geruch nach Salzwasser, Muscheln, Algen und Fischkutter erinnerte ihn schon mal vertraut an die Docks von Liverpool. Eigentlich war er ja nur von einer Hafenstadt in die nächste gezogen – mit dem kleinen Unterschied, dass Brighton ein viel noblerer Ort mit touristischen Stränden war.

Das Ausbildungscamp lag direkt am Meer, auf einer vorgelagerten Halbinsel östlich des Hafens.

Du wirst es erkennen, wenn du es siehst, hatte Mr Finley ihm erklärt.

Und woran werde ich es erkennen?, hatte Jayden gefragt, worauf Mr Finley nur geheimnisvoll gelächelt hatte.

So viel Jayden bisher erfahren hatte, hieß die Academy, an der er ausgebildet werden sollte, Brighton Rock. Und als er nach einem halbstündigen Fußmarsch die vorgelagerte schmale Halbinsel endlich erreichte, an deren zerklüfteten Felswänden sich die Wellen meterhoch brachen, wusste er, dass Mr Finley recht gehabt hatte. Das Gebäude der Academy war nicht zu übersehen. Es sah aus wie ein massiver Felsen, schiefergrau und backsteinrot gesprenkelt, und thronte wuchtig wie eine Festung im Meer.

Deshalb also Brighton Rock.

Die salzige Gischt spritzte Jayden ins Gesicht, als er die Felszunge betrat und zum Eingang des Gebäudes marschierte. Hier gab es weder einen elektrischen Sicherheitszaun noch einen Schlagbaum, ebenso wenig ein Pförtnerhaus oder irgendwelche Überwachungskameras. *Kein Wunder!* Angeblich wusste ja niemand, dass es die Last Line of Defense gab. Jegliche Überwachungsmaßnahmen hätten vermutlich nur die unerwünschte Aufmerksamkeit der Bevölkerung auf sich gelenkt. So aber wirkte das Gebäude ziemlich verlassen und unspektakulär.

Einige Autos standen auf dem Firmengelände sowie ein paar Lastkraftwagen mit der Aufschrift Brighton Beach Shipyard. Auch auf dem Gebäude hing ein verwittertes Schild mit dieser Firmenbezeichnung. Anscheinend lief die Academy unter der Tarnung einer alten Werft, in der Schiffe repariert wurden.

Jayden trat in den Schatten des hohen Gebäudes. Ihn fröstelte leicht. Das Rauschen der Brandung und das Kreischen der Möwen wurden leiser. *Lieferanteneingang* stand an einer Milchglastür. Er läutete an der Glocke und zog die Tür auf. Dahinter lag eine Art kleines Foyer. Es duftete nach Minze und irgendwo plätscherte ein Brunnen.

Eine junge Dame mit hochgesteckten blonden Haaren, Lesebrille und strengem Blick saß hinter einem Schalter und musterte Jayden neugierig. »Wir öffnen erst um acht.«

»Mein Name ist Knoxville.« Jayden sah auf die Armbanduhr. Es war halb acht. »Ich sollte spätestens um acht hier sein.«

Die Frau war etwa fünfzehn Jahre älter als er und kaute gelangweilt an einem Kaugummi. »Ach, und wohin willst du, Mr Knoxville?«

»Zur Academy.«

»Zur Academy?«, wiederholte sie. »Dann hast du dich aber verlaufen, Kleiner. Hier gibt es keine Schule. Das ist die Brighton-Beach-Werft. Im Moment suchen wir keine neuen Mitarbeiter.«

Verunsichert blickte Jayden sich um. »Ist das nicht die Last Line of Defense?«

Die Frau kniff die Augenbrauen zusammen. »Die Last Line of was?«

»Die Last Line …«, wiederholte Jayden.

»Die einzige Schiffslinie, die wir hier warten, ist die neue Caledonia-Klasse der britischen Regierung.«

Verzweifelt sah Jayden sich noch einmal um. »Aber es muss hier sein«, murmelte er. »Mr Finley hat gesagt, du wirst es erkennen, wenn du es siehst! Und dieses Gebäude sieht doch aus wie ein Felsen. Wo sollte Brighton Rock, die Academy der Last Line of Defense, sonst sein, wenn nicht hier?«

Die Dame sah ihn streng an, schob ihren Kaugummi von einer Seite zur anderen und verzog dabei keine Miene. »Ich habe keine Ahnung, wovon du da quasselst.«

»Ich bleibe hier und warte.«

»Wenn du meinst.« Sie rollte mit ihrem Sessel zur Seite, verschwand hinter einem Monitor, woraufhin er sie auf einer Tastatur klappern hörte.

Jayden ließ den Rucksack von der Schulter gleiten, zog Mr Finleys Visitenkarte aus der Tasche und wählte seine Nummer mit dem Handy. Erst gestern hatte er mit ihm telefoniert und letzte Instruktionen erhalten. Im Moment kam er sich ziemlich dämlich vor, aber ein kurzes Gespräch mit Mr Finley würde rasch alles klären.

Jayden presste das Telefon ans Ohr, hörte dass es klingelte, doch im nächsten Moment war die Verbindung tot. *Kein Anschluss unter dieser Nummer.* »Fuck!«, entfuhr es ihm.

»Mäßige deinen Ton, Jayden Knoxville!«, rief die Frau hinter ihrem Monitor hervor.

Jayden zog die Augenbrauen zusammen. Während er das Handy einsteckte, ging er langsam zu ihrem Schalter, lehnte sich über den Tresen und beugte sich nach vorn. »Ich …«

»Ein bisschen mehr Abstand, wenn ich bitten darf«, sagte sie.

Jayden ignorierte sie. »Ich habe Ihnen meinen Vornamen gar nicht genannt. Offenbar bin ich hier also doch richtig.«

Unbeeindruckt sah sie ihn an. »Du scheinst ja doch ein wenig cleverer zu sein, als du aussiehst. Also gut, ich will dir ein bisschen auf die Sprünge helfen.« Sie nahm den Kaugummi aus dem Mund und warf ihn in einem hohen Bogen gezielt in den Mülleimer. »Offiziell gibt es die Last Line of Defense nicht, ebenso wenig wie die Academy oder dieses Gebäude namens Brighton Rock.«

»Aber wenn …«

»Stopp!«, unterbrach sie ihn. »Jetzt rede ich und du hörst zu!« Sie machte eine Pause. »Das ist der Grund, weshalb wir schon seit sechs Jahren existieren und trotzdem nicht einmal der MI6 von uns Kenntnis hat.« Sie zählte die Punkte an einer Hand auf. »Weil niemand über uns spricht. Weil niemand uns kennt. Weil niemand weiß, wie wir heißen. Nur Premier Metcalf nennt uns seine Last Line of Defense. Und so soll es auch bleiben. Hast du das verstanden?«

Jayden schluckte. »Okay.«

Plötzlich lächelte sie zum ersten Mal. »Mein Name ist Charlene, aber du kannst mich Charlie nennen. Du willst also zu Mr Finley?«

Jayden nickte.

»Vergiss es!« Ihr Blick wurde wieder ernst. »Mr Finley reist um den Globus, spürt neue Kandidaten auf, wählt sie aus und rekrutiert sie. Da du schon hier bist, wirst du ihn so schnell nicht mehr wiedersehen.«

»Dann will ich zur *Las…*« Jayden verstummte. »… zur Werft.«

Charlie lächelte breit. »Kluges Kind.« Sie rollte mit dem Stuhl näher und beugte sich nach vorn. »Codewort?«

»Was?«

»Welches Codewort?« Erwartungsvoll riss sie die Augen auf.

»Äh … ich … wusste nicht, dass …«

»Mensch, du bist leicht aus der Fassung zu bringen.« Sie schüttelte verwundert den Kopf. »Ich hoffe, Mr Finley hat sich nicht in dir getäuscht«, seufzte sie. »Ich hab nur Spaß gemacht. Es gibt kein Codewort.« Sie nickte zu einer Tür mit der Aufschrift *Werft*. »Da hinein, den Gang entlang bis zum Wartezimmer. Jemand wird dich abholen.«

Jayden lächelte ätzend. »Danke. Ich mag Sie. Sie erinnern mich an meine Oma.«

Charlie lächelte ebenso ätzend zurück. »Netter Versuch, Kleiner, aber ich weiß, dass du deine Oma nicht kennst. Das nächste Mal lass dir etwas Besseres einfallen.«

Jayden grinste. Charlie gefiel ihm. Er schulterte den Rucksack und marschierte zur Tür.

In dem Gang roch es tatsächlich wie in einer Schiffswerft, nach Maschinenöl, Lötkolben und geschmolzenem Metall – ein Geruch, der sich über die Jahre vermutlich in den Böden und Wänden eingenistet hatte, oder es wurden hier noch wirklich hin und wieder Schiffe überholt.

Jayden erreichte die Tür mit der Aufschrift Wartezimmer. Darunter hing ein schief hingeklebter Zettel, auf den jemand mit Filzstift *Rekruten* geschrieben und daneben ein blutiges Messer gemalt hatte. *Wie aufmerksam*, dachte Jayden und stieß die Tür auf.

Der Raum war klein. Durch das gekippte schmale Oberlicht drang der frische Geruch der See herein. Außerdem roch es nach Kaffee.

Eigentlich hatte Jayden mit mindestens einem Dutzend Rekruten gerechnet, aber auf einer Bank saßen nur zwei Jugendliche, etwa in Jaydens Alter, mit Kaffeebechern in der Hand. Neben ihnen standen ein kleiner Trolley und ein großer schwarzer Hartschalenkoffer auf Rollen.

Jetzt unterbrachen die beiden ihr Gespräch und sahen auf. Das Mädchen trug Jeans und ein enges schwarzes Rippshirt. Sie war braun gebrannt, hatte jede Menge Sommersprossen, die Haare auf beiden Seiten bis über die Ohren kahlrasiert und lange brünette Zöpfe, die ihr über die Schultern fielen.

Der Junge trug schwarze Trainingskleidung, die wie ein dünner Neoprenanzug wirkte. Er hatte kurze strubbelige silbergraue Haare, einen gewitzten Blick und eisgraue Augen wie die eines … Jayden blickte näher hin … Huskys.

Das gibt es doch nicht!

»Erik?«, entfuhr es Jayden.

Erik grinste breit und hob nur leicht die Schultern. »Hi.«

Das Mädchen richtete sich auf. »Ihr kennt euch?«

18. KAPITEL

Jayden und Sofia hatten das Restaurant in der Mall verlassen und waren zu Fuß in Richtung Innenstadt unterwegs.

»Wie willst du an Bargeld herankommen?«, fragte sie.

»Das schaffe ich schon irgendwie.« Wie zur Erklärung klopfte Jayden auf die Pistole in seinem Hosenbund.

»Du willst doch keine Bank ausrauben?«

»Sei nicht kindisch.«

»Was dann?«, fragte sie besorgt. »Willst du jemanden mit der Waffe bedrohen, niederschlagen und ausrauben?«

Er zuckte die Achseln. »Wenn es nicht anders geht«, gab er zu. »Wir sind in einer Notlage. Hast du ein Problem damit?«

Sofia blieb stehen. »Allerdings.«

Nun blieb auch er stehen. Sie befanden sich in einer belebten Einkaufsstraße mit jeder Menge Geschäften. »Dann hast du ja sicher eine bessere Idee, wie uns jemand *freiwillig* sein Geld überlässt.«

Sie nickte und sah sich um. »Lass mich nur machen, ich kenne auch ein paar Tricks.« Sie deutete zu einem Spirituosenladen und erklärte ihm, wie sie vorgehen wollte.

Nachdem er sich alles angehört hatte, verzog er anerkennend das Gesicht. »Netter Plan. Und du denkst, der funktioniert?«

»Sicher, lass mich nur machen«, sagte sie selbstbewusst,

woraufhin sie den traurigen letzten Rest ihres Bargelds zusammenkratzten. Dann betraten sie die Vinothek und kauften die billigste Weinflasche, die sie in einem der Regale finden konnten.

Wenn dieser Plan schiefgeht, dachte Jayden, *haben wir nicht einmal mehr eine Münze, die wir in eine öffentliche Telefonzelle werfen können.*

Jayden ging zur Kasse, bezahlte in bar, steckte die Flasche in eine Tüte und warf die Rechnung in den Papierkorb. »Ach Mist«, rief er und schlug sich mit der flachen Hand auf die Stirn. »Die Rechnung brauche ich ja noch.« Er griff in den Mülleimer und kramte laut fluchend zwischen den Belegen herum.

»Bist du bald fertig?«, fragte die Kassiererin auf Spanisch.

»Hab's gleich.« Jayden fand die richtige Rechnung, steckte sie in die Jeans und verließ den Laden.

Draußen wartete er eine Viertelstunde und blickte gelegentlich durch das Schaufenster ins Geschäft. Die Kunden kamen und gingen. Schließlich bezahlte ein gut gekleideter und anscheinend wohlhabender älterer Geschäftsmann an der Kasse ebenfalls in bar und verließ den Spirituosenladen mit einer dicken Flasche Champagner, um die eine rote Schleife gebunden war. Sofia, die bis jetzt drinnen gewartete hatte, folgte ihm. Das war das Zeichen.

Jayden tat so, als wollte er den Laden wieder betreten. Da ging Sofia ebenso zügig wie kess an dem Mann vorbei und lächelte ihm neckisch zu. Zum Glück biss er an, blickte Sofia nach und lächelte ebenfalls.

In diesem Moment war Jayden da und ließ sich von dem

Mann anrempeln. Dabei ließ er die Tüte mit seiner Weinflasche fallen, die auf das Kopfsteinpflaster krachte und zersplitterte.

Der Mann wich erschrocken zurück. »Kannst du nicht aufpassen, Junge?« Dabei umklammerte er sicherheitshalber seine eigene Champagnerflasche ganz fest.

Jayden bekam einen roten Kopf. »Können *Sie* nicht aufpassen?«, fuhr er den Mann an und blickte auf die aufgeweichte Tüte und die rote Pfütze, die sich über den Bürgersteig ergoss. »Ich wollte die Flasche gerade im Laden umtauschen. Sie war ein Geburtstagsgeschenk für …«

»… ja, sicher, bestimmt für deine alte, kranke Oma!«, mischte sich Sofia sofort zynisch in das Gespräch ein, die stehen geblieben war und nun provokant die Hände in die Hüften stemmte.

Der Geschäftsmann lächelte dankbar, da er anscheinend jemanden gefunden hatte, der für ihn Partei ergriff.

»Dumme Kuh! Der Typ hat dir mit *sooo* großen Augen nachgeglotzt«, rief Jayden auf Englisch und spreizte die Finger. »Und mich dabei angerempelt!«

Nun wechselte der Mann ebenfalls ins Englische. »Tut mir ja echt leid, Junge, aber du hättest genauso gut aufpassen können.«

»Nicht, wenn Sie einer jungen Frau nachglotzen und plötzlich stehen bleiben!«, rief Jayden.

»Moment.« Sofia stellte sich ganz wichtig an die Seite des Geschäftsmannes. »Das ist sicher nur ein Abzocker-Trick«, zischte sie dem Mann zu. »Der hat garantiert keine Rechnung dabei. Da wette ich …«

»Ja, richtig, zeig mir doch die Rechnung für die Flasche, dann zahl ich sie dir«, sagte der Mann laut und warf Jayden von oben herab ein fieses Lächeln zu.

Jayden griff in die Jeans. Zuvor hatte er in dem Papierkorb neben der Kasse eine Wein-Rechnung über umgerechnet 680 britische Pfund gefunden. Diese präsentierte er nun. »Abzocke, ja?«, rief er aufgebracht.

Sofia drängte sich neben den Geschäftsmann und starrte ebenfalls auf die Rechnung. »Sorry«, sagte sie kleinlaut. »Ich wollte Ihnen nur helfen. Man weiß ja nie, welches Gesindel sich auf der Straße herumtreibt, das einen über den Tisch ziehen will.«

Der Mann begutachtete die Rechnung, dann fiel sein Blick auf die aufgedruckte Uhrzeit. »Die hast du vor einer Stunde gekauft?«

»Ja, aber mein Vater sagt, die wäre zu teuer. Ich sollte sie wieder umtauschen und mein Geld für etwas Wichtigeres ausgeben.«

Der Mann runzelte die Stirn und sah beschämt zu Boden. »Okay, tut mir leid, kein Problem.« Er klemmte sich die Champagnerflasche unter den Arm, holte seine Brieftasche aus der Innenseite des Sakkos und erstattete Jayden den Großteil des Betrags. »Mehr habe ich nicht dabei.«

»Danke«, knurrte Jayden und deutete auf den Boden. »Und das hier räume ich nicht weg!«

»Ja, ist schon gut, verzieh dich!«, brummte der Mann nun ebenso übel gelaunt.

Jayden steckte das Geld ein und lief die Straße hinunter.

Hinter sich hörte er, wie der Mann plötzlich eine sanfte Stimme bekam. »Hast du Lust auf einen Kaffee?«

»Sorry, nein«, sagte Sofia rasch. »Ich muss leider nach Hause zu meinem Freund. Schönen Tag noch – und tut mir leid, ich wollte Ihnen wirklich nur helfen.«

Mehr hörte Jayden nicht. Er bog in die nächste Gasse ein, umrundete den Häuserblock und traf Sofia kurz darauf in einer schmalen Seitengasse.

Sie grinste übers ganze Gesicht. »Hat doch prima geklappt.«

»Gut, dass er so viel Bargeld bei sich hatte.«

»Ich bin an der Kasse hinter ihm gestanden. Der hatte noch viel mehr dabei.«

»Dieser Mistkerl!«, entfuhr es Jayden. »Aber das reicht fürs Erste.« Er war zufrieden, und wie er an Sofias Gesichtsausdruck erkannte, war sie das auch. »Woher kennst du diesen Trick? Ich nehme ja nicht an, dass du durch die Straßen ziehst und auf diese krumme Tour reiche Kerle abzockst.«

»Da staunst du, was?« Sie grinste wieder. »Hab für mein Online-Magazin mal eine Reportage über Straßenkinder und Trickbetrüger gemacht.«

Nicht schlecht. Er wollte noch etwas sagen, als das Handy des Generals in seiner Hosentasche vibrierte. Rasch zog er es heraus. Endlich hatte er eine Antwort auf seine SMS erhalten – und zwar eine Kurznachricht mit einem Link.

»Wir haben in fünfzehn Minuten eine Telefonkonferenz«, erklärte er. »Gibt es hier in der Nähe ein ruhiges Internet-Café?«

19. KAPITEL

VIERZEHN MONATE ZUVOR

Jayden ließ seinen Rucksack fallen und setzte sich auf die Bank zu Erik und dem Mädchen mit dem Undercut und den langen Zöpfen. »Warum bist du hier?«

Erik leerte den Kaffeebecher, zerdrückte ihn und warf ihn lässig in Richtung Mülleimer, wo er vom Rand wegsprang und auf dem Boden liegen blieb. »Aus demselben Grund wie du.«

»Hat Mr Finley dich auch beim MI6-Camp angeworben?«, wollte Jayden wissen, dem es seltsam vorkam, dass Erik gar nicht überrascht war, ihn hier zu sehen.

Schmunzelnd beugte sich Erik nach vorn. »Eigentlich schon zwei Wochen davor, in Helsinki. Da habe ich schon den ganzen Papierkram und Formularscheiß ausgefüllt. In London war ich bloß auf seinen Wunsch. Er hat mich in das MI6-Camp eingeschleust, ich sollte mich unauffällig unter den Jugendlichen umhören, die als Punchingball benutzt werden.«

»Deshalb wusstest du so viel über alle Teilnehmer«, entfuhr es Jayden.

»Sagen wir mal so: Mr Finley hat mich dabei ein wenig unterstützt.«

Jayden nickte. »Du Arsch hast gar nichts gesagt.«

Erik hob bedauernd die Schultern. »Durfte ich nicht ...«

Er senkte die Stimme. »… sonst hätte Mr Finley mich vermutlich … du weißt schon …« Er fuhr sich mit dem Finger über die Kehle. »… zum Schweigen gebracht.«

»Wie viele sind wir hier?«

»Soviel ich weiß, nur drei.«

Nun schielte Jayden zu dem Mädchen, das sich bisher aus dem Gespräch herausgehalten hatte. »Entschuldige«, murmelte er und reichte ihr die Hand. »Mein Name ist Jayden.«

Sie schlug ein. »Ich heiße Lenny.«

»Du klingst …« Jayden betrachtete Lenny, die den Kopf schief legte und neugierig darauf wartete, dass er fortfuhr. »… südeuropäisch?«

»Richtig geraten.« Sie lächelte. »Leonarda Zarakis, aber nenn mich Lenny. Ich komme aus Griechenland. Bin auf Kreta aufgewachsen.«

Jayden kannte die Insel. »Du bist weit weg von zu Hause«, stellte er fest.

»Kreta war nie mein Zuhause.«

Jayden sah sie fragend an, woraufhin Erik einsprang und an ihrer Stelle erklärte: »Lenny ist elternlos in einem Dutzend Heimen aufgewachsen. Sie ist ein Sprachgenie und macht in jeder freien Minute Freeclimbing.«

Lenny löste ihre beiden Zöpfe und flocht sich stattdessen einen breiten dicken Zopf. Ihre starken Schultern und die Oberarmmuskeln waren nicht zu übersehen.

»Ich bin auch elternlos aufgewachsen … allerdings nicht im Heim, sondern bei meiner Adoptivtante«, sagte Jayden. Dann erzählte er von Tante Maggie und seiner Schwester Grace, von

Sam's Supermarkt, Mr Margolis Buchhandlung und dem alten Ilja.

»Ich nehme an, du kommst aus Liverpool?«, vermutete Lenny.

Überrascht sah Jayden sie an. »Hört man das am Akzent?«

Sie schüttelte den Kopf, presste amüsiert die Lippen zusammen und deutete auf sein T-Shirt. Er trug wieder sein FC-Liverpool-Shirt mit dem Emblem des Fußballclubs. »Ja, richtig«, murmelte er.

Erik klatschte in die Hände. »Dann haben wir ja fast eine Gemeinsamkeit«, rief er. »Ich bin zwar nicht im Heim aufgewachsen, aber meine Eltern habe ich trotzdem so gut wie nie gesehen.«

»Bist du schon mit fünf von zu Hause ausgebüxt?«, fragte Lenny.

»Nein, aber nachdem sie sich getrennt haben, zog mein Vater mit einer anderen Frau in den Norden Finnlands, bekam mit ihr zwei Kinder, und meine Mutter mutierte zur Karrierefrau.« Er wirbelte mit den Fingern um seinen Kopf herum. »Top-Managerin in einem Konzern, der Hubschrauber baut. Andere Väter und Mütter sind Helikoptereltern, meine Mom stellt Helikopter her.«

Anscheinend musste Erik schon sehr früh selbstständig werden. *Genau wie Grace und ich,* dachte Jayden und blickte zu Lenny, die es in den Heimen sicher auch nicht gerade rosig gehabt hatte. »Vielleicht ist es ja kein Zufall, dass Mr Finley ausgerechnet uns ausgesucht hat.«

Lenny beugte sich nach vorn und spielte mit ihren Freundschaftslederbändern am Handgelenk. »Du meinst wegen unserer ähnlichen Herkunft?«

Jayden nickte. »Ist vielleicht eine der Voraussetzungen, damit unsere Ausbildung besser funktioniert. Schließlich soll ja niemand erfahren, was wir hier machen.«

Lenny nickte. »Mir hat Mr Finley erzählt, dass er sich gut vorstellen kann, dass die Last Line of Defense meine neue Ersatzfamilie werden könnte.«

»Die Last Line of Defense gibt es nicht«, sagte Erik mit ernstem Brustton, indem er Charlies Stimme vom Empfang imitierte.

»Richtig!« Jayden lachte laut auf. »Hat Charlie euch das auch eingetrichtert?«

Lenny nickte.

»Bin tatsächlich noch mal rausgegangen, um nach der Academy zu suchen«, gab Erik zu.

»Wegen deiner Intelligenz wurdest du sicher nicht ausgewählt«, entfuhr es Lenny lachend.

»Mag sein.« Erik zuckte mit den Achseln, dann blickte er zu Jayden und senkte die Stimme. »Lenny wurde garantiert ausgewählt, weil sie wie ein Marder die Felswände hochklettern kann, alle Free-Solo-Wettbewerbe in Griechenland gewonnen hat, zehntausend Sprachen spricht und einen IQ von dreihundert hat.«

»IQ von hundertsechzig«, korrigierte sie ihn. »Und es gibt nur siebentausend Sprachen – wovon ich bloß ein Promille beherrsche.«

Erik sah sie schief an. »Siebzig?«

»Sieben, du Mathegenie!«

»Oh.« Erik sah zu Jayden. »Und du wurdest sicher ausgewählt, weil du wie eine Maschine kämpfst.«

»Möglich … und du?«

Erik ging nicht darauf ein. Stattdessen drehte er sich zu Lenny. »Du hättest ihn sehen sollen. Der Typ ist wie eine Granate. Blitzschnell, fast schon zu schnell fürs menschliche Auge. Hat einen Kerl innerhalb von zwei Sekunden flachgelegt, der den schwarzen Gürtel in Karate hatte und zwei Köpfe größer war als er.«

»Dylan war nur einen Kopf größer«, stellte Jayden richtig. »Und warum denkst du, bist *du* hier?«, hakte er noch mal nach.

»Ich?« Erik blähte die Wangen. »Da fallen mir tausend Gründe ein, allen voran mein gutes Aussehen … aua!«, rief er und rieb sich den Oberarm, da Lenny ihn geboxt hatte. »Aber hauptsächlich vielleicht deshalb, weil ich ein Computer-Nerd bin und meinen eigenen Videoblog habe, wo ich verrückte Stunts drehe.«

Jayden runzelte die Stirn. »Videoblog? Ich dachte, die suchen nur Leute, die nicht ständig im Internet rumhängen?«

»Zunächst mal, mein junger Freund«, sagte Erik mit belehrender Stimme, »führe ich meinen Blog unter einem Synonym.«

»*Pseudonym* meinst du«, korrigiert Lenny ihn.

»Von mir aus. Ich habe eine halbe Million Fans und mache meine Stunts mit schwarzer Maske.«

Lennys Mund klappte auf. »Sag bloß, der Kerl, der mit seinem Skateboard und einer Helmkamera nachts die Metalltreppen des Eiffelturms runtergefahren ist, warst du?«

Erik verzog überrascht das Gesicht. »Das hast du gesehen?«

»Ja, war cool!«, rief sie.

»Ja, war cool ... saß deswegen zwei Tage lang in Paris in Haft. Meine Mutter musste zehntausend Euro Kaution hinblättern, damit ich wieder ausreisen durfte.«

Jayden schmunzelte. »Die ist sicher froh, dass du jetzt in England einen Job gefunden hast und nicht mehr die Welt unsicher machst.«

»Aber gerade deswegen bin ich ja hier«, rief Erik. »Um die Welt unsicher zu machen!«

Lenny rieb sich die Hände und jetzt sah Jayden, wie groß und kräftig ihre Finger vom Klettern waren. »Die Ausbildung mit euch beiden wird sicher ein Riesenspaß«, sagte sie.

Die Tür öffnete sich und im Türrahmen stand Mr Finley in seinem abgetragenen Anzug, den Krawattenkoten lässig gelockert und eine Hand in der Hosentasche. Er war ja doch da!

»Ich muss euch leider enttäuschen, die Ausbildung wird alles andere als ein Riesenspaß – zumindest nicht für euch.« Mr Finley zog eine Papiertüte aus der Tasche und warf sich eine Nuss in den Mund. »Bis jetzt hat noch jeder, den ich angeheuert habe, in den ersten Monaten Tränen geheult und Blut geschwitzt.«

»Klingt so, als würde Sie das freuen«, stellte Lenny fest.

Mr Finley lächelte. »Eure Ausbilder wollen bloß sicherstellen, dass ihr da draußen in brenzligen Situationen überlebt.«

20. KAPITEL

Jayden und Sofia betraten ein heruntergekommenes Internet-Café in einer entlegenen Seitengasse. Eigentlich war es kein richtiges Internet-Café, sondern …

»Ein Katzen-Café?«, fragte Jayden perplex, nachdem er sich umgesehen hatte.

Sofia grinste übers ganze Gesicht. »Eben genau deshalb! Ich bin sicher, dass unsere Verfolger uns hier nicht suchen werden, sondern eher in einem richtigen Internet-Café.«

Hier konnte man zwar im Internet surfen, aber auch Kaffee und Tee trinken und – wenn man wollte – den Katzen beim Fressen, Spielen und Putzen zusehen. Am Ende eines langen Gangs führte eine der Katzenklappen durch eine Tür in den Hinterhof, und von da kam gerade ein neuer Streuner in den Laden, der die Gäste anmaunzte.

Jayden und Sofia bestellten zwei Cola und suchten einen Tisch, der abgeschieden in einer Ecke stand. Eine schwarz-weiß gefleckte Katze schmiegte sich um Jaydens Beine, während er den Monitor sicherheitshalber so drehte, dass keiner der anderen Gäste beobachten konnte, womit sie sich beschäftigten.

Zum Glück waren außer ihnen nur drei andere Jugendliche anwesend, die dosenweise Energy-Drinks in sich hineinkippten, große Kopfhörer aufhatten und in Online-Videospiele vertieft waren. Für sie beide interessierte sich niemand, nicht einmal die Betreiberin des Cafés, eine junge Koreanerin mit Sonnenbrille, der sie umgerechnet dreißig Pfund in die Hand drückten. Damit konnten sie bis morgen früh surfen.

Über ihren Köpfen hing eine Lautsprecherbox an der Wand, aus der koreanischer Synthie-Pop drang. Jayden gab den Link, den er aufs Handy bekommen hatte, im Browser ein, woraufhin sich ein Securityprogramm auf den Rechner herunterlud und automatisch installierte.

Mit seinem eigenen Handy, auf dem er all diese Apps und Programme gehabt hatte, wäre es ein Leichtes gewesen, mit dem Headquarter der Last Line of Defense Kontakt aufzunehmen, doch das war beim Bombenanschlag auf die Botschaft zerstört worden. Darum war er auf diesen PC ausgewichen.

»Warum so kompliziert?«, wisperte Sofia, obwohl sie hier in der Nische sowieso niemand hören konnte. »Reicht es nicht, wenn du mit dem Handy des Generals Kontakt aufnimmst?«

»Zur Not hätten wir das so machen müssen«, gestand Jayden, »aber ich will nicht riskieren, mit diesem Handy irgendwelche Apps runterzuladen, die unseren Standort verraten. Für den Fall, dass wir überwacht werden, sind wir, wenn unsere Verfolger die IP-Adresse *dieses* Computers ausgespäht haben, schon längst wieder weg.«

»Verstehe.« Sofia nippte an der Cola. »Dann fliegt das Café mit den ganzen süßen Katzen in die Luft, während wir uns schon ein paar Häuserblocks weiter weg befinden.«

»An deinem Humor musst du noch arbeiten«, sagte Jayden, dann wurde er noch ernster. »Ich hoffe nicht, dass die so weit gehen.« Er aktivierte die hochmoderne Ende-zu-Ende-Verschlüsselung, mit der sie einfach und sicher mit jedem Empfänger kommunizieren konnten. Er bestätigte den Code und bekam ein sicheres Signal angezeigt. Eine virtuelle grüne Lampe leuchtete am unteren Bildschirmrand auf. Die Kommunikation war verschlüsselt und stand. Fünf Sekunden später kam der Videoanruf. Aber es war nicht das Headquarter in Brighton, sondern ein Ort, den er nicht kannte und der aussah wie die Kabine in einem U-Boot.

Jayden setzte sich das Headset auf und reichte Sofia das zweite Paar Kopfhörer, damit sie mithören konnte. Auf dem Bildschirm war eine braun gebrannte junge Frau mit Undercut und langen brünetten Zöpfen zu sehen. Ihr vertrauter Anblick tat so gut und Jayden merkte augenblicklich, wie sich sein Körper entspannte. »Das ist Lenny – neben mir sitzt Sofia«, stellte er die beiden kurz einander vor.

Sofia sagte nichts, hob nur knapp die Hand zur Begrüßung.

Lenny trug eine bis zum Hals zugeknöpfte blaue Marineuniform. Soviel Jayden wusste, absolvierte sie gerade – genau wie er – ihren ersten Trainingseinsatz im Ausland. Obwohl die Falklandinseln an der Spitze Südamerikas mit nur zweitausend Kilometern Luftlinie gar nicht einmal so weit weg lagen, war die Verbindung schlecht. Vielleicht tobte dort unten gerade ein Sturm. Der Ton knisterte und stellenweise fiel das Bild aus oder blieb für ein paar Sekunden stecken.

»Wo bist du gerade?«, fragte Jayden.

»Auf einem Flugzeugträger vor der Küste Feuerlands am

Kap Horn. Wir durchkreuzen britisches Überseegebiet«, erklärte Lenny. »Von welchem Handy aus hast du mir die SMS geschickt? Ich habe versucht, dich auf dem üblichen Weg zu kontaktieren, aber dein Handy ist tot.«

Zum Glück nur das Handy, dachte Jayden. Da er nicht wusste, wie lange die Verbindung standhalten würde, beeilte er sich und berichtete Lenny in knappen Worten, was in der Botschaft passiert war und dass sie eine Gelegenheit brauchten, so schnell wie möglich das Land zu verlassen.

Lenny wurde für einen Moment blass, als sie von all den Toten hörte, fing sich aber rasch wieder. »Okay, alles klar.« Sie notierte sich einige Dinge. »Major Conklin ist auch auf diesem Schiff. Ich bespreche alles mit ihm. Bleibt in der Zwischenzeit dran.«

Jayden beugte sich zu Sofia und raunte ihr zu: »Das ist unser Einsatzleiter.«

Lenny blickte kurz auf. »Wir werden euch so bald wie möglich Verstärkung und Unterstützung schicken«, versprach sie.

Jayden merkte, wie Sofia neben ihm erleichtert aufseufzte und die angespannten Schultern sinken ließ. Ihm erging es ähnlich, dennoch musste er an den Kerl mit dem argentinischen Geheimdienstausweis denken und an die Soldaten, die so viel über das Botschaftsgebäude gewusst hatten.

Lenny wollte sich schon erheben, aber Jayden warnte sie: »Rede nur mit Major Conklin oder Direktorin Taylor persönlich, mit sonst niemandem, hast du verstanden?«

»Glaubst du, dass ein Maulwurf unsere Organisation unterwandert hat?«

»Unwahrscheinlich«, antwortete er, denn kaum jemand wusste von der Existenz der Last Line of Defense. Außerdem hatte er offiziell nur als Praktikant in der Botschaft gearbeitet. »Aber sicher ist sicher«, fügte er hinzu.

»Alles klar, bin gleich wieder da …« Lenny stand auf und war in der nächsten Sekunde verschwunden.

Jayden lehnte sich zurück und sah sich im Café um. Die anderen Gäste ignorierten sie, nur die Katze schlich um seine Beine und rieb ihr Köpfchen an seinem Schuh. Er griff zu ihr hinunter und streichelte sie im Nacken. Das laute Schnurren beruhigte ihn.

Insgesamt dauerte es fünf Minuten, bis Lenny wieder vor dem Bildschirm auftauchte. »Tut mir leid, dass es so lange gedauert hat. Major Conklin wusste bereits von dem Anschlag, wollte aber trotzdem noch herumtelefonieren, um sich davon zu überzeugen, dass die Einzelheiten deiner Geschichte stimmen.«

Jayden rollte mit den Augen. »Und, stimmen sie?«

»Ja«, antwortete Lenny zerknirscht. »Offiziell ist in den Medien zwar noch nicht viel darüber berichtet worden, aber aus inoffiziellen Quellen heißt es, dass die Botschaft in Schutt und Asche liegt. Fast das gesamte Personal ist tot. Ein terroristischer Anschlag, heißt es.«

Von wegen Terroranschlag, dachte Jayden bitter. Vielmehr steckte die argentinische Regierung dahinter. Doch das war jetzt egal. »Und was sagt der Major?«

»Conklin meint, dass die Situation vertrackt ist und ihr beide nur eine einzige Chance habt«, erklärte Lenny. »Ihr müsst euch durch die Stadt bis zur Küste durchschlagen, dort liegt ein kleiner Flughafen.«

»Aeroparque, den kenne ich.« Sofia nickte. »Liegt direkt an der Flussmündung des Río de la Plata am Meer, in der Nähe der Britischen Botschaft.«

»Richtig.« Lenny blätterte in ihren Unterlagen. »Von diesem Flughafen aus gehen zwar nur nationale Flüge und Flüge in die Nachbarländer Argentiniens, aber dort startet ...« Sie blickte auf die Uhr. »... in genau zwei Stunden eine Sondermaschine des MI6, die wegen des Bombenattentats in der Botschaft eine Handvoll britischer Agenten ausfliegt. Die Maschine muss pünktlich abheben. Major Conklin wird organisieren, dass ihr mit an Bord dürft.« Lenny nannte die Flugnummer. »Der Pilot bringt die Passagiere zunächst außer Landes nach Rio de Janeiro in Brasilien und von dort weiter nach Großbritannien.«

Sofia verzog unglücklich das Gesicht, da ihr anscheinend erst jetzt so richtig bewusst wurde, dass es mit ihrer Ausreise ernst wurde.

Jayden griff nach ihrer Hand. »Nur dort bist du sicher, bis wir wissen, wer genau hinter dem Angriff steckt«, flüsterte er.

»Sofia, hast du deinen Reisepass dabei?«, fragte Lenny.

»Nein«, gestand Sofia und hob die Schultern. »Den Diplomatenausweis der Botschaft habe ich beim Angriff zurückgelassen.« Dann beugte sie sich näher zu Jayden und sprach in das Mikrofon seines Headsets. »Nur Personalausweis und Führerschein.«

»Ich übrigens auch«, sagte Jayden.

»Okay, kein Problem«, beruhigte Lenny sie. »Wie gesagt, wir regeln das in der Zwischenzeit.«

Sofia nannte ihren vollständigen Namen sowie Geburtsort und Geburtsdatum.

Lenny notierte sich alles und blickte wieder auf die Uhr. »Macht euch besser auf den Weg ... die Uhr tickt.«

Jayden nickte. »Wir sollten das Café sowieso so schnell wie möglich verlassen. In den nächsten Stunden erreichst du mich nur am Handy von General Petersen.«

»Okay, falls etwas Wichtiges passiert, melde ich mich.« Lenny versuchte zu lächeln. »Passt auf euch auf!« Sie beendete das Gespräch.

Jayden nahm das Headset ab, löschte Verlauf und Cache des Browsers, deinstallierte das Securityprogramm auf dem PC und vernichtete alle digitalen Spuren, die sie hinterlassen hatten.

Sofia zog sich ebenfalls die Kopfhörer herunter. »Ihr – du, Lenny und dieser Major Conklin – seid doch sicher nicht vom MI6, richtig?«

»Nein, zum Glück nicht ... sonst wäre ich vermutlich schon genauso draufgegangen wie die anderen in der Botschaft.«

»Von wo bist du dann?«

»Wie oft denn noch?«, seufzte er. »Ich darf dir das nicht verraten. Nicht einmal der MI6 weiß von unserer Existenz.«

»Und ich soll dir und diesem Major einfach so vertrauen?«

Jayden sah sie lange an. »Im Moment, fürchte ich, bleibt dir nichts anderes übrig.« Er stellte den Timer seiner Armbanduhr auf eine Stunde und fünfundfünfzig Minuten und startete den Countdown. Bis zum Abflug hatten sie noch genügend Zeit.

Mit dem Taxi würden sie die Fahrt zum Flughafen locker schaffen.

»Komm, gehen wir.« Jayden erhob sich, kramte ein paar Geldscheine für die Getränke aus der Hosentasche und klemmte sie unter die Tastatur.

Sofia erhob sich ebenfalls. Hintereinander wollten sie an den Tischen vorbei zur Tür gehen, als Jayden plötzlich stoppte. Ein junger geschniegelter Mann, Krawatte und dunkler Anzug, dichtes kurzgeschorenes Haar, etwa fünfundzwanzig Jahre alt, hatte das Café betreten. Er sah nicht so aus, als wollte er im Internet surfen und dabei eine Katze streicheln. Stattdessen nahm er die Sonnenbrille ab und sah sich konzentriert um.

Am ausgebeulten Sakko erkannte Jayden, dass der Typ eine Waffe im Schulterholster trug. Er wollte sofort den Kopf wegdrehen, doch sein Blick blieb den Bruchteil einer Sekunde zu lang am Sakko des Mannes hängen. *Ein fataler Fehler!*

Denn in diesem Moment fiel dem Mann auf, dass Jayden ihn bemerkt hatte. Der Typ hatte sie gefunden und das Spiel hatte begonnen.

In der Bewegung bog Jayden nach links ab und raunte Sofia zu: »Zur Hintertür in den Hof – jetzt!«

21. KAPITEL

VIERZEHN MONATE ZUVOR

Mr Finley schob sich eine weitere Walnuss in den Mund, betrat kauend den Warteraum und schloss die Tür hinter sich. »Wie ich sehe, habt ihr euch bereits kennengelernt – und mit Freude stelle ich fest, dass ich mich nicht in euch getäuscht habe und ihr euch prächtig versteht. Das ist eine der Grundvoraussetzungen für ein gut funktionierendes Team.«

Jayden war immer noch überrascht. »Ich dachte, Sie wären unterwegs.«

Mr Finley lächelte. »Glaub nicht alles, was man dir erzählt.«

»Aber Charlie sagte, dass …«

Mr Finley hob die Hand. »Charlie hat nicht unrecht … jahrelang bin ich durch halb Europa gereist, um im Auftrag von James Metcalf Leute wie euch zu finden. Aber jetzt ist meine Aufgabe erledigt.«

»Und warum sind Sie dann hier?«, fragte Jayden.

»Nun … ich wollte es mir nicht nehmen lassen, mein letztes Team, das ausgebildet wird, persönlich in Empfang zu nehmen. Ich hoffe, ihr macht mir keine Schande.« Er breitete die Arme aus. »Ihr seid die letzten Rekruten.«

Erik legte die Stirn in Falten. »Die *letzten*?«

»Bevor ich euch das näher erläutere, sollten wir zuerst den Papierkram erledigen.« Mr Finley sah zu Erik. »Von dir habe ich bereits alle Unterlagen, aber von euch beiden fehlen sie noch.« Er streckte die Hände aus.

Lenny kramte in ihrem kleinen Trolley herum und Jayden zog den ausgefüllten Packen Papier aus dem Rucksack. Sie reichten Mr Finley alle Formulare, die er sorgfältig durchsah und die Unterschriften kontrollierte. Dann rollte er die Dokumente zusammen. »Fein – willkommen bei der Last Line of Defense.«

»Also, warum sind wir Ihr letztes Team?«, wiederholte Erik hartnäckig.

»Du gibst erst dann Ruhe, wenn du alles weißt«, seufzte Mr Finley.

»Wegen meinem Desinteresse und meiner Gleichgültigkeit haben Sie mich sicher nicht engagiert«, konterte Erik.

»Auch wieder wahr.« Mr Finley nickte zur Tür. »Kommt mit, ich zeig euch die Quartiere und erkläre euch unterwegs alles Nötige. Euer Gepäck könnt ihr hierlassen. Mason kümmert sich darum.«

»Mason und wie noch?«, fragte Erik.

»Einfach nur Mason, der Butler. Er kümmert sich während eures Aufenthalts an der Academy um euch.«

»Klingt ja sehr einladend …« Jayden sprang auf. »… aber ich lasse meinen Rucksack sicher nicht hier zurück.«

»Ich mein Schmuckstück auch nicht.« Erik schnappte sich seinen großen Hartschalenkoffer und Lenny fuhr kommentarlos den Griff an ihrem Trolley aus.

»Wie ihr wollt.« Mr Finley öffnete die Tür und trat in den Gang. Sie folgten ihm wortlos.

Während sie ihr Gepäck im Gang hinter sich herzogen, wedelte Mr Finley mit dem Packen Papier. »Darin habt ihr sicher gelesen, dass die Ausbildung an der Academy drei Jahre dauert. Bis zu eurem neunzehnten Lebensjahr werdet ihr als Rekruten ausgebildet, erst danach seid ihr fertige Agenten. Bis jetzt gab es an der Academy sechs Jahrgänge und in jedem Jahr wurde damit begonnen, ein neues Dreier-Team auszubilden.«

Sie schleppten ihr Gepäck über eine schmale Stahltreppe in den zweiten Stock. »Und wie sind unsere Kollegen so?«, fragte Lenny.

Mr Finley hob die Schultern. »Manche werdet ihr an der Academy kennenlernen, andere nicht, da sie schon im Auslandseinsatz sind – es sei denn, sie machen hier gerade einen Auffrischungs- oder Weiterbildungslehrgang. Die bisherigen Teams heißen Alpha, Beta, Gamma, Delta, Epsilon und Sigma.« Er lächelte stolz. »Die Namen habe ich mir ausgedacht.«

»Und wie heißt *unser* Team?«, schnaufte Erik.

»Wie sollte es den heißen?«, entgegnete Mr Finley.

»Black Thunder!«, rief Erik, woraufhin Mr Finley die Augen verdrehte.

»Träum weiter. Euer Team in diesem siebten und letzten Jahrgang heißt Omega.«

»Von mir aus.« Erik nickte. »Aber das beantwortet immer noch nicht meine Frage, *warum* wir der letzte Jahrgang sind.«

»Die Rekrutierung des Nachwuchses ist mit euch abgeschlossen. Ihr seid die Letzten, habt es gerade noch geschafft. Gratuliere!«

»Will Premier Metcalf keine größere Truppe?«, fragte Lenny.

»Erraten.« Mr Finley verzog das faltige Gesicht. »Unser Premierminister will eine kleine, aber schlagkräftige Truppe, schließlich ist die Last Line of Defense ein Mini-Geheimprojekt, das sich immer noch in der Testphase befindet. Mit noch mehr Teams würde es mit der Geheimhaltung schwierig werden.«

Mittlerweile befanden sie sich in einem anderen Trakt des Gebäudes und wiederum ging es eine Treppe hinauf.

»Klingt ja so, als würden wir Sie nie mehr wiedersehen«, stellte Lenny fest.

»Sei froh, denn sollten wir uns je wiedersehen, hast du etwas falsch gemacht«, antwortete Mr Finley geheimnisvoll.

»Sie verlassen die Last Line of Defense?«, hakte Erik nach.

»Im Grunde genommen verlässt niemand die Last Line of Defense, wenn er einmal hier begonnen hat«, stellte Mr Finley richtig. »Doch ab jetzt kümmere ich mich um andere Belange, mit denen Premier Metcalf mich betraut.«

Lenny trat näher an Mr Finley heran. »Sind Sie sein …?« Sie verstummte.

»Privatsekretär?«, schlug Mr Finley vor. »Nein, eher der Schatten an seiner Seite, dem er seine kleinen Geheimnisse anvertraut und der all jene Sachen erledigt, von denen nie jemand erfahren sollte – aber das hört er nicht gerne.« Er blieb stehen. »Wir sind hier.«

Keuchend stützte sich Erik auf seinen riesigen Koffer. Vor ihnen befanden sich drei Türen. Auf jeder klebte ein Schild mit dem griechischen Buchstaben Omega. Darunter standen ihre Namen: Erik Tuomi, Lenny Zarakis und Jayden D. Knoxville.

Enttäuscht blickte Erik auf den Schlüssel, der außen im Schloss seiner Tür steckte. »Gar kein Iris-Scanner, Stimmerkennungsgerät, Geheimcode oder zumindest ein Fingerprint-Security-System?«

Mr Finley verdrehte wieder die Augen. »Könnte alles gehackt werden. Dieses analoge Sicherheitsschloss ist schwieriger zu knacken.« Er blickte auf die Armbanduhr. »Ihr werdet abgeholt um …«

»Zwölfhundert«, schlug Erik vor.

»Wir verwenden hier keine Militärsprache«, sagte Mr Finley nun leicht genervt. »Um elf Uhr. Mason wird euch durch die Academy führen. Danach habt ihr ein kurzes Mittagessen in der Mensa und um zwei Uhr Nachmittag beginnt der erste Unterricht.« Plötzlich bekam seine Stimme einen stolzen Klang. »Wie gesagt, macht mir keine Schande, ihr drei! Ich bin davon überzeugt, dass Team Omega der krönende Abschluss dieses Ausbildungsprogramms wird. Die nächsten Jahre werden hart, aber ich bin sicher, ihr werdet durchhalten.« Er schüttelte jedem die Hand, dann drehte er sich um und ging den Gang hinunter.

Jayden sah Mr Finley schmunzelnd nach, denn schon nach wenigen Metern zog er sich die Krawatte vom Kragen. Schnurstracks ging er zu einem Fahrstuhl.

Erik sah ihm verdutzt nach. »Es hätte einen Lift gegeben!«

Jayden sperrte sein Zimmer auf. Es war zwar keine Luxussuite wie in einem Fünf-Sterne-Hotel, aber zumindest war es um einige Quadratmeter größer als sein Zimmer in Tante Maggies Haus. Außerdem hatte er eine kleine Küchenzeile mit

Kochplatte, Kühlschrank, Teekocher und Kaffeemaschine, einen Wandschrank mit Bügelbrett und einen schmalen Balkon. Kein Fernsehgerät, aber dafür lagen ein Laptop und ein Handy auf dem Schreibtisch.

Im Zimmer roch es nach frischer Meeresbrise. Die Balkontür stand offen, der Vorhang wehte im Wind und der Ausblick zeigte das weite Meer. Es war warm, die Sonne schien herein, und Jayden hörte unter dem Balkon die Brandung gegen die Felsen rauschen und das Kreischen der Möwen. In der Nähe tutete ein Frachter.

Jayden warf seinen Rucksack aufs Bett, schob den Vorhang beiseite und trat auf den Balkon. Er war so schmal, dass man es sich gerademal mit einem Liegestuhl bequem machen konnte. Viele Meter unter ihm toste das Meer.

Unmittelbar an sein Geländer grenzten links und rechts die Balkone von Erik und Lenny. Entweder waren in diesen Zimmern früher, als in dem Gebäude tatsächlich noch Schiffe überholt worden waren, die Büros der Geschäftsführer gewesen, oder Premier Metcalf hatte das ganze Gebäude heimlich zu dieser Academy umbauen lassen. Jedenfalls sah alles ziemlich neu aus.

Jayden streckte die Nase in den Wind und inhalierte die Meeresluft. Herrlich! Ach, könnten das Maggie und Grace doch sehen. So schlimm, wie Mr Finley behauptet hatte, würde die Ausbildung schon nicht werden. Nicht an einem so schönen Ort wie diesem, am Strand von Brighton mit Ausblick in den Süden. *Hoffentlich!* Er starrte lange aufs Meer, malte sich aus, was auf sie zukommen würde, und war sich plötzlich gar nicht mehr so sicher. Was, wenn er sich täuschte? Was, wenn er versagte?

Lenny trat ebenfalls auf den Balkon. Sie trug einen roten Bademantel und hatte ihre Haare geöffnet, die nun an einer Seite herunterhingen. »Wahnsinn, oder?«

»Ja«, murmelte er. »Meinst du, dass wir das schaffen?«

Sie sah ihn an und an ihrem Blick merkte er, dass offenbar der gleiche Druck auch auf ihr lastete. *Wie hart würde es wirklich werden?*

»Was ist die Alternative?«, erwiderte sie.

Genau das ist es! Die Alternative war, dass sie wieder in ihr altes Leben zurückkehrten – falls man ihnen das nach der abgebrochenen Ausbildung überhaupt erlauben würde.

Nun trat auch Erik laut polternd ins Freie. Er hatte nur die Neoprenhose an, sein Oberkörper war nackt, er breitete die Arme aus und brüllte »Schiff ahoi!« in Richtung Meer.

Plötzlich fiel der Druck von ihnen und sie mussten beide lachen. »Was für ein Freak«, murmelte Lenny kopfschüttelnd.

Erik war wirklich ein krasser Typ. Soeben fiel Jayden noch eine Gemeinsamkeit zwischen ihnen auf. Sie alle hatten am Meer gelebt – Lenny auf Kreta, Erik in Helsinki und er in Liverpool. Jetzt waren sie wieder an der Küste – und es hatte nur weniger Minuten und ein paar Sätze in dem Warteraum bedurft und sie hatten sofort Freundschaft geschlossen. Mit einem Mal war Jayden davon überzeugt, dass alles gut werden würde. *Gemeinsam schaffen wir es!*

Vielleicht lag es auch daran, dass sie noch eine weitere Gemeinsamkeit verband. Sie hatten erkannt, dass hier eine vielleicht einzigartige Chance auf sie wartete, etwas Großes aus ihrem Leben zu machen. Und diese Chance wollten sie nutzen.

22. KAPITEL

Jayden schob Sofia vor sich her durch einen schmalen Gang zur Rückseite des Katzen-Cafés. In einer Nische befand sich eine Toilettentür und auf der anderen Seite der Hintereingang zur Küche. Der Duft von Toastbrot und frischem Kaffee zog durch den Korridor. Vermutlich wurde gerade eine Bestellung hergerichtet. Der hintere Bereich war mit Getränkekisten, Toilettenpapier, Putzmitteln und Packungen von Servietten und Papiertüchern vollgeräumt. Anscheinend wurde dieser Bereich auch als Lagerraum für das Internet-Café genutzt.

Am Ende des Gangs war eine Tür mit einer Katzenklappe und einem Milchglasfenster in Augenhöhe. Jayden stieß sie auf und drängte Sofia über eine Stufe in den Innenhof. Einige Katzen maunzten. Hier war es schattig, denn die Gebäude ringsum waren bis zu fünf Stockwerke hoch. In einer der über ihnen liegenden Wohnungen bellte ein Hund, irgendwo lief ein Radio und auf einem Balkon stand ein ziemlich fetter Mann, der Zigarre rauchte. Gelangweilt beobachtete er die sich putzenden Katzen auf den Mülltonnen und sah jetzt neugierig zu ihnen herunter.

»Und jetzt?«, zischte Sofia angespannt.

Jayden wusste, dass ihnen der Kerl im schicken Anzug folgen würde. Jeden Augenblick musste er sie einholen.

»Bleib genau hier stehen.« Jayden ließ die Tür offen und verbarg sich dahinter.

Sofia stand wie auf dem Präsentierteller und starrte in den Gang. »Mr Aalglatt kommt«, presste sie nervös hervor. »Was jetzt?«

»Ruhig bleiben.« Jayden sah sich um und fand eine wuchtige Kohlenschaufel, die an der Wand lehnte. Die schnappte er sich und versteckte sich erneut hinter der Milchglastür. Im nächsten Augenblick sah er auch schon die Umrisse des Kerls. *Komm schon, geh weiter!* Doch der Typ blieb auf der Türschwelle stehen.

»Keine Bewegung!«, sagte er auf Spanisch.

Am Schatten hinter dem Milchglasfenster erkannte Jayden, dass der Kerl eine Waffe in der Hand hielt, die er auf Sofia richtete. Er war clever genug, nicht weiter in den Hof zu treten, sondern im Schutz des Korridors zu verharren.

Jayden bemerkte, wie Sofia mit sich kämpfte, Jayden keinen hilfesuchenden Blick zuzuwerfen.

»Rück raus, was du gestohlen hast!«, verlangte der Kerl. »Und zwar ganz langsam …«

Zögernd griff Sofia zu ihrer Gesäßtasche, in der die Festplatte steckte. Kurzerhand holte Jayden mit der Kohlenschaufel aus und rammte den Stiel durch die Glasscheibe. Das Fenster barst, die Splitter regneten auf den Kerl. Außerdem knallte die Tür gegen seinen Arm. Die Katzen stoben fauchend davon. Der Typ schrie laut auf, da Jayden ihn mit dem Griff im Gesicht getroffen hatte. Noch bevor er inmitten der Scherben zu Boden ging, kam Jayden um die Tür herum und wand ihm mit einer brutalen Drehung die Waffe aus der Hand. Mit der anderen packte er den Typ am Handgelenk und zerrte ihn hinter sich her in den Hof. Dort fiel er zwischen zwei großen Blumentöpfen hart auf den Steinboden.

Sein Gesicht war von den Splittern zerschnitten und unter dem Auge, wo Jayden ihn getroffen hatte, war er ein knallroter Fleck, der sich in den nächsten Stunden in einen in allen Farben schillernden Bluterguss verwandeln würde.

Die Waffe des Mannes war durchgeladen. Eine handliche Walther P99 mit vernickeltem silbernen Schlitten und schwarzen Griffschalen. Die Pistole war perfekt ausbalanciert und lag gut in der Hand. Die Knarre eines Profis. Jayden kniete sich auf Brust und Schultern des Kerls, sodass dieser sich nicht bewegen konnte, und drückte ihm den Lauf seiner eigenen Waffe unters Kinn.

»Wer bist du? Für wen arbeitest du?«, fragte er auf Englisch. Aus dem Augenwinkel sah er, wie der fette Mann die Zigarette über das Geländer schnippte, eilig den Balkon verließ und die Tür hinter sich verriegelte.

»Raus damit oder ich drücke ab!«, zischte Jayden und presste den Lauf härter gegen das Kinn des Schlipsträgers. Er musste höllisch aufpassen, dass sich kein Schuss löste, denn der würde das Gehirn des Mannes über den ganzen Hinterhof verteilen. Jayden war kein Mörder, aber das musste der fiese Hund ja nicht wissen.

»Ich sage nichts«, keuchte der Mann.

»Wie du willst.« Um seine Worte zu unterstreichen, setzte Jayden seinen wildesten und entschlossensten Blick auf. Anscheinend zeigte der Wirkung, denn der Kerl schob etwas im Mund hin und her, das er zerbeißen wollte.

Scheiße!

Rechtzeitig zwängte Jayden den Lauf der Pistole zwischen die Zähne in den Mund des Mannes und bog die Kiefer gewaltsam auseinander. Mit den Fingern der freien Hand erwischte er eine zerbissene blaue Kapsel, die zur Hälfte aus einem hohlen Backenzahn ragte und bereits zu schäumen begonnen hatte. Es roch nach Bittermandeln. Jayden schleuderte das Ding weg, wischte sich die Hand an der Hose ab und roch an den Fingern.

Zyankali! Eine tödliche Kapsel. Aber wie passte das zu einem Geheimagenten der Regierung? Warum hätte sich der Typ das Leben nehmen sollen? Irgendetwas war hier faul.

»Wer bist du?«, wiederholte Jayden.

Sofia kniete sich neben ihn und durchsuchte die Sakko- und Hosentaschen des Kerls. Sie fand nur einen Ausweis, den sie Jayden zeigte. Der Mann hieß Ramos und arbeitete genau wie sein Kollege, den sie im U-Bahn-Schacht überrumpelt hatten, für den argentinischen Geheimdienst AFI. Garantiert war er darauf trainiert worden, den Mund zu halten – und wenn das nicht ging, einen Weg zu finden, für immer zu schweigen. Zumindest hatte er gerade versucht, sich das Leben zu nehmen.

Ramos war eine harte Nuss. Also verstärkte Jayden den Druck und versuchte, das Verhör abzukürzen. »Hör zu, Ramos! Wenn ich dich jetzt frage, für welche Abteilung der Regierung du arbeitest, würdest du mir irgendeinen Namen nennen, aber ich würde dir nicht glauben. Danach nennst du mir eine andere Bezeichnung mit einer Adresse. Ich sage dir, dass das nicht stimmt, weil die Adresse falsch ist, woraufhin du erwiderst, dass du dich in der Adresse geirrt hast. Dann denkst du dir etwas anderes aus, woraufhin ich dir zwei Finger breche. Danach tischst du mir eine neue Lüge auf, woraufhin ich dir den Kehlkopf eindrücke und du nur noch ein paar Minuten zu leben hast. Ersparen wir uns das. Also – für wen arbeitest du? Und warum bist du hinter uns her?«

»Ich heiße wirklich Ramos … aber der Ausweis … ist eine … Fälschung«, röchelte Ramos und versuchte zu schlucken, was ihm aber nicht gelang, weil ihm Jayden den Lauf wieder fest unters Kinn presste.

»Für wen arbeitest du in Wirklichkeit?«

»Die argentinische Mafia.«

Das klang schon plausibler.

»Drogenkartell?«, fragte Sofia.

Ramos verneinte.

»Das Waffenkartell?«, fragte Jayden.

Diesmal nickte Ramos.

»Dein Kollege, der uns in den U-Bahn-Schacht gefolgt ist …?«

»Ja, der auch.« Wiederum nickte Ramos.

»Wozu die gefälschten Ausweise?«

»Falls wir in eine Polizeikontrolle geraten«, röchelte Ramos.

Nun wurde Jayden alles klar. Die argentinische Mafia, eine der brutalsten Verbrecherorganisationen der Welt, steckte hinter dem Anschlag auf die Botschaft. Also war es vielleicht wirklich nur ein Terroranschlag, wie Major Conklin vermutet hatte. »Und warum seid ihr hinter der Festplatte her?«

»Was?« Ramos runzelte die Stirn. »Welche Festplatte?«, fragte er verwirrt. Sein verdutzter Gesichtsausdruck schien echt zu sein.

Jayden warf Sofia einen auffordernden Blick zu. Sofia griff in ihre Gesäßtasche, holte die Festplatte heraus und hielt sie Ramos vors Gesicht. »Diese Festplatte!«

»Was?« Ramos schüttelte den Kopf. »Von der weiß ich nichts.«

Das war seltsam. Jayden packte den Kerl am Kragen. »Was wolltest du stattdessen von uns?«

»Ich werde nichts mehr sagen«, presste Ramos hervor.

Verflucht! Jayden war klar, dass Ramos, was auch immer Jayden mit ihm anstellte, nicht reden würde. Denn was seine Organisation ihm antun würde, wenn er den Mund aufmachte, wäre garantiert schlimmer als das, was Jayden ihm androhen konnte. Abgesehen davon war Jayden kein Folterknecht. Er könnte ihm höchstens ein paar aufs Maul geben, vielleicht den Ellenbogen und ein paar Finger brechen, aber das war es dann auch schon.

Darüber hinaus hatten er und Sofia noch ein weiteres Problem: Je länger das Verhör mit Ramos dauerte und je lauter Ramos dabei schrie, desto mehr würden sie die Aufmerksamkeit der Bewohner dieses Innenhofs auf sich ziehen, bis jemand die Polizei verständigte. Außerdem mussten sie rechtzeitig den Flieger erreichen.

Allerdings gab es eine Möglichkeit, wie Jayden den sturen Hund – wenn alles klappte – relativ rasch zum Reden bringen könnte. Das war zwar riskant, aber er musste es versuchen.

»Liegen bleiben!« Jayden stieg von Ramos herunter, griff nach hinten in den Hosenbund und reichte Sofia seine Glock.

Verdutzt stopfte sie die Festplatte in ihre Hosentasche und griff nach der Waffe.

»Zieh den Schlitten fest zurück, dann ist die Waffe geladen«, sagte Jayden.

Sofia gehorchte, aber ihre Hände zitterten.

»Halt ihn damit in Schach und schieß ihm in den Kopf, sobald er sich bewegt.«

»Was soll ich?«, kreischte Sofia.

»Du hast schon richtig gehört! Einfach draufhalten, zwischen die Augen zielen und abdrücken. Am besten zweimal. Halt die Waffe fest, aber beidhändig, der Rückstoß ist enorm.«

Sofia sah Jayden entsetzt an, doch er nickte ihr nur zu. »Bin gleich wieder da.«

»Wo gehst du hin?«, rief sie ihm panisch nach.

Jayden marschierte durch die Tür in den Korridor des Gebäudes. Dort nahm er das Magazin aus dem Lauf der Walther P99, leerte es und ließ die Patronen hinter einem Stapel Getränkekisten verschwinden. Dann rammte er das leere Magazin wieder in den Griff und warf auch noch die Patrone aus, die im Lauf steckte. Jetzt war die Waffe ungefährlich. Bevor er wieder in den Hof ging, schnappte er sich ein frisches Papiertuch aus einer der offenen Vorratspackungen.

Ramos hatte sich in der Zwischenzeit nicht bewegt. Sofia stand vor ihm, hielt die Glock mit beiden Händen und zielte auf seinen Kopf. Rasch nahm Jayden ihr die Waffe aus der Hand und steckte sie wieder hinten in den Hosenbund.

Ramos wollte sich bereits erheben, doch Jayden gab nur ein leises »Oh-oh!« von sich und zielte mit der Walther auf ihn.

»Und jetzt?«, flüsterte Sofia.

Jayden wischte mit dem Papiertuch seine Fingerabdrücke von der Walther und umklammerte den Griff danach mit dem Tuch. »Jetzt werde ich ihn töten, ganz einfach, und zwar mit seiner eigenen Waffe, damit es wie ein Selbstmord aussieht.«

»Nein!«, protestierte Sofia.

Jayden ignorierte sie. Sein Blick war entschlossen. Ramos wollte rücklings wegkriechen, doch Jayden kniete sich wieder mit voller Wucht auf seine Brust und drückte ihm den Lauf seitlich an die Schläfe.

»Hör auf! Tu das nicht!«, schrie Sofia, doch Jayden war mit Ramos viel zu beschäftigt, als dass er sich um Sofia kümmern konnte.

Ramos schlug mit Armen und Beinen aus und bäumte sich wie ein bockiges Wildpferd auf, sodass Jayden Schwierigkeiten hatte, ihn zu bändigen.

»Hör auf!«, brüllte Jayden und wollte Ramos mit dem Griff der Waffe gegen die Schläfe schlagen, als der einen Arm freibekam, den Schlag abblockte und die Waffe packte.

Auf dem Boden liegend rangelten sie darum, wer die Walther als Erster unter Kontrolle bringen konnte. Für Jayden sah es gut aus, doch dann rammte Ramos ihm die Stirn mit einem kräftigen Headbutt gegen die Nase. Jayden taumelte zurück und fiel hin. Für einen Moment wurde ihm schwarz vor Augen. Er spürte, wie ihm Blut aus der Nase über Lippen und Kinn lief.

Verdammt! Ramos hatte diesen Schlag bestimmt nicht zum ersten Mal ausgeführt.

Als Jayden wieder klar sehen konnte, stand Ramos über ihm, die Walther in der Hand, und richtete den Lauf auf Jaydens Kopf. Sofia wollte nach seiner Wunde sehen, doch Ramos deutete mit dem Lauf kurz in ihre Richtung. »Hände hoch! Keine Bewegung!«

Jayden kniete sich hin, wischte sich nur das Blut von der Nase, dann verschränkte er die Hände hinter dem Kopf.

»Großartig gemacht«, entfuhr es Sofia. »Jetzt sind wir am Arsch!«

»Ihr Stümper!« Ramos richtete sich das Sakko und lachte dabei wie eine Hyäne. »Dachtet ihr tatsächlich, ich hätte mich mit einer Zyankalikapsel umbringen wollen?«

Jayden blickte zu der blauen Pille, die nur wenige Meter von ihnen entfernt auf dem Boden lag. Mittlerweile war der Schaum eingetrocknet. »Hoch dosiertes Schlafmittel?«, vermutete er.

»Mit Bittermandelgeruch.« Ramos nickte. »Wirkt sofort und senkt den Puls auf ein Minimum ab.«

»Okay, du hast gewonnen«, sagte Sofia. »Aber es nützt dir gar nichts, wenn du uns tötest, denn wir haben gerade vorhin die gesamten Daten von Futurotec an fünf Zeitungsredaktionen gemailt!«, log sie.

»Scheiß auf die Daten!«, rief Ramos.

»Wie bitte?«, rief Sofia ungläubig. »Nimm das verdammte Ding und lass uns in Ruhe.« Sie griff erneut nach der Festplatte in ihrer Hosentasche und hielt sie Ramos hin.

Ramos grinste schief. »Ich sagte doch schon, ich bin nicht daran interessiert.«

Jayden beugte sich nach vorne und spuckte Blut aus. »Woran dann?«

»Wir wollen das Kabel, das an der Festplatte gehangen hat.«

»Verarschst du mich?«, entfuhr es Jayden.

Ramos richtete die Waffe auf ihn. »Sehe ich so aus, als würde ich Witze reißen?«

»Aber auf dieser Festplatte sind geheime Daten der Futurotec und Baupläne der Drohnen«, rief Sofia.

»Die interessieren keine Sau!«, brüllte Ramos. »Ich will das verdammte Kabel!«

»So ein USB-Kabel kriegst du in jedem Computerladen«, erwiderte Jayden.

»So eines nicht.« Ramos runzelte die Stirn, plötzlich grinste er. »Mich könnte ihr nicht veräppeln. Ihr wisst ganz genau, was ihr da geklaut habt.«

Sofia sah ihn nun ebenfalls verwirrt an. »Was haben wir denn geklaut?«

»Du willst mich wohl für dumm verkaufen, aber deine naive Masche zieht nicht«, rief Ramos. »Du bist ganz gezielt in Delgados Büro eingedrungen und hast das 4096-Bit-Tarnkappenkabel gestohlen. Wo ist es?«

Tarnkappenkabel? Jayden blickte zu Sofia und bedeutete ihr mit einem knappen Kopfschütteln, zu schweigen. »Amanda Woolf will es zurückhaben?«, fragte er.

»Davon kannst du ausgehen. Es ist der einzige Prototyp.«

»Aber es ist defekt. Die 4096-Bit-Technologie funktioniert

nicht«, log Jayden, ohne zu wissen, wovon er da eigentlich sprach. Gleichzeitig warf er Sofia einen Blick zu, damit sie mitspielte.

»Ja, richtig, das Kabel ist beim Angriff auf die Botschaft kaputtgegangen«, stammelte sie.

»Das Kabel kann nicht kaputtgehen«, widersprach Ramos. »Es verwendet modernste experimentelle Technologie, mit der die Daten statt mit Bits und Bytes mit Quantentechnologie direkt *im* Kabel selbst gespeichert werden können.« Er baute sich vor Jayden auf. »Ihr seid bloß zu dämlich, um es richtig zu benutzen. Darauf könnt ihr die zehnfache Datenmenge eines jeden anderen Datenträgers verstecken.«

Jayden versuchte, sich sein Staunen nicht anmerken zu lassen. *Und damit konnte man riesige Datenmengen unauffällig transportieren*, führte er den Gedanken zu Ende. Darum ging es also. Wenn das wirklich stimmte, dann war dieses Tarnkappenkabel das perfekte Equipment für Verbrecher, um geheime Informationen zu schmuggeln. Schließlich machte man das große Geschäft heutzutage nicht mehr mit Waffen, Drogen und Alkohol, sondern mit Informationen.

»Wo ist das Kabel?«, fragte der Mann. »Ich gebe euch noch genau fünf Sekunden, dann wird einer von euch beiden an einer Kugel krepieren. Und mit dir fange ich an.« Er richtete die Waffe auf Sofia, der vor Schreck die Luft wegblieb.

Unterdessen erhob sich Jayden und putzte sich den Staub von der Hose.

»Knie dich wieder hin!«, befahl Ramos.

Jayden wischte sich noch einmal das Blut von Nase und

Oberlippe, während Ramos außer sich vor Zorn brüllte und mit der Waffe vor ihm herumwedelte.

»Jayden!«, rief Sofia ängstlich. »Ich bitte dich, mach …«

»Sei still«, unterbrach Jayden sie und machte einen Schritt auf Ramos zu.

»Bleib stehen!«, schrie Ramos, umklammerte den Griff, dann betätigte er den Abzug. Aber die Waffe machte nur ein hohles *Klick*. Es war keine Patrone im Magazin und der Schlitten bewegte sich nicht. Völlig perplex versuchte Ramos, ein weiteres Mal abzudrücken, aber da war Jayden schon da. Er trat Ramos in die Weichteile, als wollte er einen Football quer durchs ganze Stadion schießen, und während Ramos den Oberkörper schmerzvoll nach vorn krümmte, rammte Jayden ihm von unten schwungvoll den Handballen gegen die Nase.

Es knackte laut. Die Nase war gebrochen, ein Schwall Blut schoss Ramos aus den Nasenlöchern, ehe er ohnmächtig zusammenklappte.

»Die … die … die Pistole war gar nicht geladen?«, entfuhr es Sofia fassungslos, während sie auf Ramos starrte, der reglos vor ihren Füßen lag.

»Doch, aber die Patronen liegen dort hinten.« Jayden nickte in den Gang.

»Du … du …«, stammelte sie, als ihr bewusst wurde, dass Jayden das alles inszeniert hatte, um Ramos zum Sprechen zu bringen. »Warum zum Teufel hast du mich nicht eingeweiht?«, rief sie zornig.

»Wann denn?«, fragte er sie nun ebenso laut, senkte aber sofort wieder die Stimme. »Tut mir leid, aber die ganze Situation musste echt wirken.«

»Aber du hättest mir zumindest …«

»Wir haben jetzt keine Zeit für lange Diskussionen.« Jayden blickte auf die Uhr. Ihr Flieger würde nicht auf sie warten.

Sofias Hände zitterten. Nun senkte auch sie die Stimme. »Was machen wir mit ihm?«

Jayden packte Ramos unter den Achseln, hievte ihn hoch und stopfte ihn kopfüber in eine leere Mülltonne. In dieser Stellung würde er zumindest nicht an seinem eigenen Blut ersticken, sondern nur mit mörderischen Kopfschmerzen aufwachen. Jayden knallte den Deckel drauf, danach wischte er sich die Hände an der Hose ab. »Zeig mir mal dieses Kabel.«

Sofia schaute ihn bestürzt an. »Das hab ich nicht.«

»Was?«

»Es … es ist noch in meiner Laptophülle … in der Botschaft.« Plötzlich riss sie die Augen auf, als würden ihr in dieser Sekunde die Zusammenhänge klar werden. »Die Mafia jagt uns, weil sie glaubt, dass wir das Kabel besitzen. Und die haben keine Skrupel, uns zu töten.«

Jayden nickte. Er hatte gerade selbst miterlebt, wie Ramos den Abzug gedrückt hatte. Und auch keiner seiner Kollegen würde davor zurückschrecken, sie zu töten. Jayden blickte noch einmal auf den Countdown seiner Uhr und dachte konzentriert nach. »Wir müssen das Kabel holen – und zwar bevor es bei den Aufräumarbeiten spurlos verschwindet.«

Sofia blickte ihn entgeistert an. »Wozu? Was interessiert uns dieses dämliche Kabel?«

»Lass uns kurz überlegen ...« Jayden hob die Hände. »... Amanda Woolf ist entweder Teil der argentinischen Mafia oder sie hat die Mafia engagiert, ihr dieses Kabel wiederzubeschaffen. Wie auch immer ... diese Typen würden alles dafür tun. Und für den Fall, dass sie uns noch einmal schnappen, bevor wir sicher im Flieger sitzen, wäre es besser, wenn wir ihnen das Kabel aushändigen könnten. Dann lassen sie uns vielleicht laufen.«

»Warum sagen wir nicht einfach die Wahrheit, dass wir das Kabel nicht haben?«

»Das glauben die uns nie!«, erwiderte Jayden. »Die denken doch, dass du es absichtlich gestohlen hast.«

»Verdammt.« Sofia kaute auf der Unterlippe. »Vielleicht finden sie uns gar nicht.«

Jayden wiegte zweifelnd den Kopf. »Ich weiß nicht, wie sie es angestellt haben, aber sie haben uns auch hier gefunden – und das, obwohl wir extrem vorsichtig waren.«

Mit einem Mal wirkte Sofia verzweifelt. »Das bedeutet, dass sie uns womöglich auch am Flughafen finden werden.«

Jayden nickte. Das war naheliegend. »Und ich habe keine Lust, gefoltert oder getötet zu werden. Deswegen ist das Kabel unsere einzige Chance, heil aus der Sache rauszukommen. Wir holen es und danach hauen wir ab.« Wieder blickte Jayden auf den Timer seiner Uhr. »Noch neunzig Minuten. Das wird knapp.«

»Kriegen wir das hin?«, fragte Sofia mit einem Zittern in der Stimme.

Jayden verzog entschlossen das Gesicht. Jetzt würde sich zeigen, ob sich seine Ausbildung bezahlt gemacht hatte.

23. KAPITEL

VIERZEHN MONATE ZUVOR

Pünktlich um elf Uhr klopfte es an der Tür zu Jaydens Zimmer in Brighton Rock. Bis dahin hatte er gerade genug Zeit gehabt, sich eine Tasse starken Kaffee zu kochen, seinen Rucksack auszuräumen und alle Winkel seines neuen Zimmers zu inspizieren.

Nun öffnete er die Tür. Lenny und Erik standen bereits im Gang vor einem kleinen, etwas rundlichen Mann mit Halbglatze, grauem Haarkranz und einem freundlichen pausbackigen Gesicht. Er trug eine längs gestreifte grau-weiße Hose, ein weißes Hemd und eine graue Weste. Seine schwarzen Lackschuhe glänzten perfekt.

»Sind Sie ein echter Butler?«, fragte Erik.

»Was hätte es für einen Sinn, einen *falschen* Butler hier anzustellen?«, entgegnete der Mann.

»Ich weiß es nicht«, gab Erik zu.

»Sehen Sie, ich auch nicht«, bestätigte der Mann, drehte sich zu Jayden und reichte ihm die Hand. »Guten Tag, Mr Knoxville, mein Name ist Mason. Meine Referenzen sind exzellent. Ich habe vor dreißig Jahren die Butlerschule Butler's Bureau in Belgravia in der City of Westminster absolviert.«

»Aha, und wo haben Sie gearbeitet, bevor Sie zur Last Line of Defense kamen?«, fragte Jayden, um überhaupt irgendetwas zu sagen.

»Last Line of was?«, fragte Mason.

Schon klar! »Ich meinte hierher, in dieses Gebäude«, korrigierte sich Jayden.

»Ach so, davor war ich der persönliche Butler von Premierminister James Metcalf. Er hat mir vor sechs Jahren diesen Job angeboten. Sollten Sie etwas brauchen oder Fragen haben, zögern Sie bitte nicht, mich zu kontaktieren.« Er wandte sich nun auch an die anderen beiden. »Sie erreichen mich auf der Kurzwahltaste Nummer eins Ihrer neuen Handys, und Sie werden meine Nummer gewiss brauchen – ich bin der einzige freundliche Mensch, auf den Sie in diesem Gebäude treffen werden. Seien Sie versichert, Sie werden alle anderen binnen kürzester Zeit hassen lernen.«

Klingt ja aufregend!

»Mason«, sagte Lenny, »Sie können uns gern Erik, Jayden und Lenny nennen.« Sie sah die anderen an. »Nicht wahr?«

»Sicher«, murmelte Jayden, der noch nie zuvor einen echten Butler gesehen hatte und sich gerade wie im falschen Film vorkam.

Mason deutete eine leichte Verbeugung an. »Das weiß ich durchaus zu schätzen, Miss Zarakis, aber das wird hier nicht gern gesehen. Außerdem bin ich es, der zu *Ihren* Diensten steht.«

Lenny verzog das Gesicht. »Wie Sie wünschen, Mason.«

»Wollen wir?« Mason deutete den Gang hinunter.

Während des Rundgangs wurde Jayden erst so richtig bewusst, wie groß Brighton Rock tatsächlich war. Es gab zwar noch ein altes Becken mit einer Schleuse zum Meer, aber die ehemalige Schiffswerft war komplett umgebaut worden, ebenso die zwei tiefer gelegene Kelleretagen, die noch aus dem Zweiten Weltkrieg stammten und unter dem Gebäude im Gestein der Landzunge lagen. Wenn man nicht genau aufpasste, konnte man sich hier rasch verlaufen.

Mason zeigte ihnen die Mensa, den Aufenthaltsraum, den Gymnastiksaal, die Kletterwand und den Unterrichtsraum, den sie durch die Hintertür betraten. Dieser sah aus wie die kleine Version eines Unihörsaals mit ansteigenden Sitzreihen. Im Moment lauschten dort gerade drei Jugendliche einem Vortrag über politische und militärische Bündnisse, während eine Europakarte auf die Videowand projiziert wurde.

»Das ist Mr Elliot, unser Analyst«, flüsterte Mason. »Er ist blitzgescheit, war bereits als Siebenjähriger ein Schachgenie, hat fünf akademische Titel und eine Liste von Auszeichnungen, die so lang ist wie eine – verzeihen Sie den Begriff – abgewickelte Klopapierrolle.«

»Hier unterrichten nur die Besten der Besten, hä?«, murmelte Erik.

»An dir wird er sich trotzdem die Zähne ausbeißen«, flüsterte Lenny und stieß Erik in die Seite.

»Biest!«, zischte Erik.

Jayden lehnte sich an das Geländer und hörte kurz zu, was Mr Elliot zu sagen hatte.

»Hier sehen Sie blau eingefärbt alle Länder, die zur NATO gehören.« Mr Elliot spazierte an der Leinwand vorbei und projizierte mit der Fernbedienung ein paar rote Punkte an die Wand. »Und hier sehen Sie alle Militärbasen mit atomaren Stützpunkten. Jetzt denken Sie vielleicht … ach, wie großartig, wir sind absolut sicher, eine tolle Abschreckung, uns wird so rasch keiner angreifen.« Er machte eine Pause, dann hob er den Zeigefinger. »Aber die Sache ist die: Der Mensch hat die Atombombe erfunden. Zeugt das von hoher Intelligenz? Denken Sie darüber nach ... würde irgendeine Maus auf diesem Planeten eine Mausefalle konstruieren?«

Ein verhaltenes Murmeln ging durch den Saal.

»Gehen wir weiter«, flüsterte Mason. »Ich denke, dieser Vortrag ist noch zu früh für Sie.«

Jayden löste sich vom Geländer und sie verließen den Hörsaal wieder durch die Hintertür. Als Nächstes betraten sie eine große Halle, die eine Mischung aus Waffenarsenal und Schießtunnel war, an dessen Ende drei Zielscheiben hingen. Es roch nach Schießpulver und öliger Munition. Ein älterer Mann zeigte einer groß gewachsenen jungen Frau, wie man mit einem halbautomatischen Sturmgewehr umging.

»Das ist Mr Remington«, flüsterte Mason. »Er ist der Ausbilder für sämtliche Feuerwaffen.«

»Mr Remington?«, wiederholte Jayden. »Wie die Pistole?«

»Das ist sein Spitzname«, wisperte Mason. »Wir wissen nicht, wie er wirklich heißt. Früher arbeitete er beim Protection Command der Metropolitan Police und war der persönliche Leibwächter von Premierminister Metcalf, bis ihm ...«

Jayden nickte. »... der Premier vor sechs Jahren diesen Job angeboten hat. Verstehe.«

»Woher wissen Sie das?«, fragte Mason erstaunt.

Jayden tippte sich an die Stirn. »Kombinationsgabe.«

Sie verhielten sich still und hörten kurz zu, was Mr Remington der auszubildenden Agentin beibrachte. »Nur gut zielen zu können ist nicht alles. Ebenso wichtig ist es, zu wissen, *wann* man den Abzug drücken soll.« Er legte der Agentin die Waffe in die Hand. »Das M-16 ist ein leichtes Sturmgewehr, Kaliber 5,56 Millimeter. Ungeladen wiegt es exakt 2,89 Kilogramm, geladen 3,40 Kilogramm, und es hat eine maximale Schussweite von dreitausendsechshundert Metern.«

Die Agentin nahm das Magazin heraus, überprüfte die Munition und rammte es wieder hinein.

»Mit welcher Geschwindigkeit verlässt das Projektil den Lauf?«, fragte Mr Remington.

Die Agentin stotterte, woraufhin Mr Remington genervt die dichten Augenbrauen zusammenzog. »Ist das Projektil schneller als der Schall?«

»Äh, ich …«

»Anders gefragt«, unterbrach Mr Remington sie. »Wenn ein Schütze fünfhundert Meter von Ihnen entfernt auf einem Hügel steht und einen exakten Kopfschuss tätigt … hören Sie den Schuss noch?«

Plötzlich platzte Erik heraus: »Kommt darauf an, in wessen Kopf er schießt.«

Jayden verkniff sich ein Lachen. Gleichzeitig sah er aus dem Augenwinkel, wie Mason zusammenzuckte und gefühlt einen Kopf kleiner wurde.

Mr Remington riss der Agentin das M-16 aus der Hand und ging mit langsamen Schritten auf das Trio zu. »Wir haben anscheinend einen Witzbold unter uns«, stellte er fest. »Mr Tuomi aus Helsinki, wenn ich richtig informiert bin.«

Erik schluckte. »Ja, Sir.«

»Es heißt: *Ja, Sir, Mr Remington!*«

»Ja, Sir, Mr Remington«, wiederholte Erik.

Der Mann kam auf Erik zu und tippte ihm einmal kurz mit dem Zeigefinger auf die Brust. »Du findest das wohl … cool, hier zu sein und deine dummen Sprüche loszulassen?«

Erik nickte zögerlich.

Jayden wusste nicht, ob er an Eriks Stelle ebenfalls genickt, den Kopf geschüttelt oder gar nicht reagiert hätte. Wie immer die Reaktion ausgefallen wäre, sie hätte Mr Remington garantiert nicht geschmeckt.

»Ich sag dir was, Junge.« Mr Remington tippte erneut auf Eriks Brust. »Jede …«

»Entschuldigen Sie bitte«, murmelte Mason. »Wir sollten jetzt vielleicht wieder …«

»Halten Sie den Mund, Mason!«, unterbrach Mr Remington ihn, ohne den Blick von Erik zu nehmen. »Der Kleine gehört mir. Wenn ich mit ihm fertig bin, können Sie ihm, oder dem, was von ihm übrig ist, Manieren beibringen.« Er atmete tief durch und fixierte Erik weiterhin. »Jede Patrone, die produziert wird, jede Pistole, die gebaut wird, jedes Gewehr, das die Fabrik verlässt, bedeutet, dass irgendwo auf dieser Welt jemand hungert, friert, kein Dach über dem Kopf hat oder keine Schule besuchen kann. Eine Welt, die Waffen herstellt, verpulvert nicht nur Geld, sondern auch die Kraft, Energie und den Schweiß ihrer Arbeiterinnen und verringert dadurch die Hoffnung ihrer Kinder. Hast du das kapiert?«

»Ja …«, krächzte Erik.

»Gut, denn das war deine erste Lektion.« Mr Remington zielte mit dem Lauf des M-16 zwischen Eriks Füße auf den Boden und drückte ab. Ein ohrenbetäubender Knall zerfetzte die Stille, während die Hülse seitlich in hohem Bogen ausgeworfen wurde.

Jayden zuckte gewaltig zusammen. Er sah, wie die junge Agentin hinter Mr Remington totenblass herüberstarrte.

Erik stand immer noch da, ebenso weiß im Gesicht wie Mason und Lenny. Aus dem Lauf des M-16 rauchte es. Sie starrten auf den Boden, aber der war unversehrt geblieben.

Mr Remington legte sich das Gewehr auf die Schulter. »Dein Glück, dass wir heute nicht mit scharfer Munition trainieren. Und jetzt raus!«

Das ließ sich Mason nicht zweimal sagen. Er packte sie alle drei und schob sie vor sich her in den Gang.

Als sie draußen waren, räusperte sich Erik und krächzte mit heiserer Kehle. »Na, wie hab ich mich geschlagen?«

»Dem hast du es ordentlich gezeigt«, spottete Lenny.

»Gehen wir weiter«, schlug Mason vor. Seine Hände zitterten immer noch.

Als Nächstes besuchten sie Miss Ishida in ihrer riesigen Garage, die einer mit Motoren und Computern vollgestopften Werkstatt glich. So, wie es hier aussah, war Miss Ishida, eine junge Japanerin mit schwarzer Pagenfrisur und einer Brille, die wie ein Drahtgestell wirkte, vermutlich ihre technische Ausbilderin.

Anscheinend gab sie gerade keinen Unterricht, da sie mit Kopfhörern und zerschlissener Kleidung im Schneidersitz auf einem zerlegten Motorrad hockte und aus einer Papiertüte Fish & Chips aß.

»Hier lernt ihr in den nächsten drei Jahren alles über Autos, Motorräder, Boote, Hubschrauber, IT, Informatik und Computerspionage«, erklärte Mason.

Ishida zog sich die Kopfhörer herunter und Jayden hörte ein wummerndes Schlagzeug und harte Heavy-Metal-Gitarren. »Sind das die Neuen, Mason?«, rief sie.

»Jawohl, Miss Ishida. Das ist unser Team Omega.«

»Ich hoffe, Finley hat sich diesmal angestrengt und nicht wieder einen Haufen Pfeifen angeschleppt, die sich beim Kurzschließen eines Helikoptermotors eine Hand abtrennen.«

Lenny warf Mason einen verunsicherten Blick zu. »Sie macht nur Spaß, oder?«

»Ich fürchte«, antwortete Mason, »dass Miss Ishida gar nicht weiß, was Spaß bedeutet.« Er senkte die Stimme. »Ich habe sie – seitdem ich hier bin – noch nie lachen gehört.«

»Seid ihr wenigstens ein bisschen klug?«, rief Ishida zu ihnen herüber.

Lenny warf Erik einen Blick zu, der diesmal jedoch vorsorglich die vorlaute Klappe hielt. »Wir sind ziemlich clever und kennen uns in vielen Dingen aus«, antwortete Lenny schließlich.

Ishida stöhnte auf. »Ohje ... wer glaubt, alle Antworten zu kennen, hat nicht alle Fragen gestellt.« Sie setzte sich wieder die Kopfhörer auf und schob sich ein Stück Fisch in den Mund.

»Gehen wir weiter.« Mason schob sie aus der Werkstatt und führte sie als Nächstes in einen abgedunkelten Raum, der wie das vollgestopfte bunte Lager eines Kostümverleihs wirkte.

»Das ist die Welt von Mr Wakefield«, erklärte Mason. »Hier lernen Sie, wie Sie sich tarnen, wie Sie andere täuschen und untertauchen.« Er sah sich um. »Er muss hier irgendwo sein – andernfalls wäre das Lager abgesperrt.«

»Ich sehe keinen Mr Wakefield«, sagte Erik.

Lenny drehte sich im Kreis. »Ich auch nicht. Wie sieht er denn aus?«

»Immer anders«, antwortete Mason.

Jayden kniff die Augen zusammen und inspizierte die großen Spiegel und die vielen Kleiderpuppen, auf denen verschiedene Gewänder hingen. Es roch muffig. »Ich sehe ihn auch nicht.«

»Kommt näher …«, drang plötzlich eine flüsternde männliche Stimme zu ihnen, die man keiner exakten Richtung zuordnen konnte.

Erik schob sich zwischen zwei Kleiderpuppen hindurch, von denen sich eine plötzlich bewegte und ihm mit einem Kleiderbügel das Bein wegzog, sodass Erik stöhnend zu Boden fiel. »O Mann, Kacke, was soll das?«, fluchte er mit hochrotem Kopf.

Die Tarnung war perfekt, denn erst jetzt bemerkte Jayden den Mann, dessen Beine mit den Farben des Holzbodens verschmolzen, sodass er wie eine Puppe auf einer Stange wirkte. »Jammere nicht herum und heul mir vor allem nicht den Boden voll«, sagte Mr Wakefield zu Erik. Dann wandte er sich an Lenny und Jayden. »Vom Scheitern anderer zu lernen …«, erklärte er, während er Erik einen leichten Klapps mit dem Fuß gab, »… ist die schnellste Methode, intelligenter zu werden, ohne dabei selbst viel leiden zu müssen.«

Mason eilte sogleich herbei und half Erik auf die Beine, der sofort in Richtung Ausgang humpelte. »Das ist offenbar der Verrückteste von allen«, zischte Erik.

»Du musst noch viel lernen, Junge«, rief Mr Wakefield ihm nach.

»Auf Wiedersehen, Sir.« Jayden tippte sich zum Gruß an die Stirn und folgte Lenny und den anderen nach draußen. Hier war wirklich kaum jemand normal. Oder war vielleicht gerade *das* die normale Welt der Spione und Geheimdienste? Jedenfalls hatte sich Premierminister Metcalf sicherlich etwas dabei gedacht, solche schrägen Vögel als Ausbilder für seine Organisation auszuwählen. Möglicherweise war ja gerade dieses Team das Erfolgsrezept seiner Last Line of Defense.

»Noch zwei Stationen, erst dann haben wir es endlich geschafft«, sagte Mason mit großem Bedauern in der Stimme. Er wischte sich den Schweiß von der Stirn. »Ich hasse diese Führungen«, murmelte er.

»Mason, mittlerweile glaube ich Ihnen sogar, dass Sie der einzige nette Mensch hier sind«, seufzte Lenny.

»Darauf können Sie Gift nehmen«, antwortete Mason ernst. »Jedenfalls beneide ich Sie nicht um Ihre Ausbildung. Andererseits sind Sie, wenn Sie das Training überlebt haben, ziemlich smart. Dann kann Sie nichts mehr erschüttern.« Er stieß die Tür auf und führte sie in eine Turnhalle.

Allein der Geruch von Plastikmatten und Schweiß sowie der Anblick der Sandsäcke, Schlagpolster und des Rings in der Mitte ließen Jaydens Herz höher schlagen. Das war seine Welt. Hier fühlte er sich zu Hause und schlagartig musste er an den alten Ilja denken. An seine Trainingseinheiten in Liverpool.

Und an die Kämpfe, die der Russe für ihn organisiert hatte. Ein Gefühl von Heimweh überkam ihn.

»Das ist …«, setzte Mason an, doch die Frau, die in der Mitte des Raums auf einer Matte Dehnungsübungen machte, hob nur kurz die Hand und brachte ihn zum Schweigen.

Langsam erhob sie sich, stieg von der Matte und kam auf die vier zu. Sie war barfuß, trug eine weite schwarze Hose und ein weites weißes T-Shirt, doch Jayden erkannte allein an ihrer geschmeidigen Art, wie sie sich bewegte, dass sich unter ihrer Kleidung ein sehniger, stahlhart trainierter Körper befand.

Sie hatte ein schmales kantiges Gesicht, eine ebenso schmale Nase und einen sezierenden Blick, mit dem sie die drei Jugendlichen musterte. Da stockte Jayden der Atem. Er kannte diese Frau. Die kurzgeschorenen blonden Haare, die von Weitem wie eine Glatze gewirkt hatten, und die Skorpion-Tattoos am Hals … das alles hatte er schon mal gesehen.

»Sie sind Julia Harding«, entfuhr es ihm. Erstaunt blickten ihn die anderen an. »Sie hat vor fünf Jahren bei den Internationalen Mixed Martial Arts Meisterschaften in Japan alle Goldmedaillen abgeräumt«, erklärte er.

»Vor sechs Jahren«, korrigierte sie ihn.

Natürlich!, dachte er. Premier Metcalf musste sie unmittelbar danach als Ausbilderin für seine Organisation angeworben haben.

Mrs Harding betrachtete der Reihe nach alle drei, als wollte sie ihren Geist analysieren und ihre Widerstandskraft testen, dann blieb ihr Blick auf Jayden haften. »Wenn man gleichzeitig mehreren Gegnern gegenübersteht, muss man die Kette *wo* brechen?«, fragte sie ihn.

»Äh … am schwächsten Glied?«, murmelte Jayden.

»Falsch! Am stärksten Glied. Man muss sich den mächtigsten und kräftigsten Gegner herauspicken. Ihn muss man als Erstes zur Strecke bringen. Die anderen hauen dann von allein ab.« Sie fixierte Jayden. »Und der bist in diesem Fall du!«

»Ich …?«, krächzte Jayden, doch weiter kam er nicht.

Mrs Harding hatte ansatzlos mit dem Arm ausgeholt und wollte ihn mit der Handkante an der Halsschlagader treffen, doch Jayden hatte den Angriff instinktiv geblockt. Er war keinen Millimeter zurückgewichen, hatte nur den Arm gehoben und den Schlag mit dem Unterarm abgefangen. Aber er biss die Zähne zusammen. Ihr Schlag war verdammt hart gewesen, doch nichts anderes hatte er von dieser Frau erwartet.

Als er den Arm herunternahm, schlug sie erneut zu, und er blockte wieder rechtzeitig ab. An derselben Stelle. Diesmal fuhr ihm der Schmerz vom Arm bis ins Hirn. Wieder biss er die Zähne zusammen. Er wollte weder seine Überraschung noch seine Unterlegenheit zeigen.

Mrs Harding schlug ein drittes Mal mit derselben Technik zu und wieder blockte Jayden mit dem Unterarm. Diesmal zuckte sein Augenlid. Noch nie war er jemandem begegnet, der ansatzlos mit geballter Kraft so hart zuschlagen konnte. Mrs Hardings Atem hatte sich nicht einmal beschleunigt. Im Gegenteil. Mittlerweile tat die Stelle an seinem Arm verdammt weh. Er würde einen gewaltigen Bluterguss bekommen.

»Gut gemacht.« Sie nickte zufrieden.

Jayden stieß erleichtert die Luft aus. Ein viertes Mal hätte er den Schlag vermutlich nicht mehr geblockt, sondern wäre stattdessen zurückgewichen, um sich weitere Schmerzen zu ersparen.

»War das nötig?«, fragte Mason leise.

»Trainieren Sie das Team in Kampfsport und Selbstverteidigung oder ich, Mr Mason?«

»Sie natürlich.«

»Gut zu wissen.« Sie wandte sich von Mason ab und fixierte wieder Jaydens Augen. »Abnutzungserscheinungen von harter Arbeit sind besser als Rost infolge von Nichtstun. Pack dir in deinem Zimmer Eis auf die Stelle.« Sie drehte sich um und ging wieder auf die Matte, wo sie ihre Dehnübungen fortsetzte.

Jayden sah ihr nach. Diese Frau war faszinierend und das Training bei ihr würde vermutlich interessant werden, aber trotzdem zweifelte er daran, ob die Academy der richtige Weg für ihn war. Er schielte zu Lenny und Erik. Auch sie schienen ein wenig verunsichert zu sein, als wären sie noch nicht restlos davon überzeugt, dass sie sich richtig entschieden hatten.

Als wüsste Mason genau, was gerade in ihren Köpfen vorging, sagte er mit aufmunternder Stimme: »Sie werden sich tapfer schlagen. Ich glaube an Sie.« Er ging zur Tür. »Eine letzte Station haben wir allerdings noch.«

»Warum *allerdings*?«, fragte Lenny. »Klingt so, als hätten Sie sich das Schlimmste für den Schluss aufgehoben«, versuchte sie zu witzeln, doch Mason verzog nur bedauernd das Gesicht, ehe er nickte.

24. KAPITEL

Jayden und Sofia standen in einer Seitengasse in einer Traube Schaulustiger und starrten auf das Areal der britischen Botschaft. Die Gebäude sahen noch verheerender aus, als Jayden es befürchtet hatte. Fast alles lag in Trümmern. Aus einigen Fenstern qualmte sogar schwarzer Rauch. Offenbar war auch ein Brand ausgebrochen, den die Feuerwehrleute einzudämmen versuchten.

Das Gelände im Umkreis von fünfzig Metern war abgesperrt. Rettungswagen, Feuerwehr- und Polizeiautos blockierten die Zufahrt. Es gab lediglich einen einzigen freien Korridor, über den die Rettungsfahrzeuge im Minutentakt in Richtung Krankenhaus fuhren.

»Da kommen wir niemals rein«, seufzte Sofia.

Jayden betrachtete die Botschaft. An der Seite richtete eine Handvoll Feuerwehrleute mehrere Wasserstrahlen in die Fenster, aus denen es qualmte. Die Splitter durch den Bombenangriff waren bis auf den Rasen vor dem Schlagbaum geflogen. Fenster und Türen hingen windschief in den Angeln. Abgesehen von den vielen Toten und Verletzten würde es Monate dauern, bis der normale Betrieb wieder aufgenommen werden konnte. Und das alles nur wegen eines USB-Kabels?

Soeben marschierte die Truppe einer Spezialeinheit in grüner Uniform in den bereits gelöschten Teil der Ruine, begleitet von mehreren Polizeihunden. Entweder sollten die in den Trümmern nach weiteren Überlebenden suchen oder noch scharfe Bomben finden.

Jayden und Sofia zogen sich aus der Menschenmenge zurück. »Das können wir vergessen«, sagte sie.

Jayden stellte sich auf die Zehenspitzen, beobachtete die Bergungs- und Aufräumarbeiten mit zusammengekniffenen Augen und dachte scharf nach.

»Ich wäre dafür, dass wir zur Polizei gehen und alles erzählen, was wir wissen«, flüsterte Sofia entmutigt.

Klar, das wäre die einfachste Lösung, aber sein Bauchgefühl sagte ihm, dass etwas an der ganzen Sache nicht stimmte. »Und was ist, wenn Ramos uns angelogen hat und doch für den Geheimdienst arbeitet?«

»Und wenn es nicht so ist?«

»Dann könnten wir trotzdem auf korrupte Bullen stoßen und dann schlittern wir vom Regen in die Traufe.«

»Und wenn wir ehrliche Polizisten treffen?«

»Selbst dann wären die Beweise, die du Futurotec gestohlen hast, weg, und alles, wofür du so hart gekämpft hast, wäre umsonst gewesen.«

Sofia sah ihn verzweifelt an. »Was schlägst du also vor?«

»Wir schleichen uns so in die Botschaft, wie wir herausgekommen sind.«

»Wieder durch die Kanalisation?«, entfuhr es Sofia.

Jayden tippte mit dem Schuh auf den Kanaldeckel, auf dem er stand.

»Durch das Abwasser kriechen und wieder im Fahrstuhlschacht hochklettern?« Sofia verzog angewidert das Gesicht.

»Hast du eine bessere Idee?«

In diesem Moment blitzte Blaulicht auf und ein Feuerwehrwagen hielt neben ihnen. Die Sirene heulte kurz auf, woraufhin die Feuerwehrleute aus dem Heck des Wagen sprangen und sich einen Weg durch die Menschenmenge auf das Areal der Botschaft bahnten.

Sofia blickte verstohlen in das offene Heck des Wagens. Neben aufgerollten Schläuchen und Kupplungen hingen Reserveuniformen und Atemschutzgeräte an der Wand. »Was hältst du davon?«

Jayden nickte. »Jetzt oder nie!«

Fünf Minuten später sprangen sie in voller Montur aus dem Wagen: blaue Uniform mit gelben Querstreifen sowie Stiefel, orangefarbener Helm, Pressluftflasche auf dem Rücken und Atemschutzgerät im Gesicht. So verkleidet drängten sie sich durch die Menschenmenge.

»Aus dem Weg!«, rief Sofia auf Spanisch.

Jayden folgte ihr mit einer Axt am Gürtel. Zügig liefen sie am Schlagbaum neben dem Pförtnerhäuschen vorbei. Als sie auf dem Areal waren, übernahm Jayden die Führung. Er kannte den kürzesten Weg zum Besprechungsraum. Sofia lief ihm hinterher.

Sie betraten das Gebäude durch eine Seitentür in dem Trakt, in dem sich die Küche befand. Der Boden hatte sich mittlerweile in eine graue Masse aus Asche und Wasser verwandelt. Bei jedem Schritt sanken sie mit den Stiefeln knöcheltief im Matsch ein.

Obwohl die schlechte Luft durch die Maske gefiltert wurde, roch Jayden den beißenden Rauch. Außerdem lief sein Sichtfenster innen an, doch er würde sich hüten, die Maske abzunehmen. Er glaubte zwar nicht, dass sich alle Feuerwehrleute, die hier im Einsatz waren, persönlich kannten, aber falls er angesprochen wurde und dann begann, auf Spanisch herumzustottern, würde er rasch auffliegen. Also blieb er lieber anonym hinter der Maske verborgen und bahnte sich seinen Weg zum Besprechungszimmer, in dem die Ärztin Sofia behandelt und General Petersen und die MI6-Agenten sie verhört hatten.

Die Aufräumarbeiten waren bereits voll im Gange. Ein Feuerwehrteam brachte soeben eine verletzte Frau mit einer Atemmaske auf einer Trage heraus. Vermutlich eine der letzten Überlebenden, die sie aus den Trümmern geborgen hatten. Jayden sah zwar nur kurz hin, glaubte aber, die Frau flüchtig zu kennen. Eine Dame aus der Presseabteilung. Kommentarlos drängte er sich an den Hilfskräften vorbei.

Endlich erreichten sie das Besprechungszimmer. Der Türrahmen war mit einem gelben Band verklebt, das Jayden wegriss. Zum Glück war die Leiche des Generals bereits abtransportiert worden. Noch einmal hätte Jayden diesen Anblick nicht ertragen.

»O Gott!«, stöhnte Sofia hinter ihm auf, als sie die Bescherung sah.

Wasser tropfte von der Decke und den Wänden. Auf dem Boden hatte sich eine schmierige graue Masse gebildet. Wie sollte man da etwas finden?

Schweiß lief Jayden über die Stirn. Nun beschlug seine

Maske innen komplett und er musste sie vom Gesicht ziehen. Augenblicklich roch er den Gestank von Brand, Löschschaum und verschmorten Kabeln.

Sofia nahm ihre Maske ebenfalls ab. Sie kniete sich hin und wühlte durch den Dreck. Sekunden später zog sie ihre Umhängetasche aus dem Schutt.

Erleichtert ließ Jayden die Schultern sinken. »Prima, hauen wir ab!«

»Nichts ist prima«, widersprach sie. »Die Laptophülle war nicht in der Tasche.« Sie warf das nutzlose Ding weg.

Nun erinnerte sich Jayden wieder. Laptop und Hülle hatten auf dem Couchtisch gelegen und den hatte die Wucht einer Explosion ans andere Ende des Raums geschleudert. Jayden sah sich um. Einige dieser Trümmer lagen neben dem Tresor, der immer noch offen stand. Die Unterlagen, die er an diesem Morgen rausgeworfen hatte, bevor er mit Sofia darin Schutz gesucht hatte, lagen im Raum verstreut im Matsch.

Jayden ging näher und bückte sich. Unter den massiven Metallbeinen des Thackeray 3000 hatte sich eine flache schwarze Hülle verkeilt. Er zog sie aus dem Schutt und öffnete den Reißverschluss.

»Das ist sie!«, rief Sofia.

Jayden zog eine Computermaus, ein Mauspad und ein etwa zehn Zentimeter langes schwarzes USB-Kabel heraus. »Ist es das?«, fragte er.

Sofia nickte und nahm es an sich.

All die Zerstörung, Verwüstung und Morde nur wegen dieses Kabels? Wie durch ein Wunder schien das Ding unversehrt zu sein. Sofia öffnete ihren Feuerwehroverall und stopfte es in die Vordertasche ihrer Jeans. Dann nickte sie zur Tür. »Hauen wir ab!«

Das alles hatte länger gedauert als gedacht, der Flieger würde schon in vierzig Minuten starten. Das wurde verdammt knapp – aber wenn sie jetzt gleich das Gebäude verließen und sich ein Taxi nahmen, könnten sie es noch schaffen.

Jayden trat in den Gang, als er plötzlich neben sich eine spanische Stimme hörte.

»Was machst du da?«, fragte der Mann.

Jayden hätte sich in den Hintern beißen können, weil er vergessen hatte, die Maske wieder aufzusetzen. Mit einer Hand bedeutete er Sofia, sich nicht zu zeigen, mit der anderen griff er instinktiv zur Axt an seinem Gürtel.

Als er sich zur Seite drehte, sah er, dass er drei kräftig gebauten Feuerwehrleuten gegenüberstand, die ihn erwartungsvoll anstarrten.

25. KAPITEL

VIERZEHN MONATE ZUVOR

Sie lagen mit ihrer Führung durch Brighton Rock gut im Zeitplan und hatten noch eine halbe Stunde bis zum Mittagessen in der Mensa zur Verfügung. Eine letzte Station lag noch vor ihnen.

Mason führte sie im obersten Stockwerk in den hinteren Bereich des Gebäudes, der – wenn Jayden nicht komplett die Orientierung verloren hatte – an der Rückseite der Academy lag, wo die Wellen an die Felsen brandeten.

Mason hielt vor einer Tür. *E. D. S.* stand auf dem Schild. Er klopfte an und wartete.

»Was soll das heißen?«, wisperte Jayden. Lenny hob nur die Schultern. »Keine Ahnung, vielleicht *Electronic Data Systems*?«

Erik schob sich zwischen ihre Köpfe und flüsterte: *»European Defense Service.«*

Sie sahen ihn beide an. »Wirklich?«

»Keine Ahnung«, gab er zu. »Könnte aber auch *Explosive Death Simulation* bedeuten.«

»Du bist verrückt«, stellte Jayden fest.

Lenny nickte zustimmend und raunte ihm zu: »Wenn er alt genug ist, wird er garantiert selbst mal hier unterrichten.«

Erik grinste übers ganze Gesicht. »Die armen Rekruten.«

»Bitte um Ruhe!« Mason klopfte ein weiteres Mal an die Tür, woraufhin eine weibliche Stimme ein knappes »Herein!« rief.

»Ich hoffe, sie hat heute zur Abwechslung mal einen guten Tag«, flüsterte Mason, öffnete die Tür und ließ sie der Reihe nach eintreten. Vor ihnen lag ein breites Büro mit großen, blau getönten Fensterscheiben und einem tollen Ausblick auf das Meer. Am Horizont zog ein Tanker vorbei.

In der Mitte des Büros thronte ein breiter Schreibtisch, davor standen drei bequeme gepolsterte Stühle. Ein blauer Teppich schluckte alle Geräusche.

»Miss Shepard«, sagte Mason, »ich möchte Ihnen das Team Omega vorstellen.«

Hinter dem Schreibtisch stand mit dem Rücken zu ihnen ein lederner Sessel. Darin saß reglos eine schwarzhaarige Frau mit Pagenfrisur. Mehr erkannte Jayden nicht.

Mason wandte sich an die drei. »Das ist die Psychologin unserer Organisation.«

»Psychologin?«, wiederholte Erik enttäuscht, da er sich offenbar etwas viel Spektakuläreres erwartet hatte.

»Miss Shepard coacht Sie, ist zugleich Ihre Therapeutin, verstärkt Ihre mentalen Fähigkeiten und unterrichtet Sie in Psychologie, Selbsterfahrung und Menschenkenntnis.«

Jayden versuchte, in sich hineinzuhören. Irgendwie spürte er, wie da gerade ein Déjà-vu aus seinem Unterbewusstsein an die Oberfläche kriechen wollte. Irgendetwas kam ihm bekannt vor. Aber was war das, verdammt noch mal?

Nun drehte sich die Frau mit ihrem Stuhl um, legte ein Buch beiseite und sah sie an. Schlagartig wich das Blut aus Jaydens

Gesicht. Seine Hände wurden eiskalt und er bekam keine Luft mehr, weil sich sein Brustkorb anfühlte, als würde er immer enger eingeschnürt werden. *Das gibt es doch nicht!*

»Alles gut?«, fragte Lenny besorgt.

»Ja ...«, krächzte er. *O mein Gott!* Jetzt wusste er, wofür E. D. S. stand. Es war nicht die Abkürzung einer Abteilung, sondern der Name einer Person. Vor ihm saß keine Geringere als Dr. Elly D. Shepard, die Autorin des einzigen Buches, das er jemals gelesen hatte. »Sie sind unsere Ausbilderin?«, platzte es ungläubig aus ihm heraus.

Miss Shepard ließ keine Reaktion auf ihrem Gesicht erkennen. »Enttäuscht?«, fragte sie nur.

»Nein!«, rief er rasch. »Im Gegenteil. Ich habe Ihr Buch schon mindestens ein Dutzend Mal gelesen. Ich habe es sogar mitgenommen«, sagte er aufgeregt.

Sie erhob sich aus ihrem Stuhl, kam näher, und da bemerkte er erst, was für eine große schlanke Frau sie war. Interessiert betrachtete sie ihn von oben herab. »Du kannst lesen?«, stellte sie erstaunt fest.

»Da sehen Sie mal, wie gut ich mich tarnen kann.«

»Du hältst dich wohl für ziemlich witzig.«

Entschuldigend hob er die Schultern. »Das ist übrigens eine Ihrer eigenen Weisheiten«, antwortete er. »Zeige deinem Gegner niemals deine Stärken. Tipp Nr. 81, Ma'am.«

»Nenn mich nicht *Ma'am,* das macht mich alt.«

Aber Sie sind doch alt, wäre es Jayden beinahe herausgerutscht, doch zum Glück hielt er die Klappe. Tatsächlich hätte sie vom Alter her seine Mutter sein können. »Und Sie werden uns wirklich unterrichten?«, fragte er, als könnte er es immer noch nicht glauben.

»Zumindest werde ich es versuchen – ob mir das gelingt, hängt von euch ab.« Kritisch betrachtete sie Erik, der immer noch ein wenig enttäuscht dreinblickte. »Ihr werdet hier in dieser Organisation nicht nur darin ausgebildet, wie ihr undercover in einem fremden Land hinter feindlichen Linien überlebt, wie ihr euch tarnt, selbst verteidigt, in Notwehr tötet, Waffen bedient, euch in verschlüsselte Computernetze hackt, andere ausspioniert und den ganzen anderen Quatsch – nein, ihr werdet auch in eurer Persönlichkeit ausgebildet. Das ist der härteste Prozess. Und das ist meine Aufgabe.«

Erik sah bereits wieder etwas motivierter drein.

»Damit ihr Menschen mit Rückgrat, Mut und einer großen Portion Zivilcourage werdet«, fuhr Miss Shepard fort. »Dass ihr vernünftig, schlau und weise handelt. Dass ihr nicht nur lernt, die Dinge *richtig* zu tun, sondern auch die *richtigen* Dinge tut. Denn Wissen allein zählt nicht – echte Weisheit dagegen bedeutet, dieses Wissen richtig und klug einzusetzen. *Das* lernt ihr hier.«

Jayden lief eine Gänsehaut über die Unterarme. Er schielte zu Erik und Lenny, die nach dieser kleinen Ansprache nun die Brust ein wenig stolz herausstreckten.

Ein Klackern ertönte hinter ihnen in der Tür. Aus dem Augenwinkel sah Jayden eine weiße Katze, die über den Teppich lief und mit einem Satz auf den Schreibtisch sprang, wo sie sich hinwarf und putzte. Um ein Auge herum hatte sie einen großen schwarzen Fleck, der sie wie ein Pirat mit Augenklappe aussehen ließ. Jetzt richtete sie sich mauzend auf und streckte den Schwanz in die Höhe.

»Ist das nicht …?«, fragte Jayden.

»Das ist Houdini«, stellte Miss Shepard ihnen den Kater vor. »Das einzige Haustier, das auf diesem Areal geduldet ist. Houdini ist schon siebzehn Jahre alt und sozusagen unser Maskottchen.«

»Houdini … wie der Zauberer?«, fragte Lenny.

»Stimmt, wie der berühmte Entfesselungskünstler«, erklärte Miss Shepard. »Houdini verschwindet immerzu spurlos und dann kann ich ihn tagelang nicht finden. Vermutlich jagt er Mäuse im Keller oder Fische bei den Klippen. Und wenn er ausgehungert ist und Streicheleinheiten braucht, kommt er wieder.«

Mason räusperte sich und rieb sich die Hände. »Damit sind wir mit unserer Führung am Ende angelangt. Die einzigen beiden Personen, die noch wichtig wären, sind Major Conklin, der Einsatzleiter unserer Auslands-Operationen …«

»Aber dem werdet ihr erst begegnen, wenn ihr euer erstes Ausbildungsjahr erfolgreich abgeschlossen habt«, ergänzte Elly Shepard.

»… und Mrs Taylor«, fuhr Mason fort, »die Direktorin der Organisation, die nur sehr selten hier anzutreffen ist.«

»Sie ist sehr beschäftigt«, erklärte Miss Shepard, »und das, obwohl sie nur einer einzigen Person unterstellt ist, der sie Rechenschaft ablegen muss.«

»James Metcalf?«, vermutete Lenny.

»Schlaues Kind«, lobte Miss Shepard. »Unser Premierminister ist ein knallharter Politiker, der dieses Land schon seit sechs Jahren wie ein Kapitän durch alle Stürme und Untiefen steuert, aber er hat das Herz am rechten Fleck.« Sie machte eine Pause und musterte sie der Reihe nach. »Wollt ihr wirklich hierbleiben und die dreijährige Ausbildung absolvieren?«, fragte sie mit lauerndem Ton. »Oder muss Mr Finley euch töten?«

Erik verkniff sich ein Grinsen, dann nickte er, Lenny ebenfalls.

»Ich freue mich schon drauf.« Soeben hatte Jayden tief in seinem Herzen beschlossen, diese Zeit, auch wenn sie noch so hart sein würde, kompromisslos durchzuziehen. Immerhin fühlte er sich mit Elly D. Shepard verbunden, seit er zum ersten Mal ihr Buch gelesen hatte.

Hier würde er die Chance bekommen, wirklich etwas zu lernen. Schade war nur, dass nicht einmal Grace oder Tante Maggie je davon erfahren durften und stets glauben würden, dass er in einer Werft arbeitete.

Er blickte zu Lenny und Erik und sah es auch in ihren Augen. Sie waren stolz darauf, dass die Last Line of Defense ihr neues Zuhause geworden war.

26. KAPITEL

Jayden starrte die drei Feuerwehrleute an. Ihre Statur glich denen von Schränken. Genauso wie er hatten sie ihre Atemgeräte abgenommen, doch im Gegensatz zu seiner Uniform waren ihre vom bisherigen Einsatz ziemlich schmutzig.

»Ich habe mich nur umgesehen«, sagte Jayden und versuchte dabei, so spanisch wie möglich zu klingen.

Einer der Feuerwehrmänner drehte den Griff der Axt in der Hand. »Diesen Raum haben wir bereits durchsucht.« Demonstrativ blickte er zu dem gelben Absperrband auf dem Boden, das Jayden zuvor abgerissen hatte. »Wolltest du etwas klauen?«

»Natürlich nicht.«

Die drei Männer standen so weit von Jayden entfernt im Korridor, dass sie nicht in den Besprechungsraum sehen konnten. Nun schielte Jayden in das Zimmer. Er sah, wie Sofia die Pressluftflasche von den Schultern nahm und sich hastig aus ihrer Uniform schälte. Jayden begriff. »Ich habe ein verletztes Mädchen gefunden«, sagte er.

»Das kann nicht sein!«, widersprach einer der Männer. »Der Raum war bereits *safe*.«

»Sie hat bewusstlos hinter der offenen Tresortür gelegen«, erklärte Jayden rasch.

Die drei kamen näher. »Du sprichst seltsam«, stellte der mittlere und größte der Feuerwehrmänner fest. »Woher kommst du?«

»Ist das jetzt so wichtig?« Jayden machte einen Schritt in den Raum und ging in die Hocke. Sofia hatte mittlerweile auch ihre Stiefel ausgezogen und stand nun barfuß in ihren Shorts und der Bluse im Matsch. Das USB-Kabel lugte aus ihrer Jeanstasche. Jayden lud sie sich über die Schulter und verließ den Raum mit ihr. »Ich bringe sie raus.«

»Wir begleiten dich.«

»Nein, schon okay«, keuchte Jayden.

»Du halbe Portion kannst sicher etwas Hilfe …«, sagte der Hüne, kam jedoch nicht weiter. Im hinteren Bereich der Botschaft, dort wo die Küche lag, erschütterte eine Explosion das Gebäude.

Der Boden wackelte, der graue Putz fiel von den Wänden. Augenblicklich legte sich ein Druck auf Jaydens Ohren. Staubpartikel flogen durch die Luft.

»*Mierda!* Die Gasflaschen!«, rief einer der drei, woraufhin sie kehrtmachten, die Atemmasken aufsetzten und in die Richtung der Explosion rannten.

Jayden behielt Sofia auf der Schulter und stolperte durch den Gang, bis er über die Seitentür ins Freie gelangte.

»Du kannst mich jetzt wieder runterlassen«, stöhnte Sofia.

»Nicht dass du glaubst, ich möchte die Situation ausnutzen«, presste Jayden hervor, »aber wir kommen rascher durch die Menschenmenge, wenn ich dich trage. Außerdem ist es so unauffälliger.«

»Meine Schuhe sind noch im Feuerwehrauto.«

»Vergiss deine Schuhe.« Jayden schleppte sie durch die Absperrung der Polizei, woraufhin ein Polizist sie begleitete und ihnen einen Weg freibahnte. Direkt zu einem Krankenwagen, der am Anfang einer engen Seitengasse mit zwei Rädern auf dem Bürgersteig parkte.

»Gracias«, bedankte sich Jayden, kletterte in den offenen Fond des Autos und lud Sofia auf eine Trage. Dann riss er sich den Helm vom Kopf und wischte sich den Schweiß von der Stirn.

Der Polizist nickte ihm zu und lief wieder zurück zur Absperrung, vor der sich immer mehr Schaulustige versammelten, die mit ihren Handys den Einsatz filmten.

Jayden trat raus und sah sich um. Zum Glück waren weit und breit weder Notarzt noch Sanitäter zu sehen. »Okay, die Luft ist rein, du kannst auch rauskommen.«

Sofia richtete sich auf der Trage auf, blieb aber sitzen. »Und jetzt?«

Jayden ließ die Pressluftflasche von der Schulter gleiten und blickte auf die Uhr. *Noch 30 Minuten!* »Wir nehmen das nächstbeste Taxi zum Flughafen.«

»Jetzt beginnt die Nachmittags-Rushhour«, gab Sofia zu bedenken. »Wir werden ewig lang im Stau stecken.«

Jayden presste die Lippen aufeinander. »Wir müssen es trotzdem versuchen.«

Sofia drehte sich um und sah nach vorn zum Fahrersitz. Die Kabine war leer. »Nehmen wir doch einfach diesen Rettungswagen.«

»Spinnst du? Die werden uns verfolgen.«

»Mach doch die Augen auf!« Sofia deutete nach draußen. »Keine Sau wird uns verfolgen. Die haben alle viel zu viel mit dem ganzen Chaos hier zu tun. Die kriegen ja nicht einmal die Menschenmenge unter Kontrolle.«

Sofia hatte recht. Das war ihre Chance! Hastig schlüpfte Jayden aus dem Overall und zog sich danach wieder die Feuerwehrstiefel an. Nach mehreren Sekunden gab er den verzweifelten Versuch auf, die Jeans über die Stiefel zu stülpen, und stopfte sie in die Stiefel hinein.

»Bist du bald fertig mit deiner Modenschau?«, ätzte Sofia.

»Ja, Prinzessin!«, knurrte Jayden. »Das nächste Mal rettest *du* mich und schleppst mich aus einem brennenden Haus.« Während er die Seitentür aufriss und sich hinters Steuer klemmte, kletterte Sofia im Auto nach vorn und setzte sich auf den Beifahrersitz.

»Mist!«, fluchte sie. »Der Schlüssel steckt nicht.«

Jayden hatte es auch schon bemerkt. Er klappte die Sonnenblende herunter und hoffte, dass ihm der Zündschlüssel entgegenfallen würde – so wie man es aus Filmen kannte –, doch da war keiner.

»Mierda!«, zischte Sofia.

»Kein Problem.« Er kletterte nach hinten und durchwühlte den Notfall-Werkzeugkoffer, der hinter einem Gurt in der Wandvertiefung steckte. »Die Karre ist Baujahr 1999 oder noch älter.« Er fand einen Schraubenzieher und einen Notfallhammer, mit dem man eine Scheibe einschlagen konnte, kletterte wieder nach vorne und rammte den Schraubenzieher mit einem Schlag ins Zündschloss.

»Du machst es kaputt!«, regte sich Sofia auf.

Ja, sicher! Statt eine Antwort zu geben, drehte Jayden den Schraubenzieher und gab Gas. Der Motor sprang an. Er legte krachend den ersten Gang ein und holperte mit dem Wagen vom Randstein auf den Asphalt.

»Du bist mein Held!«, rief Sofia nun, dann deutete sie nach vorn. »Fahr dort vorn nach links, die Gasse runter und an der nächsten Ampel nach rechts.«

Jayden hielt sich an ihre Anweisungen. Bestimmt kannte sie den kürzesten Weg zum Flughafen. Was ihnen jedoch nicht über die Verkehrsstaus hinweghelfen konnte.

»Drück auf die Tube«, drängte Sofia und schielte auf Jaydens Armbanduhr.

Jayden gab zwar Gas, doch weiter vorn sah er, dass die Straße verstopft war. Außerdem standen die Ampeln auf Rot.

Hastig überflog er das Armaturenbrett, bis er glaubte, die Schalter mit den richtigen Symbolen gefunden zu haben. Er presste zwei Knöpfe, woraufhin sich tatsächlich Blaulicht und Folgetonhorn einschalteten. »Bringt euch in Sicherheit!«, rief er.

Trotz des Aufheulens der Sirene hörten sie, wie das Funkgerät in der Halterung neben dem Lenkrad knackte. Eine aufgeregte Stimme drang aus dem Lautsprecher.

Sofia warf Jayden einen besorgten Blick zu. »Die haben bemerkt, dass der Rettungswagen fehlt, und funken uns jetzt an.«

Jayden sah kurz zu ihr hinüber. »Hast du eine Idee?« Dann blickte er wieder nach vorn. Die Autos vor ihnen wichen zur Seite und bildeten eine Rettungsgasse, durch die sie fahren konnten. Kurz schaute Jayden nach links und rechts, danach fuhr er vorsichtig unter der roten Ampel über die Kreuzung.

»Bleib so lange auf dieser Straße, bis ich es dir sage.« Sofia griff zum Funkgerät, räusperte sich und sprach dann auf Spanisch ins Mikro. »Wir haben einen dringenden Krankentransport zum Helikopterlandeplatz am Flughafen Aeroparque.«

»Alles klar«, drang die Stimme aus dem Funkgerät.

Jayden trat aufs Gas und so rasten sie mit Blaulicht und Sirene zum Flughafen.

27. KAPITEL

VIERZEHN MONATE ZUVOR

Die erste Woche an der Academy war mega-stressig. Jayden, Erik und Lenny hatten tagelang verschiedene psychologische Tests absolviert, gefühlt Millionen Fragen beantwortet, und anschließend eine Reihe von Fitnesstests hinter sich gebracht. Während sie noch tonnenweise Papierkram bearbeiten und dicke Leitlinien lesen mussten, wurde das psychologische Profil mit ihren Stärken und Schwächen ausgearbeitet. Das streng geheime Ergebnis, das im Safe von Elly D. Shepards Büro lag, würden sie zwar nie erfahren, doch allein die Tatsache, dass sie nicht von der Academy geworfen wurden, zeigte, dass sie die Aufnahmeprozedur erfolgreich abgeschlossen hatten.

In anderen geheimen sogenannten Drei-Buchstaben-Organisationen dauerte das normalerweise mehrere Monate, wie sie erfuhren – bei der Last Line of Defense war alles nach nur einer intensiven Woche abgeschlossen. Premier Metcalf hatte anscheinend keine Zeit, um lange auf ein schlagkräftiges Agententeam zu warten. Außerdem schien er sich voll und ganz auf Mr Finleys Erfahrung und Einschätzung zu verlassen, dass er die richtigen Personen für diese Ausbildung ausgewählt hatte.

Bereits Anfang der zweiten Woche begann das Training bei Mrs Harding. Sie standen im Morgengrauen in ihren Jogginganzügen am Strand von Brighton, während sich schwarze Wolken über dem Meer zusammenzogen und ein kalter Wind vom Wasser über die Küste fegte. Gespannt lauschten sie Mrs Hardings Ansprache.

»Für euch ist die Trainingshalle, die ihr bereits kennengelernt habt, ab jetzt ein heiliges Dojo – nämlich *mein* Dojo. Ich bin euer Sensei. Ihr verbeugt euch, wenn ihr das Dojo betretet, und ihr verbeugt euch, wenn ihr es verlasst. Aber ihr werdet die Matten im Dojo frühestens in vier Wochen wiedersehen«, erklärte sie. »Denn meiner Auffassung nach sind drei Dinge die Basis für eine effiziente Kampfausbildung: Ausdauer, Kraft und ein eiserner Wille. An allen drei scheint es euch Grünschnäbeln noch zu mangeln. Und daran werden wir die nächsten vier Wochen hart arbeiten.«

Erik grummelte irgendetwas, das Mrs Harding allerdings ignorierte.

»Erst wenn ihr Weicheier euren von zu viel Cola, Burgern, Mayo, Pommes und faulem Herumlungern auf der Couch verweichlichten Körper in Form gebracht habt, seid ihr in der Lage, meine Halle würdig zu betreten.« Sie blickte in Richtung Osten, wo sich die Sonne zwischen den Wolken über den Horizont schob. »Wir laufen zügig am Strand entlang nach Newhaven. Das sind genau neun Meilen.« Sie sah sie streng an. »Habt ihr heute schon gefrühstückt?«

»Nein, Mrs Harding«, antwortete Lenny stellvertretend für alle.

»Gut, ihr hättet es sowieso nach zehn Minuten wieder rausgekotzt. Versucht mir zu folgen.« Sie lief los. Und zwar in einem atemberaubenden Tempo.

Die ersten paar Hundert Meter witzelte Erik noch, aber schon bald darauf verging ihm die Lust dazu. Sie mussten sich alle drei auf die Atmung konzentrieren, um nicht Seitenstechen zu bekommen.

Als sie schließlich in Newhaven ankamen – und zwar durch und durch schweißgebadet trotz des kühlen Gegenwindes –, war Mrs Harding kaum außer Puste. »Wie geht es euch?«

Jayden brachte keinen Ton heraus, Lenny beugte sich nach vorn, stützte die Hände auf den Knien ab und schnappte gierig nach Luft.

Erik dehnte seine Waden auf einer Sitzbank am Strand. »Das erinnert mich an damals, als meine Kumpels von den US Navy Seals und ich einen Einsatz mit Helikoptern in Nicaragua hatten und wir zu Fuß …«

»Was? Welcher Einsatz?«, keuchte Jayden verwirrt.

Lenny verdrehte die Augen. »Vergiss es, der spinnt nur rum und erzählt völligen Quatsch.«

»Als wir zu Fuß …«, begann Erik erneut.

»Halt den Mund!«, zischte Lenny.

Doch Erik ließ sich nicht beirren. »… aus der Schlucht eines Canyon hinauflaufen mussten«, fuhr er grinsend fort. »War ein Klacks!«

Mrs Harding grinste ebenfalls, allerdings nur für eine Sekunde. »Fein, dann könnt ihr ja auch die nächsten Stunden auf ein Frühstück verzichten. Wir laufen weiter in Richtung Osten nach Eastbourne. Sind ja nur noch zwölf weitere Meilen.«

»Danke, du Arschloch!«, zischte Jayden.

»Zwölf Meilen?«, rief Erik. »Nur weil Sie es nicht geschafft haben, ein richtiges Schulfach zu studieren, müssen Sie Ihre miese Laune doch nicht an uns auslassen!«

»O Gott!« Lenny verdrehte die Augen.

Jayden hielt den Atem an und betrachtete Mrs Hardings Reaktion, die prompt kam.

»Also gut, du Großmaul, dann machen wir jetzt alle dank dir die extra große Runde und laufen, nachdem wir in Eastbourne angelangt sind, über Stone Cross, Polegate, Lews und Falmer zurück zur Academy. Die Runde durch den Wald, über die Äcker und Hügel wird euch gefallen. Wenn wir daheim sind, können wir duschen und anschließend schon Abend essen.«

Erik presste die Lippen aufeinander. »Und wenn ich mich weigere?«

Mrs Harding lächelte kalt. »Dann fliegst du aus dem Programm und Mr Finley wird dafür sorgen, dass du niemandem erzählst, was an der Academy vor sich geht.«

Erik reckte das Kinn nach vorn. »Und was macht er?«

»Fischfutter«, sagte Mrs Harding nur und deutete zum Meer.

»Sie machen doch nur Spaß.«

Sie blieb ernst. »Du solltest längst wissen, dass ich noch nie in meinem Leben Spaß gemacht habe. Und jetzt los.« Sie setzte sich in Bewegung und lief voraus.

»Fuck«, zischte Jayden und versuchte, ihr zu folgen.

Sieben Stunden später kamen sie völlig erschöpft und ausgelaugt bei der Academy an. Sie waren an ihrem ersten Trainingstag 49 Meilen gelaufen und hatten nur Trink- und Pinkelpausen eingelegt.

Jaydens Knie zitterten, er spürte seine Oberschenkel nicht mehr und hatte nicht einmal mehr die Kraft, seine Waden zu dehnen. Lenny hatte die letzten drei Stunden keinen Ton mehr von sich gegeben und nur noch gekeucht, und Erik humpelte so stark, als wäre er ein alter Mann. Nachdem er vor dem Eingang der Academy zusammengebrochen war, krümmte er sich stöhnend zusammen und zog sich mit letzter Kraft die Turnschuhe aus, woraufhin zwei hässliche riesige offene Blasen auf den Fersen zum Vorschein kamen.

Mit einer gewissen Genugtuung stellte Jayden fest, dass sogar Mrs Harding einigermaßen erschöpft aussah. Andernfalls hätte er befürchtet, dass sie gar kein Mensch war, sondern ein Roboter, eine Androidin oder ein sadistisches Alien, dem es tierisch Spaß machte, Jugendliche zu quälen.

»Geht euch heiß und anschließend kalt duschen«, empfahl Mrs Harding ihnen, »und reibt eure Muskeln mit dem Wasser ein, das Mason euch aufs Zimmer bringen wird. Es verbessert die Blutzirkulation, löst Verspannungen und baut die Milchsäuren im Muskel ab. Und Erik … kleb ein Blasenpflaster auf deine Wunden. Und glaub ja nicht, dass du morgen nicht mitlaufen musst.«

»Ja, Ma'am«, röchelte er mit letzter Kraft auf dem Boden liegend. Offenbar war er nur froh, sich – zumindest heute – nicht mehr bewegen zu müssen.

Mrs Harding lächelte zufrieden. »Ich hätte nicht gedacht, dass ihr alle drei durchhaltet … normalerweise mache ich keine Komplimente, aber dieses Mal muss ich tatsächlich eine Ausnahme machen … gut gemacht.« Sie sah sie an. Anscheinend war es das auch schon wieder mit dem Kompliment. Mehr Lob würden sie aus ihrem Mund nicht zu hören bekommen. »Um 17 Uhr ist Abendessen in der Mensa.« Sie drehte sich um und lief zügig zum Eingang.

Jayden sah ihr verwundert nach. *Sie ist doch ein Alien!*

In seinem Zimmer quälte sich Jayden mühsam aus der Kleidung und kauerte sich anschließend in der Dusche auf dem Boden zusammen, wo er unter dem prasselnden heißen Wasser fast eingeschlafen wäre.

Nach der anschließenden kalten Dusche fühlte er sich in der frischen Kleidung fast wie ein neuer Mensch. Mühsam und mit einem beginnenden Muskelkater, der sich erst noch so richtig entfalten würde, schleppte er sich über die Treppe in das untere Stockwerk in die Mensa. Dort warteten bereits Lenny und Erik mit drei Tabletts, auf dem sich ihr Essen befand, auf ihn.

»Hier, deine Portion.« Erik schob ihm ein Tablett über den Tisch.

»Ist nicht dein Ernst?« Jayden starrte wenig begeistert auf den Ingwer-Karottensaft, das Müsli mit den roten Beeren, die Vollkornbrotscheibe, das Rührei, den Apfel und den Salat. »Das sollen wir allen Ernstes essen? Mehr nicht? Nachdem wir uns so abgerackert haben?«

»Etwas anderes gibt es nicht für uns.« Lenny nickte zur Essensausgabe. »Wir haben es schon probiert. Erik hat sogar seinen Dackelblick aufgesetzt. War sinnlos.«

Bevor Jayden etwas darauf entgegnen konnte, kam Mrs Harding zu ihnen an den Tisch. Jayden blickte sie entgeistert an und deutete auf sein Tablett. »Ist das Ihre ganz besondere Form der körperlichen Folter?«

Sie stemmte eine Hand in die Hüfte. In der anderen hielt sie eine Karotte, von der sie abbiss. »Euch wurde eine dreißigtägige Ernährungsumstellung verordnet, damit euer Körper entschlackt.«

»Was halten Sie davon, wenn wir diese Diät auf den Winter verschieben?«, fragte Erik. »Da sind die Tage kürzer.«

Jayden musste trotz der körperlichen Erschöpfung grinsen, da Erik nach all den Strapazen seine freche Art wieder zurückgewonnen hatte.

»Diese Ernährungsumstellung ist dringend notwendig«, blieb Mrs Harding ernst.

»Ich habe meine Ernährung bereits umgestellt«, entgegnete Lenny freundlich. »Die Schokolade steht jetzt *links* von meinem Laptop.«

»Sehr witzig, Miss Zarakis, ich lach mich tot«, sagte Mrs Harding.

»Ich weiß, Schokolade löst keine Probleme«, gab Jayden zu. »Aber ein Apfel tut es auch nicht.«

»Ihr werdet das essen, was ich euch vorschreibe«, sagte Mrs Harding. »Ihr braucht Kalzium, Magnesium, Vitamine, Proteine und Ballaststoffe im richtigen Verhältnis. Und ihr werdet sehen, nach vier Wochen fühlt ihr euch wie völlig neue Menschen.«

»Gereizt, nervös und aggressiv?«, murmelte Erik, biss vom sauren Apfel ab und verzog das Gesicht.

»Ich wünsche einen guten Appetit.« Mrs Harding drehte sich um und ging.

Erik sah ihr entgeistert nach. »Wenn du bei Wikipedia unter Folterknecht nachsiehst, findest du garantiert ein Foto von ihr.«

»Und falls nicht, dann laden wir eines hoch«, entgegnete Lenny, zückte ihr Handy und knipste Mrs Harding von hinten.

Nachdem sie mit dem Essen fertig waren und ihre Teller, Schüsseln und Tabletts zusammengestellt hatten, kam Mason zu ihrem Tisch.

»Tragen Sie auch mal etwas anderes als Ihre gestreifte Hose und die graue Weste?«, fragte Erik.

Mason ging nicht darauf ein. »Darf ich mich setzen?«

»Sicher.« Lenny deutete auf einen freien Platz. »Ein freundliches Gesicht können wir immer brauchen.«

Mason setzt sich ihnen gegenüber hin. »Sie sehen – wenn ich mir diese Bemerkung erlauben darf – ziemlich beschissen aus.«

Erik hob müde den Blick. »Sie dürfen sich diese Bemerkung nicht erlauben.«

»Verzeihen Sie, Mr Tuomi.« Mason verzog das Gesicht. »War heute Ihr erster Trainingstag bei Mrs Harding?«

»Woher wissen Sie das?«, fragte Jayden.

»Mrs Harding hat mich gebeten, Ihnen große Blasenpflaster aufs Zimmer zu bringen. Außerdem sieht man es an Ihren Gesichtern. War es die große Runde über Eastbourne und Stone Cross?«

Alle drei nickten müde.

»Das ist Mrs Hardings Lieblingsrunde. Damit macht sie die

neuen Rekruten liebend gern gleich am ersten Tag fertig. Haben Sie die Runde überstanden?«

Wiederum nickten sie.

»Schön zu hören, dass niemand von Ihnen aufgegeben hat. Ich habe mich schon so an Sie gewöhnt und sähe es nur ungern, jemanden von Ihnen zu verlieren.«

»Brechen viele Rekruten ab?«, wollte Lenny wissen.

Mason stützte sich mit den Armen auf den Tisch und begann aus dem Nähkästchen zu plaudern. »Von den achtzehn Rekruten, die bisher vor Ihnen in den anderen sechs Teams angefangen haben, hat pro Jahrgang immer einer das Handtuch geworfen. Entweder schon während der Ausbildung oder später zu Beginn des aktiven Diensts.«

»Weil der Job so hart ist?«, fragte Lenny.

»Offiziell weiß ich das natürlich nicht«, gab Mason mit gesenkter Stimme zu, »aber man hört so einiges. Ja, der Job ist fordernd, aber es ist auch das isolierte Leben, das man als Agent führen muss.«

»Und diejenigen, die abgesprungen sind, hat Mr Finley zu Fischfutter verarbeitet?«, fragte Erik skeptisch.

Mason lächelte. »Würde es nach Mrs Taylor, der Direktorin der Organisation gehen, wäre das tatsächlich der Fall. Aber Premierminister James Metcalf ist kein Unmensch. Diejenigen, die abgesprungen sind, mussten noch mal eine Verschwiegenheitserklärung unterschreiben, und danach hat Mr Metcalf dafür gesorgt, dass sie entweder zum MI5, MI6, der Metropolitan Police oder zu Scotland Yard wechseln konnten oder als Bodyguard für Politiker oder Konzerne arbeiten.« Er hob den Blick und sah sie an. »Insgesamt also keine schlechten Zukunftsaussichten.«

»Wie viele ausgebildete Agenten hat die Organisation im Moment?«, fragte Jayden.

»Acht. Und mit Ihnen insgesamt sieben Rekruten, die sich gerade in der Ausbildung befinden.« Er musterte sie der Reihe nach. »Es würde mir das Herz brechen, einen von Ihnen zu verlieren. Sie wären allerdings der erste Jahrgang, in dem keiner ausscheidet. Werden Sie durchhalten?«

»Omega wäre also das erste Team …«, murmelte Erik und plötzlich strahlte sein Gesicht.

Sie warfen sich einen Blick zu – und mit diesem Blick gaben sie sich das stille Versprechen, dass sie immer zusammenhalten, füreinander da sein und die Ausbildung um nichts in der Welt abbrechen würden. Selbst wenn Mrs Harding sie zur Hölle und zurück jagen würde.

28. KAPITEL

Jayden und Sofia rasten mit dem Krankenwagen in die Kurzparkzone im Abflugbereich des Flughafens Aeroparque. Mit quietschenden Reifen hielt Jayden direkt vor der Drehtür, die zu den Check-in-Schaltern führte. Das Blaulicht ließ er eingeschaltet.

Sie sprangen aus dem Wagen. In dem Tumult, der binnen Sekunden durch die neugierigen Schaulustigen vor dem Wagen entstand, verschwanden sie unauffällig durch die Drehtür ins Innere des Flughafengebäudes. Drinnen war es klimatisiert, es roch nach erfrischender Meerwasserbrise. Beruhigende Musik tönte aus den Lautsprechern und verschiedene Durchsagen über verspätete Flüge wechselten sich mit Aufrufen für Passagiere ab.

Sofia war immer noch barfuß, aber da es in Südamerika gerade Frühling und dementsprechend heiß war, fiel das gar nicht so sehr auf. Im Gegensatz dazu wirkten Jaydens wuchtige Feuerwehrstiefel viel auffälliger. »Wohin?«, rief sie.

Der Timer seiner Uhr zeigte noch knapp fünf Minuten. »Vermutlich zum Flugschalter einer britischen Linie.«

Sofia stand bereits auf den Zehenspitzen und sah sich um. Dann entdeckte sie ein Hinweisschild und streckte den Arm aus. »Da!«

Sie liefen in Richtung British Airways. Dort war nur ein einziger Schalter besetzt und hinter dem saß eine junge Dame vom Bodenpersonal, die so aussah, als wollte sie gerade den Monitor ausschalten. Das Band für die Gepäckaufgabe war leer und vor dem Schalter standen keine Menschen mehr.

Gehetzt erreichten sie das Pult. Keuchend lehnte sich Jayden auf den Tresen, sprudelte sogleich los und nannte ihre Namen und die Flugnummer. »Wir sind für diesen Flug nach Rio de Janeiro angemeldet.«

Die Dame lächelte bedauernd. *Miss Jones* stand auf dem Namensschild am Revers ihrer Uniform. »Tut mir leid, aber das Boarding ist bereits abgeschlossen.«

»Wir haben auch gar kein Gepäck aufzugeben«, versuchte Sofia es. »Wir reisen …«

»Das ist egal.« Miss Jones lächelte immer noch. »Ich sagte, das Boarding ist bereits abgeschlossen. Die Fluggäste sind schon in der Maschine.«

Jayden beugte sich leicht über den Tresen. »Major Conklin hat uns eine Mitfluggelegenheit verschafft. Es ist wirklich dringend, dass wir …«

Miss Jones schüttelte bedauernd den Kopf. »Tut mir leid, da kann ich nichts machen. Sie sind zu spät.«

Jayden atmete tief durch, dann senkte er die Stimme. »Wir wissen, dass das ein Sonderflug des britischen MI6 ist. Es ist wirklich wichtig, dass wir nach Rio kommen. Lässt sich da nichts mehr machen, Miss Jones? Sie könnten doch wenigstens …« Auffordernd blickte er zum Telefonapparat.

Seufzend und mit sichtlichem Widerwillen nahm die Frau

den Telefonhörer ab und ließ sich mit dem Captain der Maschine verbinden. Nach einem kurzen Gespräch legte sie wieder auf. »Tut mir leid, wie gesagt, das Boarding ist beendet und die Tür ist schon geschlossen. Der Tower wird der Maschine innerhalb der nächsten zehn Minuten die Flugfreigabe geben.«

Jayden knirschte mit den Zähnen. »Fuck!«, fluchte er und schlug mit der Faust auf den Tresen. Ein paar Minuten früher und sie hätten es geschafft. Nun mussten sie einen anderen Weg finden, um das Land zu verlassen. Aber ohne Reisepass würde es verdammt schwierig werden. »Danke«, knurrte er und wandte sich ab.

Sofia folgte ihm und gemeinsam wollten sie ein ruhiges Restaurant suchen, um zu beratschlagen, was sie als Nächstes machen konnten.

»Nehmen wir die Panorama-Café-Lounge«, schlug Sofia vor und deutete eine Treppe hoch. »Dort haben wir zumindest ein besseres WLAN.«

Jayden nickte. Wenigstens war der Überblick über die Abflughalle von dort oben besser als hier unten. Also stiegen sie die Treppe hoch, betraten das Café und suchten sich einen Platz am Fenster, von wo aus sie auch die Start- und Landebahn sehen konnten.

Da sie jetzt genug Bargeld hatten, bestellten sie Kaffee und Sandwiches.

»Könntest du nicht Kontakt mit deinen Leuten aufnehmen?«, fragte Sofia mit vollem Mund.

Jayden starrte auf das Handy des Generals, schließlich nickte er. »Major Conklin weiß garantiert schon längst, dass wir nicht im Flieger sitzen. Bestimmt arbeitet er mit Lenny bereits an einer neuen sicheren Fluchtroute für uns.« Er kaute am Fingernagel. War es sicher, mit diesem Handy zu telefonieren? Er musste es versuchen. Er wollte bereits die Nummer der Last Line of Defense wählen, als Sofia ihn mit dem Ellenbogen anstieß. »Schau mal!«

Jayden hob den Kopf. Soeben raste ein Flugzeug der British Airways über das Rollfeld. Ein schlanker Business Learjet 45XR des Herstellers Bombardier, der höchstens zehn Passagieren Platz bot. Jayden wusste, dass diese Jets eine Reichweite von über viertausend Kilometer hatten – was ausreichte, um nach Rio und wieder zurück zu fliegen. Elegant zog der Pilot die Maschine hoch und flog in Richtung Küste. Das war ihr Flieger, in dem sie jetzt hätten sitzen können.

Jayden sah dem Flugzeug nach. Über dem Meer drehte es ab und entfernte sich nach Norden in Richtung Brasilien.

Nicht nur er war von dieser Maschine beeindruckt, sondern auch ein etwa siebenjähriger Junge, der mit seinen Eltern am Nebentisch saß. Der Knirps mit dem schwarzen Lockenkopf fotografierte das Flugzeug mit seiner bunten Kinderkamera und schoss innerhalb kürzester Zeit Dutzende Fotos.

»Jetzt ist Schluss damit, Benny. Iss dein Müsli!«, sagte die Mutter auf Englisch.

»Ja, gleich, Mummy, nur noch ein paar Fotos«, antwortete Benny, ohne den Blick vom Display zu nehmen.

»Wackle nicht so mit der Kamera«, ermahnte ihn sein Vater, »sonst werden die Fotos unscharf.«

Jayden musste grinsen. Typischer ging's kaum – der Vater

belehrte seinen Jungen, aber die Mutter wollte, dass er genügend aß.

Plötzlich erhellte ein greller Blitz den Horizont. Die Scheiben vibrierten und ein Donnergrollen war zu hören. Die Menschen im Café sprangen kreischend auf und liefen zu den Fenstern.

»Ach, du heilige ...«, entfuhr es Sofia.

Jayden sah gerade noch, wie an der Stelle, wo sich der Jet befunden hatte, ein rauchender Feuerball ins Meer stürzte. Es sah aus wie ein glühender Komet, der nur wenige Hundert Meter von der Küste entfernt ins Wasser krachte, begleitet von riesigen Trümmern, die ebenfalls mit einem Rauchschweif ins Meer segelten.

Schlagartig hatte Jayden einen trockenen Mund. Sofia stand auf, um besser sehen zu können, und starrte mit aufgerissenen Augen durch die Scheibe. Mittlerweile drängten sich Dutzende Menschen an den Fenstern. Jayden blieb sitzen. Seine Hände zitterten und er spürte einen schweren Klumpen im Magen. Wären sie an Bord gewesen, wären sie jetzt verkohlte Briketts, die vom Himmel fielen.

Benny stand ebenfalls da, mit offenem Mund, heruntergesackten Schultern und der Kamera in der Hand. Allerdings konnte er nichts sehen, da die Erwachsenen vor ihm eine undurchdringliche Mauer bildeten. Unter ihnen auch seine Eltern, die sich neugierig zwischen die anderen drängten.

Jayden rückte näher an Benny heran. »Möchtest du auch was sehen?«

Benny nickte.

»Okay, Kleiner, ich heb dich hoch.« Jayden stand auf, packte den Kleinen unter den Achseln und hob ihn sich auf die Schultern. Mittlerweile war der Himmel über dem Meer schwarz. Die Rauchwolken verzogen sich nur langsam. Einige Teile brannten sogar noch, obwohl sie im Meer trieben.

»Wow«, entfuhr es Benny.

»Darf ich mir deine tolle Kamera mal ansehen?«, fragte Jayden.

»Ja, klar. Wahnsinn! Ich hab das Flugzeug vorhin fotografiert.«

»Ich weiß.« Jayden nahm die Kamera des Kleinen. »Halt dich gut fest.«

»Ja, danke.« Benny umklammerte Jaydens Stirn, sodass er kaum etwas sehen konnte. Die Bedienung der Kamera war einfach. Jayden wechselte zur Fotoansicht am Display und klickte durch die Bilder. Sie waren gar nicht so verwackelt, wie Bennys Vater befürchtet hatte. Benny hatte sogar ein paar klasse Nahaufnahmen des Flugzeugs gemacht.

Dann kam die Stelle, an der das Flugzeug explodiert war. Jayden zoomte die Aufnahme heran. Er sah den Jet mit den beiden Turbofan-Triebwerken von hinten, wie er sich Richtung Norden entfernte. Zuerst war ein kleiner Blitz im linken Triebwerk zu sehen. Auf dem nächsten Foto war ein identischer Blitz im rechten Triebwerk zu sehen. In der nächsten Aufnahme waren die beiden Blitze bereits so grell, dass sich nichts mehr erkennen ließ, und alle weiteren Fotos waren extrem verwackelt, weil sich Benny bei dem Anblick wohl ziemlich erschreckt haben musste.

Jayden klickte noch einmal zurück und zoomte eines der vorherigen Fotos so nah wie möglich heran. Es war aber nichts Interessantes mehr zu erkennen – bloß die Tatsache, dass beide Triebwerke nahezu gleichzeitig explodiert waren, was normalerweise so gut wie nie passierte. Zumindest nicht bei einem technischen Versagen. Da konnte höchstens ein Triebwerk ausfallen – aber nicht beide gleichzeitig.

Mittlerweile hatte sich die Menschenansammlung etwas aufgelöst. Die Leute begannen aufgeregt miteinander zu diskutieren. Einige telefonierten hektisch, andere filmten die Unglücksstelle mit ihren Handys.

Jayden reichte Benny wieder seine Kamera. »Danke«, sagte er und hob den Jungen von seinen Schultern herunter. Der drängte sich sofort zwischen seine Eltern an die Scheibe und knipste weitere Fotos.

Jayden drehte sich zu Bennys Vater und flüsterte ihm zu: »Verschwinden Sie besser vom Flughafen. Ich denke nicht, dass das ein Unfall war.«

Bennys Vater sah ihn perplex an. »Glauben Sie wirklich?«

»Sehen Sie sich die Fotos von Ihrem Jungen an.«

In diesem Moment drehte sich Sofia zu Jayden um. Sie war blass, ihr Mund stand offen. »Das ist … das ist …«, stammelte sie immer noch geschockt.

Jayden packte sie kommentarlos und zog sie vom Fenster weg in Richtung Ausgang. Sie mussten so schnell wie möglich von hier verschwinden.

»Das alles kann doch sicher nur ein unglaublicher Zufall sein … oder?«, murmelte sie verdattert.

»Das war kein Zufall«, raunte er ihr zu, während sie das Café verließen. »Ich denke, das war ein weiterer Anschlag der Mafia.«

Sie schluckte. Ihr Blick wirkte panisch.

»Mag sein, dass ich paranoid bin, aber möglicherweise hat die Mafia es irgendwie hingekriegt, dass sie das Telefon des Generals abhören«, sagte Jayden. »Oder sie haben unseren Videocall mit Lenny abgefangen. Jedenfalls wussten sie, dass wir in diese Maschine wollten – und vermutlich dachten sie, dass wir schon an Bord waren.«

Sofia starrte ihn blass an. »Und dann sprengen sie gleich das gesamte Flugzeug in die Luft?«

Jayden atmete tief durch. »Offenbar schrecken die vor nichts zurück.«

Sie liefen die Balustrade entlang, von der man zur Abflughalle hinuntersehen konnte, und fanden eine Nische, wo ein Wägelchen mit den Koffern einer Reisegruppe stand. Dahinter setzten sie sich auf eine Bank und schnauften erst einmal kräftig durch.

»Kann die argentinische Mafia tatsächlich in so kurzer Zeit solch einen gewaltigen Anschlag planen und auch durchführen?«, flüsterte Sofia.

Jayden hob die Schultern. Wenn er das bloß wüsste! »Aber vielmehr frage ich mich – wenn der Anschlag tatsächlich uns gegolten hat – warum versuchen die lieber um jeden Preis, dieses Datenkabel im Meer zu versenken, wo es niemand bergen kann, anstatt es in die Finger zu kriegen?«

Sofia sah ihn entsetzt an. »Richtig.«

Anscheinend war es ihren Verfolgern wichtiger, den Prototyp spurlos verschwinden zu lassen, bevor er jemand anderem in die Hände fiel. *Aber warum?*

Für Jaydens Geschmack war die Sache noch nicht ganz rund.

29. KAPITEL

ZWÖLF MONATE ZUVOR

Nach den ersten zwei Monaten der Ausbildung waren Erik, Jayden und Lenny extrem müde und ausgelaugt und wollten nur ein einziges Mal so richtig lang ausschlafen, anstatt ständig gedrillt zu werden. Aber sobald sie aufbegehrten, hieß es nur, sie sollten sich nicht wie trotzige Kleinkinder verhalten.

Nicht nur einmal hatte Jayden in dieser Zeit daran gedacht, alles hinzuwerfen, weil er an seine körperlichen und mentalen Grenzen gestoßen war und sich immer wieder fragte, wozu er sich das alles antat, sich plagte und so schinden ließ. Aber dann rief er sich in Erinnerung, dass er etwas aus sich und seinem Leben machen wollte, und biss die Zähne für einen weiteren Tag zusammen. Außerdem motivierten sich Lenny, Erik und er gegenseitig, wenn einer von ihnen an der Sinnhaftigkeit der Ausbildung zu zweifeln begann und knapp davor war, alles hinzuwerfen.

An diesem Samstagmorgen standen wieder einmal drei Stunden Kampfsporttraining bei Mrs Harding auf dem Programm. Es war unglaublich, wie zäh, fit und ausdauernd diese Frau war. Schon seit sechs Jahren war sie weder bei den Mixed Martial Arts Meisterschaften in Japan noch in Hongkong angetreten, da sie stattdessen die Rekruten der Last Line of Defense ausbildete. Jayden war sicher, dass sie immer noch sämtliche

Goldmedaillen dort problemlos abräumen könnte. Aber anscheinend hatte sie eine andere Bestimmung gefunden.

Der alte Ilja, sein Trainer in Liverpool, hatte ihm schon eine Menge beigebracht, aber bei dem, was Mrs Harding ihnen jede Woche zeigte, wäre sogar dem ehemaligen russischen Matrosen, der auf Fischkuttern in Cage Fights um Geld gekämpft hatte, die Spucke weggeblieben.

Lenny und Jayden wärmten sich auf der Matte sowohl mit Karate- und Taekwondo-Techniken als auch mit Muay Thai, dem thailändischen Kickboxen, auf. Abwechselnd griffen sie mit verschiedenen Attacken an und blockten diese. Sie warteten auf Erik, der sich wie so oft verspätete. Endlich öffnete sich die Tür zum Dojo, Erik trat ein, verbeugte sich und kam zu ihnen.

Mrs Harding sah ihn streng an. »Auf deine heutige Ausrede, warum du fünf Minuten zu spät kommst, bin ich gespannt. Bitte lass es etwas mit einer Entführung, Schießerei, polizeilichen Zeugenaussage, einem Erdbeben oder Vulkanausbruch zu tun haben.«

»Ich ...«

»Hatte der Fahrstuhl einen Platten?«

»Nein, ich ...«

»Hat der Kater von Elly D. Shepard deinen Wecker gefressen?«

»Nein, äh ... ich hatte die Armbanduhr verkehrt herum an und dachte, es wäre erst zwei Uhr früh.«

»Erik Tuomi, du bist wirklich extrem dämlich.« Jayden sah, wie Mrs Harding krampfhaft versuchte, nicht zu schmunzeln.

Tatsächlich zum ersten Mal, seit er sie kannte. Schließlich räusperte sie sich und wurde wieder vollkommen ernst. »Morgen ist Sonntag, euer freier Nachmittag, das bedeutet, ihr habt Zeit, eure blauen Flecken zu kurieren. Folglich kämpfen wir heute ohne Handschuhe, Kopfschutz und Schlagpolster. Wir verwenden nur den Zahnschutz. Erik, du trainierst zuerst mit mir! Wir beginnen mit Beintechniken gegen drei Gegner.«

»Okay.« Erik stemmte die Hände in die Hüften. »Das erinnert mich an damals, als wir einen Undercover-Einsatz in Nepal hatten und uns an der Felswand abseilen mussten, und unten wartete eine Horde …«

»O Gott, halt den Mund!«, zischte Lenny und boxte ihm in die Seite.

»Aua!«, rief Erik.

»Konzentration!« Mrs Harding zeigte die Techniken an Erik vor, und Lenny und Jayden machten sie nach.

In der nächsten Stunde lernten sie Kicks, Griffe und Bodenkampftechniken, die Jayden noch nie gesehen hatte. Allesamt waren sie einfach, aber trotzdem wirkungsvoll, weil sie mit minimaler Kraftanstrengung einen Mördereffekt zur Folge hatten. Mit jedem Durchgang wurden seine Fähigkeiten verfeinert, bis er glaubte, sie im Schlaf zu beherrschen.

Während einer kurzen Pause, in der sie durchschnaufen konnten, trank Mrs Harding einen Schluck Wasser. Sie sah einigermaßen zufrieden aus. »Es soll nicht arrogant klingen, aber nach uns kommt niemand! Wir sind die letzte Instanz, wenn MI6, Militär, Protection Command und sämtliche Spezialeinsatzkommandos versagen!«, erklärte sie.

Keuchend wischte sich Lenny den Schweiß von der Stirn. »Aber wie können wir besser werden als alle anderen?«

»Ganz einfach. Wen fürchtest du mehr? Denjenigen, der tausend verschiedene Techniken zehnmal trainiert hat?«, fragte Mrs Harding, »oder denjenigen, der *zehn* Techniken *tausendmal* trainiert hat?«

»Letzteren?«, schlug Lenny unsicher vor.

»Richtig, und deshalb wiederholen wir unsere Moves bis zum Erbrechen. Die Kunst besteht nicht darin, von einer Kampfsportart alles zu können, sondern darin, dass man nur eine Handvoll Techniken verschiedener Stile beherrscht, diese allerdings perfekt. Und deshalb konzentrieren wir uns von allen Kampfsportarten auf einen Mix der effizientesten Bewegungsabläufe.« Sie sah Lenny an. »Als Nächstes machen wir beide weiter.«

Nach einer weiteren Stunde machten sie erneut eine kurze Verschnaufpause und danach trainierte Mrs Harding mit Jayden.

Was Jayden an Kampferfahrung von Haus aus mitbrachte, wollte sie an der Academy noch verfeinern. Er lernte ein paar Griffe aus dem Jiu Jitsu, die von den meisten Polizeieinheiten verwendet wurden, und einige Freestyle-Formen, die Mrs Harding selbst entwickelt hatte.

»Und jetzt …«, sagte sie nach einer weiteren kurzen Pause, »… greife ich dich an. Du weißt nicht wie, du weißt nicht wann, du weißt nicht wie hart, du weißt nicht wie schnell. Du weißt nur, dass du entweder tot bist oder im Krankenhaus liegst, wenn du falsch reagierst.«

Kaum war der Satz zu Ende gesprochen, attackierte sie ihn mit aller Härte und Schnelligkeit, die er zuvor noch nicht erlebt hatte. Zum Glück war er so gut aufgewärmt und gedehnt, dass er alle Attacken mit Beinen, Händen, Unterarmen und Knien parieren konnte, obwohl er mehrere Schritte zurückwich.

Manchmal gelang ihm sogar ein Gegenangriff, um Mrs Harding in die Defensive zu zwingen – und innerhalb kürzester Zeit entwickelte sich zwischen den beiden ein harter Straßenkampf, bei dem alles erlaubt war.

Jayden fühlte sich in seine Zeit an den Docks zurückversetzt. Er wartete auf das erlösende Röhren der Hupe, aber das kam nicht. Mrs Harding griff ihn wieder und immer wieder an – ihre Attacken wurden härter und schneller. Jayden schaltete auf Überlebensmodus, packte seine fiesesten Tricks aus, sodass der Kampf zwischen ihnen einigermaßen ausgeglichen war.

Doch einmal war Mrs Harding unachtsam und Jayden gelang es, ihr mit dem Knie einen harten Schlag gegen die Rippen zu versetzen und anschließend mit dem Handballen gegen die Schläfen zu schlagen, sodass sie zurücktaumelte.

»Uuuh!«, entfuhr es Erik und Lenny gleichzeitig, die ihr Training längst gestoppt hatten und nun mit offenem Mund darauf warteten, wie Mrs Harding reagierte.

Und ihre Reaktion kam prompt. »Du kleiner Drecksack!« Sie ging auf Jayden zu, während sie ihn weiter beschimpfte. »Deine Mutter war nichts weiter als eine miese Schlampe, die einen dreckigen Bastard zur Welt gebracht hat, der glaubt, dass er der Größte ist!«

Jaydens Puls schnellte nach oben, seine Hände zitterten.

Diese unfaire Bitch! Er ballte die Fäuste, spannte den Oberkörper an und ging wütend und aggressiv auf Mrs Harding los. Mit zwei, drei Schlägen würde er ihr zeigen, dass sie nicht so mit ihm reden durfte. Heute nicht – und an keinem anderen Tag. *Nie mehr wieder!* Er holte aus, legte alles in den Schlag, doch Mrs Harding wich blitzschnell und elegant zur Seite.

Sie griff nach seinen Handgelenken, drehte sie herum, sodass Jayden schmerzhaft aufschrie, und kickte ihm gleichzeitig in die Kniekehle, dass er zu Boden ging.

Im nächsten Moment saß sie auf ihm und fixierte ihn mit einem Griff, dass ihm der Schmerz bis ins Hirn fuhr.

»Das ist eine Krav-Maga-Technik, wie sie der israelische Geheimdienst verwendet«, erklärte sie mit absolut ruhiger Stimme, während Jayden immer noch keuchte und spürte, wie ihm das Blut in den Schläfen pochte. Ihr vorheriger Wutausbruch war plötzlich wie weggezaubert.

»Das … tut … weh …«, keuchte er.

Doch Mrs Harding ließ nicht locker. »Lektion Nummer eins«, sagte sie mit einer absoluten Seelenruhe. »Lass dich nicht provozieren. *Von niemandem!* Du musst dich und deine Emotionen stets unter Kontrolle halten, sonst offenbarst du deinem Gegner deine Schwächen. Und er wird sie gnadenlos gegen dich ausnutzen.«

»In Ordnung«, keuchte Jayden unter Schmerzen. »Aaahhh …«

»Lektion Nummer zwei: Wenn du jemanden angreifst, musst du sicher sein, dass er dir unterlegen ist. Starte einen Kampf nur dann, wenn du weißt, dass du im Vorteil bist und ihn gewinnen kannst.«

»Ja …«, presste Jayden mit zusammengebissenen Zähnen hervor. »Ich …«

»Lektion Nummer drei: Unterschätze niemals deinen Gegner! Wenn du das tust, hast du deinen Vorteil schon verspielt und bereits so gut wie verloren.«

»Ich habe verstanden …«, keuchte er.

»Du darfst dich nie provozieren lassen, denn dann kommt deine rohe Seite zum Vorschein«, sagte Mrs Harding, während sie den Druck auf seine Handgelenke weiter verstärkte. Sie beugte sich zu ihm herunter. »Dein Ass im Ärmel ist immer noch deine Erfahrung und deine fiese Vergangenheit, denn du bist unberechenbar. Aber du musst lernen, deine Emotionen zu kontrollieren – erst dann, und nur dann, bist du unschlagbar. Hast du das verstanden?«

Schweiß stand ihm auf der Stirn. Seine Handgelenke brannten, als würden sie jeden Moment abreißen. »Ja, Mrs Harding … bitte!«

Endlich ließ sie ihn los und erhob sich. Sofort rieb er sich die Gelenke. Seine Hände fühlten sich an, als wären sie gebrochen. Nur langsam entstand wieder ein kribbelndes Gefühl in den Fingern.

»Hoch mit dir!«, befahl Mrs Harding. »Der Unterricht ist für heute beendet.«

Jayden rappelte sich auf. Mrs Harding hatte ihn an seiner Schwachstelle gepackt, provoziert, gedemütigt und vorgeführt. Garantiert hatte sie sich von ihm zuvor absichtlich in die Rippen treten lassen und ihren Wutanfall nur vorgetäuscht – und er war prompt darauf hereingefallen. *Ich dämlicher Idiot!*

Ohne ihr in die Augen zu sehen, verließ er die Halle. Als er an Lenny vorbeiging, legte sie ihm kurz die Hand auf die Schulter. »Alles okay?«, flüsterte sie.

Er antwortete nicht, ging weiter zur Tür.

»Und Jayden!«, rief Mrs Harding ihm nach, als er die Tür erreicht hatte und schon die Klinke in der Hand hielt.

»Ja?« Er drehte sich um.

»Tut mir leid, was ich über deine Mutter gesagt habe. Sie war sicher eine großartige Frau.«

30. KAPITEL

Jayden und Sofia hatten die Abflughalle verlassen und waren eine Etage tiefer in die Ankunftshalle gewechselt. Dort war es etwas dunkler und vor allem lauter. Die Gepäckbänder liefen und die angekommenen Gäste, die hier auf ihre Koffer warteten, standen heftig diskutierend herum. Mittlerweile hatte sich herumgesprochen, dass es eine Explosion gegeben hatte. Einige Menschen telefonierten aufgeregt, andere standen dicht gedrängt vor den TV-Monitoren und verfolgten die Nachrichten, in der Hoffnung, etwas über das Unglück zu erfahren.

Jayden und Sofia ignorierten den Aufruhr. Sie saßen unbeteiligt auf einer Bank unter dem Plakat einer Fluglinie, die Werbung für ihre vielseitigen Verbindungen in Südamerika machte, und taten so, als warteten sie auf ihre Koffer.

Zögerlich betrachtete Jayden das Handy. Er musste einfach versuchen, Kontakt mit Lenny aufzunehmen – auch auf die Gefahr hin, dass sein Telefonat von ihren Feinden abgefangen wurde.

Er hatte bereits die Finger auf dem Display, als Sofia ihn stoppte. »Traust du dieser Lenny?«, fragte sie. »Ich meine hundertprozentig?«

»Wie meinst du das?«

»Nun …«, rückte sie mit ihrer Vermutung heraus, »… vielleicht war *sie* es ja, die uns verraten hat?«

Jayden schüttelte den Kopf. »Ausgeschlossen – ich würde ihr mein Leben anvertrauen.«

»Es haben sich schon andere Leute geirrt, die sich ihrer Sache noch sicherer waren als du«, gab sie zu bedenken.

»Stimmt«, seufzte er. »Aber es könnte Dutzende Gründe dafür geben, warum man uns immer wieder aufgespürt hat. Lenny hat damit sicher nichts zu tun.« Er wollte schon anrufen, doch sie legte erneut ihre Hand auf seine.

»Nach allem, was ich heute erlebt habe – die Motorradverfolgung durch die Stadt, der Angriff auf die Botschaft, die Mordversuche im U-Bahn-Schacht und im Katzen-Café und jetzt die Explosion des Flugzeugs …« Sofia kämpfte mit den Tränen. »Nach alldem würde ich niemandem mehr so einfach mein Leben anvertrauen.«

»Ich weiß, wie du dich fühlst – mir geht es genauso«, gestand er und legte ihr die Hand auf die Schulter. »Aber Major Conklin und Lenny sind die Einzigen, denen wir wirklich absolut vertrauen können.«

»Wer ist dieser Major Conklin? Und für wen arbeitet er?«

Jayden sah sie lange an. Sie hielt seinem Blick stand. Schließlich nagte er an der Unterlippe, dann gab er sich einen Ruck. Anscheinend blieb ihm keine andere Wahl, als Sofia einzuweihen, um sie nicht zu verlieren. »Okay, aber was ich dir jetzt sage, muss unter uns bleiben.«

»Wenn wir die Sache nicht überleben sollten, bleibt es sowieso unter uns.«

Er lächelte bitter. Wie recht sie hatte. Und dann erzählte er ihr von der Rekrutierung durch die Last Line of Defense und dem geheimen Ausbildungsprogramm an der Küste Englands.

»… und der Job in der britischen Botschaft war mein erster Auftrag. Nichts weiter als eine erste kleine Warm-up-Mission«, beendete er seine Erklärung.

Sie rückte näher. »Warum gerade in Buenos Aires? Was hattest du dort zu tun?«

»Die Post sortieren.«

»Komm schon!« Sie verzog das Gesicht. »Was war deine *echte* Aufgabe?«

Er stöhnte auf, gab aber keine Antwort.

»Sag schon!«, drängte sie ihn. »Die Botschaft gibt es nicht mehr – und wenn wir Pech haben, gibt es uns bald auch nicht mehr.«

»Also schön …« Er machte eine Pause. »Angeblich wird die Botschaft abgehört und ich wurde in die Postabteilung eingeschleust, um herauszufinden, von wem.«

Sie nickte. Anscheinend war sie mit der Antwort zufrieden, doch dann runzelte sie die Stirn. »Ist das nicht ein Job für den MI6?«

»Grundsätzlich schon, aber wir wussten nicht, ob es einen Verräter in den eigenen Reihen gibt, deshalb hat unser Premierminister den Auftrag nicht an den MI6, sondern an uns vergeben.«

»Was genau ist der Unterschied?«

»Wir sind ein neues und junges Team und keine – oder zumindest *noch* keine – alte, erstarrte, poröse und vielleicht korrupte Organisation«, erklärte er. »Eigentlich sollte das für mich nur ein einfacher Routinejob werden, um ein bisschen in die Welt der Geheimdienste reinzuschnuppern. Aber dann kamst du und alles hat sich geändert.«

»Also bist du doch ein Geheimagent!«, entfuhr es ihr.

»Leise!«, zischte er. »Nein, nur ein Rekrut in der Ausbildung«, stellte er richtig. Dann hob er das Handy. »Darf ich jetzt telefonieren?«

Sie schüttelte den Kopf. Ihr Gesichtsausdruck war immer noch skeptisch. »Vielleicht wird ja gar nicht *dieses* Handy abgehört, sondern die Telefone deiner Organisation? Gibt es in deiner Last Line keine verschlüsselten Chats über eine sichere Leitung oder so ähnlich?«

»Du meinst … wie in den Spionagefilmen?« Er schüttelte belustigt den Kopf. »Letztendlich ist keine Leitung sicher – alles, was verschlüsselt wird, kann auch wieder entschlüsselt werden. Ist nur eine Frage der technischen Möglichkeiten.« Das einzig halbwegs Sichere war ein Gespräch mit Codewörtern in einer Geheimsprache. Und genau das hatte er jetzt vor.

Er wählte Lennys Nummer und hielt das Telefon so, dass auch Sofia mithören konnte. Lenny ging gleich nach dem zweiten Läuten ran. »Hallo?«, rief sie aufgeregt.

Jayden blieb ganz ruhig. »Hallo Tante Emily, wir haben es leider nicht mehr rechtzeitig zur Geburtstagsfeier geschafft.«

»Ich weiß.« Lennys Stimme klang, als fiel ihr ein Stein vom Herzen. »Ich habe gehört, dass auf der Feier ein Unglück passiert ist. Die Torte ist verbrannt. Wie geht es euch?«

»Gut«, sagte er.

»Wegen des Unglücks werden demnächst aus Sicherheitsgründen alle anderen Feiern abgesagt«, informierte Lenny ihn.

Genau das hatte Jayden befürchtet. Solange noch nicht geklärt war, ob es sich bei dem Flugzeugabsturz um ein Unglück oder einen Terroranschlag handelte, würde die Polizei den Flughafen vermutlich für alle Abflüge sperren und alle hereinkommenden Flüge auf andere Airports umleiten. Die Frage war: Wie lange hatten sie noch die Möglichkeit, außer Landes zu kommen?

»Onkel Fred hätte euch ja gern mit seinem Wagen abgeholt«, sagte Lenny, »aber ich fürchte, die Straße zu euch ist blockiert.«

Onkel Fred war das Synonym für die Defense One, das Großraumflugzeug der Last Line of Defense. Diese Boeing C-17 Globemaster III hatte mit ihren vier Strahltriebwerken eine Überführungsreichweite von knapp zwölftausend Kilometern und hätte sie leicht aus Buenos Aires rausholen können. Aber nach dieser Flugzeugexplosion würde sie nicht mehr landen dürfen. Also waren sie im Moment auf sich allein gestellt.

»Wie weit könnte Onkel Fred uns denn entgegenkommen?«, fragte Jayden.

»Das müsstest du selbst mit ihm ausmachen«, erklärte Lenny.

»Wie erreiche ich ihn?«

»Um 13:15 Uhr kannst du ihn anrufen.«

»Unter welcher Nummer?«, fragte Jayden.

»Die Vorwahl ist 14–20«, sagte Lenny. »Und seine Nummer ist 5–22–9–4–5–15.«

Jayden prägte sich die Zahlen ein. »Danke.«

»Ich hoffe, ihr seht Onkel Fred auf der nächsten Feier.« Lenny hatte aufgelegt, die Verbindung war tot.

Jayden steckte das Handy weg und betrachtete Sofia, die ihn verwirrt anstarrte. »Was sollten die Zahlen am Schluss bedeuten?«

Jayden erklärte ihr zunächst, was die Defense One war. »Und es gibt einen Ort, wo wir an Bord gehen können. Das Problem ist, wir müssen uns irgendwie auf eigene Faust dorthin durchschlagen.«

»Und welcher Ort ist das?«

Jayden wiederholte die Zahlenreihe, beginnend mit der Uhrzeit, der Vorwahl und der Telefonnummer. »Jede Zahl steht für einen Buchstaben im Alphabet.«

»A ist eins?«, fragte sie.

»Und B ist zwei«, antwortete er.

»Ist das nicht ein wenig zu simpel?«

»Manchmal funktionieren die simpelsten Dinge am besten, weil niemand damit rechnet«, erklärte er, woraufhin sie gemeinsam den Code entschlüsselten.

13 – 15 – 14 – 20 – 5 – 22 – 9 – 4 – 5 – 15
M – O – N – T – E – V – I – D – E – O

»Montevideo?«, rief Sofia entsetzt. »Du meine Güte, wie sollen wir denn da hinkommen – noch dazu ohne Reisepass? Weißt du, wie weit das weg ist?«

Ja, das wusste er, und diese Erkenntnis schmeckte ihm gar

nicht. Es hätte bestimmt nähere Destinationen gegeben, aber im Moment stand anscheinend nur diese zur Verfügung. Er erhob sich, drehte sich um und betrachtete das Werbeplakat mit der Südamerikakarte an der Wand.

Im Nordosten grenzte Argentinien an Uruguay. Montevideo lag, genau wie Buenos Aires, an der Atlantikküste, allerdings in Uruguay. Luftlinie lagen die beiden Städte nicht einmal so weit voneinander entfernt. Jayden schätzte die Strecke auf 200 bis 250 Kilometer. Aber ohne Reisepass konnten sie sich einen offiziellen Flug dorthin abschminken. Blieb noch die Möglichkeit, auf dem Schwarzmarkt einen Helikopterflug zu chartern. Doch dafür benötigten sie das entsprechende Cash – das sie aber nicht hatten. Und abgesehen davon würden bald auch keine Helikopter mehr starten dürfen. Es war nur eine Frage der Zeit, bis die argentinische Regierung wegen des Flugzeugabsturzes sämtlichen Flugverkehr an der Ostküste einstellen würde.

Jayden knirschte mit den Zähnen. Sofia stand neben ihm und fuhr auf der Karte mit dem Finger den Landweg zwischen Buenos Aires und Montevideo ab. »Die Fähre nach Uruguay ist wegen dringender Wartungsarbeiten bis nächste Woche außer Betrieb«, seufzte sie. »Und selbst wenn wir so lange Zeit hätten, würden wir keinen freien Platz mehr ergattern.«

»Was schlägst du stattdessen vor?«, fragte er.

»Wir müssten – falls wir uns ein Auto organisieren könnten – ziemlich weit rauf nach Norden fahren, dann an der ersten Möglichkeit, bei Fray Bentos, auf der Brücke über den Rio Uruguay, danach über die Grenze nach Uruguay und anschließend wieder die gesamte Strecke runter nach Montevideo.«

Was für eine beschissene Situation! Sie mussten das gewaltige Flussdelta des Rio Uruguay, der an dieser Stelle ins Meer floss, mit dem Auto umfahren und damit einen gewaltigen Umweg machen. »Das sind bestimmt fünfhundertfünfzig Kilometer«, sagte er.

»Eher sechshundert«, meinte Sofia. »Die Straßen sind nicht gerade die besten. Da sind wir mindestens acht Stunden unterwegs – wenn alles klappt.«

Im Geiste hatte Jayden diese Variante bereits abgehakt. Die Reise dauerte zu lange und war auch viel zu gefährlich. Auf dieser Strecke konnte wer weiß was alles passieren.

»Wir müssen uns einen Flug organisieren«, beschloss er.

31. KAPITEL

ELF MONATE ZUVOR

Lenny, Erik und Jayden saßen in Dr. Elly D. Shepards Büro. Eigentlich war sie gar nicht so schlimm, wie alle behaupteten, sondern im Grunde genommen ganz nett und durchaus sympathisch. Außerdem war die Psychologin die Einzige von ihrer Ausbildungscrew, die sie mit dem Vornamen ansprechen durften. Alle anderen waren für sie *Sir, Mister, Mrs* oder *Miss*. Aber Elly D. Shepard legte auf diese Anreden genauso wenig Wert wie auf ihren Doktortitel. Es hing nicht einmal eine gerahmte Urkunde ihres Diploms an der Wand. Stattdessen hingen dort Fotos von den Bahamas, Malediven und Kanarischen Inseln, auf denen sie und Houdini zu sehen waren. Kein Mann, keine Kinder, keine Freunde – nur sie und ihr weißer Kater, der sie anscheinend überallhin begleitete.

Jetzt saß Elly vor der großen blau getönten Scheibe mit Ausblick auf das Meer in ihrem bequemen breiten Schreibtischsessel und Lenny, Erik und Jayden lümmelten auf den Stühlen im Halbkreis vor ihr. Houdini lag auf Lennys Schoß, rekelte sich auf dem Rücken, streckte alle vier Pfoten von sich und schnurrte laut, während Lenny ihm den Bauch kraulte.

Wie immer wurde zur Auflockerung vor jeder Stunde ein wenig Smalltalk geführt. Auch wenn die Themen zufällig gewählt schienen, war Jayden sicher, dass Elly nichts davon dem

Zufall überließ. Denn mittlerweile war er schon draufgekommen, dass Elly gerade auch diese zwanglosen Gespräche analysierte.

»Lebe deinen Traum«, sagte Elly. »Das ist die wichtigste Botschaft im Leben, nicht wahr?«

»Hab ich gemacht«, konterte Erik und sah mit bitterer Miene auf. »Kennt jemand einen guten Anwalt?«

Sie mussten alle lachen.

»Hattet ihr eigentlich schon mal einen festen Freund … oder eine Freundin?«, fragte Elly.

Peinliches Thema. Jayden zog sich instinktiv zurück und überließ den anderen den Vortritt. Erik rückte sofort nach vorn an die Kante des Stuhls. »Also ich hatte in Helsinki drei Monate lang eine Freundin. Hat auf ihrem BMX-Rad Stunts in der Halfpipe gemacht, so haben wir uns kennengelernt.«

»Und warum hat es nicht länger geklappt?«, fragte Elly.

»Es heißt ja immer, Jungs können nicht zuhören. Bei uns war es aber umgekehrt«, erklärte Erik. »Ich wollte mit ihr reden, über tiefsinnige Dinge und …«

»Tiefsinnige Dinge?«, unterbrach Elly ihn. »Du?«

»Ja«, knurrte er übel gelaunt. »Man glaubt es kaum, aber manchmal habe sogar ich einige profunde Momente. Doch sie wollte nicht zuhören. Das war das Problem.«

»He, wenn du willst, dass dir ein Mädchen zuhört«, sagte Lenny grinsend, »musst du nur mit einem anderen Mädchen reden.«

Jayden verdrehte die Augen. »Leben Sie in einer Beziehung?«, fragte er die Psychologin.

»Ja, genau.« Lenny sah interessiert auf. Jayden war bereits aufgefallen, dass Elly keinen Ehering trug. Sie hatte nicht einmal einen weißen Abdruck von einem früheren Ring am Finger, aber mehr wusste er nicht über sie. Auch im Internet war nichts Privates über sie zu erfahren gewesen. Vermutlich hatte die Last Line of Defense früh genug dafür gesorgt, dass man nichts über ihre Mitglieder herausfinden konnte.

»Warum möchtest du das wissen?«, erwiderte Elly.

»Weil es mich interessiert«, antwortete Lenny prompt.

»Hast du denn einen Freund?«, lenkte Elly das Thema auf Lenny.

Diese zuckte mit den Achseln. »Ich hatte einen Freund. Lebte auf Kreta und ist später mit seinen Eltern nach Athen gezogen. Stammte aus reichem Haus. Wir waren über ein Jahr zusammen.«

»Und warum hat es nicht länger geklappt?«

Wieder zuckte sie mit den Achseln. »Wir haben uns auseinandergelebt und später nur noch gestritten.«

»Wer war deiner Meinung nach schuld daran?«

Lenny presste die Lippen aufeinander. »Ich weiß, ich kann ihm nicht allein die Schuld an allem geben. Schließlich gehören immer zwei dazu.« Sie machte eine Pause. »Er und seine Mutter.«

»Hey, cool.« Erik grinste.

Elly warf ihr einen tröstenden Blick zu. »Andere Mütter haben auch schöne Söhne.«

»Solche Informationen helfen mir leider nicht weiter«, sagte Lenny. »Ich brauche Fotos, Namen und Adressen.«

Erik lachte laut auf. »Da lässt sich garantiert was machen. Heute Nachmittag steht das Hacken von Datenbanken bei Miss Ishida auf dem Stundenplan.«

Elly schmunzelte. »Wie ich euch kenne, würdet ihr dieses Wissen ohne mit der Wimper zu zucken sogar für private Zwecke einsetzen.«

»So sind wir nun mal ... effizient, zielgerichtet und egoistisch«, erklärte Erik. »Das hat die Academy in den letzten Monaten aus uns gemacht.«

Elly warf Jayden einen Blick zu. »Und du?«

»Ich bin nicht egoistisch.«

»Nein, ich meinte, ob du schon mal eine Freundin hattest?«

Er dachte an ein Mädchen, das er wirklich gerngehabt hatte. Catherine war letzten Sommer nach Liverpool gekommen und hatte vier Monate lang als Au-pair bei einer Gastfamilie gearbeitet. Danach war sie wieder nach Frankreich zurückgekehrt, wo sie später ... Er unterdrückte alle weiteren Gedanken an sie. »Können wir das Thema wechseln?«, fragte er.

»Ja, sicher. Kommen wir zu unserem heutigen Punkt«, schlug Elly vor. »Reden wir über Intelligenz und Erfolg.«

»O wie schade«, rief Lenny und boxte Erik gegen die Schulter. »Da kann Erik leider nicht mitreden.«

»Weil du ja so clever bist«, warf er ihr vor.

»IQ von hundertsechzig«, erinnerte sie ihn prompt.

»Wow!«, sagte Erik unbeeindruckt.

»Das Problem bei dir ist, dass sich dein IQ leider nicht feststellen lässt«, erwiderte Lenny. »Am unteren Bereich der Skala sind die Voraussetzungen nicht mehr gegeben, den Test durchzuführen, weil du die Fragen nicht verstehst.«

Erik runzelte die Stirn. »Hä?«

»Das ist ein gutes Stichwort«, unterbrach Elly das Geplänkel. »Wenn bestimmte Leute anderen Menschen erst sagen müssen, dass sie Macht haben, eine Koryphäe sind, Talent besitzen oder genial und erfolgreich sind, dann stimmt das meistens nicht. Warum ist das so?« Sie sah in die Runde.

»Wenn man wirklich gut ist, braucht man es nicht extra betonen?«, schlug Jayden vor.

Elly nickte. »Ja, richtig, aber *warum* ist das so?«

Niemand wusste eine Antwort darauf.

»Um es zu etwas zu bringen, tun manche Menschen so, als hätten sie es bereits zu etwas gebracht. Erfolglose Menschen gaukeln Erfolge vor, weil sie denken, dass sich der Erfolg so schneller einstellt. Und meist geben diese Leute selbstsichere Antworten auf Fragen, über die sie gar nichts wissen.«

»Ist mir schon öfter aufgefallen«, stimmte Erik ihr zu. »Zum Beispiel mein Onkel, ein Besserwisser, der mit seinem Halbwissen ständig alle zurechtweist und nervt.«

»Aber was ist überhaupt wahre Intelligenz?«, fragte Lenny.

Elly lächelte kurz. »Wahres Wissen liegt darin, das Ausmaß der eigenen Unwissenheit zu erkennen.«

»Ich hab's kapiert«, platzte es aus Erik heraus. »Intelligente Menschen wissen, dass sie nicht alles wissen können – und dumme Menschen glauben, dass sie alles wissen … wie mein Onkel. Na, war das nun profund oder nicht?«

Lenny und Jayden warfen ihm einen überraschten Blick zu,

woraufhin Elly D. Shepard nickte. »Ja, aber das Wort *dumm* verwenden wir hier nicht gern. Aber wollen wir es trotzdem mal einfach und salopp formulieren.« Sie machte eine Pause und breitete die Arme aus. »Es ist doch so ... wenn jemand nicht besonders klug ist, dann kann er gar nicht wissen, dass er nicht klug ist. Denn die geistige Fähigkeit, die er bräuchte, um das zu erkennen, ist genau jene Fähigkeit, die ihm fehlt.«

»Wow!«, entfuhr es Jayden, nachdem er kurz darüber nachgedacht hatte. »Sind Sie da ganz allein draufgekommen?«

»Nein«, gab sie zu. »Die beiden Psychologen Dunning und Kruger haben das entdeckt. Nach ihnen ist dieser Effekt benannt.«

Sie redeten noch eine Weile darüber, wie man dieses Wissen im täglichen Leben bei Gesprächen und Beobachtungen anwenden konnte, und dann war die Stunde auch schon vorbei.

Lenny setzte Houdini auf den Teppich, wo er sich hinfallen ließ und mit der Pfote die Schnauze putzte. Sie erhoben sich der Reihe nach, packten ihre Unterlagen in ihre Umhängetaschen und machten sich schon mal geistig für die nächste Einheit bei Miss Ishida bereit.

Erik und Lenny, die sich wieder gegenseitig aufzogen, verließen zuerst das Büro. Jayden folgte ihnen, kam jedoch nur bis zur Tür, da Elly ihn vorher ansprach. »Jayden, hast du noch eine Minute?«

Er dreht sich um. »Sicher.« Houdini lief herbei und schmiegte seinen Kopf an Jaydens Bein. Mittlerweile wusste er, dass der Kater ihn nicht liebte, sondern einfach nur seinen Duft an Jaydens Jeans hinterlassen wollte. Trotzdem ging Jayden in die Knie und kraulte ihm das Fell. »Worum geht's?«

Elly wartete, bis Erik und Lenny draußen waren und die Tür geschlossen hatten. In ihrem Zwist hatten sie vermutlich nicht einmal bemerkt, dass er ihnen gar nicht gefolgt war. »Wofür steht das D in deinem Namen?«, fragte sie.

Er hätte mit vielem gerechnet, aber nicht damit. »Das habe ich nie herausgefunden«, antwortete er wahrheitsgemäß.

»Nie herausgefunden?«, wiederholte sie und legte die Stirn in Falten.

»Als meine Mutter bei meiner Geburt im Krankenhaus gestorben ist«, erklärte er, »hatte sie nur eine einzige Sache in ihrer Tasche bei sich: ein Buch.« Er öffnete seine Umhängetasche und holte sein abgegriffenes und zerfleddertes Exemplar von *999 Dinge, die Sie wissen müssen, bevor das Leben zu Ende ist* hervor, das er bis jetzt immer zum Psychologie-Unterricht mitgenommen hatte. Demonstrativ hielt er es hoch. »Von einer gewissen Elly D. Shepard. Erste Auflage.«

Plötzlich wurde Elly blass und Jayden wusste nicht recht, wie er sich verhalten sollte. War ihr das unangenehm? Eigentlich musste es ihr doch gar nicht peinlich sein, trotzdem wirkte sie mit einem Mal betroffen, wie er an ihrem Gesichtsausdruck erkannte.

»Die Krankenschwestern im Children's University Hospital gaben meiner Schwester den Namen Grace, weil sie ein so schönes und anmutiges Lächeln hatte«, sagte er rasch, weil ihm das Gespräch selbst gerade peinlich wurde.

»Und dir?«, krächzte Elly.

»Mich nannten sie Jayden, was so viel heißt wie *dankbar*. Dankbar darüber, dass ich am Leben bleiben durfte, während meine Mutter gestorben war. Und wegen diesem Buch …«, sagte er und hielt es wieder hoch, »… gaben sie uns beiden den zweiten Vornamen D.«

Elly nickte. »Jayden D. Knoxville und Grace D. Knoxville«, flüsterte sie.

»Tja, das ist die ganze Geschichte.« Demonstrativ blätterte er durch das Buch und ließ die abgegriffenen Seiten durch die Finger gleiten, bis er vorne angelangt war. Bevor er den Deckel zuschlug, fiel sein Blick auf die Widmung, die auf der ersten Seite abgedruckt war.

Für meinen ungeborenen Sohn und
meine ungeborene Tochter
Elly D. Shepard

Er hatte sich all die Jahre immer wieder gefragt, was es damit auf sich hatte. Nun hob er den Blick. »Und wofür steht das D in Ihrem Namen?«

Elly räusperte sich. »Ich …« Sie stockte und blieb ihm die Antwort schuldig. Der Moment war immer noch peinlich, obwohl Jayden gar keinen Grund dafür kannte. Zum Glück zerriss das Läuten ihres Telefons die Stille. Sie blickte auf das Display. »Mr Finley«, sagte sie entschuldigend und hob ab.

Ich muss ohnehin weg!, formte er mit den Lippen und deutete zur Tür. Er packte das Buch in die Tasche und verschwand nach draußen. Unterdessen telefonierte Elly bereits mit Mr Finley.

»Ja, darüber reden wir am besten später«, sagte Elly hastig und wartete, bis Jayden draußen war.

Er stand im Gang und wollte schon zur Treppe laufen, blieb jedoch noch stehen und hörte Ellys letzte Worte, ehe die Tür zufiel.

»Jayden war gerade bei mir«, flüsterte sie. »Ja, Sie hatten mit Ihrer Vermutung recht. Er ist es!«

32. KAPITEL

Sofia hatte sich vor dem Flughafengebäude bei einigen zwielichtigen Gestalten erkundigt und schon nach wenigen Minuten einen guten Tipp erhalten. Die private Firma Heli-Sky bot Helikopterflüge ins Ausland an – und zwar unter anderem auch für Personen, die rasch, problemlos und unbemerkt außer Landes kommen wollten. Sofia besuchte den Schalter von Heli-Sky und kam nach wenigen Minuten wieder zu Jayden zurück.

»Die haben einen freien Hubschrauber zur Verfügung, der sofort startklar ist«, erklärte sie strahlend.

Jayden sah sie misstrauisch an. »Und wie viel kostet der?«

»Das ist der Haken an der Sache«, gestand sie. »Ich habe versucht, den Preis herunterzuhandeln, aber da war nichts zu machen. Der Flug für zwei Passagiere nach Montevideo kostet umgerechnet 6745 amerikanische Dollar.«

Jayden stieß einen Pfiff aus. Was für ein Wahnsinn!

»Außerdem ist das Angebot nur eine halbe Stunde lang gültig«, fügte sie hinzu.

Diese Halsabschneider! »Sind sie vertrauenswürdig?«, knurrte Jayden.

»Vermutlich nicht«, gab Sofia zu, »aber ich habe keine bessere Idee.«

»Okay.« Jayden ging im Geiste ihre Optionen durch. Ihre

Verfolger dachten im Moment sicherlich noch, dass sie sich mit der MI6-Maschine buchstäblich in Luft aufgelöst hatten – und das sollte auch so bleiben. Darum hatte er nicht vor, den Betrag mit seiner oder Sofias Kreditkarte zu bezahlen. Die argentinische Mafia hätte die digitale Spur sofort entdeckt. Ebenso wenig wollte er, dass das Büro der Last Line of Defense den Betrag über ein Tarnkonto an Heli-Sky überwies. Diese Spur hätte sie möglicherweise genauso verraten. Also mussten sie den Betrag auf andere Weise beschaffen – und zwar so schnell wie möglich.

»Ich habe vielleicht eine Idee«, murmelte er gedankenversunken. »Gehen wir in die Ankunftshalle. Dort habe ich ein feines Restaurant entdeckt, da sitzen bestimmt einige reiche Leute, die gerade in Buenos Aires gelandet sind und auf ihren Transfer warten.«

»Willst du dort jemandem die Brieftasche klauen?« Sofia runzelte die Stirn. »Da bräuchten wir viele Diebstähle, bis wir das Geld beisammenhaben.«

»Wenn es nicht anders geht, dann ja«, gab er zu. Allerdings hatte er eine ganz andere Idee.

Sie gingen zum Restaurant, drehten eine langsame Runde durch das Lokal und beobachteten die anderen Gäste. Auch hier war die Aufregung wegen des Flugzeugabsturzes immer noch groß und viele saßen gebannt vor den TV-Monitoren und warteten auf die nächsten Schlagzeilen.

Als Jayden schließlich eine Managerin entdeckte, die lautstark mit ihrem Handy auf Englisch telefonierte, nickte er zu dem freien Tisch daneben. Sie setzten sich hin. Sofia wollte Jayden etwas fragen, doch er unterbrach sie nur mit einer knappen Geste. Angestrengt lauschte er dem Telefonat der Managerin. Bei dem Telefonat ging es gar nicht um die Explosion, sondern um etwas ganz anderes. *Perfekt!*

Die Frau war etwa doppelt so alt wie Jayden, trug einen dunkelblauen schicken Businessanzug mit einem bunten Halstuch und war anscheinend irrsinnig wichtig. Zumindest dachte sie das von sich, so wie sie sich verhielt. Sie telefonierte mit einer Mietwagen-Firma und machte den Sachbearbeiter gerade zur Sau.

»Ich sitze hier schon seit einer geschlagenen Viertelstunde herum und warte auf Ihren Rückruf. Wie lange soll ich denn noch auf meinen Mietwagen warten? Ich müsste schon längst unterwegs sein.« Sie trommelte mit ihren langen, dunkel lackierten Fingernägeln auf den Tisch. »Nein, ich kann keine *weitere* Viertelstunde warten! Warum glauben Sie, habe ich den Wagen zuvor reserviert? Damit ich hier meine Zeit vergeude? Ich habe wichtige Termine bei verschiedenen Banken und muss über Investments verhandeln, deren Summe Sie sich mit Ihrem Spatzenhirn nicht einmal in Ihren kühnsten Träumen vorstellen können …« Sie atmete tief durch. »Nein, das ist meine Büronummer in Los Angeles, dort erreichen Sie mich natürlich nicht. Herrgott!« Sie gab dem Sachbearbeiter ihre Handynummer durch. »Ja, ich warte!« Danach unterbrach sie die Verbindung und knallte wütend das Telefon auf den Tisch.

Jayden hatte sich die Nummer gemerkt. Er zwinkerte Sofia zu, dann erhob er sich und wechselte zwei Tische weiter auf einen freien Platz. Sofia folgte ihm. Als sie saßen, zog er das Handy von General Petersen heraus und wählte die Nummer der Managerin.

Während er darauf wartete, dass die Frau abhob, kam eine Kellnerin und fragte, was sie essen wollten, doch Sofia wimmelte sie mit der Begründung ab, dass sie noch keinen Blick in die Speisekarte geworfen hätten.

»Newton«, meldete sich die Managerin mit bissiger Stimme.

»Ja, guten Tag, Miss Newton«, säuselte Jayden mit freundlicher Stimme, die hart an der Grenze zur schleimigen Unterwürfigkeit war. Da er keinen Ehering an ihrer Hand bemerkt hatte, nahm er an, dass sie unverheiratet war, weshalb er sie mit Miss anredete.

»Wer spricht?«, bellte sie ins Telefon.

Jayden schirmte mit der Hand den Mund ab. »Hier ist der Manager der Mietwagenfirma. Es tut mir außerordentlich leid, Miss Newton, dass Sie trotz Ihrer Reservierung so lange warten mussten«, säuselte er. »Ein kleines dummes Missgeschick – während Ihrer Reservierung ist unser System abgestürzt und nun ist der Auftrag blockiert. Aber ich konnte das Problem mit Ihrem Mietwagen lösen. Ich habe Ihre alte Reservierung storniert und einen neuen Auftrag im System angelegt, damit Sie rascher zu Ihrem Wagen kommen. Der steht Ihnen in zehn Minuten zur Verfügung.«

»Na großartig, das klappt ja wie am Schnürchen!«, sagte sie zynisch.

»Bedauerlicherweise muss ich die Daten Ihrer Kreditkarte noch einmal im System hinterlegen.«

»Aber die haben Sie doch schon!«, bellte sie genervt in den Hörer. »Wie oft denn noch?«

Jayden schielte zu dem Tisch, an dem Miss Newton saß. Ihr Kopf war hochrot und sie trommelte schon wieder mit den Fingern auf die Tischplatte.

»Wie gesagt – das System ist abgestürzt, der Auftrag blockiert. Am raschesten geht es, wenn ich Ihren Auftrag noch einmal neu erfasse. Natürlich bekommen Sie ein kostenloses Upgrade auf einen größeren Wagen – einen Volvo Hybrid mit 350 PS. Sie dürfen das Auto sogar mit leerem Tank zurückbringen, ohne dass wir Ihnen etwas extra verrechnen. Außerdem bekommen Sie eine kostenlose Vollkasko-Versicherung mit null Cent Selbstbeteiligung.« Jayden hatte nicht wirklich Ahnung, was der letzte Punkt konkret bedeutete, aber er hatte das mal in einer Werbebroschüre auf der Botschaft gelesen und in seinen Ohren klang das verdammt attraktiv.

»Einverstanden.« Miss Newton klang wieder einigermaßen versöhnt. Dann gab sie ihre Kreditkartennummer mit der Prüfnummer und dem Ablaufdatum durch, ihren vollen Namen und ihre Adresse.

»Vielen Dank für Ihre Geduld, Miss Newton«, sagte Jayden. »Wir sind zufrieden, wenn unsere Kundinnen zufrieden sind. Ich melde mich in zehn Minuten noch einmal.« Jayden unterbrach das Gespräch.

Sofia hatte mitgehört und die Daten auf einem Notizblock notiert, der auf dem Tisch lag, um den Service des Restaurants zu bewerten. Jetzt riss sie den Zettel ab. »Perfekt!«

Jayden erhob sich und steckte das Handy ein. »Wir sollten

uns beeilen, bevor die echte Mietwagenfirma anruft.« Er sah sich um. »Wir brauchen einen Internetzugang.«

»Neben dem Restaurant ist die VIP-Lounge, dort haben sie bestimmt einen Corner mit PCs und Druckern.«

Sie starteten los, und während sie das Restaurant verließen, sah Jayden aus dem Augenwinkel, wie Miss Newton sich zufrieden lächelnd zurücklehnte, nach der Kellnerin schnippte und einen Cappuccino mit Zimt bestellte. *Lass ihn dir gut schmecken, eingebildete Ziege,* dachte er. *Du wirst dich noch wundern.*

Sie betraten die nebenan liegende VIP-Lounge und gingen – obwohl sie nicht gerade nach VIP-Gästen aussahen – ziemlich selbstbewusst und mit erhobenem Kopf an einer Servicemitarbeiterin vorbei. Bevor die den Mund aufmachen konnte, um sie vermutlich zu fragen, wer sie überhaupt waren und was sie hier barfuß und mit schmutzigen Feuerwehrstiefeln verloren hatten, blickte Jayden auf die Uhr und fragte: »Mann, schon so spät, sind deine Eltern noch da?«

»Bestimmt ...« Sofia hob die Hand und winkte einem älteren Pärchen zu – er in Anzughose und anthrazitfarbenem Armani-Hemd mit roter Krawatte und sie im eleganten gelben Blazer. Die beiden diskutierten gerade heftig miteinander, während er auf einem Tablet herumscrollte. »Hallo, Dad!«, rief Sofia laut in den Raum.

Der Armani-Träger sah zwar kurz vom Tablet auf und schaute her, reagierte aber nicht weiter. Doch das genügte, dass die Mitarbeiterin sich wieder zurückzog. Sofia und Jayden gingen auf das Pärchen zu, bogen davor aber scharf nach links ab und marschierten an der Bar vorbei in eine Nische, wo es tatsächlich einen Internet-Corner mit Drucker gab. Allerdings gab es nur einen PC, und davor saß ein etwa zwölfjähriger rothaariger Junge mit dicken Pausbacken und einem Pokémon-T-Shirt, der sich im Internet bei einem Online-Versandhandel Blu-rays ansah. Mit der Zoom-Funktion betrachtete er die Cover – Polizistinnen mit entblößten Brüsten und leicht bekleidete Frauen im Sekretärinnen-Outfit. Es war unmöglich festzustellen, was ihm besser gefiel.

»Hallo, Junge«, sagte Jayden freundlich und probierte es zunächst auf Englisch. »Ich würde mich gern für fünf Minuten an diesen PC setzen. Es ist wirklich wichtig.«

»Nein«, antwortete der Junge auf Englisch, ohne aufzusehen, während er sich durch die Bilder der nächsten Blu-ray klickte. *Vollbusige Schwertkämpferinnen.*

»Nachher kannst du wieder deine kulturelle Bildung erweitern. Bloß fünf Minuten«, versuchte Jayden es erneut.

»Nein, hau ab, du Arschgesicht, ich bin gerade beschäftigt«, knurrte der Junge.

Ehe Jayden etwas darauf erwidern konnte, packte Sofia den Bengel am Ohrläppchen, drehte es um, und zischte ihm ins Ohr. »Nein, *du* haust sofort hier ab, Pikachu, sonst sage ich deiner Mutter, dass du dir diesen Schweinkram ansiehst!«

Der Junge quiekte auf, doch dann verstummte er. Sofia zog ihn am Ohrläppchen vom Stuhl hoch und schob ihn beiseite. »Verzieh dich!«

Kaum war der Junge weg, saß Jayden auch schon auf dem Stuhl, beendete das Programm und loggte sich in die Webseite von Heli-Sky ein. Der Buchungsvorgang war denkbar einfach. Ein Flug für zwei Personen für eine Dauer von einer Stunde für einen Inlandsflug, für den sie keinen Reisepass brauchten. Wenn Sofia recht behielt, würde sie der Heli in Wirklichkeit jedoch außer Landes nach Uruguay bringen.

Bei Bezahlung wählte Jayden die Option Kreditkarte aus. Er gab Miss Newtons Namen, die Kreditkartennummer, das Ablaufdatum und die Prüfnummer ein. Der Vorgang wurde bestätigt und nun konnte er seine und Sofias persönlichen Daten eingeben und zwei gültige Bordkarten downloaden, mit denen sie durch den Check-in-Bereich und die Securitykontrolle zum Hangar von Heli-Sky gelangen konnten.

Das alles hatte ziemlich einfach und problemlos geklappt. Jayden druckte die Buchungsbestätigung und die beiden Bordkarten für Sofia González und Jayden D. Knoxville aus. Während der Drucker hochfuhr und das erste Blatt einzog, tippte Sofia ihm auf die Schulter.

Jayden drehte sich um. Der rothaarige Rotzbengel stand einige Meter weit von ihnen entfernt neben einer Frau und einem Mann, redete heftig mit Tränen in den Augen und zeigte zu Jayden und Sofia herüber. Dummerweise war es ausgerechnet der Kerl mit Armani-Hemd und roter Krawatte, dem Sofia vorhin zugewinkt hatte.

»Wir sollten schleunigst abhauen«, zischte Sofia. »In Kürze wird die Luft hier ziemlich dick werden.«

»Geh doch zu deinem *Vater* und erklär ihm die ganze Situation«, scherzte Jayden.

»Sehr witzig!«

Jayden starrte zum Drucker, der gerade das zweite Blatt einzog. *Komm schon, beeil dich!*

Nun setzte sich der Mann in Bewegung und kam auf sie zu. Breitbeinig blieb er vor ihnen stehen und stemmte die Arme in die Hüften. Er war muskulös gebaut und seine Fäuste waren so groß wie Vorschlaghämmer. »Sie haben meinen Sohn bedroht?«, stellte er mit tiefer Stimme auf Englisch fest.

»Alles nur ein Missverständnis«, versuchte Jayden, den Mann zu beschwichtigen. »Wir mussten dringend an diesen PC, um etwas Wichtiges zu erledigen.«

Der Blick des Armani-Trägers wurde finster. Seine Augenbrauen zogen sich zusammen. »Und da ziehen Sie meinen Sohn am Ohr, beleidigen ihn und drohen ihm?«

»Wie gesagt, das tut uns sehr leid – wir sind schon wieder weg.« Jayden schnappte sich die Papiere vom Ausgabefach des Druckers und erhob sich.

»Sitzen bleiben, Kleiner!« Der Kerl tippte Jayden hart gegen die Brust, sodass er wieder auf den Sitz fiel. »Ich hole jetzt die Polizei und dann werden wir erfahren, was ihr beiden Clowns so Wichtiges an diesem PC erledigen musstet.«

Jayden hätte jetzt gern kurz das T-Shirt gelüftet, um dem Mann die Glock in seinem Hosenbund zu zeigen. Aber das hätte vermutlich nur zu einer noch größeren Aufregung geführt und der Typ hätte dann erst recht die Polizei geholt.

Allerdings gab es eine zweite Möglichkeit. Jayden warf Sofia einen prüfenden Blick zu. Würde sie mitziehen, wenn er dem Mann einen Kinnhaken verpasste, in der Hoffnung, dass er ihn mit einem Schlag ausknocken konnte, damit sie so schnell wie möglich zum richtigen Check-in-Schalter rasen konnten? Etwas Besseres fiel ihm gerade nicht ein.

Doch Sofia erwiderte seinen Blick nicht. Ihre Augenbrauen hatten sich ebenfalls zusammengezogen. Ihre Stimme wurde gefährlich leise. »Ich sage Ihnen was, Sie blödes Arschloch! Wenn Sie meinen Freund noch einmal mit Ihren Drecksfingern angreifen, reiße ich mir die Bluse auf, beginne laut zu schreien und behaupte, dass Sie mich sexuell belästigt hätten. Und ich schwöre Ihnen, dass sich die Polizei dafür mehr interessieren wird als für Ihren dämlichen Jungen!«

Der Armani-Träger fixierte sie, mahlte mit dem Unterkiefer und wägte vermutlich ab, ob sie das wirklich wagen würde. Jayden glaubte sogar, das Klicken der Zahnrädchen im Gehirn des Kerls zu hören. Demonstrativ legte Sofia die Hand auf den Kragen ihrer Bluse. Ihre Muskeln spannten sich an, ihr Blick war eiskalt, als schien sie zu allem bereit.

Schließlich verzog der Kerl den Mund. »Greif meinen Jungen nie wieder an, verstanden?«

Sofia nickte. »Mach ich, wenn Sie der kleinen Kröte im Gegenzug bessere Manieren beibringen!«

Jayden stand auf und ohne weiteren Kommentar drängten sie sich an dem Armani-Träger vorbei, gingen an der Mutter mit ihrem Jungen vorüber und verschwanden kommentarlos aus der VIP-Lounge. Den anschließenden Familienstreit würden sie nicht mehr mitbekommen.

»Dein guter *Dad* war ganz schön angepisst«, ätzte Jayden belustigt.

»Hat aber trotzdem alles geklappt, oder?«

Ja, aber auch nur deshalb, weil sie mehr Glück als Verstand gehabt hatten.

»Hast du die Tickets?«, fragte sie.

Jayden nickte.

Erleichtert ließ Sofia die Schultern sinken. »Dann kann ja nichts mehr schiefgehen.«

Im Moment sah es wirklich danach aus, aber gerade deswegen traute Jayden dieser Ruhe nicht.

33. KAPITEL

ZEHN MONATE ZUVOR

Der Freitagmorgen in der zweiten Januarwoche begann mit einer weiteren Teambuilding-Übung bei Mr Wakefield. Von all ihren Ausbildern war er vermutlich der kreativste Kopf. Bei ihm lernten sie nicht nur, sich zu tarnen, andere zu täuschen, unterzutauchen und jede Menge Tricks, um sich aus brenzligen Situationen zu befreien, sondern auch, dass sie sich gegenseitig uneingeschränkt vertrauen mussten, um als Team zu funktionieren.

Diesmal scheuchte Mr Wakefield sie in dünner Bekleidung in die ehemalige Schiffswerft hinunter, die sich unter Brighton Rock befand. Es war saukalt und vom Meer peitschten die Wellen in das alte Werftbecken. Beleuchtung gab es keine, nur dämmriges Tageslicht fiel herein, und deshalb hingen auch Dutzende eingerollte Fledermäuse unter der hohen Decke an den Stahlträgern.

Zwischen den drei betonierten Molen hatte Mr Wakefield einen Parcours aus wackeligen Holzbohlen mit gefährlichen Hindernissen aufgebaut.

Die Übung hieß Gletscher-Rettung im Minenfeld. Lenny trug eine schwarz gefärbte Schneebrille, durch die sie absolut nichts sehen konnte, und ein Headset, über das sie mit Jayden über ein Funkgerät verbunden war. Während der ganzen Aktion durfte Lenny kein einziges Wort sprechen.

Jayden musste seiner blinden und stummen Kollegin helfen und sie mit seinen Anweisungen per Funk über die schnellste Route zu Erik lotsen, der verunglückt auf der anderen Seite der Werft auf sie wartete. Dabei durfte sie auf keine der roten Mausefallen treten, die Mr Wakefield auf allen Wegen verteilt hatte. Der Wind peitschte die kalte Gischt in die Halle und Lenny zitterte in ihrer dünnen Bekleidung.

Die Uhr tickte. Lenny hatten nur sieben Minuten Zeit. Kam sie zu spät, war Erik tot. Machte sie einen Fehler oder stürzte sie ins kalte Wasser, war sie selbst tot.

Lenny startete und bekam Jaydens erste Anweisungen über Funk. Er musste von seinem Beobachtungsposten aus, dem Eingang der Halle, mit dem Fernglas sehr genau schauen, seine Kommandos so präzise wie möglich geben und sich in Lenny hineinversetzen, da sie ihm ja nicht antworten konnte – und sie musste ihm im wahrsten Sinn des Wortes blind vertrauen. Nach sechs Minuten und fünfzig Sekunden hatte sie endlich die andere Seite erreicht und kauerte zitternd neben Erik, der ebenfalls eine schwarze Schneebrille trug und nichts sah. Aber damit begannen erst ihre wahren Schwierigkeiten.

Nun musste sie den gleichen Weg wieder zurückgehen. Mit Erik auf den Schultern, der verletzt war, nicht gehen konnte und genau wie sie blind war. Aber diesmal hatte Erik das Headset auf. Jayden gab ihm die Hinweise per Funk durch und Erik musste sie an Lenny weitergeben. Das kostete die beiden nicht nur Zeit, sondern auch enorme Kraft.

Diesmal blieben ihnen zehn Minuten für den Rückweg über die Bohlen, die sich unter ihrem Gewicht bedenklich durchbogen. Nach sieben Minuten begannen Lennys Beine zu zittern und sie konnte sich nicht mehr voll und ganz auf Eriks Anweisungen konzentrieren, der sich verzweifelt auf ihrem Rücken festklammerte. Beinahe hätten sie es ins sichere Ziel geschafft, doch kurz vor Ablauf der Frist begann Lenny zu hasten, und obwohl Jayden »Stopp!« ins Funkgerät rief, kam Eriks Kommando zu spät und sie trat ins Leere. Nebeneinander stürzten sie kopfüber ins Wasser, wo Mr Wakefield sie mit einem Rettungsring an einem Seil herausfischte.

Kaum steckten die beiden wieder in trockener Kleidung, gab Erik in einer zweiten Runde die Kommandos über Funk durch und Jayden musste Lenny befreien. Diese Herausforderung war schwieriger als die vorherige, da Mr Wakefield den Parcours inzwischen mächtig abgeändert hatte. Zum Schluss musste Erik schließlich Jayden befreien und Lenny gab die Kommandos. Diesmal war der Parcours um einen weiteren Grad schwieriger. Im Endeffekt landete aber jeder von ihnen kurz vor dem Ziel jeweils zweimal im eiskalten Wasser.

Nachdem Mr Wakefield sie erneut herausgezogen hatte, standen Erik und Jayden pitschnass vor ihm, das Wasser lief ihnen aus der Hose, sie rochen nach Muscheln und Algen und bibberten erbärmlich.

»Das erinnert mich an unser Höllenfahrtskommando mit den Schneemobilen in der Antarktis …«, erzählte Erik mit klappernden Zähnen, »… damals, als ich noch bei der CIA war und …«

»Es heißt Himmelfahrtskommando, du Depp«, korrigierte Lenny ihn, »außerdem kennst du nicht mal den Unterschied zwischen Arktis und Antarktis.«

»Schluss damit!« Mr Wakefield blickte auf seine Stoppuhr. »Heute ist jeder von euch zweimal gestorben. Mein Beileid! Wenn eure Zusammenarbeit besser, schneller und präziser geklappt hätte, dann hättet ihr die Aufgabe bewältigen können, ohne dass ihr auf eine Tretmine steigt oder in eine Gletscherspalte fallt.«

»Hat diese Aufgabe überhaupt schon mal jemand geschafft?«, fragte Jayden, der sich das gar nicht vorstellen konnte.

»Sicher.« Mr Wakefield nickte. »Aber nicht in dieser Zeit.«

Erik starrte ihn mit zusammengekniffenen Augen an. »Soll das heißen, die anderen Teams hatten mehr Zeit?«, fragte er schlotternd.

»Der Parcours bleibt gleich, aber jedes Jahr verringere ich die Dauer um eine halbe Minute.«

»Das ist unfair!«, rief Lenny.

»Und genau deshalb spiegelt diese Aufgabe das Leben wider, junge Dame. Die Anforderungen dort draußen werden von Jahr zu Jahr härter und ihr müsst besser werden, um zu überleben. Ihr seid nicht umsonst das Team Omega.«

»Super«, schmollte Erik, während seine Zähne immer noch klapperten.

»Ihr müsst euch besser kennenlernen, damit ihr euch in jeder Lebenslage vertrauen und erfolgreich zusammenarbeiten könnt«, fügte Mr Wakefield hinzu. »Daran werden wir morgen Nachmittag arbeiten.«

»Das ist doch das Fachgebiet von Elly D. Shepard«, stellte Lenny fest.

»Falsch, das ist *meine* Aufgabe.«

»Okay, aber nicht schon wieder ein blödes Teambuilding-Spiel«, maulte Erik.

Mr Wakefield sah ihn überrascht an. »Ich glaube, ich habe mich gerade verhört.«

»Ich kann die Wörter Motivation und Gruppendynamik schon nicht mehr hören.« Erik verdrehte die Augen. »Wir müssen ein Gefühl von Zusammengehörigkeit entwickeln ... zu eingespielten Partnern ohne Rivalitäten werden ... und begreifen, dass wir nur als Team funktionieren und in der Gruppe mehr erreichen als als Einzelkämpfer ... Ja, schon kapiert ... Botschaft angekommen!« Er rieb sich vor Kälte die Oberarme.

Mr Wakefield schlug ihm hart gegen die Stirn. »*Da* hast du es vielleicht begriffen ... aber nicht hier!« Er tippte ihm aufs Herz. »Morgen Nachmittag, pünktlich um fünfzehn Uhr, treffen wir uns draußen auf dem alten Pier, wo früher die Schiffe angelegt haben. Zieht euch diesmal warm an. Und jetzt los – geht euch heiß duschen.«

Das ließen sich Erik, Jayden und Lenny nicht zweimal sagen und liefen halberfroren los.

»Mir reicht's, ich brauch dringend mal Abwechslung«, knurrte Erik, als sie außer Reichweite waren. »Ständig pauken, trainieren und um zehn ins Bett. Ich schleiche mich heute Nacht raus und schieß mich in einem Pub weg.«

»Wo denn? In Brighton?«, fragte Jayden leicht amüsiert. »In der Stadt der unbegrenzten Möglichkeiten, wo es an jeder Ecke ein Lokal gibt?«

»In London.«

Jayden blieb stehen. »Du verarschst mich!«

Lenny blieb ebenfalls stehen. »Mit dem Zug sind wir in einer Stunde in der Londoner Victoria Station.« Sie hatte bereits ihr Handy gezückt, um nach einer Bahnverbindung zu suchen.

»*Wir?*«, wiederholte Jayden.

»Klar, ich finde die Idee großartig«, sagte sie. »Nichts gegen euch, Leute, aber ich will mal unter andere Gleichaltrige kommen, etwas erleben und einmal wieder ich selbst sein dürfen. Außerdem ist heute mein Geburtstag …« Sie senkte die Stimme. »Wenn wir heute Nacht heimlich abhauen und in einem Pub mit cooler Musik eine Party feiern, lade ich euch ein.«

»Einverstanden.« Erik grinste. »Ich bin sowieso knapp bei Kasse.« Er drehte sich zu Jayden. »Bist du dabei?«

»Blöde Frage.« Natürlich war er dabei.

34. KAPITEL

Jayden und Sofia hatten mit ihren Bordkarten bereits den Check-in-Bereich passiert und befanden sich nun auf dem Weg zur Sicherheitskontrolle. Dahinter würden sie sich dann im Duty-Free-Bereich befinden, wo sie schnurstracks zu dem Gate marschieren konnten, an dem der Heli-Sky-Helikopter auf sie wartete.

Doch etwa zwanzig Meter vor der Zone, wo die Menschen ihre Handys, Notebooks, Brieftaschen und metallenen Gegenstände in Plastikkörben auf ein Förderband legten, um danach durch einen Ganzkörperscanner zu gehen, blieb Jayden abrupt stehen.

»Was hast du?«, fragte Sofia.

Jayden kaute nachdenklich an der Unterlippe.

»Oh, verdammt, ich weiß«, entfuhr es Sofia. »Die Waffe und der Schalldämpfer, stimmt's?«

Er nickte.

»Du musst beides verschwinden lassen, bevor wir durch den Scanner gehen. Am besten jetzt gleich bei diesen Mülleimern.« Sie deutete zu einer Nische, in der verschiedene Boxen für Papier, Plastik, Restmüll und Glasflaschen standen.

Jayden schüttelte den Kopf.

»Was soll das bedeuten?«, fragte sie beunruhigt.

»Das bedeutet, dass ich mich nicht von dieser Waffe trenne.«

»Bist du übergeschnappt?«

»Bis jetzt waren uns die Mafia-Killer ständig auf den Fersen.«

»Aber die denken, dass wir im Flugzeug draufgegangen sind.«

»Was ist, wenn sie mein letztes Telefonat mit Lenny über die Feier und die Geburtstagstorte abgehört haben? Dann wissen sie, dass wir noch am Leben sind«, überlegte er mit gedämpfter Stimme. »Was ist, wenn sie nur darauf warten, dass wir durch diese Kontrolle gehen, um uns dahinter zu schnappen?«

»Bist du jetzt nicht ein wenig zu paranoid?«, fragte sie.

»Wenn es mir das Leben rettet, bin ich gern paranoid«, sagte er trocken. »Der Besitz des USB-Kabels könnte uns heil aus dieser Sache herausbringen – aber wenn das nicht klappt, ist diese Waffe unser Plan B und damit unsere einzige und letzte Überlebenschance.«

»Okay«, seufzte sie. »Und wie willst du eine Glock, die so groß wie eine Panzerfaust ist, durch diesen Detektor bringen?«

»Ganz einfach«, überlegte er, »indem wir sie außen herum reinschmuggeln.«

»Du spinnst doch.«

Er schob sich die Glock vorne in den Hosenbund, verzog plötzlich schmerzhaft das Gesicht und krümmte sich zusammen. Zugleich griff er sich an die Wirbelsäule. »Ahhh, verflucht, ich habe gerade einen Bandscheibenvorfall.«

Sofia sah ihn entsetzt an. »Im Ernst?«

»Nein, natürlich nicht«, zischte er leise. »Aber ich brauche einen Rollstuhl, weil ich keinen Schritt mehr gehen kann!« Er sackte auf dem Boden zusammen.

Sofia schaltete schnell und organisierte am Informationsschalter ein Rollstuhl-Service für Jayden. Fünf Minuten später kam ein junger Flughafenbediensteter mit einem Rollstuhl, half Jayden hinein und beförderte ihn damit zur Sicherheitskontrolle.

Alonso, so hieß der Kerl, schob Jayden zwar vor sich her, hatte aber nur Augen für die barfüßige Sofia. »Reisen Sie und Ihr Freund ohne Handgepäck?«, fragte er neugierig.

Sofia lächelte dem jungen Mann zu und berührte ihn kurz am Arm. »Wissen Sie, ich und mein *Bruder* haben keines. Ich mache nur einen kurzen Trip ins Sommerhaus unserer Eltern, und da ich ihn nicht allein zu Hause lassen kann – Sie sehen ja, in welch erbärmlichem Zustand er sich befindet –, kommt er mit.«

Es heißt: mein Bruder und ich, dachte Jayden verstimmt. Aber im nächsten Moment war er froh, dass Sofia mit dem Kerl flirtete und ihn dabei gehörig ablenkte. Jayden nutzte die Gelegenheit, griff vorne in den Hosenbund, holte die Waffe unter dem T-Shirt hervor und schob sie blitzschnell zwischen seinen Beinen unter das dicke Sitzkissen des Rollstuhls.

»Alles in Ordnung?«, fragte Alonso und wollte sich schon besorgt nach vorne zu Jayden beugen.

»Die Warteschlange ist aber lang«, seufzte Sofia rasch, ehe Jayden etwas erwidern konnte.

»Kein Problem.« Alonso nickte lächelnd nach vorn. »Mit dem Rollstuhl werden wir vorgelassen.« Er schob Jayden an der Warteschlange vorbei direkt zur Sicherheitskontrolle. Dabei erklärte er Sofia noch ein paar Details über ihr tolles Sicherheitssystem, was Jayden nutzte, um auch den Schalldämpfer unter dem Sitzkissen verschwinden zu lassen.

Dann kamen sie vor dem Scanner an, wo sie ihre wenigen Habseligkeiten in einer Plastikbox auf das Förderband legten. Jayden erhob sich mühsam und ging mit Krücken, die ihm eine uniformierte Polizistin reichte, zum Körperscanner.

Unterdessen schob Alonso den Rollstuhl seitlich neben dem Körperscanner vorbei. »Ist vom Flughafen«, erklärte er dem Sicherheitspersonal und zeigte seinen Ausweis her, der in einer eingeschweißten Plastikfolie an einem Band um seinen Hals hing.

»Was ist mit dir geschehen?«, fragte die Polizistin. Das Funkgerät an ihrem Gürtel knackte kurz. »Brauchst du Hilfe?«

Jayden wehrte ab. »Es geht schon, danke, die paar Schritte kann ich allein gehen.« Er reichte der Polizistin die Krücken und humpelte durch den Scanner. Nichts piepte. »Ich habe zwischen dem vierten und fünften Lendenwirbel einen Bandscheibenvorfall«, erklärte er, als er sich auf der anderen Seite wieder in die Krücken stemmte. »Die Bandscheibe drückt auf die Nerven und es schmerzt höllisch beim Gehen. Der Arzt sagt, in drei Monaten ist alles wieder vorbei. Ich wäre ja zu Hause geblieben, aber meine liebe Schwester will unbedingt unsere Eltern besuchen und ich muss mit, weil sie Angst vorm Fliegen hat.« Er warf Sofia einen bissigen Blick zu.

Sie verzog kurz den Mund zu einem schiefen Lächeln und ging ebenfalls durch den Scanner.

Jayden reichte der Polizistin die Krücken und ließ sich wieder in den Rollstuhl fallen. Ehe Alonso die Griffe packen konnte, war Sofia schon da und schob Jayden selbst weiter. »Vielen Dank für Ihre Hilfe«, säuselte sie. »Ab jetzt kann ich meinen Bruder allein weiterschieben. Wir werden im Duty-Free-Bereich noch kurz shoppen gehen.«

»Brauchst du ein frisches Deo?«, fragte Jayden ätzend.

»Nein, mein Lieber, aber *du* hast deine Zahnbürste zu Hause vergessen, und du weißt doch, wie sehr Mutter deinen Mundgeruch hasst.«

Jayden knirschte mit den Zähnen, sagte aber nichts. Unterdessen schnappte sich Sofia ihre Sachen vom Förderband und schob Jayden weiter zu den Gates.

»Du bist ein Aas!«, zischte er, als sie ein paar Meter weit weg waren.

»Ich weiß, danke.« Sofia grinste. »Woher weißt du eigentlich so viel über Bandscheibenvorfälle?«, raunte sie ihm zu. »Lernt man das bei der Last Line of Dingsbums?«

»Meine Tante Maggie arbeitet im Krankenhaus«, sagte er. »Da bekommt man so einige Geschichten von Patienten mit.«

Sofia lenkte den Rollstuhl hinter einen Putzwagen neben eine raumhohe Topfpalme. Jayden erhob sich, und während Sofia ihn mit ihrem Körper verdeckte, holte er die Pistole hervor und montierte den Schalldämpfer an den Lauf.

»Was machst du da so lange?«, presste sie mit geschlossenen Lippen hervor.

»Vorbereiten«, sagte er nur und steckte sich die Waffe wieder unter das T-Shirt in den Hosenbund. Wenn er schon schießen musste, sollte es zumindest nicht das ganze Flughafenpersonal hören, denn falls man ihn mit der Knarre auf dem Gelände erwischte, bedeutete das mehrere Jahre Knast. Und in Argentinien war das die Hölle. Aber lieber Knast als unbewaffnet in eine Falle laufen.

Inzwischen hatte Sofia ihr Gate gefunden. Flugsteig F lag nur zwei Gehminuten entfernt und dahinter lag der Hangar von Heli-Sky. Jayden sah bereits den Schalter am Ende der lang gezogenen Halle. Eilig liefen sie darauf zu. Zum Glück war der Schalter besetzt. Ein braun gebrannter Mann Anfang vierzig mit Schnauzbart und Lockenkopf, buntem T-Shirt und muskulösen behaarten Unterarmen stand hinter dem Tresen. Er tippte auf einer Computertastatur herum, während ein Telefonhörer zwischen Schulter und Ohr klemmte.

Sie waren nur noch einen Steinwurf von dem Schalter entfernt, als über die Lautsprecher eine Durchsage auf Spanisch ertönte. Die war so schnell und abgehackt gesprochen und ging im Gemurmel der wartenden Fluggäste unter, sodass Jayden nichts verstehen konnte. Allerdings sah er an Sofias entsetztem Gesichtsausdruck, dass die Information nichts Gutes bedeutete. Um sie herum griffen alle Fluggäste zu ihren Handys und begannen hektisch zu telefonieren.

Kurz darauf wurde die Durchsage auf Englisch wiederholt und nun verstand Jayden alles.

»Achtung! Achtung! Laut Anordnung des Innenministeriums werden mit sofortiger Wirkung alle Flüge bis auf Weiteres aus Sicherheitsgründen ersatzlos gestrichen! Ich wiederhole …«

»Fuck!«, fluchte Jayden. Sie waren ein paar Minuten zu spät gekommen.

Der Mann hinter dem Heli-Sky-Schalter legte den Telefonhörer auf und zog vor ihrer Nase den Rollladen vor dem Tresen herunter.

35. KAPITEL

ZEHN MONATE ZUVOR

Das Pub hieß Iron Dragon und befand sich in Whitechapel, einem Stadtteil Londons, in dem vor über hundertdreißig Jahren der Frauenmörder Jack the Ripper sein Unwesen getrieben hatte. Heute befanden sich dort immer noch jede Menge Kneipen. Dorthin waren Erik, Lenny und Jayden heimlich in der Nacht ausgerissen, nachdem Lenny ihr gesamtes Bargeld zusammengekratzt und drei Zugtickets von Brighton nach London gekauft hatte.

Zum Glück musste keiner von ihnen seinen Ausweis herzeigen, da sie älter aussahen, als sie tatsächlich waren. Jetzt standen sie an der Bar und tranken bereits ihr zweites dunkles Bier, während soeben der gefühlt zehnte irische Folksong verstummte, der aus den Boxen schmetterte. In den wenigen Sekunden, in denen keine Musik lief, war der Lärm im Pub deutlich zu hören. Eine Gruppe älterer Männer saß an mehreren Tischen, die sie zusammengeschoben hatten, an der Seite des Pubs wurde Darts gespielt und weiter hinten knallten Billardkugeln gegeneinander, gefolgt vom Grölen einiger Jugendlicher.

Der Barkeeper zwinkerte Jayden verschwörerisch zu, daraufhin ging das Licht kurz aus und über die Boxen kam der Song Happy Birthday.

»Ihr Schufte!«, rief Lenny, als sie begriff, dass Erik und Jayden das eingefädelt hatten. Die beiden hoben die Gläser und prosteten Lenny zu. »Darauf, dass wir auch das nächste halbe Jahr überstehen.«

Den Männern an den Tischen war nicht entgangen, dass es Lenny war, die Geburtstag hatte, und auch sie hoben die Gläser und stimmten lautstark in den Geburtstagssong mit ein. Der Barkeeper ließ noch ein paarmal die Lichtanlage aufblitzen und danach wurde wieder Folkmusik gespielt. Es war ein stimmungsvoller Abend, Lenny tanzte sogar ein bisschen zur Musik, und es hätte alles lustig und gemütlich ausklingen können, wenn da nicht plötzlich der Barkeeper mit einem Tablett auf Lenny zugekommen wäre.

Er hielt ihr einen bunten Cocktail mit Schirmchen und einer Erdbeere entgegen. »Der ist für Sie …«

»Oh, danke.« Lenny wollte bereits zugreifen, hielt jedoch inne. »Von Ihnen?«

»Nein, von den Burschen am Billardtisch«, erklärte der Barkeeper. »Ich soll Ihnen alles Gute zum Geburtstag ausrichten«, fügte er hinzu.

»Wie heißt denn dieser Cocktail?«, fragte Lenny.

Beschämt verzog der Barkeeper das Gesicht. »Sex on the Beach.«

Lenny verdrehte die Augen. »O Gott!« Sie schielte zu dem Tisch, dann blickte sie Jayden und Erik an. Erik schüttelte nur knapp den Kopf. *Tu es nicht,* schien sein warnender Blick zu sagen. Die Typen waren bestimmt zwei bis drei Jahre älter als sie und schauten erwartungsvoll zu ihnen herüber. Jayden fiel auf, dass sie nur Lenny betrachteten. Die Situation gefiel ihm gar nicht.

»Danke, lieber nicht.« Lenny schob dem Barkeeper das Tablett zurück. »Tut mir leid.«

»Ich will mich nicht in Ihre Angelegenheiten mischen«, sagte der Barmann, »aber an Ihrer Stelle würde ich den Drink nehmen. Sie müssen ihn ja nicht trinken, aber nehmen Sie das Glas. Bitte!«

»Von Ihnen hätte ich es gern genommen, Sie sind ein netter Typ, aber die Kerle am Billardtisch kenne ich nicht.« Der Barkeeper wollte etwas sagen, aber Lenny brachte ihn mit einer Geste zum Schweigen. »Ich habe nicht darum gebeten und darum werde ich das Glas auch nicht anrühren. Ich hoffe, Sie verstehen das.«

»Ich verstehe das, aber ...« Der Barmann schielte zu dem Billardtisch. Dort standen die vier Kerle, die ihr Spiel unterbrochen hatten und gespannt zu ihnen herüberstarrten, den Billardqueue in der Hand.

»Sie müssen den Burschen nichts ausrichten«, fügte Lenny hinzu. »Wenn die etwas von mir wollen, sollen sie selbst herkommen.«

Der Barkeeper verzog das Gesicht. »Okay, tut mir leid.« Er verschwand mit dem Tablett wieder hinter den Tresen. Allerdings war es auch nicht nötig, dass er den jungen Männern etwas ausrichtete, denn eine Minute später standen sie vor ihnen. Alle vier. Mit aufgerollten Hemdsärmeln und den Queues in der Hand.

Jayden musterte sie und automatisch schnellte sein Puls

nach oben. Einer war etwas kleiner, aber die anderen drei waren so groß wie sie selbst. Am Dreitagebart und dem aggressiven finsteren Blick erkannte er, dass sie mindestens achtzehn oder neunzehn Jahre alt waren.

Derjenige, der als Erstes den Mund aufmachte, hatte ein lang gezogenes keltisches Tattoo am Hals, das unter seinem Hemd verschwand. »Ich wollte …«

»Jetzt weiß ich, was du hier zu suchen hast«, unterbrach Erik ihn. »Der Ausgang ist dort drüben!« Er zeigte zur Tür.

Der Tätowierte ignorierte ihn und starrte stattdessen nur Lenny an. »Ich wollte höflich sein, dir einen Drink spendieren, weil du doch heute Geburtstag hast, aber du hast ihn leider ausgeschlagen. Ich weiß ja nicht, woher du kommst, aber in Whitechapel tut man das nicht.«

»Das war wirklich nett von dir, aber es ist besser, wenn ihr eure Billardpartie weiterspielt und wir allein feiern.«

»Du könntest doch mit uns spielen«, schlug der Tätowierte vor. »Ist sicher lustiger, als mit diesen beiden Pfeifen herumzuhängen. Und wenn der …« Er zeigte auf Erik, ohne den Blick von Lenny zu nehmen. »… noch einmal ungefragt das Maul aufmacht, schlage ich ihm die Zähne aus.«

»Mit *euch* spielen?«, wiederholte Lenny. »So freundlich wie du bist?« Sie schüttelte den Kopf. »Leg dich schnell hin. Ich glaube, du hast ganz hohes Fieber. Und beleidige meine Freunde nicht noch einmal, sonst brauchst du selbst ein neues Gebiss.«

Jayden spannte unwillkürlich die Muskeln an.

»Uuuh!«, rief der Typ, woraufhin seine Freunde lauthals losgrölten. »Du bist anscheinend eine Wildkatze. Woher kommst du? Türkei? Zypern? Griechenland?«

Plötzlich stand der Barkeeper zwischen ihnen. »Jungs, ich will hier drinnen keinen Stunk. Wenn ihr euch prügeln wollt, geht raus!«

»Verschwinde!« Der Tätowierte bohrte dem Barkeeper den Billardqueue in die Brust und schob ihn kraftvoll zur Seite. Dann trat er einen Schritt auf Lenny zu. »Du hast zwei Möglichkeiten. Entweder du trinkst den Cocktail oder du begleitest uns zu unserem Tisch und spielst eine Partie mit uns.«

»Niemand schreibt mir vor, welche Möglichkeiten ich habe«, sagte Lenny erstaunlich ruhig. »Ich will einfach nur hier mit meinen Freunden feiern. Das ist alles.«

»Mit den beiden Komikern?«, rief ein breiter Typ mit Baseballkappe, der neben dem Tätowierten stand. »Die hat der Arzt doch nach der Geburt zweimal hochgeworfen, aber nur einmal gefangen!« Sie grölten wieder und klatschten sich gegenseitig in die Hände.

»Wie lustig.« Lenny setzte ein zynisches Lächeln auf. »Wie ich sehe, bist du von lauter Schwachsinnigen umgeben.«

»Was soll das heißen?«, rief der Tätowierte.

Erik drängte sich an Lennys Seite. »Ihr seid Organspender, richtig? Bestimmt habt ihr euer Gehirn schon gespendet.«

Der Tätowierte umklammerte den Billardstock so fest, dass die Knöchel weiß hervortraten. »Was habe ich zuvor gesagt? Wenn du noch einmal den Mund aufmachst, schlage ich dir die Zähne aus.«

»Ein Kampf zwischen uns wäre aber unfair«, sagte Erik. »Ihr seid nur zu viert.«

»Hör auf!«, zischte Jayden und legte ihm die Hand auf den Unterarm.

»Was denn? Die machen wir doch locker fertig.«

»Du hast es so gewollt, Großmaul!« Der Kerl holte mit dem Billardqueue aus, schwang ihn über den Kopf und wollte ihn auf Eriks Nacken niedersausen lassen. Doch da war Jayden schon dazwischen.

Mit überkreuzten Unterarmen blockte er den Schlag, wand dem Kerl mit einer Drehung den Stock aus der Hand und schleuderte das Ding hinter sich.

Einige Gäste sprangen kreischend von ihren Stühlen auf, doch Jayden und Erik ignorierten den Tumult. Erik blickte dem Tätowierten fest in die Augen. »Ich sage es gern noch einmal, ganz langsam zum Mitschreiben. Ihr seid nur zu viert.«

Der Tätowierte warf Jayden einen prüfenden Blick zu.

»Tu nichts, was du später bereust und nicht mehr rückgängig machen kannst«, sagte Jayden leise. »Geh zurück zu deinem Tisch, spiel weiter und lass uns hier in Ruhe austrinken.« Er spürte, wie Erik neben ihm die Fäuste ballte, jederzeit bereit, einzugreifen und zuzuschlagen.

Der Tätowierte grinste. »Ihr beiden irrt euch, wir sind nicht zu viert.« Er drehte den Kopf und stieß einen Pfiff aus, woraufhin sich drei weitere Jugendliche vom zweiten Billardtisch lösten und zu ihnen kamen. »Es wird Zeit, euch Angebern und Grünschnäbeln eine Abreibung zu verpassen.« Im nächsten Moment standen ihnen sieben Kerle gegenüber.

»Das habt ihr ja toll hingekriegt«, zischte Lenny. Auch sie ballte die Fäuste, während sich ihr Körper anspannte, darauf vorbereitet, sich zu verteidigen.

In diesem Moment verstummte die Musik, ebenso das kurz aufkeimende Gemurmel in dem Pub. Jaydens Herz raste. Was immer Mrs Harding ihnen beigebracht hatte, es würde nicht ausreichen, denn gegen sieben um ein paar Jahre ältere Typen hatten sie keine Chance. Es wäre schon gegen vier Gegner brenzlig geworden, weshalb er sich jetzt innerlich auf eine ziemlich heftige Tracht Prügel einstellte und sich bereits im Krankenhaus aufwachen sah. Dabei hatte er weniger Furcht vor den Schlägen und Schmerzen, sondern vielmehr davor, wie sie das ihren Lehrern in Brighton Rock beibringen sollten.

»Geht raus!«, brüllte der Barkeeper.

»Wir erledigen das hier – ist gleich vorbei«, sagte der Tätowierte, stellte sich breitbeinig hin und brachte die Hände in Position.

An der Art und Weise, wie er dastand und die Handflächen krümmte, erkannte Jayden, dass der Typ mit einer Wing-Chun-Technik angreifen würde. *Na prima! Auch das noch!*

Jayden ging einen Schritt zurück, um die Situation besser im Blick zu haben, und atmete tief aus. Plötzlich hörte er ein Räuspern hinter sich, aber er reagierte nicht darauf, weil er keinen seiner Gegner aus den Augen lassen wollte.

»Mr Remington!«, rief Lenny überrascht.

Was? Willst du mich verarschen?, dachte Jayden. Er schielte kurz zur Seite, und da sah er, wie sich ein groß gewachsener

Mann im Mantel zwischen sie schob. Es war tatsächlich Mr Remington und er sah ziemlich übel gelaunt aus.

»Was willst du alter Knacker!«, fauchte der Tätowierte. »Misch dich nicht in unsere Angelegenheiten.«

Mr Remington lüftete kurz den Mantel. Jayden konnte nicht erkennen, was er dem Tätowierten zeigte, aber vermutlich war es eine langläufige Waffe, die in seinem Holster steckte.

»Ich habe sechs Schuss Munition«, erklärte Mr Remington gefährlich leise. »Das bedeutet für sechs von euch jeweils eine Kugel in die Kniescheibe. Einer von euch kommt ungeschoren davon ... aber mit dir fange ich an.« Er blickte dem Tätowierten fest in die Augen. »Willst du das?«

Inzwischen war Jayden mit Erik und Lenny einen Schritt zurückgewichen, und nun sah er, dass hinter Mr Remington auch Miss Ishida, ihre Technik-Ausbilderin, und Mr Elliot, ihr Lehrer und Analyst, das Pub betreten hatten.

Der Tätowierte funkelte Jayden wütend an. »Dein Glück, dass dein Opa rechtzeitig gekommen ist, um dich ins Bett zu bringen!«

»Ja, Opa wird sich um die drei kümmern«, knirschte Mr Remington sauer und packte Jayden am Ohrläppchen. »Wir gehen!« Er wich langsam rückwärts in Richtung Tür und zog Jayden dabei mit sich, der sich gerade noch seine Jacke von der Stuhllehne schnappen konnte. Lenny und Erik nahmen ebenfalls ihre Jacken und folgten ihnen.

Unterdessen ging Mr Elliot zum Barkeeper, griff in die Manteltasche und legte ein paar Pfundnoten auf den Tresen. »Für Ihre Unannehmlichkeiten«, erklärte er freundlich.

Miss Ishida flankierte ihre andere Seite und begleitete sie zur Tür. Sie trug eine weite schwarze Hose und einen dunklen ausgebleichten Rollkragenpullover. Aus ihren aufgesteckten Haaren ragten zwei Stiele, die wie chinesische Essstäbchen aussahen. »Es ist jedes Jahr das Gleiche mit den neuen Rekruten«, zischte sie leise.

»Aber wir …«, begann Erik.

»Sei still! Es sind immer die gleichen Schwachköpfe, die glauben, sie müssten einen draufmachen«, schimpfte sie.

Sie verließen das Pub und standen auf der Straße. Mr Elliot war ihnen gefolgt und schloss nun die Tür zum Lokal. Mittlerweile drang wieder laute Musik heraus. Außer ihnen war hier weit und breit niemand zu sehen.

Endlich ließ Mr Remington Jaydens Ohr los, aber nicht, ohne vorher nochmal hart daran gedreht zu haben. »Aua!« Jayden rieb sich das Ohr.

»Wie haben Sie uns gefunden?«, fragte Lenny kleinlaut.

Miss Ishida zog ihr Handy aus der weiten Seitentasche ihres Pullovers. »Wir haben eure Telefone über GPS geortet.«

Lenny bekam große Augen. »Im Ernst? Anscheinend haben Sie noch nie etwas von Privatsphäre gehört?«

»Nein«, antwortete sie, »und das ist euer Glück, denn sonst wärt ihr jetzt nur noch ein Haufen Matsch, den wir vom Holzboden kratzen müssten.«

»Mit denen wären wir locker fertiggeworden«, begehrte Erik auf, »so wie damals, als wir in dieser Rockerkneipe in Boston …«

»Strapaziere meine Nerven nicht!«, unterbrach Mr Remington ihn. »Ich hätte ja gern dabei zugesehen, wie ihr eure Abreibung bekommt, aber leider hat die Academy schon zu viel Geld in eure Ausbildung investiert, um tatenlos dabei zuzusehen, wie ihr vermöbelt werdet.«

Sie gingen ein Stück die Straße hinunter. Ein eisiger Wind wehte um die Häuserecke. Schneematsch klebte am Bürgersteig.

Jayden schlüpfte in seine Jacke. »Geht es jetzt zurück zur Academy?«

Mr Elliot gab keine Antwort darauf. Er winkte ein Taxi herbei. »Ihr schuldet mir hundert Pfund«, sagte er verärgert.

»Aber wir ...«, rief Erik.

»Und ich soll euch von Mrs Harding ausrichten, dass ihr morgen eine saftige Strafe ausfassen werdet.«

36. KAPITEL

Nachdem Sofia sich bei einem Infoschalter erkundigt hatte, kam sie mit langem Gesicht auf Jayden zu. »Bis auf Weiteres dürfen keine Flieger mehr abheben. Und landen dürfen nur noch die letzten paar Flugzeuge, die sich bereits im Landeanflug auf Aeroparque befinden und nicht mehr genug Treibstoff haben, um auszuweichen.« Sie zuckte mit den Achseln. »Keine Ahnung, wie lang diese Sperre dauert.«

»So lang, bis die Sonderermittler die Ursache der Flugzeugexplosion herausgefunden haben«, vermutete Jayden. »Und das kann Tage dauern. Vermutlich wird der gesamte Flughafen innerhalb der nächsten Stunden komplett geräumt werden, weil die Polizei mit Spürhunden alles nach weiteren Sprengstoffladungen durchsuchen wird.«

Aber so lang konnten sie nicht warten. Jede weitere Stunde und selbst jede weitere überflüssige Minute, die sie hier verbrachten, erhöhte das Risiko, entdeckt zu werden.

Jayden kaute auf der Unterlippe und starrte zu dem heruntergelassenen Rollladen des Heli-Sky-Schalters. »Ich verschaffe mir jetzt gewaltsam Zutritt zum Hangar«, knurrte er und ging die letzten Meter auf den Schalter zu.

Sofia wurde blass. »Wie denn? Mit der Waffe?«

»Der Heli ist unsere einzige Chance!«

Sie packte ihn am Arm. »Dann kommen wir vom Regen in die Traufe.«

»Willst du stattdessen hier sitzen bleiben, Däumchen drehen und darauf warten, dass sie uns aus dem Flughafen werfen?«

Sie sah ihn an, stöhnte laut auf und signalisierte mit ihrem Gesichtsausdruck, dass sie auch keinen besseren Vorschlag hatte.

Jayden bemerkte aus dem Augenwinkel, dass sich die Fluggäste erneut zu Dutzenden um die TV-Monitore scharten. »Sensationslüsterne Meute«, knurrte er grimmig. »Bekommt anscheinend den Hals nicht voll von den Katastrophenbildern.«

Er wollte bereits mit der Faust gegen den Rollladen hämmern, als Sofia ihn zurückhielt. »Was?«, rief er angespannt.

»Schau dir das an …«, flüsterte sie. Ihr stockte der Atem. Gebannt starrte sie auf einen der Monitore.

Jayden sah flüchtig hin und wollte sich schon wieder abwenden, als sein Blick einfror. In einer Sondermeldung des Nachrichtensenders ging es gar nicht um die Flugzeugexplosion, wie er ursprünglich angenommen hatte, sondern um etwas ganz anderes. Langsam trat Jayden näher zum Monitor, der in Kopfhöhe an der Wand hing.

Eine dunkelhaarige Sprecherin im cremefarbenen Kleid erklärte anscheinend die Zusammenhänge, doch es war nichts zu hören, da der Ton ausgeschaltet war. Es lief bloß ein Infoband mit den Schlagzeilen über den unteren Bildschirmrand.

21 Menschen bei Anschlag auf die britische Botschaft getötet +++ 9 schwer verletzt, davon schweben 7 in Lebensgefahr +++ 2 Personen werden vermisst +++ Polizei hat Stadtteil ab-

geriegelt +++ Politischer Terroranschlag nicht auszuschließen +++ Noch keine Stellungnahme der britischen Regierung.

»Mierda!« Sofia klammerte sich an Jaydens Arm. Zugleich spürte er, wie ihr die Luft wegblieb. Im gleichen Augenblick schnürte es ihm selbst den Brustkorb zusammen.

Neben der Sprecherin wurden zwei Fotos eingeblendet. Sie zeigten Sofia und ihn. Darunter stand *Gesucht*. Nun wurden ihre Namen eingeblendet und eine Nummer der argentinischen Bundespolizei, an die man sich mit sachdienlichen Hinweisen wenden konnte.

»Die suchen uns«, murmelte Sofia.

In einem Überwachungsvideo, das jetzt gezeigt wurde, sah man, wie Sofia mit ihrem Moped auf die Botschaft zuraste. *Hat damit der Anschlag begonnen?*, lautete die dazugehörige Schlagzeile. *Wer kennt diese Frau?*

Jayden schluckte. Anscheinend vermuteten die Ermittler wegen ihres spurlosen Verschwindens, dass sie etwas mit den Anschlägen zu tun hatten. Entweder war die argentinische Kripo ganz von allein darauf gekommen – oder jemand hatte ihnen diesen Hinweis zukommen lassen. Jayden tippte auf Letzteres. Und er ahnte auch schon, wer das gewesen war. Dieselben Leute, die die Botschaft angegriffen, sie durch die halbe Stadt gejagt und zuletzt das Flugzeug gesprengt hatten.

Sofia warf Jayden einen ängstlichen Blick zu. »Unsere Fotos sind auf jedem Fernsehbildschirm zu sehen. Wir können nirgendwo hingehen.«

»Jetzt sind wir tatsächlich vom Regen in die Traufe gekommen«, seufzte Jayden, »und zwar ganz ohne unser Zutun.«

Sofias Augen glänzten. Sie war den Tränen nahe. »Was jetzt?«

Jayden dachte kurz nach. Es blieb ihnen nur eine Möglichkeit. »Wir brauchen eine Schere, Haarfärbemittel, Kajal, Wimperntusche und Sonnenbrillen.« Er blickte sich um. Einige Geschäfte hatten bereits vorzeitig geschlossen, aber der Duty-Free-Supermarkt war noch offen. »Wir sollten einkaufen gehen, bevor die Verkäufer Nachrichten geschaut haben.«

Ohne weitere wertvolle Zeit zu verschwenden, marschierten sie in den Supermarkt und besorgten sich alles Mögliche, um ihr Aussehen zu verändern. Sofia dachte auch an einen braunen Tuschestift, mit dem man Sommersprossen aufmalen konnte, und einen Klebstoff, mit dem man sich die Ohren seitlich an den Kopf kleben konnte, was das Aussehen deutlich veränderte. Jede Idee zählte.

Nachdem sie alles bezahlt hatten, liefen sie schnurstracks zur nächsten Toilettenanlage.

In seiner inneren Anspannung hatte Jayden gar nicht bemerkt, dass sie zwei Männer in dunklen Anzügen beobachtet hatten, die kurz telefonierten und ihnen nun zu den Toiletten folgten.

37. KAPITEL

ZEHN MONATE ZUVOR

Wegen ihrer gestrigen Aktion in London waren Frühstück und Mittagessen bis auf eine Flasche Wasser ausgefallen. Stattdessen durften sie mit Mrs Harding eine Runde nach Eastbourne und zurück joggen. Die Bestrafung war noch glimpflich ausgefallen, aber beim nächsten Mal, so hatte Mrs Harding ihnen prophezeit, würde es härtere Konsequenzen geben.

Pünktlich um fünfzehn Uhr saßen sie wie vereinbart auf den alten gusseisernen Pollern, wo früher die Leinen der Schiffe festgezurrt worden waren, als Brighton Rock noch eine Werftanlage gewesen war.

Mr Wakefield saß ihnen gegenüber in einem bequemen Liegestuhl, im Anorak mit Schirmmütze, Schal und Sonnenbrille und blickte aufs Meer hinaus. Besseres Kennenlernen stand auf dem Programm – das war seine Methode, wie er behauptete, sie zu einem funktionierenden Team zusammenzuschweißen. »Ich habe gehört, ihr wärt gestern Nacht fast von einer Gruppe Kinder vermöbelt worden«, begann er.

Erik sagte nichts, knirschte nur mit den Zähnen.

»Bestimmt wissen Sie ohnehin schon alles darüber«, sagte Lenny.

»Richtig.« Mr Wakefield nickte. »In Brighton Rock bleibt nichts lange geheim. Außerdem wussten wir schon, wohin ihr wolltet, als ihr euch online nach Zugtickets erkundigt habt.«

»O Mann«, stöhnte Jayden auf. Eigentlich hätte er ja damit rechnen müssen, dass sie die ganze Zeit unter Beobachtung standen. »Und trotzdem haben Sie uns gehen lassen?«

Mr Wakefield zuckte mit den Achseln. »Jeder braucht mal eine kurze Auszeit – allerdings hätte ich gehofft, dass ihr das cleverer anstellt und eure Spuren besser verwischt. Aber egal.« Er seufzte. »Wir machen jetzt eine kleine Vorstellungsrunde«, erklärte er ihnen. »Jeder von euch stellt sich den beiden anderen vor.«

»Ist das Ihre Art der Bestrafung?«, rief Erik. »Das ist ja voll öde.«

»Wir kennen uns doch schon fast ein halbes Jahr«, pflichtete Lenny ihm bei.

»Oh, fast ein halbes Jahr schon, wie aufregend und beeindruckend«, erwiderte Mr Wakefield sarkastisch.

Jaydens Meinung nach hatten die beiden ja recht, aber trotzdem hielt er den Mund, denn er kannte Mr Wakefield mittlerweile gut genug, um sicher zu sein, dass dies kein normales Gespräch werden würde.

»Aber wir …«, begehrte Erik erneut auf.

»Ich möchte nur einmal erleben, dass Sie mir nicht sofort widersprechen, Mr Tuomi«, seufzte Mr Wakefield. »Aber das Gute ist, dass ich am längeren Hebel sitze. Also, was ist dir lieber? Noch einmal im Werftbecken schwimmen gehen, so wie gestern, oder diese Vorstellungsrunde im Trockenen?«

»Diese Vorstellungsrunde«, stöhnte Erik.

»Fein, warum nicht gleich?« Mr Wakefield grinste triumphierend. »Jeder von euch stellt sich vor, und zwar indem er zwei Fakten und eine Lüge über sich erzählt. Die anderen beiden müssen die Lüge herausfinden.« Er sah Erik an. »Du beginnst – und zwar jetzt!«

»Mit dreizehn Jahren war ich mit meiner Mom auf einer Autobahnraststation«, erzählte Erik wie aus der Pistole geschossen. »Eigentlich hätten wir in den Urlaub fahren wollen, aber ich habe am Tresen das Gespräch einiger Lkw-Fahrer belauscht. Während die noch Kaffee tranken, bin ich raus, habe die Tür zum Führerhaus von einem der Lastwagen aufgebrochen, der mehrere Dutzend streunende Hunde zu einer polnischen Tötungsstation hätte bringen sollen. Die Tiere haben herzzerreißend gewinselt und gejault. Also habe ich den Wagen kurzgeschlossen, ihn vom Parkplatz drei Kilometer weit in den nächsten Wald gefahren und die Hunde dort freigelassen.«

»Zweite Geschichte«, forderte Mr Wakefield ihn auf.

»Vor zwei Jahren bin ich – illegal, versteht sich – auf meinem Skateboard mit einer Helmkamera beim Weltcuprennen in Lillehammer im Rodelkanal runtergebrettert … und die dritte Geschichte …« Er dachte kurz nach, zögerte und blickte nach oben. »Ah ja, ich weiß schon … ich habe der neuen Frau meines Vaters eine Tasse heißen Kakao über die Frisur gekippt, weil sie mich einen Rotzbengel genannt hat.« Er grinste übers ganze Gesicht.

»Klarer Fall.« Lenny richtete sich auf dem Poller auf und verschränkte die Arme. »Normalerweise würde ich ja bezweifeln, dass ein Dreizehnjähriger einen Lkw klaut, aber ich weiß, was Erik in seinem Leben schon alles getrieben hat, und darum würde ich ihm das sofort zutrauen.«

»Also?«, frage Mr Wakefield.

»Die Story mit dem Kakao stimmt nicht«, sagte Lenny bestimmt und wandte sich an Erik. »Du hast den Blickkontakt zu uns vermieden, geblinzelt und dich an die Nase gefasst.«

Jayden schloss sich ihrer Meinung an. »Die Kakao-Geschichte ist fake.« Bei dem Gedanken an eine heiße Tasse Kakao knurrte ihm der Magen. »Du hast kurz nachgedacht und deine Stimmlage hat sich verändert.«

»Gut beobachtet, aber nicht gut genug.« Mr Wakefield reckte die Arme gähnend von sich und blickte kurz aufs Meer. »Ich denke, du hast die beiden kräftig reingelegt und die Kakao-Story ist richtig.«

Erik verzog das Gesicht. »Stimmt. Und woher wissen Sie das?«

»Theoretisch gibt es viele Hinweise darauf, dass jemand lügt. Einige habt ihr bereits genannt. Außerdem wären da noch … die Pupillen erweitern sich, man wird rot, weil man sich der eigenen Lüge schämt, oder man hält sich die Hand vors Gesicht, was nichts weiter als ein unbewusster Versuch ist, sich selbst zu schützen«, erklärte Mr Wakefield. »Aber all diese Hinweise der Körpersprache sind völlig ungeeignet, einen Lügner zu entlarven, wie wir gerade an Eriks Beispiel gesehen haben. Denn wer nur ein bisschen darüber Bescheid weiß, kann andere perfekt hereinlegen.«

»Schlau gesprochen, Mr Wakefield«, sagte Lenny, »aber

welche der beiden anderen Geschichten war denn nun die Lüge?«

Mr Wakefield schob sich die Sonnenbrille auf die Nasenspitze und blickte über den Rand hinweg zu ihnen. »Ich meine, alle drei Geschichten stimmen, bloß bei der ersten hat Erik etwas gemogelt.« Er betrachtete Erik. »Die hast du nämlich mit zu vielen unnötigen Details ausgeschmückt.« Er wandte sich wieder den anderen zu. »Wer lügt, der glaubt oft, er müsste die Unwahrheit mit vielen Details verzieren, damit sie wahrer wirkt. Außerdem wollen Lügner ihr Gegenüber davon überzeugen, dass sie die Wahrheit sagen, indem sie versuchen, sympathisch zu wirken.« Er blickte Erik an. »Die armen Hunde, stimmt's?«

»Fuck, ja, Sie haben recht!«, rief Erik. »Es waren keine Hunde, sondern Schweine für einen Schlachtbetrieb. Aber alles andere hat gestimmt.«

Mr Wakefield räkelte sich in seinem Liegestuhl und schob sich die Sonnenbrille wieder auf die Nase. »Jetzt du, Lenny.«

Lenny zögerte nicht lange. »Ich war noch niemals auf der Insel Korfu, ich wiege achtundfünfzig Kilogramm, und ich bin in Jayden verliebt«, schnellte es aus ihr heraus, während sie kurz lächelte.

»Wow!«, entfuhr es Erik.

»Verdammt«, fluchte Jayden. Er musste diese Informationen erst einmal verarbeiten und sich daran erinnern, wie und mit welcher Betonung Lenny was gesagt hatte.

Erik warf ihm einen langen fragenden Blick zu. »Ist sie in dich verknallt?«

Jayden zog die Schultern hoch. »Möglich …« Er schielte zu Lenny, die jetzt ein Pokerface aufgesetzt hatte, in dem man absolut nichts erkennen konnte.

»Ich glaube, du bist in Wahrheit fetter«, sagte Erik charmant.

»Und ich glaube, du warst sehr wohl auf Korfu«, versuchte Jayden es.

»Und das bedeutet …«, schlussfolgerte Mr Wakefield, »dass ihr beide davon überzeugt seid, dass Lenny tatsächlich in Jayden verliebt ist.«

Beide verzogen das Gesicht und hoben die Schultern. »Ja, möglicherweise …«, murmelten sie gleichzeitig.

»Was natürlich nicht stimmt.« Mr Wakefield sah zu Lenny. »Richtig?«

»O Gott, nein, natürlich nicht.« Lenny verdrehte die Augen.

Erik runzelte die Stirn. »Und woher wussten Sie das schon wieder?«

»Also …« Mr Wakefield schob sich aus dem Stuhl und setzte sich aufrecht hin. »Man nennt es zeitversetzte Mimik. Besonders deutlich erkennt man das, wenn jemand lacht. Bei einem echten Lachen, lächelt das ganze Gesicht *gleichzeitig* mit, vor allem die Augen. Lachen die Augen jedoch nicht mit oder zu spät und bilden sich gleichzeitig keine Fältchen um die Augen, war es nicht ehrlich gemeint, sondern nur vorgespielt.«

»Aha.« Jayden ließ die Schultern hängen und blickte betroffen zu Lenny.

»Sorry«, sagte sie.

»Ihr müsst auf das Timing der Aussage achten. Kommen

Gestik und Mimik zeitverzögert, beispielsweise wenn sich jemand lächelnd für ein Geschenk bedankt, dann ist es nicht echt.«

»Mr Wakefield, Sie werden mir immer unheimlicher«, sagte Erik.

»Jetzt schon? Dabei haben wir gerade mal das erste Semester der Ausbildung abgeschlossen.« Mr Wakefield schnippte mit den Fingern. »Jayden, du bist dran.«

Jayden atmete tief durch. *Kein falsches Lächeln*, schärfte er sich ein. *Keine aufgesetzte Gestik! Kein verräterisches Stammeln. Keine zu langen Ausführungen! Keine Änderung der Tonlage.*

Er presste kurz die Lippen aufeinander. »Nachdem Catherine, ein Mädchen, das ich gut gekannt habe, in Paris von der Autobombe eines Terroristen getötet wurde, habe ich bei einem Wettkampf bei den Docks einen Jungen, der gar nichts dafür konnte, vor Wut krankenhausreif geprügelt.« Er machte eine Pause. »Ich verachte alle Jugendlichen, die Mist bauen und glauben, ihre reichen Eltern könnten sie aus jeder Verantwortung freikaufen.« Er machte erneut eine Pause. »Für meine Schwester Grace und Tante Maggie würde ich alles tun …« Er dachte nach. »… und ich habe noch nie im Leben Geld gestohlen.«

»Das waren *vier* Geschichten«, stellte Mr Wakefield fest.

»Ich habe die Regeln geändert«, sagte Jayden. »Ich wollte es schwieriger machen.«

»Okay.« Mr Wakefield sah sie an. »Nun?«

»Ich … habe … absolut … keine … Ahnung«, sagte Erik gedehnt.

Lenny blähte die Wangen. »Wow! Ich hätte da auch keinen Tipp … außer vielleicht, dass es diese Catherine nie gab?« Sie legte den Kopf schief.

Jayden zeigte keine Reaktion.

»Das ist in der Tat sehr schwierig«, gab Mr Wakefield zu. Er rückte mit dem Liegestuhl näher, nahm die Sonnenbrille ab, kaute am Bügel und musterte Jayden. »Du hast tatsächlich noch nie Geld gestohlen?«

»Das habe ich doch gerade gesagt. Nein, ich habe noch nie Geld gestohlen«, wiederholte Jayden völlig emotionslos.

»Du kommst aus einer der dreckigsten Ecken Liverpools, hast dein halbes Leben bei den Docks verbracht und willst mir weismachen, dass du noch nie eine Brieftasche geklaut hast?«

»Nein, Sir, natürlich habe ich das nicht«, antwortete Jayden, darauf bedacht, keine verräterische Mimik oder Gestik zu machen. »Das würde ich nie tun.«

»Auch nicht die Handtasche einer reichen Frau im Bus, wenn dir schon seit Tagen der Magen vor lauter Hunger knurrt, du ein bisschen Geld für einen Hot Dog brauchst oder eine Karte für ein Spiel deines geliebten FC Liverpool?«

»Die Handtasche einer Frau? Nein, auf keinen Fall, das wäre schäbig.«

Mr Wakefield zog die Augenbrauen hoch. »Da haben wir es. Das ist die Lüge! Du hast sehr wohl schon mal Geld geklaut.«

Jetzt wurde Jayden rot. *Shit!* »Und wie sind Sie da jetzt wieder draufgekommen?«

»Es war nicht leicht«, gab Mr Wakefield zu. »Aber hättest du schlicht und einfach immer nur mit Nein auf alle Fragen geantwortet, hätte ich dir geglaubt. Im Gegensatz dazu beginnen ungeübte Lügner oft damit, die Frage zu wiederholen. Das bringt Bedenkzeit und soll die Lüge vertuschen. Gleiches gilt für übertriebene Beteuerungen, wie *du* es getan hast. Die sollen deine Behauptung untermauern, was ebenso verdächtig wirkt.«

Jayden schielte zu Erik und Lenny. An ihren Gesichtern sah er, dass ihnen dieses Spiel gefiel; vor allem schien Erik mittlerweile von dieser Übung begeistert zu ein. Auch Jayden fand es gar nicht so uninteressant. Sie erfuhren nicht nur Insider-Tipps von Mr Wakefield, sondern auch weitere Details über die anderen, die sie sich sonst vermutlich nie erzählt hätten. Außerdem ließ sich prima zwischen den Zeilen lesen. So zum Beispiel, dass Lenny zwar behauptet hatte, nicht in Jayden verknallt zu sein, sich aber über ihr Verhältnis zu Erik ausgeschwiegen hatte.

»Habt ihr vor dem Abendessen Lust auf eine weitere Runde?«, fragte Mr Wakefield.

»Von mir aus auch auf zwei«, rief Erik.

»Klar, aber diesmal spielen Sie mit«, schlug Lenny vor.

»Ihr neugierigen Blutsauger.« Mr Wakefield schob sich die Schirmkappe tiefer ins Gesicht. »Von mir aus.« Er sah zu Jayden. »Was meinst du?«

Jayden nickte. »Klar, bin dabei.« Er sah die anderen an, wie sie in der Nachmittagssonne, die kurz davor war, im Meer zu versinken, eingemummt in ihre warme Kleidung, am Pier saßen. Schlagartig hatte er das Gefühl, dass sie in den letzten Monaten deutlich erwachsener und reifer geworden waren. Die Academy hatte nicht nur ihren Kampfgeist, ihre körperliche

Fitness, ihre Muskeln und technischen Fähigkeiten verbessert, sondern sie auch als Menschen und als Team reifen lassen.

Jayden hatte noch keine Ahnung, wie es dort draußen bei ihrem ersten Einsatz oder bei späteren Missionen sein würde, aber sofern sich zwischen ihnen nichts Gravierendes änderte, wusste er, dass sie füreinander durch die Hölle gehen würden.

38. KAPITEL

Der Waschraum am Flughafen Aeroparque war geräumig. Zuerst kam ein schmaler Bereich mit Trennwand aus Glas, dahinter lag ein weiß gefliester klimatisierter Raum mit breiter Spiegelwand und vier Waschbecken, von wo es zu den Herren- und Damentoiletten ging.

Jayden und Sofia warteten, bis alle Fluggäste draußen waren, dann schnappten sie sich den Wischmopp von einem Putzwägelchen und verbarrikadierten die Tür von innen, indem sie die Seite mit dem Mopp unter die Türklinke drückten und den Besenstiel gegen die Trennwand klemmten. Die Tür ging jetzt nicht einmal mehr einen Fingerbreit auf, bevor sie blockierte – und je fester man von draußen dagegen drückte, umso tiefer würde sich der Besenstiel in der Fuge zwischen den Bodenfliesen verbeißen.

»Wir haben höchstens zehn Minuten Zeit«, vermutete Jayden, »danach werden sich die ersten Gäste aufregen, warum die Toilette versperrt ist. Ist dann nur noch eine Frage der Zeit, bis das Sicherheitspersonal nach dem Grund sucht.«

»Dann beeilen wir uns besser.« Sofia riss alle Verpackungen auf und streute die Utensilien zwischen den Waschbecken aus. »Möchtest du eine Vollglatze oder eine Stoppelfrisur?«

»Geföhnte Dauerwelle mit blonden Strähnen ist mir lieber«,

scherzte Jayden, verstummte aber, als jemand von draußen herein wollte.

»Was ist denn mit dieser verflixten Tür los?«, schimpfte eine Dame.

»Zur Seite«, brummte ein Mann.

Jayden und Sofia hielten kurz inne, warfen sich einen Blick zu, dann arbeiteten sie wortlos weiter. Sofia griff zur Fingernagelschere und Jayden zum Haarfärbemittel. Im nächsten Moment sahen sie durch die Glaswand, wie der Besenstiel splitterte, sodass die Teile des Wischmopps durch den Vorraum flogen. Die Tür brach mit einem berstenden Krachen auf. Im Türrahmen stand ein breit gebauter vollbärtiger Mann im dunklen Anzug. »Verschwinde!«, befahl er der Frau, die an ihm vorbei in den Waschraum wollte.

Mit gereiztem Blick sah sich der Mann um und trat ein, dicht gefolgt von einem zweiten langen dürren Mann. Letzterer schloss die Tür hinter sich und trat mit dem Schuh einen Holzsplitter wie einen Keil in den Türspalt. Dann kamen sie um die Trennwand herum in den Waschraum.

Jayden wandte sich ihnen sofort mit geballten Fäusten und angespanntem Körper zu. Er ahnte, wer die Kerle waren, und dass es keinen Sinn hatte, irgendetwas abstreiten zu wollen. »Wie habt ihr uns gefunden?«

»Du kommst wohl gern gleich zur Sache«, stellte der mit dem Vollbart fest.

Sofia stellte sich neben Jayden und hielt die Nagelschere in der Faust, was dem Vollbart allerdings nur ein müdes Lächeln abrang.

»Wie habt ihr uns gefunden?«, wiederholte Jayden.

»Du bist wohl nicht gerade die hellste Kerze auf der Torte.« Der Dürre grinste, sodass seine schiefen Zähne zu sehen waren. »Andernfalls hättest du nicht in der Postabteilung Pakete sortiert, sondern einen wichtigeren Job übernommen, Jayden D. Knoxville.« Er sprach Jaydens Namen ganz langsam und wie eine Drohung aus.

Die Frage war, woher diese Typen – Geheimdienst AFI, argentinische Mafia, Amanda Woolfs Leute oder wer auch immer – das wussten. Unwillkürlich musste Jayden an seine ursprüngliche Undercover-Mission in der Botschaft denken und plötzlich ging ihm ein Licht auf. »Eure Auftraggeber sind es, die schon seit Jahren die Telefonanlage und alle Handys der britischen Botschaft abhören«, stellte er fest. Plötzlich ergab alles einen Sinn.

Der Vollbart warf seinem Kollegen einen erstaunten Blick zu. »Der Kleine ist wohl doch nicht so bescheuert, wie du dachtest.«

»Ihr wusstet, dass wir in die MI6-Maschine wollten«, vermutete Jayden weiter, »und als ich mit meiner Kollegin telefoniert habe, habt ihr erfahren, dass wir noch am Leben sind und nach einer neuen Möglichkeit suchen, um nach Florida abzuhauen.«

Keiner der beiden gab eine Antwort, aber an ihren völlig entspannten und unaufgeregten Gesichtern war abzulesen, dass Jayden mit seiner Vermutung richtiglag. So musste es gewesen sein, denn seit sein eigenes Handy kaputtgegangen war, hatte er nur General Petersens Diensthandy verwendet. Und das wurde anscheinend genauso abgehört wie alle anderen Verbindungen in der Botschaft. *Da hättest du schon früher draufkommen können!*

Allerdings hatten die beiden seinen Köder geschluckt, da sie bei der Erwähnung Floridas keine erkennbare verräterische Reaktion gezeigt hatten. Das bedeutete, dass sie Lennys Code, dass in Montevideo, Uruguay, eine Maschine auf sie wartete, nicht durchschaut hatten.

Meine Undercover-Mission ist somit erfüllt, dachte Jayden bitter. *Ich habe die Drahtzieher gefunden.* Doch leider nützte ihm das in dieser Situation nicht viel.

»Schade, dass so ein cleveres Kerlchen wie du den Löffel abgeben muss«, sagte der Dürre und machte einen Schritt auf sie zu.

»Wenn ihr noch näher kommt, schreie ich laut«, warnte Sofia sie.

»Und wenn du laut schreist, schlitze ich dir die Kehle auf.« Unbeeindruckt griff der Dürre unter sein Sakko und zog ein kurzes breites Kunststoffmesser heraus, das er offenbar durch die Sicherheitskontrolle geschmuggelt hatte – oder er kannte jemanden, den er bestochen hatte.

Jayden zog die Glock aus dem Hosenbund, lud die Waffe durch und legte auf den Dürren an. »Keinen Schritt näher, oder ich puste dir ein neues Knopfloch in den Anzug.«

Der Dürre warf seinem Partner einen amüsierten Blick zu. »Wird interessant, wer von uns beiden schneller ist.«

»Wir haben das USB-Kabel«, rief Sofia rasch, ehe die Situation eskalierte. »Ihr könnt es haben – aber erst nachdem wir die Toilette verlassen haben.«

Der Dürre grinste breit und entblößte sein Pferdegebiss. »Ihr wisst zu viel. Ihr werdet die Toilette nicht lebend verlassen.«

»Dann bekommt ihr das Kabel nicht!«

»Ich werde es mir einfach aus deiner Hosentasche nehmen, wenn du tot bist.«

»Und wenn ich es nicht bei mir habe?«

Erneut grinste der Dürre. »Wo hättest du es denn hingeben sollen?«

»In ein Schließfach«, sagte Sofia mit selbstbewusster Stimme.

»Netter Versuch.« Der Dürre schüttelte den Kopf. »Ich bin vor dir durch die Security gegangen und habe auf dem Monitor gesehen, dass das USB-Kabel in der Plastikbox auf dem Förderband gelegen hat.«

Verdammt! Jayden presste die Lippen aufeinander. Abwechselnd hielt er die beiden Männer mit der Pistole in Schach.

Trotzdem näherte sich der Dürre Sofia. »Übrigens ... netter Trick mit dem Rollstuhl. Muss ich mir merken.«

»Keinen Schritt weiter!«, drohte Jayden.

Nun zog auch der Vollbart ein kurzes Kunststoffmesser aus dem Ärmel seines Sakkos. Als hätten sie zuvor ausgemacht, wer welchen Part übernahm, kamen sie auf sie zu. Der Dürre ging zu Sofia, der Vollbart zu Jayden.

»Ich schieße!«, warnte Jayden ihn.

»Das tust du nicht«, behauptete der Bärtige. Er betrachtete Jaydens Waffe gar nicht, sondern fixierte nur Jaydens Augen, als wollte er dessen Entschlossenheit testen.

Mist! Jayden hatte noch nie zuvor einen Menschen erschossen, und das hatte er jetzt auch nicht vor.

Der Dürre sprang Sofia an, doch sie verletzte ihn mit der Nagelschere am Unterarm. Daraufhin schlug er ihr mit einer harten und raschen Bewegung die Nagelschere aus der Hand, presste ihr das Messer kurz an die Kehle und rang sie mit einer Wurftechnik zu Boden. Noch im Fallen kratzte sie ihn übers Gesicht.

Jayden war für einen Moment abgelenkt. Unterdessen stand der Vollbart bereits vor ihm. Jayden senkte die Waffe und wollte dem Mann ins Bein schießen, doch der reagierte blitzschnell. Mit einer flinken und geschmeidigen Bewegung, die Jayden dem Muskelprotz gar nicht zugetraut hätte, tänzelte er zur Seite, packte Jaydens Schusshand, drehte sie weg und drängte ihn gewaltsam zurück. Jayden wollte mit der freien Hand zuschlagen, musste jedoch stattdessen eine Attacke mit dem Messer abwehren.

Während Sofia auf dem Boden lag und verzweifelt kreischte, drängte der Vollbart Jayden so weit zurück, bis sie gegen die Wand krachten. Dadurch dass Jayden immer noch die Glock in der Hand hielt, fehlte ihm eine Hand zum Kämpfen, sodass er ständig in der Defensive war, weil er die Messerangriffe blocken musste.

Sichtlich genervt von Jaydens Widerstand stieß der Vollbart seinen Kopf mit der Wucht einer Lokomotive nach vorn und wollte Jayden mit einem Headbutt ausknocken, doch Jayden wich rechtzeitig zur Seite. Der Schlag ging ins Leere und Jayden nutzte die Chance, dem Kerl seinerseits die Stirn seitlich gegen die Schläfe zu knallen. Dann bekam Jayden ein Bein frei und rammte seinem Gegner das Knie in die Weichteile.

Er hörte förmlich, wie ihm die Luft zischend aus der Lunge wich.

Unwillkürlich hatte der Vollbart seinen Griff um Jaydens Handgelenk gelockert und Jayden bekam die Waffe frei. *Jetzt!* Er riss den Lauf herum und wollte dem Mann ins Bein schießen, doch der reagierte immer noch geistesgegenwärtig. Er ließ das Messer fallen, griff mit beiden Händen nach Jaydens Handgelenk und wollte seinen Arm wegdrücken. Da löste sich ein Schuss. Nur ein leises Plopp aus dem Schalldämpfer. Trotzdem zuckte Jayden erschrocken zusammen.

Jayden roch das Schießpulver und spürte, wie sich die Hände des Vollbarts von seinem Gelenk lösten. Der Mann riss ungläubig die Augen auf und seine Pupillen weiteten sich, während er zurücktaumelte.

Nun sah Jayden den großen roten Fleck auf dem weißen Hemd des Mannes, der rasch größer wurde. Das Projektil hatte seinen unteren Bauch getroffen. Es presste sich die Hände auf die Wunde, wankte einen weiteren Schritt zurück, die Beine knickten ein, dann fiel er seitlich um.

Das wollte ich nicht!, schoss es Jayden in Panik durch den Kopf. Entsetzt sah er auf den Mann, der vor ihm auf dem Boden lag und stoßweise atmete. Erst jetzt bekam Jayden mit, dass ihm im Schock die Waffe aus den Fingern geglitten war.

»Jayden!«, kreischte Sofia hysterisch.

Jayden blickte verdattert auf und da sah er noch rechtzeitig, dass der Dürre von Sofia abgelassen hatte und auf ihn zukam. Das Tarnkappenkabel hing zur Hälfte aus seiner Hosentasche. In der Faust hielt er das Messer, mit der Klinge nach unten.

Sowohl die Pose, die er einnahm, als auch sein sadistischer Gesichtsausdruck signalisierten, dass er vorhatte, Jayden langsam fertigzumachen.

Jayden wollte sich nach der Pistole bücken, doch zu spät. Der Dürre verpasste ihm einen blitzschnellen harten Faustschlag gegen das Kinn, der Jayden von den Füßen hob und rücklings nach hinten schlittern ließ. Durch die Tür in den Bereich der Herrentoiletten.

Einen Moment lang sah Jayden nur Sterne, und als sich sein Blick wieder scharf stellte, registrierte er, dass sich der Dürre die Glock in den Hosenbund gesteckt hatte. In der zweiten Hand hielt er das Messer seines Kollegen, ebenfalls mit der Klinge nach unten, die Finger zur Faust geballt. Entschlossen trat er durch die Tür und kam direkt auf Jayden zu.

»Jayden!«, kreischte Sofia erneut angstvoll auf.

Jayden rappelte sich auf die Beine und wich ein paar Schritte zurück, ehe er in Kampfposition ging. Die Schläge des Dürren kamen wie Dampfhämmer und in rascher Folge hintereinander. Jayden konnte sie der Reihe nach abwehren – oben, unten, seitlich –, musste aber höllisch aufpassen, dass er sich nicht an den Messerklingen schnitt.

Der Kerl genoss den Kampf sichtlich. Jayden wollte ihn gegen die Kniescheibe treten, doch der hatte dieselbe Idee und kam Jayden zuvor. Jaydens Bein knickte ein, der Schmerz fuhr ihm durchs Knie, aber er blieb trotzdem stehen. Unaufhörlich prasselten die Schläge weiter auf ihn ein. Mittlerweile komplett in der Defensive war Jayden nur noch dabei, sich zu verteidigen – Block nach oben, Block seitlich, Block nach unten. Sein

Gegner nahm ihm jede Gelegenheit, selbst in den Angriff überzuwechseln.

Dann wechselte der Dürre mit einer raschen Bewegung die Position des linken Messers, das nun mit der Klinge nach oben zeigte, und stach damit kraftvoll nach vorne zu. Gleichzeitig führte er mit dem anderen Messer einen seitlichen Angriff gegen Jaydens Kehle.

Schweißgebadet konnte Jayden beide Attacken abwehren, aber er war mit seinen Techniken am Ende. Schritt für Schritt musste er zurückweichen. Der Dürre schien alles zu erahnen, was er vorhatte, und erstickte jede von Jaydens Initiativen im Keim.

Plötzlich stand Sofia neben dem Dürren und knallte ihm das Bein mit einem kräftigen Tritt gegen die Hüfte. Der zuckte aber nur kurz zusammen und schlug Sofia mit dem Faustrücken ins Gesicht, sodass sie zurücktaumelte. Das ging so rasch, dass Jayden kaum Gelegenheit hatte, aus der Deckung herauszukommen. Er konnte nur einen Schlag mit dem Handballen auf den Solar Plexus des Dürren abfeuern, spürte jedoch in derselben Sekunde, wie der die Muskeln anspannte. Jaydens Schlag prallte wie gegen eine Betonwand.

Dann fuhr das Messer herunter und ritzte Jayden den Unterarm der Länge nach auf. Der Schmerz fuhr ihm durch den Körper. *Jetzt ist es vorbei*, schoss es Jayden durch den Kopf. Er wusste, dass er gegen diese Kampfmaschine verloren hatte. Er konnte nur versuchen, sein und Sofias Leben so lange wie möglich zu verteidigen.

Als Jayden erneut ausholen wollte, merkte er, dass er mit

dem Rücken zur Wand stand. Noch dazu in die Ecke gedrängt. Völlig in der Bewegungsfreiheit eingeschränkt. Der Dürre stand grinsend vor ihm, holte gleichzeitig mit beiden Messern aus und stach brutal nach vorne zu.

Da hörte Jayden einen Kampfschrei. Jemand stand plötzlich seitlich hinter dem Dürren. Und es war nicht Sofia. Der Fremde rammte dem Dürren den Ellenbogen gegen den Kiefer. Der Dürre taumelte zur Seite und Jayden nutzte die Gelegenheit, aus der Deckung zu kommen.

Blitzschnell drehte er sich um. Nun stand der Dürre in der Ecke. Er wollte mit erhobenen Messern heraus, doch der Fremde trat ihm das ausgestreckte Bein mit einem astreinen und sauber ausgeführten Mae-Geri aus dem Karate in den Bauch, sodass der Dürre stöhnend zurücktaumelte.

Diese Sekunde reichte Jayden, damit er in den Angriff übergehen konnte. Er schlug dem Dürren mit der Handkante aufs Gelenk, sodass eins der Messer zu Boden fiel.

Gleichzeitig schleuderte ihm der Fremde mit einem ebenso harten Schlag das zweite Messer aus der Hand. Sofort verpasste Jayden dem Dürren einen Fausthieb gegen das Kinn. Indessen trat der Fremde dem Dürren gegen das Knie. Es knirschte laut. Ihr Gegner ging halb zu Boden. Jayden wollte seitlich seine Halsschlagader treffen, verfehlte sie aber. Da rappelte sich der Mistkerl erneut auf, arbeitete sich aus der Deckung heraus und rammte dem Fremden von unten die Faust in die Hoden, sodass der prustend zu Boden ging.

Aber inzwischen war Sofia schon an Jaydens Seite, nahm den Platz des Fremden ein und rammte dem Dürren kreischend das Knie gegen die Nase. Es knackte. Jayden platzierte ein weiteres Mal die Handkante mit aller Kraft, die er noch aufbringen konnte, gegen die Halsschlagader, traf diesmal, und da sackte der Dürre endlich erledigt zusammen.

Keuchend und prustend taumelte Jayden einen Schritt zurück und betrachtete seine Schnittverletzung am Unterarm. Sie blutete zwar, war aber halb so schlimm und musste nicht genäht werden. Ein normaler Verband würde reichen.

Sofia stand neben ihm und wischte sich den Schweiß von der Stirn. Sie atmete heftig. Ihr Kopf war glühend rot und ihre Wange schillerte bläulich.

Jayden blickte sie erstaunt an. »Ich wusste gar nicht, dass du so hart kämpfen kannst.«

Sie beugte sich nach vorn und stützte sich mit den Händen auf die Knie. »Ein Freund meines Vaters hat Kickboxen unterrichtet«, presste sie immer noch keuchend hervor. »Als ich noch ein kleines Mädchen war, hat er mir ein paar Tricks beigebracht – kann man als investigative Journalistin immer brauchen.«

Nun starrten sie gemeinsam auf ihren fremden Helfer, der stöhnend auf dem Boden saß und sich die Hände schmerzerfüllt in den Schritt presste. Der weißhaarige Junge war etwa so alt wie Jayden. Jayden streckte ihm die Hand entgegen und half ihm hoch.

Sofia wollte etwas sagen, aber Jayden kam ihr zuvor. »Gerade zum richtigen Zeitpunkt«, stellte er fest. »Wo kommst du plötzlich her?«

Der Junge sah ihn immer noch mit schmerzverzerrtem Gesicht an. »Ich habe über meine Handy-App den Chip in deinem Kopf geortet.«

»Was? Ist doch nicht dein Ernst?«

»Blödmann! Natürlich nicht.«

»Verdammt, fast hätte ich das geglaubt«, rief Jayden.

Der Junge grinste angespannt. »Das erinnert mich an unsere geheime Mission in Kuba, als wir mit Nachtsichtgeräten im Helikopter …«

»Halt's Maul, Erik! Du warst noch nie in einem Helikopter«, unterbrach Jayden ihn. Dankbar legte er ihm die Hand auf die Schulter und nickte zu Sofia. »Das ist Sofia González – Sofia, das ist Erik Tuomi.«

»Last Line of Dingsbums?«, fragte Sofia.

Erstaunt zog Erik eine Augenbraue hoch. »Du hältst wohl nicht viel von Geheimhaltung, wenn es um junge hübsche Frauen geht?«

Jayden ignorierte Eriks Anmachspruch und hob die Schultern. »Es war notwendig, Sofia einzuweihen.«

Erik nickte und betrachtete Jaydens Feuerwehrstiefel. »Schicke Schuhe.« Dann las er den Aufdruck auf Jaydens T-Shirt. »*I love Buenos Aires?* Ist das dein Ernst?«

»Bis vor Kurzem war das noch so«, gab Jayden zu. »Aber mittlerweile …«

Eine Frau rüttelte draußen an der Tür und schimpfte auf Spanisch, dass sie endlich hereinwolle. Jayden blickte zur Tür. Erik hatte sie offenbar wieder mit einem Holzkeil verbarrikadiert, nachdem er die WC-Anlage betreten hatte.

Erik ignorierte den Lärm und betrachtete den Vollbart, der

immer noch stöhnend und blutend im Waschraum auf dem Boden lag. »Wer sind diese Typen überhaupt?«

»Argentinischer Geheimdienst, Mafia, Lakaien einer gewissen Amanda Woolf – wir wissen es nicht.« Dann erzählte Jayden in ein paar knappen Sätzen, was passiert war. »Und wie hast du uns jetzt wirklich gefunden?«, schloss er seinen Bericht.

Erik wurde ernst. »Lenny hatte doch versprochen, Verstärkung zu schicken. Ich bin vor zwei Stunden in Santiago de Chile losgeflogen und gerade noch rechtzeitig hier gelandet, bevor der Flughafen dichtgemacht wurde. Dachte mir schon, dass ihr in Schwierigkeiten steckt.«

Und wie! Jayden zog das Handy von General Petersen aus der Tasche und knallte es mit voller Wucht auf die Bodenfliesen. Die Kunststoffschalen sprangen davon, Akku und SIM-Karte flogen raus. Zornig trat Jayden auf die Teile, bis die SIM-Karte knirschte. »Sie haben uns über dieses Telefon abgehört«, erklärte er.

»Und mittlerweile werden wir auch polizeilich gesucht«, ergänzte Sofia.

»Wenn sie uns schnappen, sitzen wir wochenlang in Untersuchungshaft«, fügte Jayden hinzu. »Daher wollten wir unser Aussehen verändern.«

Die Frau pochte nun lautstark gegen die Tür.

Erik blickte kurz zum Waschbecken, wo ihre gesammelten Utensilien lagen. »Schlauer Plan«, gab er zu, »aber das könnt ihr im Moment vergessen. Wenn die Alte da draußen weiter so kreischt, wird die Security jeden Moment hier sein und die Sauerei entdecken. Höchste Zeit, dass wir abhauen.«

Jayden drehte den Dürren zur Seite, zog ihm das Tarnkappenkabel aus der Hosentasche und steckte es ein. Dann verließen sie den Bereich der Herrentoilette und betraten den Waschraum.

»Ich verblute …«, röchelte der Vollbart.

Erik blickte kalt zu Boden. »Ja, vermutlich.« Dann wandte er sich Jayden und Sofia zu. »Irgendetwas, das ich noch wissen sollte?«

»Wir sollten die Pistole mitnehmen«, schlug Sofia vor.

Jayden nickte, ging bereits zu dem Dürren zurück, der immer noch bewusstlos im Toilettenbereich lag, stoppte jedoch und schüttelte den Kopf. »Nein, die Seriennummer der Waffe ist bestimmt auf einen der Verbrecher aus dieser Organisation registriert. Im Moment sind die Fingerabdrücke dieses Kerls auf der Waffe.« Er drehte sich zu Sofia um. »So sieht es danach aus, als hätte *er* auf seinen Partner geschossen.«

Die sah ihn schreckensbleich an. »Du willst ihn allen Ernstes hier verbluten lassen?«

»Der verblutet schon nicht. Es wird sowieso gleich jemand hereinkommen und Polizei und Notarzt rufen.«

»Jayden hat recht«, sagte Erik. »Wir sollten zuerst an uns selbst denken. Diese Typen wollten uns immerhin umbringen.« Er sah zur Tür. »Wir sollten abhauen.«

»Aber wohin?«, rief Sofia.

Jayden sah sie entschlossen an, dann bückte er sich und hob eines der Kunststoffmesser vom Boden auf. »Wir holen uns jetzt den Hubschrauber von Heli-Sky.«

39. KAPITEL

FÜNF MONATE ZUVOR

Es war Ende Juni, die Sommerferien lagen vor ihnen. Das erste Jahr der Ausbildung war vorbei – zwei lange Semester, die hart gewesen waren und in denen es genügend Situationen gegeben hatte, in denen sie beinahe alles hingeschmissen hätten. Doch ihr Teamgeist hatte sie immer wieder zusammengeschweißt. Und nun standen sie hier, im obersten Stockwerk von Brighton Rock. Zum ersten Mal in Direktorin Taylors Büro.

Im Hintergrund säuselte eine Meditationsmusik, die anscheinend beruhigend wirken sollte. Es roch nach einem Hauch von schwerem Parfüm, außerdem nach neuen Holzmöbeln und frisch shampooniertem Teppich. Dieses große weiße flauschige Ding zierte den Raum bis zur breiten Fenstergalerie, die genauso wie Elly D. Shepards Büro und ihre eigenen Zimmer aufs Meer zeigte. Davor stand ein wuchtiger Mahagonischreibtisch, auf dem sich zwei graue, zwei weiße und zwei schwarze Festnetztelefone befanden. Jayden hatte schon gehört, dass Direktorin Taylor analoger Technologie mehr vertraute als digitalem High-Tech, vor allem wenn es um ihre persönliche Sicherheit und die der Organisation ging. Im Moment war sie allerdings noch nicht anwesend.

Zwei Rekruten des Teams Epsilon, die das dritte Ausbildungsjahr abgeschlossen hatten, standen mit zwei Rekruten des Teams Sigma, die das zweite Jahr abgeschlossen hatten, in einer Reihe, gefolgt von Erik, Jayden und Lenny. Alle anderen Agenten waren im Außeneinsatz. Das Büro wäre ohnehin zu klein gewesen. Denn neben ihnen standen auch ihre Ausbilder in Reih und Glied. Niemand sagte etwas, alle warteten. Aber wie lange noch? Das hatte Jayden noch nicht herausgefunden.

Er schielte zu seinen Ausbildern. Mr Elliot, ihr Lehrer und Analyst, trug wie immer einen Anzug und hatte die Hände in den Hosentaschen. Unauffällig spähte er zu dem Sandwichbüfett, das auf der anderen Seite des Büros errichtet worden war und herrlich duftete. Dazu gab es Sekt und Karaffen mit Orangensaft. Aber bevor irgendetwas davon verzehrt wurde, würde es wohl noch ein paar zeremonielle Ansprachen geben, so feierlich, wie hier alle herausgeputzt waren.

Mr Remington hatte diesmal ausnahmsweise keine Schrotflinte mit abgesägtem Lauf und auch kein vollautomatisches Sturmgewehr dabei und Mr Wakefield hatte sich gar nicht getarnt oder verkleidet, sondern trug ebenfalls einen Anzug. Außerdem sah Jayden seine Kampfsportlehrerin Mrs Harding zum ersten Mal nicht in ihrer Trainingskluft, sondern in einem schicken hellblauen Kleid mit blauen Stöckelschuhen. Er wunderte sich, dass sie darin überhaupt laufen konnte.

Einzig Miss Ishida, ihre Technik-Trainerin, trug wie immer ihre ausgewaschene Hose, Turnschuhe und ihren nerdigen grauen Rollkragenpullover. Elly D. Shepard war sowieso immer elegant gestylt, so auch an diesem Tag, aber erstmals sah Jayden sie ohne Houdini, der vermutlich in ihrem Büro schlief oder um das Gebäude streunte.

Erwartungsvoll standen sie alle in Reih und Glied, blickten sich um und warteten.

Einzig Mr Finley war nicht dabei, da er vermutlich im Auftrag von Premier Metcalf unterwegs war, um wieder einmal irgendetwas zu organisieren. Unwillkürlich musste Jayden an das Telefonat zwischen Elly und ihm denken, das er heimlich belauscht hatte, und an das, was Elly zu ihm gesagt hatte. *Sie hatten mit Ihrer Vermutung recht. Er ist es!* Bei nächstbester Gelegenheit musste er Mr Finley fragen, was Elly damit gemeint hatte.

Hinter Jayden tuschelte Mason, wie immer in seiner Butleruniform, mit Charlie, die sich für dieses Treffen sogar von ihrem Posten am Empfang losgerissen hatte. Garantiert wollte sie sich dieses Schauspiel genauso wenig entgehen lassen wie Mason.

Schließlich öffnete sich die Seitentür zum Büro und ein Mann trat ein, bei dessen Anblick Jayden erschauderte. Instinktiv spürte er, wie Erik und Lenny neben ihm die Luft anhielten.

Der Mann war um die fünfzig, hatte ein wettergegerbtes, von der Sonne verbranntes Gesicht, einen grauen kurzen Bürstenhaarschnitt und seitlich an der Wange drei tiefe Narben, als hätte jemand sein Gesicht vor vielen Jahren mit einer Unkrautharke bearbeitet.

Jayden merkte, wie sowohl ihre Ausbilder als auch die anderen Rekruten Haltung annahmen.

»Das ist Major Conklin«, flüsterte Mason hinter ihm. »Ihr Einsatzleiter für den Außendienst.«

Jayden nickte knapp, als Zeichen, dass er verstanden hatte.

Major Conklin trug eine schnittige maßgefertigte schwarze Uniform. Auf seiner Brust prangten einige Orden. Er nahm sein schwarzes Barett vom Kopf, schritt die Reihe der Rekruten ab und drückte jedem von ihnen die Hand. »Gratuliere zum bestandenen Jahrgang«, sagte er zu jedem mit rauer Stimme und nannte den jeweiligen Namen.

»Früher war er Strategic Commander bei den Special Forces«, flüsterte Mason, »bevor er die Einsätze unserer Organisation übernommen hat.«

Jayden nickte erneut. Er hatte bereits von Major Conklin gehört. Ein hartgesottener und erbarmungsloser Kerl, dessen Spitzname bei den Special Forces nicht umsonst Pitbull gewesen war.

»Obwohl er so hart und unerbittlich wirkt, sieht er ziemlich attraktiv und interessant aus«, flüsterte nun auch Charlie. »Finden Sie nicht?«

»Das kann ich nicht beurteilen, Charlene«, antwortete Mason genauso leise.

Als Jayden an der Reihe war und Major Conklin ihm die Hand drückte, verstummten Mason und Charlie hinter ihm. Jayden erwiderte den kräftigen Händedruck und sah dem Major mit einem knappen Nicken in die funkelnden stahlblauen Augen.

»Gratuliere zum bestandenen Jahrgang, Mr Knoxville«, knurrte der Major, dann wandte er sich von ihnen ab und stellte sich neben Direktorin Taylors Schreibtisch.

Während sie weiter warteten, setzte das Gemurmel im Raum langsam wieder ein.

»Es geht das Gerücht, dass er bei seinem letzten Special-

Forces-Einsatz vor sieben Jahren fast sein gesamtes Team verloren hat«, flüsterte Charlie. »Danach wurde er angeblich seinen Job beim Militär los und ist zur Last Line of Defense gewechselt, wo er sich geschworen hat, nie wieder jemanden aus seinem Team zu verlieren. Oh, ich bewundere diesen Mann.«

Jayden drehte langsam den Kopf nach hinten. »Wohin ist er gewechselt, Charlie?«, fragte er leise, ohne die Lippen zu bewegen.

»Zur *La* …« Charlie verstummte, warf ihm einen bissigen Blick zu, doch dann grinste sie und boxte ihm mit dem Ellenbogen in die Rippen. »Du bist groß und kräftig geworden«, stellte sie fest. »Und frech!«

»Das liegt an Elly D. Shepards Unterricht und an Mrs Hardings ausgewogener Ernährung«, mischte sich Erik in das Gespräch, ohne den Kopf nach hinten zu drehen.

»Ruhe jetzt!«, knurrte Major Conklin, woraufhin es wieder mucksmäuschenstill wurde.

Erneut wurde die Seitentür geöffnet und eine hoch gewachsene Dame im eleganten knallroten Kostüm kam herein. Diesmal musste ihnen niemand erklären, wer das war. Direktorin Taylor war etwas untersetzt, hatte schulterlange grauweiße Haare, ein rundes Gesicht und einen ernsten, aber nicht unsympathischen Blick. Sie stellte sich neben den Major vor ihren Schreibtisch, betrachtete zuerst die älteren Rekruten, denen sie kurz zunickte, dann sah sie zu Jayden, Erik und Lenny. »Das ist also unser neues Team Omega.« Ihre Stimme klang freundlich und vertrauenerweckend.

Sie trat einen Schritt nach vorn. »Die Welt ist ein böser,

grauenvoller und hässlicher Ort. Aber genau aus diesem Grund gibt es uns. Wir helfen dort, wo man uns braucht, nur so verbessern wir die Welt. Jeden Tag ein Stück mehr. Und zwar solange es uns gibt.«

Sie machte eine Pause. »Aber manchmal müssen wir hart sein, um zu bekommen, was wir wollen. Wir müssen auch jede Menge einstecken, aber trotzdem müssen wir weitermachen. Nur so gewinnen wir. Und wir dürfen keine Kompromisse eingehen. Denn ein Kompromiss bedeutet, versagt zu haben. Deswegen – und nur deswegen – gibt es uns.«

Wiederum machte sie eine Pause, um ihre Worte wirken zu lassen. »Manche von euch werden in schlimme und aussichtslose Situationen geraten und eine Todesangst verspüren, aber das ist normal, denn Mut ist nicht das Freisein von Angst, sondern ihre Überwindung. Der Moment wird kommen, da wir keine Furcht mehr vor dem Feind kennen, sondern wir diese Furcht verbreiten. Deswegen gibt es uns. Wir sind die letzte Linie der Verteidigung, wenn alles andere versagt. Entweder wir zerbrechen oder wir bestehen als Team. Niemand versagt oder gewinnt allein – wenn, dann versagen oder gewinnen wir gemeinsam. Deswegen gibt es uns.«

Sie machte eine weitere Pause und betrachtete die Rekruten. »Ich bin zuversichtlich. Denn wenn ich mich so umsehe und in eure Gesichter blicke, dann weiß ich, dass hier und heute keine Verlierer stehen. Hier ist niemand, der aufgegeben hat. Ihr alle habt es bis hierher geschafft. Ihr seid die Besten. Aber ihr müsst euch damit abfinden, weder Ruhm noch Ehre zu erlangen für das, was ihr geleistet habt oder leisten werdet. Denn kaum jemand weiß, dass wir existieren. Wir kämpfen im Schatten. Deswegen gibt es uns. Danke.«

Es war vollkommen still im Raum. Direktorin Taylor warf Major Conklin einen auffordernden Blick zu, woraufhin er einen Schritt nach vorn trat und übernahm. »Als Nächstes steht Team Epsilon der erste Einsatz als voll ausgebildete Agenten bevor – und bei Gott, es mangelt uns nicht an Einsatzgebieten in dieser Welt.« Sein Kopf wanderte weiter. »Team Sigma bekommt seine ersten Missionen.« Zuletzt blickte er zu Jayden, Erik und Lenny. »Und Team Omega wird auf seine ersten leichten Warm-up-Missionen geschickt – und zwar in Südamerika. Willkommen im Team.«

Die Spannung fiel von ihnen allen ab und die Rede schien beendet zu sein, denn die Ausbilder begannen zu applaudieren und die Rekruten schlossen sich an. Danach war das Büro von Stimmengemurmel erfüllt. Mr Elliot war der Erste beim Buffet, der sich ein Gurkensandwich nahm, während Mason die Sektgläser füllte.

Erik, Jayden und Lenny mangelte es im Moment noch an Mut, sich zwanglos unter die Leute zu mischen, darum blieben sie zusammen und beobachteten die anderen. Mrs Harding schlich mit einem Glas Orangensaft an ihnen vorbei und nickte zum Buffet. »Heute könnt ihr euch endlich mal so richtig satt essen«, raunte sie ihnen zu, »aber Finger weg vom Kuchen … und nicht zu viel von der Mayo naschen!«

»Ja, Sir … äh, ich meine Ma'am«, sagte Erik todernst, was ihm nur einen bösen Blick einbrachte.

Dann waren sie wieder allein. Anscheinend wollte Major

Conklin die Gelegenheit nutzen, da er zügig zu ihnen kam. »Na?«, sagte er nur und blickte sie alle drei der Reihe nach an. »Jetzt sind erst mal Sommerferien – offiziell Betriebsurlaub in der Werft –, danach beginnt euer drittes Semester.«

»Ja, Sir, klasse!«, rief Erik grinsend, aber Jayden wusste nicht so recht, ob Erik damit die Ferien oder das bevorstehende dritte Semester meinte.

Anscheinend war Conklin das auch ziemlich egal. Er drückte Lenny und Erik jeweils ein dickes Kuvert in die Hand. »Euer Lehrplan fürs nächste halbe Jahr sowie die Einsatzbefehle für eure erste Mission außer Landes.«

Lenny riss ihren Umschlag gleich auf und überflog den Packen Papier. »Ein Flugzeugträger vor den Falklandinseln?« Sie sah auf.

»Du wirst die Marine des Vereinigten Königreiches kennenlernen und als Trainee alle Stationen des Schiffs durchlaufen«, erklärte der Major. »Hab ich als junger Rekrut auch getan – war eine interessante Erfahrung.«

Erik riss sein Kuvert ebenfalls auf, zögerte jedoch, die Zettel herauszunehmen. »Zerstört sich der Einsatzbefehl von selbst, nachdem ich ihn gelesen habe?«, versuchte er zu scherzen.

Major Conklin blieb ernst. »Du musst den Einsatzbefehl zerstören, bevor er dich zerstört.« Er zuckte nicht einmal mit der Wimper, sondern zog nur die Brauen ein Stück zusammen. »Am besten, du isst ihn auf!«

Erik schluckte, dann warf er einen Blick auf die Papiere, bis er den Einsatzbefehl entdeckte. »Ein Ausbildungscamp in Santiago de Chile!«, rief er erstaunt.

»Chile hat uns 1982 im Falklandkrieg unterstützt und bis heute helfen sie uns in geheimen Operationen mit Radar- und Spionagetätigkeiten.« Bei dem Versuch zu grinsen zeigte der Major seine blanken Zähne.

»Aber …«, stammelte Erik, »… im November? Da ist es ja saukalt!«

»Wie schon der Name sagt, liegt Südamerika *südlich* des Äquators, du Genie.« Lenny verdrehte die Augen. »Im November ist dort Frühling und du wirst dich zu Tode schwitzen.«

»Oh, cool!« Erik schien wieder zufrieden zu sein.

Conklin verzog nur kurz den Mund. »Der Job wird interessant, mein Junge.« Nun drückte er Jayden das letzte Kuvert in die Hand.

Der riss es gleich auf und blätterte zum Einsatzbefehl. »Die britische Botschaft in Argentinien … Postabteilung?«, rief er erstaunt.

Der Major nickte. »Deine Bewerbungsunterlagen sind über den Tisch von Premierminister James Metcalf gegangen. Er hat dich dort undercover eingeschleust.«

»Ich kann sogar ein bisschen Spanisch.«

Der Major zog eine Augenbraue hoch. »Dann liegt es vermutlich daran.«

»Darf ich Sie etwas fragen, Sir?«, murmelte Lenny.

Der Major musterte sie mit hartem Blick. »Fragen darfst du immer, allerdings kann ich dir nicht garantieren, dass du auch eine Antwort erhalten wirst.«

Lenny betrachtete seine Narben. »Stammen die von Ihrem letzten Einsatz bei den Special Forces?«

Der Major kniff die Augen zusammen. »Was willst du wirklich wissen?«

Lenny räusperte sich. »Was ist damals eigentlich passiert?«

»Was soll denn passiert sein?«

»Stimmt es, dass Sie fast Ihr ganzes Team verloren haben?«

Major Conklin verzog grimmig das Gesicht, dann musterte er sie der Reihe nach. »Glaubt nicht alles, was ihr hört!« Danach neigte er den Kopf und flüsterte: »Eines Tages, wenn ich so richtig gut gelaunt bin – was allerdings selten der Fall ist –, werdet ihr vielleicht die Wahrheit erfahren.« Er nickte zu dem Einsatzbefehl in Jaydens Hand. »Schon aufgeregt, mein Junge?«, wechselte er das Thema.

»Im Moment noch nicht«, gab Jayden zu, »aber ich bin sicher, das kommt noch.«

»Ist nicht nötig.« Der Major legte ihm die Hand auf die Schulter. »Die Mission ist nicht schwierig, reines Routine-Prozedere, bei dem nichts schiefgehen kann.«

»Nichts?«, wiederholte Jayden.

»Na ja.« Major Conklin hob die Schultern. »Ein gewisses Restrisiko besteht immer – vor allem in unserem Job.«

40. KAPITEL

Nachdem sie den Waschraum fluchtartig verlassen hatten, begann auch schon der Tumult.

»Policía!«, schrie jemand, gefolgt vom Kreischen mehrerer Personen.

Während ein Großaufgebot an Securitypersonal begleitet von Polizisten an den geschlossenen Flughafengates in Richtung Toiletten rannte, gefolgt von einer Handvoll Sanitäter mit einer fahrbaren Krankentrage, erreichten Jayden, Sofia und Erik den Schalter des Heli-Sky-Standes.

Sie hielten vor dem Rollladen und Jayden wollte schon an den Blechlamellen rütteln, als Erik ihn zurückhielt. »Warte, Mann.« Erik legte das Ohr ans Blech und lauschte.

»Willst du das Rollo mit deinen mentalen Fähigkeiten öffnen?«, scherzte Jayden, »so wie damals, vor fünf Jahren in Kuwait, wo du mit den US Navy Seals den Bunker mit den Nuklearwaffen gestürmt hast?«

Erik verzog keine Miene. »Das war vor vier Jahren in Syrien.«

»Ach so.« Jayden zog eine Augenbraue hoch, sagte aber nichts mehr. Erik löste sich von dem Rollo, tastete mit den Fingern die Seite und das Unterteil ab, wo die Lamellen auf dem Boden lagen. »Das Ding ist nirgends eingerastet«, stellte er fachmännisch fest.

»Und das bedeutet?«, fragte Sofia.

»Dass wir es hochheben können.« Jayden hockte sich neben Erik. »Auf eins, zwei, drei ...«

Gemeinsam hakten sie die Finger unten ein, packten das Rollo und schoben es zugleich hoch. Rasselnd klappten die Lamellen zusammen und das Rollo verschwand oben in einem länglichen Rollkasten. Unmittelbar dahinter lag der Tresen.

»He, Jungs, was soll das?« Der braun gebrannte Mann mit Schnauzbart, Lockenkopf und buntem T-Shirt, den sie vorhin gesehen hatten, tauchte plötzlich hinter dem Tresen auf. Er hielt eine Schrotflinte im Arm. Der doppelte Lauf lag lässig auf seinem muskulösen behaarten Unterarm und zeigte in ihre Richtung. »Wollt ihr meinen Laden ausrauben?«, fragte er mit einem Zigarrenstummel im Mundwinkel. »Davon würde ich euch dringend abraten.« Sein Finger lag in der Nähe des Abzugs.

»In diesem Laden ist sogar die Putzfrau bewaffnet«, sagte Erik trocken. »Kann ich den Chef sprechen, Fräulein?«

Der Mann verzog verärgert das Gesicht. »Das bin ich, Jungchen, und nenn mich noch einmal Fräulein, dann schieß ich dir in den Schritt, und dann schauen wir mal, wer von uns beiden das Fräulein ist.«

»Autsch!« Erik drehte sich zu Jayden um. »Den mag ich, der hat Humor.«

Jayden drängten sich an den Tresen, bevor Erik die Situation komplett verbockte. »Die Flinte ist nur eine schlecht gemachte Attrappe«, stellte er fest. »Können wir normal miteinander reden?«

Der Mann verzog schmollend das Gesicht und senkte den Lauf. »Dient nur der Abschreckung – man weiß ja nie, wer sich hier herumtreibt.«

Sofia trat nun ebenfalls näher und blickte auf das Logo von Heli-Sky, einen blauen Hubschrauber mit einem gelben Blitz auf der Seite. Darunter stand der Name des Besitzers. »Dann sind Sie Lopez?«, fragte sie.

Lopez nickte und schob den Zigarrenstummel von einem Mundwinkel in den anderen. »Wer will das wissen?«

Jayden wich ein paar Zentimeter zurück. Lopez roch abscheulich nach einer Mischung aus Aftershave, Alkohol und billigem Parfüm. »Wir haben …«, begann er.

»Seid ihr nicht diese beiden Typen?«, unterbrach Lopez ihn schroff, während er die Augenbrauen hob. »Die aus den Nach…?«

»Nein, sind wir nicht«, sagte Jayden rasch. »Wir haben vor einer Stunde einen Flug für zwei Personen nach Montevideo gechartert.«

Lopez reckte den Hals, um zu sehen, was die Polizisten und Sanitäter bei den Toiletten taten, dann sah er Jayden wieder an. »Aber ihr seid zu dritt«, stellte er fest.

»Unser Plan hat sich geändert.«

»Meiner auch, der Flughafen wurde dichtgemacht. Keine Maschine darf mehr starten, nicht mal ein Papierflieger«, erklärte Lopez, immer noch die Waffe in der Hand.

»Ich weiß«, seufzte Sofia verständnisvoll. »Aber wir haben online reserviert, die Tickets ausgedruckt und bereits über Kreditkarte bezahlt. Wir müssen nach Montevideo.«

»Das ist im Moment unmöglich.«

»Dann wollen wir zumindest die 6745 Dollar zurück«, sagte Jayden. »Und zwar in bar.«

Lopez grinste. »Das sind Schicksalsschläge, Kleiner. Ihr könnt den Flug online stornieren, aber das Geld bekommt ihr nicht zurück.«

»Sie sind ein Verbrecher!«, fuhr Sofia ihn an.

»Oooh ...« Lopez zog einen Schmollmund. »Zeig mich doch bei den Bullen an.«

»Buchen Sie uns wenigstens auf einen anderen Flug um.«

»Unmöglich. Ich kann euch höchstens über die Hälfte des Betrags einen Gutschein ausstellen.« Lopez grinste wie ein schäbiger Halsabschneider. »Was haltet ihr davon?«

»Was sollen wir mit einem Gutschein?« Sofia blickte zu Jayden.

Jayden sah den Mann kalt an. »Nur mit Mühe kämpfe ich meinen Enthusiasmus nieder.« Er wusste, dass sie Lopez ausgeliefert waren, denn sie konnten über die geklauten Kreditkartendaten von Miss Newton an kein Bargeld herankommen.

»Lass mich mal.« Erik schob Jayden und Sofia beiseite und drängte sich nach vorn. »Hör mal zu, Lopez, alter Kumpel!« Er beugte sich vertraut über den Tresen, doch als er offenbar die Duftwelle seines Gegenübers roch, rümpfte er die Nase und wedelte mit der Hand. »Nur so als Tipp, Lopez, an deiner Stelle würde ich offenes Feuer meiden.«

»Komm zur Sache, Kleiner«, schnauzte Lopez ihn an.

»Ich weiß, du bist hier nicht der Chef ...«, duzte Erik ihn kumpelhaft.

»Oh, doch, ich bin hier der Chef«, widersprach Lopez.

»Und du hast hier absolut keine Entscheidungsfreiheit …«

»Oh, doch, *ich* entscheide hier.«

»… weil du wegen jedem Schmarrn deine doofen Vorgesetzen fragen musst«, fuhr Erik unbeirrt fort.

»Ich habe keine Vorgesetzten, ich bin mein eigener Boss.«

»Und du musst dich an jede noch so dämliche Vorschrift halten, weil du wie alle anderen hier auch nur ein kleines Würstchen bist …«

»Ich sagte, *ich* sage hier, wo es langgeht!«

»… und dir sofort sämtliche Lizenzen entzogen werden, wenn du nicht nach der Pfeife deiner Vorgesetzten tanzt.«

Lopez' Kopf wurde rot. »Ich lasse mir von niemandem etwas vorschreiben!«

»Und du die Hose gestrichen voll hast, wenn du selbstständig Entscheidungen triffst«, setzte Erik noch eins drauf, »was ich ja gut verstehen kann.«

Nun wurde es Lopez zu bunt. Er legte die Flinte auf den Tisch. Mit hochrotem Kopf beugte er sich über den Tresen, packte Erik am Kragen und zog ihn zu sich her. »Jetzt sag ich dir was, du kleiner Hosenscheißer! *Ich* bin hier der Boss und *ich* führe diesen Laden schon seit über fünfzehn Jahren – und niemand schreibt mir etwas vor, weil *ich* hier ganz allein bestimme, wo es langgeht! Ich brauche bloß mit den Fingern zu schnippen, hast du das kapiert?«

Grinsend legte Erik seine Hand um Lopez' Finger und bog sie der Reihe nach sanft auf, bis sein Kragen wieder frei war. »Okay, dann schnipp mal mit den Fingern, Lopez!« Erik lächelte. »Wenn du hier das Sagen hast und alles selbst entscheiden kannst, dann kannst du uns auch eine Passage nach Montevideo beschaffen. Ist doch nur ein Klacks für dich, oder?«

Lopez starrte ihn mit funkelnden Augen an. Seine Kiefer mahlten grimmig. »Du kleiner Scheißkerl«, zischte er.

»Lopez, du wiederholst dich«, stellte Erik fest. »Also, großer Meister, eine Passage für drei Personen nach Montevideo. Und zwar jetzt gleich. Ist doch nur ein Klacks für dich.«

Jayden flüsterte Sofia verstohlen zu: »Je mehr er unter Druck gerät, desto mehr läuft er zur Höchstform auf.«

Erik griff in seine Gesäßtasche.

»Ho, ho!«, rief Lopez und fasste wieder nach der Flinte und umklammerte sie wie einen Prügel. »Keine falsche Bewegung.«

»Ich hab noch nie eine falsche Bewegung gemacht«, stellte Erik klar, holte seine Brieftasche heraus und blätterte eintausend amerikanische Dollar auf den Tresen. »Einverstanden?«

Lopez verzog das Gesicht. »Zweitausend Dollar.«

»Nicht unverschämt werden«, knurrte Erik und legte weitere fünfhundert Dollar dazu. »Mein letztes Angebot. Reicht das?«

Lopez wollte bereits nach dem Geld greifen, aber Erik knallte die Hand drauf. »Ich fragte, ob das reicht?«

»Ja«, knurrte Lopez. »Allerdings kann bis auf Weiteres wirklich kein Flieger starten. Aber meine Tochter könnte euch drei mit dem Boot übers Meer bis nach Colonia del Sacramento in Uruguay bringen.«

Sofia nickte zustimmend. »Das sind knapp fünfzig Kilometer.«

»Mit welchem Boot?«, fragte Erik. »Doch nicht etwa mit einem Ruderboot?«

»Mit einem RIB Tuono Schnellboot mit zwei Außenbordmotoren. Das Baby macht fast vierzig Knoten.«

»Klingt ziemlich gut in meinen Ohren.« Erik dachte kurz nach. »Das heißt, wir wären in einer Dreiviertelstunde an der Küste Uruguays.«

»Richtig.« Lopez' Finger wanderten langsam zum Geld. »Von dort sind es dann nur noch 180 Kilometer mit dem Auto an der Küste entlang bis nach Montevideo. Das müsst ihr euch aber selbst organisieren.«

»Wo liegt das Boot?«, fragte Erik.

»Nur ein paar Hundert Meter von hier entfernt. Direkt vor unserem Hangar, dort haben wir einen eigenen Steg für Wasserflugzeuge.«

»Okay, so machen wir es.« Erik nahm die Hand vom Geld und Lopez ließ den Packen rasch in seiner Brusttasche verschwinden.

Gerade eben kam ein neuer Schwall Polizisten durch den Duty-Free-Bereich und marschierte im Laufschritt in Richtung Toiletten.

Lopez hob den Klapptresen hoch, damit sie durch die Öffnung in den Laden verschwinden konnten. Danach ließ er wieder das Rollo herunter.

41. KAPITEL

Im hinteren Bereich des Ladens lernten sie Lopez' Tochter kennen. »*Hola!* Ich bin Carmen«, stellte sich die junge Frau vor und reichte jedem von ihnen die Hand. Sie hatte dunkelbraune Haut, trug ein kurzes gelbes Kleid und duftete nach Pfirsichen und Flieder.

Erik hielt Carmens Hand etwas länger als nötig und blickte ihr dabei verwegen in die Augen. Sie war etwa neunzehn Jahre alt, so groß wie Erik, und in ihren kurzen strubbeligen Haaren steckte eine coole Sonnenbrille.

Sofia plauderte etwas länger mit ihr auf Spanisch und Jayden glaubte herauszuhören, dass sie die junge Frau vor Erik warnen wollte. Anscheinend hatte Sofia schon mitbekommen, dass Erik ein Draufgänger war. Carmen antwortete etwas, das Jayden nicht verstand, woraufhin beide Frauen schallend lachten.

Schließlich bat Sofia um einen Gefallen und Carmen holte aus dem Kühlschrank des Ladens ein paar Eisbeutel für ihre blauen Flecken und Schwellungen im Gesicht. Während sich Jayden mit der unverletzten Hand ein Coolpack ins Genick presste und langsam den Kopf kreisen ließ, desinfizierte und verband Carmen seine Schnittverletzung am Unterarm.

»Ich bin auch verletzt«, stöhnte Erik auf, doch Carmen warf ihm bloß ein verschmitztes Lächeln aus dem Augenwinkel zu.

Unterdessen betrachtete Lopez alles kommentarlos mit seiner nassen und zerkauten Zigarre im Mundwinkel, bis er sich vor sie hinstellte und die Hände in die Hüften stemmte. »Sollte ich nicht besser wissen, was ihr ausgefressen habt, bevor ihr aufbrecht?«

Erik schüttelte gelassen den Kopf. »Besser, Sie wissen nichts über uns, außer dass wir so rasch wie möglich wegwollen.«

Lopez betrachtete sie immer noch skeptisch, während er die Zigarre von einem Mundwinkel in den anderen wandern ließ.

»Wir haben nichts verbrochen«, versicherte Sofia ihm. »Wir schmuggeln weder Waffen noch Drogen. Ich muss lediglich beruflich nach Montevideo und diese beiden Jungs begleiten mich.«

Lopez nickte. Etwas anderes blieb ihm auch nicht übrig, immerhin hatte er die 6745 Dollar von der Kreditkarte kassiert sowie weitere 1500 Dollar in bar von Erik erhalten, womit seine Transportleistung deutlich überbezahlt war.

Irgendwie ahnte er vermutlich, dass sie etwas mit dem Polizei- und Rettungsaufgebot bei den Toiletten und vielleicht auch indirekt mit dem Flugzeugabsturz zu tun hatten, aber er sagte nichts weiter zu diesem Thema.

»Okay.« Mit einem Nicken blickte er auf seine Armbanduhr. »Wir warten, bis es dunkel ist. Nach Mitternacht brecht ihr auf.« Unwillkürlich senkte er die Stimme. »Carmen wird euch übers Meer bringen. Gestern war Neumond, außerdem wird der Himmel bewölkt sein – gut für euch. In der Nacht fahren nicht viele Patrouillenboote, obendrein kennt Carmen eine unauffällig Route über die Grenze in uruguayische Gewässer.«

Jayden blickte durch ein Fenster auf den Flugzeughangar und die Asphaltpiste, auf der zwei Hubschrauber mit dem Heli-Sky-Logo standen. Obwohl es Mitte November und schon kurz nach sieben Uhr abends war, ging die Sonne jetzt erst hinter den Wellblechdächern unter und tauchte den Horizont in blutrote Farben. Schon bald würde die Dämmerung hereinbrechen.

Sofia presste sich das Coolpack auf die Wange. »Und bis dahin?«

Lopez spähte zum Rollladen. »Was immer da draußen passiert ist – ich nehme an, die Polizei wird jeden Moment hier anklopfen, um auch uns zu fragen, ob wir etwas gesehen haben.«

»Sie haben aber nichts gesehen.« Erik deutete auf Lopez' Brusttasche, in die das Bargeld verschwunden war.

»Ich weiß nicht das Geringste.« Grinsend kaute Lopez an dem erkalteten Zigarrenstummel. »Aber womöglich will die Polizei meinen Laden durchsuchen, ob sich hier jemand versteckt hält.«

»Papa!«, unterbrach Carmen ihn.

Entschuldigend hob Lopez die Arme. »Ich meine ja nur … vielleicht wäre es besser, wenn ihr von hier verschwindet und die Zeit bis Mitternacht beim Hangar verbringt. Dahinter ist ein Steg, der aufs Meer hinausführt, wo ihr euch verstecken könnt. Da wird niemand nach euch suchen.«

In diesem Moment pochte es laut ans Rolltor. »Aufmachen! Polizei!«, rief eine dumpfe Stimme auf Spanisch.

Wie zur Bestätigung zog Lopez eine Augenbraue hoch. Erik, Jayden und Sofia sprangen von ihren Stühlen auf.

»Kommt mit, ich bringe euch raus«, flüsterte Carmen. Sie nickte zum Hinterausgang.

Während sie Carmen nach hinten folgten, ging Lopez laut murrend zum Rollladen. »Ja, ja, ich komme ja schon!«

»Wird uns dein Vater verraten?«, flüsterte Sofia.

»Nein, bestimmt nicht«, antwortete Carmen. »Der hat mit euch ein Riesengeschäft gemacht.«

Erik warf Jayden einen langen skeptischen Blick zu. Instinktiv tastete Jayden in die Hosentasche, um sich zu vergewissern, dass dort immer noch das Kunststoffmesser war.

42. KAPITEL

In den nächsten Stunden passierte nichts Außergewöhnliches. Sie warteten in der Dunkelheit auf dem Steg, ließen die Beine ins Wasser baumeln, beobachteten die Schiffe auf dem Meer und zählten die Minuten bis Mitternacht.

Die Polizeibeamten durchsuchten den Heli-Sky-Laden tatsächlich – insgesamt sogar zweimal –, machten einen abfälligen Kommentar wegen der Schrotflinten-Attrappe, vergewisserten sich, dass keiner der Hubschrauber gestartet war, und warfen sogar einen Blick in den Hangar. Allerdings inspizierten sie nicht das Schnellboot am Steg, auf dem sie sich unter einer Plane versteckten.

Nachdem die Polizisten zum zweiten Mal wieder gegangen waren, erzählte Carmen, was sie bei einem kurzen Tratsch mit einer der Beamtinnen erfahren hatte. Auf der öffentlichen Toilette neben dem Duty-Free-Supermarkt war es zwischen zwei vorbestraften Verbrechern anscheinend zu einer Auseinandersetzung und einer Schießerei gekommen. Einer war dabei schwer verletzt worden. Zurzeit kämpften die Ärzte in der Notaufnahme des Centro Medico um das Überleben des Mannes, dem die Chirurgen ein Projektil aus dem Bauch operiert hatten. Der zweite Mann wurde immer noch auf dem Kommissariat verhört.

»Ist der Name Amanda Woolf gefallen?«, fragte Jayden.

»Nein, noch nie gehört.« Carmen schüttelte den Kopf. »Aber abgesehen von dieser Sache auf dem Klo sucht die Polizei nach zwei Jugendlichen. Nach dir und Sofia. Sie haben Fotos von euch. Anscheinend habt ihr etwas mit dem Anschlag auf die britische Botschaft zu tun.« Sie machte eine Pause. »Stimmt das?«

»Wir haben den Anschlag bloß überlebt«, erklärte Sofia knapp und hüllte sich danach in Schweigen.

Carmen verstand und fragte nicht weiter nach. »Ich muss noch ein paar Vorbereitungen treffen.« Sie drehte sich um und verschwand.

Um zehn Uhr nachts gingen sie zu dritt am Strand entlang, wo Erik mit seinem Handy über eine verschlüsselte Verbindung Kontakt mit dem Headquarter der Last Line of Defense aufnahm und Major Conklin bestätigte, dass es ihnen gut ginge und sie im Morgengrauen des nächsten Tages am Flughafen von Montevideo ankommen würden. Zu diesem Zeitpunkt würde die Defense One dort schon bereitstehen und sie aufnehmen. Eigentlich konnte nichts mehr schiefgehen – außer ihre Verfolger fanden einen Weg, sie doch noch irgendwie aufzuspüren.

Eine halbe Stunde nach Mitternacht saßen sie wieder am Steg. Jayden wurde schon unruhig. Aber da tauchte Carmen bereits mit ihrem Vater auf. Er trug einen Benzinkanister und sie eine Handvoll Decken.

Der Rumpf des Tuono war ein Schlauchboot, bestehend aus Glasfaserverbund und Kunststoff, und damit so robust wie ein Militärboot, das für Rescue-Einsätze verwendet wurde.

Lopez wuchtete den riesigen Reservekanister ins Boot. »Der Tank hat zwar zweitausend Liter, aber sicher ist sicher.«

Inzwischen wickelte Carmen die Motoren in Decken ein, ließ nur einen Spalt für die Luftzufuhr frei und goss mehrere Eimer voll Meerwasser darüber. »Das dämpft die Geräusche«, erklärte sie.

Die beiden großen Suzuki-4-Takt-Außenbordmotoren hatten eine Gesamtleistung von insgesamt 400 PS, wie Jayden an der Aufschrift sah. Er konnte sich lebhaft vorstellen, wie laut sie ohne Dämmmaterial sein würden.

Wie zum Beweis startete Lopez die Maschinen. Sogleich leuchteten mehrere Monitore auf. Jayden erkannte Tiefenmesser, Rückfahrkamera, ein GPS-System sowie das Display einer Infrarotkamera. Lopez kramte eine Rolle braunes Paketband aus der Hosentasche, riss einige Streifen mit den Zähnen ab und klebte die Bildschirme so zu, dass nur noch das Nötigste zu sehen war. »Je weniger Licht, desto besser!«, erklärte er knapp.

»Und Carmen?«, fragte Sofia verunsichert.

Lopez grinste. »Die weiß, was zu tun ist.«

»Los, alle an Bord!« Carmen winkte ihnen.

Lopez sprang auf den Steg und sie stiegen ins Boot. Es schaukelte auf den Wellen, die leise gegen die Holzbohlen klatschten. Gedämpft tuckerte der Motor und verströmte eine nach Benzin stinkende Rauchwolke.

Im Führerstand gab es zwei hydraulische Sitze, die Rückbank weiter hinten war stabil. Dort setzten sich Erik und Sofia hin. Jayden stellte sich neben Carmen hinter die Cockpitscheibe. »Nervös?«, fragte er.

Sie schüttelte den Kopf. »Ich mach das nicht zum ersten Mal.«

Wissend nickte Jayden. Bestimmt hatte sie schon mehrmals im Auftrag ihres Vaters heimlich eine illegale Fracht geschmuggelt.

Lopez löste die Leinen und schmiss sie an Bord. *»Adiós!«* Er warf seiner Tochter eine Kusshand zu.

Carmen spreizte nur die Finger zum Victory-Zeichen, dann gab sie Gas. Jayden musste sich an den Halteschlaufen festklammern. Sogleich spürte er, wie wendig und geschmeidig das Boot war und wie leicht es sich lenken ließ. Carmen steuerte es zügig über die Wellen aufs offene Meer hinaus und beschleunigte.

Schon bald waren die Lichter des Hangars und des Aeroparque Flughafens nur noch wie ein Schimmer am Horizont zu sehen. Vor ihnen lagen der schwarze Himmel und das schwarze Meer wie zu einer undurchdringlichen Einheit verschmolzen. Wie Lopez angekündigt hatte, gab es nur eine schmale Mondsichel und kaum Sterne zwischen den Wolken. Rasch wurde es kühl. Das Motorboot preschte über die Wellen, sodass seitlich die salzige Gischt meterhoch aufspritzte.

Konzentriert blickte Carmen auf die Anzeigen. Das Navi zeigte ihr die Himmelsrichtung an und der Tiefenmesser, ob sie sich einer Sandbank näherten. Mehr war im Moment nicht nötig.

Jayden blickte auf die Uhr. »In vierzig Minuten sind wir da?«, rief er gegen das Brechen der Wellen und den Lärm der Motoren an.

Carmen wiegte den Kopf. »Eher in einer Stunde. Ich muss einen Umweg machen, um der uruguayischen Küstenwache auszuweichen.«

Er nickte und sah nach hinten zu Erik und Sofia, die sich auf der Rückbank eng aneinander kauerten. Schon bald würden sie diesen Wahnsinn hinter sich lassen und wieder daheim sein.

Jayden deutete auf eine kleine schwarze Box mit Kippschalter und Antenne, die auf dem Armaturenbrett lag. »Wofür ist das?«

»Finger weg!« Carmen schob das Ding zu sich hinüber. »Ist ein GPS-Notsignal, falls wir in Seenot geraten.«

Jayden betrachtete die Box. So viel er im Dämmerlicht erkennen konnte, sah es eher wie eine Fernbedienung aus. »Ist …?«

»Ich muss mich konzentrieren«, fügte Carmen hinzu.

»Schon gut, hab den Wink verstanden.« Jayden löste sich vom Cockpitstand und tappte ein paar Schritte nach hinten, wo er sich neben Sofia auf den Boden setzte und an die Bootswand lehnte.

»Rutsch mal rüber!« Sofia wollte Erik zur Seite drängen, aber der maulte nur. »War gerade so gemütlich … bis Jayden kam.«

»Schon gut.« Jayden winkte ab. Die knappe Stunde bis zur Küste würde er auf dem Boden schon aushalten. Mit etwas Glück konnte er sogar ein paar Minuten schlafen.

»Heb mal deinen Hintern hoch!«, befahl Sofia, und nachdem Erik murrend aufgestanden war, klappte Sofia den Deckel der Sitzbank auf. *Life jacket – Flare gun* stand auf der Außenseite. »Vielleicht finden wir ein Sitzkissen.«

»Du verwöhnst den Kerl viel zu sehr«, murrte Erik und wollte bereits mit der Taschenlampe seines Handys in die Kiste leuchten, als er plötzlich innehielt.

Im silbergrauen Mondschimmer sah Jayden, wie Erik ihm einen bedeutungsvollen Blick zuwarf.

»Was ist?«, fragte Sofia.

»Pssst!« Erik legte den Finger auf die Lippen und deutete in die Kiste.

Jayden kroch näher und warf einen Blick hinein. Dort blinkte ein rotes Licht, was nicht weiter merkwürdig war, aber es befanden sich weder Schwimmwesten noch eine Leuchtpistole oder Signalkugeln darin.

Jayden schaute nach vorn zu Carmen, die am Steuer stand, hochkonzentriert den Blick auf die Displays richtete und wieder in Fahrtrichtung sah. Jayden nickte Erik knapp zu, woraufhin der die Taschenlampe mit der Hand abschirmte und kurz aufblitzen ließ. Die rote Lampe war ein Funkempfänger. Außerdem sahen sie jede Menge Drähte, Sprengkapseln und Bleistiftzünder, die in zwei ziegelförmigen gelben Würfeln steckten, deren Oberfläche wie Knetmasse aussah.

»Was ist das?«, flüsterte Sofia gerade so laut, dass Jayden sie im Dröhnen der Motoren hören konnte.

»Semtex ... ein Plastiksprengstoff«, antwortete Erik. Er warf Jayden einen seltsamen Blick zu. »Damit kann man das ganze Boot in Milliarden Teile atomisieren.«

Und dessen Besatzung, fügte Jayden in Gedanken hinzu. Und nun wusste er auch, wofür die Fernbedienung mit der Antenne war.

43. KAPITEL

Nach insgesamt einer Stunde Fahrt verlangsamte Carmen die Geschwindigkeit. Anscheinend näherten sie sich schon der Küste Uruguays.

Jayden, Erik und Sofia saßen immer noch hinten. »Wir müssen herausfinden, was sie vorhat«, flüsterte Erik.

»Ich kümmere mich darum.« Jayden ging nach vorn zu Carmen und betrachtete die Anzeige des Tiefenmessers, die rapide von zwölf Meter auf zehn, acht, sechs und drei wechselte.

Durch die lange Fahrt, die Gischt und den Fahrtwind war Jayden ziemlich durchgefroren. Seine Finger waren klamm und er hauchte sich in die kalten Fäuste. »Und wie läuft es?«

»Kannst du mal kurz das Steuer übernehmen?«, bat Carmen.

»Sicher.« Er griff zum Lenkrad.

»Wir bleiben auf Schleichfahrt«, erklärte sie ihm. »Halt den Kurs immer gerade, Richtung Osten, parallel zur Küste. Wenn der Tiefenmesser unter zwei Meter anzeigt, dann dreh ein bisschen aufs offene Meer ab.«

Jayden nickte. »Und du?«

»Muss kurz mit meinem Vater telefonieren.«

Carmen balancierte nach vorn zum Bug, setzte sich auf die Bordwand und sicherte sich mit einem Bein in der Halteschlaufe. Dabei telefonierte sie und hielt sich ein Ohr zu. Der Lärm der Motoren und das Klatschen der Wellen waren so laut, dass Jayden kein Wort von dem Gespräch verstehen konnte.

Er blickte kurz zur Box mit dem GPS-Notsignal, dann behielt er das Navi und den Tiefenmesser im Auge und fuhr an der Küste entlang. Auf dem Display sah er, dass einen Kilometer vor ihnen eine halbkreisförmige Bucht lag.

Die Minuten vergingen, Carmen telefonierte immer noch, und schließlich kamen Erik und Sofia zu ihm nach vorne. Sie waren ebenso durchgefroren wie er.

»Und jetzt?«, wisperte Sofia. Ihre Zähne klapperten.

»Nur keine Panik«, murmelte Jayden.

»Du hast gut reden«, flüsterte Erik. »Wir sitzen auf einem Pulverfass, das jeden Moment hochgehen kann.«

»Nur keine Panik …«, wiederholte Jayden und verstummte, als er sah, dass Carmen ihr Gespräch beendete und zurück zum Steuerstand kam.

Sie übernahm das Lenkrad wieder. »In einer Minute sind wir da.« Sie fuhr an der Küste entlang und steuerte in die Bucht, die Jayden zuvor gesehen hatte. Schlagartig beruhigte sich der Seegang. Das Klatschen der Wellen wurde leiser und der Wind nahm ab. Carmen drosselte die Geschwindigkeit.

Im silbernen Mondschein sah Jayden, dass die Bucht von einer bewaldeten Böschung umgeben war. Zielsicher steuerte Carmen zu einem verlassenen Holzsteg.

»Soll ich das Boot festmachen?«, fragte Jayden.

Carmen winkte ab. »Besser, wir bleiben startklar, falls etwas nicht in Ordnung ist. Ich gehe zuerst an Land und prüfe, ob die Luft rein ist.«

Das Boot schaukelte im Leerlauf zum Steg und schlug längsseits gegen alte Autoreifen, die an den Holzpfosten hingen. Da anscheinend gerade Flut war, ragte der Steg nicht hoch aus dem Meer.

Carmen schnappte sich die schwarze Box vom Armaturenbrett und sprang mit einem Satz auf den Holzsteg. Durch den Absprung entfernte sich das Boot ein Stück vom Steg. Carmen lief zum Strand.

Unterdessen drängten sich Sofia und Erik zu Jayden. »Und jetzt?«, fragte Erik nervös.

»Abwarten«, flüsterte Jayden. »Carmen checkt die Lage.«

»In der Zwischenzeit fliegen wir in die Luft.«

»Abwarten!«, wiederholte Jayden.

»Könnt ihr diese Sprengsätze nicht entschärfen?«, wisperte Sofia.

»Nein«, antworteten sie beide wie aus einem Mund.

»Lernt man das nicht bei der Last Line of Dingsbums?«

»Doch, aber erst im nächsten Semester«, antwortete Erik, ohne den Blick von Carmen zu nehmen.

»Dann versuch ich es!«, zischte Sofia.

»Nein!« Jayden packte sie am Arm. »Was willst du denn tun? Alle Drähte der Reihe nach rausreißen?«

»Wenn es sein muss.«

»Dann fliegen wir erst recht in die Luft. Bleib hier! Wir warten!«, sagte er bestimmt. Mit zusammengekniffenen Augen blickte er zu Carmen, die den Beginn des Stegs erreicht hatte.

Da blitzten auf der bewaldeten Anhöhe kurz zwei Autoscheinwerfer auf.

»Hab ihr das gesehen?«, entfuhr es Sofia.

»Ja«, knurrte Erik. »Die ganze Sache gefällt mir immer weniger. Wir sollten die Bombe über Bord werfen und mit dem Boot abhauen.«

»Nein, vorher möchte ich herausfinden, was hier läuft«, entgegnete Jayden.

»Das nützt mir nicht viel, wenn ich tot bin«, maulte Erik.

»Seit wann bist du so ein Angsthase?«, fragte Jayden, woraufhin Erik nichts mehr erwiderte.

Mittlerweile hatte sich das Boot zwei Meter vom Steg entfernt und schaukelte auf den Wellen in Richtung offenes Meer. Carmen kam wieder zurück.

»Ist die Luft rein?«, rief Jayden gedämpft.

»Ja, alles klar«, antwortete Carmen.

»Was hatten die Autoscheinwerfer zu bedeuten?«, fragte Sofia.

»Das ist mein Taxi.«

Jayden sah im matten Mondschein, wie ein kurzes Lächeln über Carmens Züge glitt. »Dein Taxi?«, wiederholte er.

Sie hob die Fernbedienung hoch. »Du wolltest doch wissen, wofür das ist.«

»Und?«, fragte er.

»Das ist ein Fernzünder«, antwortete Carmen. »Ein Knopfdruck genügt und das Boot fliegt in die Luft.«

»Du wusstest davon?«, brüllte Erik.

»Sei still!«, zischte Jayden, dann wandte er sich wieder an

Carmen. »Bevor wir losgefahren sind, hast du Sofia versichert, dass uns dein Vater nicht verraten würde! Ich habe dir dabei in die Augen gesehen – das war ehrlich gemeint. Ich habe dir vertraut.«

»Das stimmt auch! Mein Vater weiß nichts davon«, sagte Carmen gelassen. »Aber das gilt nicht für mich. *Ich* brauche das Geld!«

»Welches Geld?«, rief Sofia.

»Die Bezahlung für das USB-Kabel.« Carmen streckte den Arm aus. »Wirf es herüber!«

Daher wehte also der Wind. Jayden dachte an die Bombe an Bord. Warum sollte Carmen ihr eigenes Boot in die Luft jagen? Da erinnerte er sich an die explodierte MI6-Maschine. »Du sollst uns töten, egal, ob wir dir das Kabel geben oder nicht, richtig?«, stellte er fest.

Carmen zögerte, dann nickte sie. »Durchschaut.«

Wie nett!

»Nicht mit mir!« Erik ging einen Schritt zurück und wollte bereits Anlauf nehmen, um vom Boot zu springen, doch Carmen hob den Arm mit dem Fernzünder. »Stopp! Keine Bewegung, sonst drücke ich den Auslöser. Ihr bleibt gefälligst an Bord.«

Jayden blickte zum Steg. Noch waren sie nah genug, um die Autoreifen und Planken zu erreichen. »Für wen arbeitest du? Die argentinische Mafia? Die Polizei?«

Carmen lachte laut auf. »Weit gefehlt, du Superhirn … ich arbeite für niemanden, ich bin meine eigene Chefin.«

»Und wer hat dich mit diesem Job beauftragt?«

»Wer glaubst du?« Sie grinste. »Amanda Woolf.«

Jayden schluckte. Er spürte, wie sich Sofias Körper neben ihm anspannte. »Wie hat Amanda Woolf von dir erfahren?«, fragte er verwirrt. »Wie hat sie Kontakt mit dir aufnehmen können?«

»Mit mir?«, wiederholte Carmen amüsiert. »Gar nicht. *Ich* habe Kontakt mit ihr aufgenommen. Du selbst hast mir ihren Namen verraten.«

Richtig! Jayden schlug sich auf die Stirn. Was war er doch für ein Idiot gewesen!

»Es war gar nicht so schwer, im Internet einen Kontakt zu ihr zu finden«, fügte Carmen hinzu.

»Alter, du hast uns ganz schön in die Scheiße geritten«, fuhr Erik ihn an.

Jayden ignorierte ihn und blieb innerlich komplett ruhig. »Was kriegst du dafür, dass du uns tötest? Ein neues Boot?«

»*Zwei* neue Boote und fünfzigtausend amerikanische Dollar in bar«, erklärte Carmen.

»Und wie erklärst du das deinem Vater?«

»Der wird nie erfahren, woher das Geld gekommen ist.«

»Und wenn er es doch wissen will?«

»Dann sage ich, dass ich es von euren Verbindungsleuten in Uruguay erhalten habe. Als Dank und Entschädigung für meine Dienstleistung.«

Was für ein ausgefuchstes Luder!

»Und es macht dir nichts aus, wenn wir für ein paar lausige Dollar draufgehen?«, rief Erik entsetzt, als könnte er es immer noch nicht glauben, dass er sich in dieser jungen Frau getäuscht hatte.

»Die Polizei sucht euch sicher nicht ohne Grund. Ihr seid

bestimmt nicht Mutter Teresa, Mahatma Gandhi und der Papst. Ist garantiert kein großer Verlust für die Menschheit, wenn ihr nicht mehr da seid.« Sie hob den Arm mit dem Fernzünder. »Und jetzt wirf das scheiß Kabel herüber!«

»Eine nette Freundin haben wir uns da angelacht«, murmelte Erik leicht nervös.

»Auf drei springen wir ins Wasser, okay?«, flüsterte Sofia.

»So weit können wir gar nicht springen, dass es uns nicht in der Luft zerreißt«, gab Erik mit leichter Panik in der Stimme zu bedenken.

»Wir werden gar nicht springen«, sagte Jayden bestimmt. »Bleibt an Bord, ich regle das.«

Erik und Sofia sahen ihn verwirrt an und plötzlich griff Sofia nach Jaydens Hand und senkte die Stimme. »Ich weiß, was du getan hast«, flüsterte sie mit einem Mal aufgeregt. »Das Gleiche wie bei dem Typen im Katzen-Café.«

»Was? Wer? Wo?«, rief Erik verwirrt. »Welches Katzen-Café?«

»Du hast die Batterien aus dem Fernzünder rausgenommen«, flüsterte Sofia. »Richtig?«

Jayden nickte nur leicht. Er sah, wie Sofia plötzlich übers ganze Gesicht strahlte. »Los, schnapp dir die Bitch!«, rief sie.

Jayden stützte sich von der Bordwand ab und sprang vom Boot. Er schaffte es gerade noch auf den Steg und musste sich auch gleich wieder einbremsen, sonst hätte ihn der Schwung auf der anderen Seite ins Wasser geworfen.

»Keine Bewegung!«, kreischte Carmen und drückte auf den Knopf.

Aber nichts passierte. Kein Signal wurde übertragen, kein Zündhütchen explodierte, kein Sprengstoff ging hoch. Verzweifelt drückte Carmen immer wieder auf den Knopf, hielt den Zünder mit der Antenne hoch und wedelte damit herum. »Was für ein verdammtes Mistding!«, fluchte sie.

Jayden griff in die Hosentasche und holte kurz zwei Batterien hervor. »Suchst du die hier?« Er ging auf Carmen zu, wand ihr den Fernzünder aus der Hand und hielt sie danach eine Armlänge von sich auf Distanz.

In der Zwischenzeit war auch Erik von Bord gesprungen und hatte gerade noch die Autoreifen erreicht. Er fing das Seil, das Sofia ihm zuwarf, zog das Boot damit heran und zurrte es am Steg fest.

Dann trat er neben Jayden. »Alter, ich dachte schon, wir krepieren. Das nächste Mal weihst du mich gefälligst in deine Pläne ein!«

Sofia drängte sich zwischen sie. »Die ganze Situation musste echt wirken, richtig?«, sagte sie professionell. »Außerdem hatte Jayden keine Zeit für lange Diskussionen, stimmt's?«

»Absolut.« Jayden nickte.

Sofia funkelte Carmen an. »Du miese Bitch!«, fluchte sie und wollte auf Carmen losgehen, doch Jayden hielt sie zurück. »Lass sie. Wir fesseln und knebeln sie, das reicht.«

Erik löste das Seil vom Boot und fesselte Carmen damit die Hände auf den Rücken. Sofia stopfte ihr ein altes öliges Stück Stoff in den Mund.

»Und jetzt?« Erik blickte zu der Stelle am Hügel, wo der Wagen zuvor das Fernlicht betätigt hatte.

»Jetzt täuschen wir unseren Tod vor.« Jayden öffnete die Abdeckung des Fernzünders und drückte die Batterien in die Fächer.

»Klingt nach einem Plan.«

Sie schubsten Carmen vor sich her über den Steg zum Strand. Dort fesselten sie die junge Frau an ein altes Holzgerüst. Sofia, die immer noch barfuß war, schlüpfte in Carmens Turnschuhe, die ihr ein wenig zu klein waren, und Erik zog ihr noch das Handy aus der Hosentasche. Carmen würde nicht so rasch Hilfe holen können.

Nachdem sie sich in den Schutz einiger Bäume geflüchtet hatten, von wo der Fahrer des Autos sie nicht sehen konnte, reichte Jayden den Fernzünder an Erik weiter. »Willst du?«

»Aber sicher.« Grinsend hob Erik den kleinen schwarzen Kasten in die Höhe. »Jayden D. Knoxville, Sofia González – es hat mich gefreut, euch kennengelernt zu haben«, sagte er theatralisch. »Ruhet in Frieden. Das wird ein höllisch heißer Abgang.«

Er drückte den Knopf.

44. KAPITEL

Ein Blitz zuckte im hinteren Bereich des Bootes, der rasant zu einer gewaltigen Explosion heranwuchs. Im nächsten Moment war auch schon die Detonation zu hören. Der Plastiksprengstoff zerfetzte das RIB Tuono in tausend Teile, die weit übers Meer und bis zum Strand geschleudert wurden.

Kurz darauf entzündeten sich auch die Dämpfe im Benzintank, was zu einer zweiten, noch viel größeren Explosion führte. Der sich überlagernde Krach war ohrenbetäubend, die schwarze Rauchwolke gigantisch. Brennende Teile segelten ins Meer und an den Strand. Es roch nach Benzin und verschmortem Plastik. Für ein paar Sekunden war der Küstenabschnitt so hell, dass Jayden die Augen geblendet schließen musste.

Glasfaserverbundteile und Fetzen des Schlauchboots lagen brennend im Sand. Das Feuer spiegelte sich auf der Wasseroberfläche, zischend erstickten die Flammen der Reihe nach auf den Wellen, und Sekunden später herrschte wieder Dunkelheit.

»Wir sind zum zweiten Mal gestorben«, flüsterte Sofia betroffen. »Zuerst in der MI6-Maschine und jetzt auf diesem Boot.«

»Amanda Woolf ist anscheinend nichts zu teuer, um uns loszuwerden«, resümierte Jayden.

Erik blickte stumm zwischen die Bäume den Hügel hinauf

und wartete. Im nächsten Moment blitzten auch schon die Autoschweinwerfer auf. Zweimal.

Erik hob Carmens Handy und betätigte die Taschenlampe. Ebenfalls zweimal.

»Was machst du da?«, entfuhr es Jayden.

»Ja, was wohl? Ich antworte.«

»Und woher willst du wissen, wie das geht?«

Erik zog die Schultern hoch. »Das weiß ich nicht, aber besser ich gebe ein Zeichen als gar keines.«

Auch wieder wahr! Jayden deutete nach oben. »Ich schlage vor, wir schnappen uns den Wagen.« Niemand widersprach. Sie setzten sich in Bewegung.

Kaum hatten sie ein paar Meter durch den Wald zurückgelegt, summte Carmens Handy.

»Eine SMS auf Spanisch«, sagte Erik und reichte Sofia das Handy.

»Hat alles geklappt? Hast du das Kabel?«, übersetzte sie. »Stammt offenbar von dem Typ im Auto.« Hastig tippte sie eine Antwort. *»Hab das Kabel. Sind alle erledigt. Bin gleich oben.«* Sie schickte die Nachricht ab und steckte das Handy ein. Danach trennten sich ihre Wege.

Während Sofia langsam, aber geradewegs die Böschung zum Wagen hinaufstapfte und damit in Carmens Rolle schlüpfte, nahmen Erik und Jayden einen größeren bogenförmigen Umweg und hasteten zwischen den Bäumen zum Plateau hinauf.

Oben angekommen, verschnauften sie kurz und sahen sich um. Einen Steinwurf von ihnen entfernt stand, den Umrissen im schwachen Mondlicht nach zu urteilen, ein offener Jeep.

»Da sitzt nur einer drin«, flüsterte Erik.

»Vielleicht sichern die anderen das Gelände«, mahnte Jayden zur Vorsicht.

Leise schlichen sie weiter und näherten sich dem Jeep von hinten. Aber bis auf den Fahrer konnten sie niemand entdecken.

Schließlich hörten sie Äste im Wald knacken, gefolgt von Sofias Keuchen, die sich anscheinend bemühte, besonders laut zu sein. Kurz darauf blitzten die Autoscheinwerfer erneut auf.

»Ich bin hier!«, rief der Mann hinter dem Lenkrad. »Gute Arbeit!«

»Muchas gracias!«, keuchte Sofia, während sie sich durch die Böschung kämpfte.

Inzwischen hatten sich Jayden und Erik hinter den Wagen geschlichen. Ein Meter trennte sie noch vom Reserverad, das an der Hecktür hing. Eingetrockneter Matsch klebte an dem Wagen. Er hatte ein uruguayisches Nummernschild mit der Abkürzung ROU unter dem blau-weißen Staatswappen mit der gelben Sonne.

Nun sahen sie, wie der Mann die Tür öffnete und ausstieg. Langsam ging er nach vorn zur Kante der Böschung und leuchtete mit der Handytaschenlampe in den Wald hinunter.

Jayden stellte sich kurz auf die Zehenspitzen. Er konnte Sofia schon sehen. Sie hatte den Kopf gesenkt, hielt sich den Arm vor die geblendeten Augen und stapfte weiter durch das Dickicht.

»Gleich hast du es geschafft«, sagte der Mann.

Durch das Licht der Taschenlampe sahen sie nur seine Umrisse, die von einem Lichtschimmer umgeben waren. Der Kerl war groß und breitschultrig. Und Jayden sah, wie er langsam eine Waffe mit aufgestecktem Schalldämpfer aus dem Schulterholster zog und damit auf Sofia anlegte. »Nur noch ein paar Meter.«

Erik hatte es auch bemerkt. Er stand neben Jayden und stieß ihm aufgeregt den Ellenbogen in die Seite.

So sah die Bezahlung für dreifachen Mord also aus! Statt eines Transfers zurück nach Buenos Aires, zwei Motorbooten und fünfzigtausend US-Dollar als Honorar würde es eine Ladung Blei in den Kopf geben.

Erik signalisierte Jayden mit einem Blick, dass sie nicht länger warten durften. Jayden nickte nur. Sie kamen aus ihrer Deckung hinter dem Wagen hervor und schlichen sich an den Mann heran. Nur noch zwei Meter.

Da knackte unter Eriks Schuh ein Ast. *Mist!* Bevor sie reagieren konnten, fuhr der Mann mit der Waffe herum und blendete sie mit der Lampe.

Erik stürmte sofort brüllend auf ihn zu. Der Mann riss die Waffe hoch und schoss. *Plopp!* Das Projektil verfehlte Erik nur haarscharf und pfiff auch an Jayden vorbei.

Während Erik mit dem Mann rangelte, zog Jayden das kurze Kunststoffmesser mit einer fließenden Bewegung aus der Tasche und schleuderte es gezielt in die Richtung, aus der das Licht kam.

Der Mann schrie auf. Offenbar hatte Jayden ihn in der Schulter getroffen. Sein Handy fiel zu Boden, der Mann bäumte sich auf, und sein nächster Schuss ging in den Himmel. Erik blieb an ihm dran, schlug ihm gleichzeitig mit einem Doppelfauststoß gegen Kehle und Solar Plexus, sodass ihm die Waffe aus der Hand fiel. Rücklings stürzte er zu Boden, Erik auf ihm drauf. Mit einem wuchtigen Schlag rammte Erik ihm das Messer noch tiefer in die Schulter, woraufhin der Mann gequält aufbrüllte. Trotzdem packte er Erik mit der unverletzten Hand noch an der Gurgel und drückte verzweifelt zu. Aber da war Jayden schon an Eriks Seite und knockte den Killer mit einem Schlag des Handballens gegen die Schläfe aus.

Keuchend kroch Erik von ihm herunter. »Das Messer hätte *mich* treffen können!«, rief er schockiert.

»Die Chancen standen fünfzig zu fünfzig«, rechtfertigte sich Jayden.

»Was für ein Glück aber auch!«

»Was ist passiert?« Schnaufend erreichte Sofia das Plateau.

»Dein Taxi-Chauffeur wollte dich killen«, erklärte Erik trocken. Er wand dem Typen die Pistole aus der schlaffen Hand und steckte sie sich in den Hosenbund.

»Madre de Dios!«, entfuhr es Sofia. Anscheinend dachte sie an Carmen. Obwohl sie alle keine Freunde dieser verhinderten Mörderin waren, die hier den Lohn für ihren Verrat bekommen hätte, hatte sie dennoch keinen solchen Tod verdient.

Erik schnappte sich das Handy des Mannes und durchsuchte seine Taschen. Im Licht der Lampe klappte er einen Ausweis auf. »Agencia Federal de Inteligencia«, sagte er überrascht und sah auf. »Der argentinische Geheimdienst?«

»Das erklären wir dir unterwegs.« Jayden wollte bereits zum

Jeep gehen, blieb jedoch stehen und betrachtete stattdessen die Schuhe des Mannes.

»Was ist?«, fragte Erik.

»Der hat meine Schuhgröße.« Jayden schlüpfte aus den Feuerwehrstiefeln und zog sich die feinen schwarz-weißen Lederschuhe des Mannes an. »Oooh, tut das gut«, stöhnte er auf und bewegte die Zehen. »Passt perfekt.«

Erik tätschelte dem Mann die Wange. »Nehmen wir ihn mit?«

»Denk nach, Superhirn!« Jayden schüttelte den Kopf. »Bei der nächsten Polizeikontrolle hätten wir heftigen Erklärungsbedarf. Am besten wäre, wir fesseln ihn.«

Sofia fand ein Abschleppseil im Heckbereich des Wagens, mit dem sie den Mann barfuß an einem Baum festbanden. Unterdessen warf Jayden die Feuerwehrstiefel auf die Rückbank des Jeeps. Er durchsuchte das Handschuhfach des Wagens, fand aber nur das zerfledderte Serviceheft und die Fahrzeugpapiere. Dann drehte er den Zündschlüssel. Der Motor sprang an und gab ein sattes Röhren von sich.

Sofia hüpfte freiwillig auf den Rücksitz. »Willst du mitfahren oder hierbleiben?«, rief sie.

Erik stand immer noch neben dem bewusstlosen und gefesselten Mann und steckte gerade das Bargeld aus dessen Brieftasche ein. »Ich hätte gute Lust, ihm noch eine zu knallen.«

»Heb dir deine Kräfte für später auf«, sagte Jayden. »Noch haben wir es nicht geschafft.«

Erik kam zu ihnen und sprang auf den Beifahrersitz. »Ja, wer weiß, was noch alles passiert.«

Vor ihnen lagen noch hundertachtzig Kilometer Küstenstraße bis nach Montevideo. Ihre Gegner hielten sie zwar für tot – wieder einmal –, aber Jayden fragte sich, wie lange sie diese Täuschung aufrecht halten konnten.

45. KAPITEL

Die Fahrt im Jeep nach Montevideo verlief ereignislos. Jayden und Erik wechselten sich hinter dem Steuer ab, und durch die Ausbildung von Miss Ishida, ihrer Technik-Spezialistin, hatten sie auch keine Probleme mit dem Jeep.

Soweit es die Sichtverhältnisse zuließen, fuhren sie ohne Licht. Außerdem vermieden sie größere Ortschaften und nahmen kleinere Umwege über einsame Landstraßen, um so unbeobachtet wie möglich voranzukommen.

Das Handy, das sie dem Fahrer des Jeeps abgenommen hatten, blieb stumm. Niemand versuchte, Kontakt mit ihm aufzunehmen – und solange er bewusstlos und gut verschnürt in der Bucht lag und noch keine Gelegenheit gefunden hatte, seine Auftraggeber zu kontaktieren, galt die Operation *Kill die drei Jugendlichen* offenbar als erfolgreich abgeschlossen. Das war ihr Zeitfenster, in dem sie unbeschadet Montevideo erreichen konnten.

Als kurz nach fünf Uhr früh der erste silberne Streifen am Horizont zu sehen war, erreichten sie die Vororte der Stadt. Jayden saß wieder hinter dem Steuer und Erik, der die Route zum Flughafen auf seinem Handy aufgerufen hatte, sagte ihm den Weg an. Sofia saß hinten und wurde von Minute zu Minute nervöser.

»Was, wenn dieser Jeep getrackt wird und sie herausfinden, dass ihr Kollege nach Montevideo fährt?«, fragte sie von hinten.

»Und wenn schon.« Erik zuckte mit den Achseln. »Dann würden sie ihn vermutlich anrufen und nach dem Grund fragen.« Er winkte mit dem Handy. »Aber das hat bislang niemand getan.«

Sie beugte sich nach vorn. »Und wenn sie das Handy orten?«

Erik seufzte. »Sie hat recht. Fahr dort an der Ampel langsamer«, sagte er zu Jayden, nahm Sofia das Telefon aus der Hand, beugte sich aus dem Wagen und warf es im Vorbeifahren auf die Ladefläche eines Pickups, der neben ihnen abbremste und nach rechts abbog. »Zufrieden?«

»Was passiert mit Carmen?«, kam es erneut von hinten.

»Meinst du *die* Carmen, die uns für einen Appel und ein Ei verraten hat und töten wollte? Was kümmert uns die Alte?«, stöhnte Erik auf. »Soll sie doch selbst schauen, wie sie ohne Boot zurück nach Buenos Aires zu ihrem Vater kommt.«

»Die soll froh sein, dass sie noch am Leben ist«, mischte sich Jayden in die Diskussion.

»Ihr seid ganz schön kaltherzig«, warf Sofia ihnen vor.

»Das sagst gerade du, die einen kleinen Jungen am Ohr gezogen hat«, entgegnete Jayden grinsend und sah im Rückspiegel, wie Sofia sich zurücklehnte und die Hände vor der Brust verschränkte. »Denk lieber an die Daten von Futurotec. Ist die Rehabilitation deines Vaters nicht wichtiger?«, fügte er versöhnlich hinzu.

»Du hast recht«, murmelte sie und schwieg für den Rest der Fahrt.

Eine Viertelstunde später graute der Morgen, aber da die Stadt offensichtlich immer noch im Dämmerschlaf vor sich hindöste, gab es noch keine morgendlichen Verkehrsstaus. Schon bald konnte sich Erik seine Anweisungen sparen, da der Weg zum Flughafen mit Überkopfanzeigen bestens ausgeschildert war.

Einen Kilometer vor dem Flughafengelände vibrierte Eriks Handy. Er ging sofort ran, hörte kurz zu und hielt dann das Mikrofon für einen Augenblick zu. »Major Conklin«, erklärte er, lauschte weiter und gab nur ein paar knappe Ja und Nein als Antwort. »Hab alles verstanden – Ende!« Er steckte das Handy weg.

»Was ist?«, fragte Jayden, während sich Sofia zwischen ihren Sitzen nach vorn quetschte.

Erik grinste übers ganze Gesicht. »Wir haben es geschafft, Lady and Gentleman! Major Conklin ist mit der Defense One vor einer Stunde in Rio de Janeiro gelandet, wo er auf uns …«

»Rio de Janeiro?«, brüllte Jayden und verriss das Steuer.

Erik wieherte vor Lachen und boxte Jayden gegen die Schulter. »Ich mach nur Spaß, Alter! Schau auf die Straße!« Dann wurde er wieder ernst. »Also, die Piloten, Lenny und er sind vor einer Stunde in Montevideo gelandet. Die Defense One steht aber nicht bei den üblichen Start- und Landepisten, sondern beim Aviation Center, wo sie gerade aufgetankt wird.«

»Der VIP-Terminal«, erklärte Sofia. »Vermutlich ein abgegrenzter eigener Teil des Flughafens für Privatmaschinen.«

»Richtig.« Erik zeigte den erhobenen Daumen. »Und zwar beim Terminal II in der Nähe des Hangars 3. In fünfzehn Minuten ist sie aufgetankt und startklar.«

»Wie kommen wir dorthin?« Im selben Augenblick sah Jayden den Hinweis auf zwei Abzweigungen in der Überkopfanzeige, die einerseits zum Flughafen und andererseits zum Aviation Center führten. Er setzte den Blinker und nahm die richtige Ausfahrt.

»Dort stellen wir den Wagen irgendwo auf dem Parkplatz ab, werfen den Autoschlüssel in den Gully, pissen auf die Reifen und gehen gemütlich zum Info-Center, wo uns bereits eine Dame erwartet, die uns ohne Passkontrolle direkt zum richtigen Gate führt. Major Conklin hat alles arrangiert.« Erik lehnte sich zurück und verschränkte die Arme hinter dem Kopf. »Dann nur noch die Gangway hoch, einsteigen, anschnallen, Cocktails schlürfen und den direkten Heimflug nach London Heathrow genießen.«

»Dein Wort in Gottes Ohr!«, murmelte Jayden und blickte zum gefühlt tausendsten Mal in den Rückspiegel. Der Verkehr wurde zwar dichter, aber niemand verfolgte sie.

»Warum so nervös?«, fragte Erik, der sich nun ebenfalls umdrehte.

»Ich traue der Ruhe nicht.«

»Was soll jetzt noch passieren?«

»Carmen und ihr Vater wussten, dass wir nach Montevideo wollten. Höchstwahrscheinlich hat sie es Amanda Woolf verraten.«

»Glaubst du, dass die so schnell sämtliche Flughäfen, Bahnhöfe und Busstationen in einem anderen Land überwachen lassen kann?«, fragte Erik.

»Sie hat es immerhin geschafft, mit nur wenigen Stunden

Vorbereitung eine MI6-Maschine vom Himmel zu holen«, gab Jayden zu bedenken. Im Rückspiegel sah er, wie Sofia blass wurde.

»Schau auf die Straße!«, mahnte Erik ihn.

Vor ihnen lag die letzte Abzweigung zum Aviation Center. Fünfhundert Meter weiter kam auch schon der Eingang zum privaten Flughafengelände. Der rot-weiß gestreifte Schlagbaum war unten. Links und rechts gab es ein Pförtnerhäuschen mit Überwachungskameras. Soeben kam ein uniformierter Soldat aus einer der Hütten und schritt mit erhobener Hand auf sie zu.

Jayden bremste ab. Die Uniform kam ihm irgendwie bekannt vor.

Der Soldat beugte sich leger über die Tür und blickte in den Wagen. »Na, wohin denn so eilig?«, fragte er auf Englisch.

Jayden ließ den Motor laufen. »War ich zu schnell?«

»Ausweis, Führerschein und Fahrzeugpapiere«, verlangte der Soldat.

Jayden beugte sich zum Handschuhfach und holte die Papiere heraus. Im gleichen Moment begannen in seinem Kopf leise die Alarmglocken zu schrillen. Woher wusste der Mann, dass er sie auf Englisch und nicht auf Spanisch ansprechen musste? Der Jeep hatte ein uruguayisches Kennzeichen und sie drei sahen nicht gerade wie typische Briten aus.

Jayden sagte jedoch nichts, sondern reichte dem Mann die Papiere und seinen Führerschein. Während der die Daten überprüfte, beugte sich Sofia zu ihnen nach vorn und senkte bis auf ein kaum hörbares Wispern die Stimme. »Das ist keine Uniform der uruguayischen Armee«, flüsterte sie.

Im selben Moment erinnerte sich Jayden, woher er diese Uniform kannte. *Vom Angriff auf die Botschaft!* Man hatte sie also hier schon erwartet. Anscheinend waren entweder der Jeep oder das Handy des Fahrers doch getrackt worden.

Der Soldat gab Jayden die Papiere zurück. »Würden Sie bitte aussteigen!«

»Wozu denn?«, fragte Jayden höflich.

»Reine Routine! Wir müssen Ihre Identitäten, die Herkunft des Wagens und den Grund Ihres Aufenthalts in Uruguay prüfen.« Der Mann ging um das Auto herum, die Hand auf dem Griff seiner Pistole, die am Gürtel hing, und inspizierte alles ganz genau.

Jayden warf Erik einen unsicheren Blick zu. Erik griff zum Rückspiegel, riss ihn mit einem Ruck aus dem Kugelgelenk und streckte den Arm so weit wie möglich nach oben. Gleichzeitig reckte er den Hals.

»Was tust du da?«, zischte Sofia.

Erik drehte den Spiegel so, dass er das Fenster des Pförtnerhäuschens neben sich sehen konnte. »Ich sehe die Köpfe von drei Menschen«, flüsterte er. »Scheint so, als lägen die gefesselt auf dem Boden.«

Außerdem bemerkte Jayden, dass hinter dem kleinen Gebäude zwei moderne metallic-schwarze Kleinbusse mit argentinischem Kennzeichen standen, die nicht zum restlichen Bild des Flughafens passten.

»Was tust du da, Junge?« Der Soldat griff zur Waffe und zielte damit auf Erik. »Aussteigen! Alle drei! Sofort!«

»Wir wollten doch nur …«, sagte Erik, kam aber nicht weiter.

Jayden trat das Gaspedal durch. Der Jeep machte einen Satz nach vorn und krachte in den Schlagbaum. Die Scheinwerfer zersplitterten. Links und rechts flogen die Holzteile davon, die Windschutzscheibe barst und Glassplitter regneten ins Wageninnere. Nutzlos hingen die Scheibenwischer herunter.

»Runter!«, rief Jayden.

Erik und Sofia zogen die Köpfe ein, und während Jayden den Jeep beschleunigte und auf das Flughafengelände jagte, hörte er Schüsse und den Knall der Projektile, die hinten ins Blech einschlugen.

46. KAPITEL

»Jemand verletzt?«, brüllte Jayden und steuerte den Wagen in die Richtung, wo er die Start- und Landebahnen vermutete.

Erik und Sofia richteten sich wieder auf. Die Schüsse knallten zwar immer noch, aber die Kugeln trafen den Jeep nicht mehr.

»Alles okay.« Erik rammte den Rückspiegel wieder ins Kugelgelenk.

»Ich … bin … unverletzt«, murmelte Sofia verdattert. »Warum haben die nicht gleich auf uns geschossen?«

Im Rückspiegel sah Jayden, wie sie sich selbst abtastete und offenbar ihr Glück gar nicht fassen konnte, noch am Leben zu sein.

»Wollten die Sache anscheinend unauffällig über die Bühne bringen«, antwortete Erik.

»Vermutlich!«, pflichtete Jayden Erik bei. »Wo ist Hangar 3?«, fügte er hektisch hinzu. »Irgendwelche Ideen?«

»Hangar 3, Terminal II«, präzisierte Erik und reckte den Hals. »Ich kann hier nichts davon erkennen.«

Sie waren umgeben von Lagerhallen, einem hohen Tower mit Radarschirm und jeder Menge markierter Wege, auf dem Airport-Shuttles und mit Koffern beladene Wägelchen im Schritttempo fuhren, die Jayden zügig überholte. Auf einer Piste standen mehrere Privat-Jets.

»Dort!«, rief Sofia. Sie drängte sich zwischen sie und zeigte nach vorn.

Nun sah Jayden auch die gläserne runde Halle mit den vielen Passagierbrücken, an denen die Flieger andocken konnten. Terminal II stand in großen schwarzen Lettern auf dem Gebäudeteil. Ein paar Hundert Meter dahinter, mitten auf einem weiten Asphaltfeld, befand sich ein kleiner blauer schnittiger Lear-Jet. Daneben thronte das wuchtige schwarz glänzende Großraumflugzeug mit seinen vier mächtigen Turbinen, bei dessen Anblick Jaydens Herz höher schlug. Die Defense One. Ein umgebauter Großraumjet für militärische Spezialeinsätze. Daneben stand ein Tankwagen. Soeben wurden die dicken Schläuche vom Bauch der Maschine abmontiert und eingerollt.

Jayden hielt mit Vollgas schnurstracks darauf zu, holperte ohne Rücksicht über Rasenstücke, Betonwege und Begrenzungssteine.

»Wir bekommen Gesellschaft«, rief Sofia aufgeregt.

Jayden justierte den Rückspiegel und sah, wie sich von beiden Seiten die zwei metallic-schwarzen Kleinbusse von vorhin näherten, deren Schiebetüren jetzt offen standen. Aus beiden Autos beugte sich jemand heraus. Jayden glaubte sogar, einen Gewehrlauf zu erkennen.

Verdammt!

Das war Amanda Woolfs letzte Gelegenheit, sie zu erwischen – und deshalb würde sie garantiert alles aufbieten, was sie hatte, damit sie es nicht zur Defense One schafften und mit ihr entkommen konnten.

Erik hing bereits am Handy. »Sir, wir sind unterwegs zu

Ihnen«, rief er. »Mit dem Info-Schalter hat es leider nicht geklappt.« Er hatte die Freisprecheinrichtung aktiviert und Jayden konnte Major Conklins vertraute Stimme hören.

»Das sehe ich. Beeilt euch.«

»Wir werden verfolgt«, rief Erik.

»Schon bemerkt. Keine Sorge. Wir geben euch gleich Feuerschutz! Haltet solange durch!«

»Feuerschutz?«, rief Sofia.

Die beiden äußeren Turbinen der Defense One begannen sich zu drehen, wie Jayden an der flimmernden heißen Luft bemerkte. Gleichzeitig ging die große Frachtklappe am Heck auf. Jayden konnte die Köpfe zweier Personen sehen, die auf der Plattform dahinter standen. Eine gab ihnen ein Handzeichen, aber noch waren sie zu weit entfernt, als dass Jayden erkennen konnte, wer dort stand.

»Die holen rasch auf!«, kreischte Sofia.

Obwohl Jayden das Gefühl hatte, die Bodenplatte durchzutreten und jeden Moment mit dem Schuh auf dem Asphalt zu kratzen, gab der Jeep nicht mehr her. Im Gegensatz zu ihrer lahmen Mühle, rasten die beiden PS-starken Kastenwagen rasch heran.

»Achtung!«, rief Erik. Im nächsten Moment krachten auch schon die ersten Schüsse.

Am Klang hörte Jayden, dass ihre Verfolger Hochgeschwindigkeitsmunition verwendeten. Im Rückspiegel sah er Lichtblitze. *Leuchtspurmunition!* Auch das noch. Der Asphalt riss neben ihnen auf und die Trümmer schlugen gegen das Blech des Wagens. Anscheinend war es Amanda Woolf völlig egal, wenn ihre Leute ohne Rücksicht auf Kollateralschäden mitten auf dem Flughafen von Montevideo den Dritten Weltkrieg heraufbeschwörten. Jaydens, Eriks und Sofias einziges Glück war, dass ihre Verfolger durch das Holpern und die rasante Fahrt nicht so präzise zielen konnten.

Trotzdem bekam der Jeep einige Treffer ab. Mindestens ein Projektil musste den Tank getroffen haben, denn die Anzeige ging rasant nach unten. Mit einem lauten *Pofff* zerplatzte der Reservereifen an der Hecktür. Metall quietschte, Blech verbog sich, Funken flogen. Als Nächstes verabschiedete sich der linke Seitenspiegel mit einem Knall.

Erik drückte das Handy in die Halterung an der Konsole und griff nach der Pistole, die er dem Fahrer des Jeeps abgenommen hatte. Er drehte sich auf dem Sitz um, legte an und erwiderte das Feuer. Durch den Schalldämpfer war bis auf das Ploppen kein Geräusch zu hören. Aber der Jeep holperte so, dass auch Erik die Wagen nicht treffen konnte.

»Ziel auf die Reifen!«, rief Sofia.

»Leichter gesagt als getan«, keuchte Erik und zielte mit einem zusammengekniffenen Auge. Nach zehn Schuss war das Magazin leer und die Waffe nutzlos.

Mittlerweile hatten sie schon das Terminalgebäude passiert und befanden sich auf dem freien Flugfeld. Vor ihnen lagen der kleine Lear-Jet, der Tanklastwagen und die mächtige Defense One. Inzwischen war die Heckklappe ganz unten. Jayden spürte, wie die Treffer präziser wurden. Ihre Verfolger waren dicht hinter ihnen.

»Fahr nach links!«, drang Major Conklins Stimme aus dem Handy.

Jayden riss das Steuer hart nach links und fuhr für ein paar Sekunden sogar auf zwei Rädern, bis der Jeep wieder runterplumpste und fest auf dem Asphalt saß. In einem weiten Bogen raste er auf die Boeing C-17 zu.

Sein kleines Manöver hatte aber genügt, um von der Defense One aus freie Schussbahn auf die Kastenwagen zu haben. Laut knatterten zwei vollautomatische Waffen. Jayden sah die Lichtblitze von der Plattform der Globemaster III. Dort standen zwei Personen mit angelegten Gewehren. *Nein, drei!*

Major Conklin in grauer Uniform, mit grauem Bürstenhaarschnitt in Kampfstellung. Er stand hinter einem automatischen Scharfschützengewehr auf einem Dreibeinstativ. Dahinter Lenny mit ihrer seitlichen Kahlrasur und den langen brünetten Zöpfen, mit einem an die Schulter angelegten Gewehr. Sie hielten mit Dauerfeuer auf die beiden schwarzen Wagen. Einem zerriss es die Vorderreifen, er geriet ins Schleudern, stand kurz quer und überschlug sich mehrmals.

»Ich werd verrückt!«, rief Erik. »Das ist Mr Finley!«

Die dritte Person auf der Plattform war tatsächlich Mr Finley. Auch er hielt ein Sturmgewehr mit kurzem Lauf in der Hand und ballerte gnadenlos auf ihre Verfolger. Der zweite Wagen drehte im massiven Kugelhagel ab.

Zum Glück! Denn der Jeep hüpfte, stockte und röchelte plötzlich. Beißender schwarzer Qualm stieg unter der Motorhaube hervor. Der Wagen stotterte und nahm kein Gas mehr an. Jayden erreichte die Defense One nur noch rollend und hielt den schrottreifen Jeep mit einem kreischenden Geräusch vor der Heckklappe an. Mit einem Rad waren sie bereits auf der

Felge gefahren. Bremsflüssigkeit spritzte unter dem Bodenblech auf den Asphalt. Der Wagen hätte es keine fünfzig Meter mehr geschafft.

Mittlerweile drehten sich auch die beiden anderen Turbinen und Jayden spürte die Hitze und den Luftzug. Es war ein ohrenbetäubender Lärm. Erik schnappte sich sein Handy aus der Halterung und sprang aus dem Wagen, ohne die Tür zu öffnen. Auch Jayden hüpfte raus.

»Los! Los! Los!«, brüllte Major Conklin. »Rauf mit euch!«

Jayden drehte sich kurz zur Rückbank um. Schon seit einiger Zeit hatte er keinen Ton mehr von Sofia gehört. Als er all das Blut sah, zuckte er zurück. Sein Herz krampfte sich zusammen. Sofia versuchte, aus dem Auto zu klettern, aber sie konnte ihren Arm nicht bewegen. Die andere Hand presste sie auf die Wunde am Oberarm.

»Ein Streifschuss«, krächzte sie kreidebleich und sah aus, als müsste sie sich jeden Moment übergeben.

Jayden nahm sie am Arm und half ihr aus dem Wagen. Erik war inzwischen herumgelaufen und stützte sie auf der anderen Seite.

»Los! Rauf!«, rief Major Conklin. Er hatte das Gewehr immer noch in Anschlag und sah durch das Zielfernrohr auf den Kastenwagen, der nicht weit von ihnen entfernt dastand und wartete.

Mittlerweile ging die Heckklappe wieder langsam nach oben. Das Feuergefecht war inzwischen eingestellt worden. Lenny wollte ihnen auf der Frachtklappe entgegenlaufen, aber Major Conklin hob nur kurz die Hand. »Stopp! Hinter mir bleiben!«

Conklin, Lenny und auch Mr Finley trugen kugelsichere Westen. Nun kam ihnen Mr Finley auf der Rampe entgegen und half ihnen hinauf. Er stützte Sofia und half ihr über die gerippten stufenähnlichen Rillen hinauf.

»Das war Rettung in letzter Sekunde, Sir«, rief Erik mit trockener Kehle, als er oben war.

Major Conklin klopfte ihm auf die Schulter. »Das ist meist so. Gewöhn dich dran, Junge. Und jetzt rein mit dir!«

Erik verschwand ins Innere der Maschine. Als Nächstes waren Jayden und Sofia dran. »Was machen Sie hier?«, fragte Jayden Mr Finley.

Der hielt in einer Hand das Gewehr und schob ihn mit der anderen weiter. »Hatte beruflich in Uruguay zu tun – aber du hast mich nie gesehen, bin offiziell gar nicht hier, verstanden?« Unter der Kevlarweste trug er Hemd und Krawatte.

Bevor Sofia in den Frachtraum stieg, klammerte sie sich kurz an das Sicherheitsgeländer und blickte in die aufgehende Sonne, die sich gerade über den Horizont schob und das ganze Areal orange färbte. »Das ist …«, murmelte sie.

»Was?« Im gleichen Moment begriff Jayden, dass sie nicht den Sonnenaufgang meinte, sondern zu dem kleinen blauen Lear-Jet starrte, der neben der Defense One stand.

Die Luke des schnittigen Flugzeugs war offen, die Gangway heruntergeklappt und in die Türöffnung trat soeben eine schlanke, hochgewachsene Dame mit kurzen blonden Haaren im engen knallroten Kostüm. Der Anblick wirkte surreal, denn der Schusswechsel hatte die Frau offenbar kein bisschen erschreckt. Stattdessen stand sie einfach nur da, blickte neugierig zu ihnen herüber und machte mit ihrem Handy ein Foto von ihnen.

Jayden merkte, wie Sofia den Atem anhielt und die Frau fixierte. Dann klappte ihr Mund auf und sie schnappte nach Luft. »Ich werde verrückt, das ist die Frau aus Señor Delgados Büro!«

Jayden sah, wie die Blondine nun ihr Handy zum Ohr führte und telefonierte. »Amanda Woolf ...«, murmelte er. Zugleich brannte sich der Anblick ihres Gesichts in sein Gedächtnis ein.

»Schluss mit dem Smalltalk! Alle rein!«, brüllte Major Conklin und klappte das Geländer weg. Das Eisengitter schepperte. »Abflug!«

Mehr konnte Jayden nicht mehr sehen, da die Klappe schon zu weit oben war. Außerdem wurde er von Mr Finley am T-Shirt ins Innere gezogen. Die Turbinen heulten auf und im nächsten Moment beschleunigte die Defense One. Jayden stolperte zurück. Hinter ihm schloss sich die Frachtluke mit einem dumpfen Knall.

Die Beschleunigung drückte Jayden auf den Magen. Erst jetzt fand er Gelegenheit, Lenny einen Blick zuzuwerfen. Sie stand neben der Luke und hielt sich an einem Ledergurt fest. »Danke«, sagte er nur.

Sie grinste. »Deswegen gibt es uns.«

47. KAPITEL

Die Boeing C-17 nahm Kurs über den Atlantik in Richtung Großbritannien. Unmittelbar nach dem Start hatte Mr Finley sie noch während des Steigflugs vom Frachtdeck ins Oberdeck hinaufgescheucht, wo sie erst jetzt in der Nähe des Cockpits Platz nahmen und sich anschnallten.

Aus dem Fenster sah Jayden, wie sie in einer Höhe von etwa achthundert Metern über die bewegte See flogen. Regen kam auf und peitschte gegen die Fenster. Rasch stiegen sie höher und durchbrachen die Wolkendecke. Über einem Meer aus weißen Wolken waren Sonnenschein und blauer Himmel.

Major Conklin verschwand sofort ins Cockpit. Durch die angelehnte Tür sahen sie, wie er sich die Kopfhörer aufsetzte, heftig gestikulierte und der Reihe nach mehrere intensive Funkgespräche führte. Anscheinend musste er einen Rattenschwanz an bürokratischen Dingen klären, die mit der Schießerei auf dem Flughafen und ihrem überstürzten Abflug zu tun hatten.

Sofias Schussverletzung wurde in der Zwischenzeit verarztet. Es roch nach Desinfektionsmittel. Die Co-Pilotin, eine Schottin mit feuerrotem Haar, hatte eine medizinische Ausbildung. Sie säuberte die Wunde, desinfizierte sie mit einem Spray, verschloss die aufklaffenden Ränder mit fünf Wundnahtstreifen und legte Sofia einen Verband an. Und weil sie schon den gesamten Inhalt ihres Erste-Hilfe-Koffers im Gang zwischen den Sitzreihen ausgebreitet hatte, erneuerte sie auch gleich noch Jaydens Verband am Unterarm. Jetzt waren Sofia und er im Partner-Look.

Nach einer Weile rutschte Jayden näher an Mr Finley heran, der eine Reihe vor ihm saß, gleich nach dem Start die kugelsichere Weste abgelegt hatte und seitdem so tat, als würde er still vor sich hindösen. Jayden räusperte sich. »Darf ich Sie kurz etwas fragen, Sir?«

Finley öffnete die Augen und blickte müde aus dem Fenster. »Bleibt mir eine andere Wahl?«

Jayden senkte die Stimme. »Ich habe vor ziemlich langer Zeit zufällig ein Telefonat zwischen Ihnen und Miss Shepard mitgehört …«

Finley sah ihn an und zog eine Augenbraue hoch. »Du hast gelauscht?«

Jayden ging nicht darauf ein. Er rückte näher. »Und ich hörte Miss Shepard zu Ihnen sagen … *Sie hatten mit Ihrer Vermutung recht. Er ist es!*«

»Das soll Miss Shepard zu mir gesagt haben?«, fragte Finley gelangweilt.

Jayden nickte.

»Nun, keine Ahnung, worum es ging. Aber das ist nichts Besonderes – mit meinen Vermutungen liege ich meistens richtig.«

»Bei diesem Telefonat ging es um mich«, präzisierte Jayden.

»So so.« Mr Finley schob nachdenklich die Unterlippe nach vorn. »Nun, wenn das so ist, fragst du am besten Miss Shepard selbst, was sie damit gemeint haben könnte.« Er lehnte sich zurück und schloss die Augen.

Mist! Jayden wusste, dass es keinen Sinn hatte, weiter zu bohren. Er lehnte sich wieder in seinen Sitz. Inzwischen hatte Sofia auch noch ein Schmerzmittel bekommen, die Schottin hatte ihr Equipment zusammengepackt und verschwand ins Cockpit. Diesmal knallte die Tür zu.

Lenny nutzte die Chance, löste ihren Sicherheitsgurt und rückte näher zu ihnen heran. »Erzählt, was ist alles passiert?«, rief sie aufgeregt, da sie es anscheinend gar nicht erwarten konnte, ihren Bericht zu hören.

»Moment!« Mr Finley öffnete die Augen, richtete sich auf und drehte sich herum. »Dafür ist später auch noch Zeit.« Er streckte den Arm aus. »Darf ich zuerst bitten?«

Jayden und Sofia wussten genau, worauf er hinauswollte. Instinktiv tastete Sofia zu ihrer Gesäßtasche und nahm eine verteidigende Haltung an. »Auf der Festplatte sind *meine* Daten, die *ich* brauche, um den Ruf meines Vaters zu rehabilitieren.«

Mr Finley warf Jayden einen fragenden Blick zu.

»Das stimmt.« Aus der Hosentasche kramte er das USB-Kabel, das er seit dem Kampf auf der Flughafentoilette bei sich trug und nun Mr Finley reichte.

Der betrachtete es neugierig. »Das ist es also?«

»Angeblich ein 4096-Bit-Tarnkappenkabel«, erklärte Jayden.

»Neueste Technologie. Hab schon davon gehört. Vielen Dank. Ich werde es im Namen der britischen Regierung sicherstellen.« Er legte Sofia kurz die Hand auf die Schulter. »Gute Arbeit, junge Dame.«

»Zufällig und unbeabsichtigt«, gab sie zu.

»Trotzdem«, widersprach Mr Finley.

»Und wir?«, maulte Erik und deutete auf sich und Jayden.

Mr Finley verzog streng das Gesicht. »Von euch beiden habe ich nichts anderes erwartet, Team Omega.«

»Ach ja, das Übliche halt …« Erik zuckte mit den Achseln. »Da reißt man sich den Arsch auf, gerät zehnmal in Lebensgefahr und …«

Die Tür zum Cockpit flog auf und Major Conklin kam durch den Gang zu ihnen. Er trug immer noch die kugelsichere Weste. Die Boeing geriet kurz in Turbulenzen und Conklin musste sich an den Nackenstützen der Sitze festhalten, ehe er weiterging und sie erreichte. Sorgenfalten zeichneten sein Gesicht.

»Alles geklärt?«, fragte Mr Finley.

Major Conklin nickte. »Wie wir heute Abend aus den Nachrichten erfahren werden, wird der Angriff auf die britische Botschaft offiziell als Terroranschlag einer unbekannten Gruppe eingestuft und der Absturz der britischen MI6-Maschine vor Buenos Aires als Folge eines technischen Fehlers deklariert werden.« Er machte ein saures Gesicht, als hätte er genau das erwartet. »Ein direkter Zusammenhang zwischen den beiden Ereignissen besteht wie immer nicht.« Er warf Sofia einen eindringlichen Blick zu. »Das sind die offiziellen Statements, an die auch Sie sich zu halten haben, ist das klar?«

Sofia nickte ein wenig eingeschüchtert.

»Und die Schießerei auf dem Flughafen?«, fragte Jayden.

»Es ist noch zu früh, um darüber etwas sagen zu können. Vertuschen können sie das jedenfalls nicht«, seufzte Major

Conklin. »Vermutlich macht Uruguay es so wie vor zwei Jahren und ein Pressesprecher der Regierung wird behaupten, es habe sich um die Dreharbeiten zu einem Film gehandelt.«

»Oder um eine Sicherheitsübung.« Mr Finley reichte dem Major das USB-Kabel, der es begutachtete.

»Darum hat es sich also die ganze Zeit gedreht«, stellte er fest.

Jayden nickte. »Es ging weder um die belastenden Korruptions-E-Mails, die Sofia heimlich kopiert hat, noch um die Baupläne der Drohnen«, erklärte er. »Unsere Gegner wollten lediglich den Prototyp dieses Tarnkappenkabels zurückbekommen.«

Major Conklin inspizierte das Kabel und widmete besonders dem USB-Anschluss seine Aufmerksamkeit. »4096-Bit-Technologie, hm?« Er warf Finley einen wissenden Blick zu, woraufhin der sich aus seinem Sitz erhob. Ohne weiteren Kommentar gingen die beiden Männer in den hinteren Bereich der Maschine, setzten sich an den Besprechungstisch und steckten das Kabel an ein Notebook.

»Und uns erzählt man wieder einmal nichts«, beschwerte sich Erik und klopfte sich selbst auf die Schulter. »Gut gemacht!«

Jayden bedeutete ihm, still zu sein. Erik, Lenny, Sofia und er drehten die Köpfe nach hinten, warteten eine Weile und beobachteten die beiden, wie sie den Bildschirm betrachteten und miteinander tuschelten. Dann steckten sie selbst die Köpfe zusammen.

»Diese Frau im Lear-Jet, diese Amanda Woolf … wer ist das eigentlich?«, flüsterte Lenny.

Jayden zuckte mit den Achseln.

»Keine Ahnung«, antwortete Sofia. »Bisher dachte ich, es wäre eine stinknormale Kundin von Futurotec, die an Bauplänen von Drohnen interessiert wäre. Offenbar ist sie aber mehr als das.«

»Als du sie in Señor Delgados Büro belauscht hast – klang sie da wie eine Argentinierin?«, fragte Jayden.

Sofia schüttelte den Kopf. »Nein, eher wie eine Britin. Warum?«

Jayden kaute auf der Unterlippe. »Amanda Woolf, ihre Firma und ihr Vorgesetzter, mit dem sie in Delgados Büro telefoniert hat, sind ganz sicher die Drahtzieher hinter all den Anschlägen«, sagte er bestimmt. »Ich bezweifle, dass sie die argentinische Mafia beauftragt haben, die Drecksarbeit für sie zu erledigen. Ebenso wenig hat der argentinische Geheimdienst etwas damit zu tun.«

»Sondern?«, fragte Erik lauernd.

»Es waren von Anfang an ihre eigenen Leute, die sich nur getarnt haben.«

»Getarnt?«, wiederholte Lenny.

»Zuerst als Soldaten beim Anschlag auf die Botschaft. Danach als Geheimagenten der Agencia Federal de Inteligencia. Und anschließend als Mitglieder der Mafia.«

»Und wie kommst du darauf?«, fragte Sofia.

»Erinnere dich an die Szene im Hinterhof des Katzen-Cafés.« Jayden beugte sich nach vorn und senkte die Stimme. »Amanda Woolf hätte einem x-beliebigen argentinischen Mafia-Killer wohl kaum das Geheimnis anvertraut, dass es sich bei dem USB-Kabel um den Prototyp eines einzigartigen Tarnkappenkabels handelt.«

»Das leuchtet ein.« Sofias Augen weiteten sich. »Demnach waren es von Anfang an *ihre* Leute, die alles organisiert haben.«

»Vermutlich auch schon deine anfängliche Verfolgung mit den Motorrädern.«

»Okay, aber wer ist sie?«, wollte Erik wissen. »Für wen arbeitet sie? Und was bezweckt sie?«

Jaydens Gesicht wurde lang. »Keine Ahnung.« Er sah nach hinten zu Major Conklin. »Finden wir es heraus.« Er erhob sich und marschierte nach hinten.

Die anderen folgten ihm.

48. KAPITEL

Gemeinsam bauten sie sich vor dem Besprechungstisch auf, hinter dem Major Conklin und Mr Finley saßen.

»Ja?«, fragte der Major mit knarrender Stimme, ohne aufzusehen. Das Tarnkappenkabel steckte immer noch an seinem Notebook.

»Major, bei allem Respekt, wofür haben wir Kopf und Kragen riskiert?«, fragte Jayden frei heraus.

Major Conklin sah auf und musterte Jayden von oben bis unten. »Schicke Lederschuhe«, bemerkte er.

»Ein kleiner Bonus, den der Job mit sich gebracht hat«, erklärte Jayden. »Wofür haben wir Kopf und Kragen riskiert?«, wiederholte er.

Major Conklin blickte zu Mr Finley. »Bevor wir hier an Bord eine Meuterei riskieren ...« Der Major lächelte ziemlich grimmig. »Wir wissen jetzt, warum alle hinter diesem Kabel her waren.« Er musterte sie mit hartem Gesichtsausdruck. »Ich nehme an, ihr habt keine Ahnung, was ihr da an Land gezogen habt?«

»Na ja, einen Prototyp.« Jayden hob die Schultern.

»Zunächst mal ...« Major Conklin schnippte gegen das Datenkabel, als handelte es sich um ein beliebiges Computerutensil. »... dieses Ding mag zwar ein Prototyp sein, aber ich denke nicht, dass jemals geplant war, damit in Serienproduktion zu gehen, um das große Geld zu machen. Denn wer auch immer dahintersteckt, hat sicherlich keine Geldprobleme.«

»Wir nehmen an, dass es die Frau im roten Kostüm aus dem Lear-Jet war. Eine gewisse Amanda Woolf und ihre Organisation«, behauptete Jayden. »Es waren übrigens dieselben Leute, die unsere Botschaft abgehört haben.«

Major Conklin nickte nachdenklich. »Mission erfüllt – gute Arbeit.«

»Kennen Sie diese Frau?«, fragte Jayden.

»Amanda Woolf?« Conklin runzelte nachdenklich die Stirn, dann schüttelte er den Kopf. »Noch nie gehört. Hab sie auch noch nie zuvor gesehen. Mag sein, dass sie eine der Drahtzieherinnen ist, ein Teil des Netzwerks oder sogar eine leitende Funktion innehat, aber sie ist sicher nicht der Kopf der Organisation.«

»Und warum nicht?«

Der Major beugte sich nach vorn und lehnte sich mit den Ellenbogen auf den Tisch. »Ganz einfach, weil eine viel größere Sache dahintersteckt. Dieses Kabel wurde zweifelsfrei in einem geheimen High-Tech-Labor entwickelt, um jener Organisation, für die diese Amanda Woolf arbeitet, eine enorme technische Überlegenheit zu verschaffen. Es geht um Macht.«

Nun runzelte Erik die Stirn. »Wie kommen Sie auf das alles?«

»Das ist geheim.«

»Ach, kommen Sie«, rief Erik. »Finden Sie nicht auch, dass Sie uns nach allem, was wir durchgemacht haben, eine Antwort schuldig sind?«

»Nein, finde ich nicht!«

Mr Finley, der sich bis dahin in Schweigen gehüllt hatte, räusperte sich jetzt und lockerte den Krawattenknoten. »Ich würde sagen, Team Omega hat sich ziemlich ins Zeug gelegt. Meinen Sie nicht, Major?« Er warf Major Conklin einen auffordernden Blick zu.

Der Major seufzte laut, dann strich er sich über den Dreitagebart. »Vermutlich haben Sie recht.«

»Conklin, ich habe immer recht«, widersprach Mr Finley.

»Also gut. Wie Sie meinen.« Unwillkürlich senkte Major Conklin die Stimme. »Tatsächlich ging es dieser Organisation gar nicht darum, dass das *Kabel* niemandem in die Hände fällt, sondern der *Inhalt des Kabels*.«

»Auf dem Kabel ist etwas drauf?«, entfuhr es Sofia.

»Fragmente technischer Baupläne von Kampfdrohnen«, erklärte der Major.

Enttäuscht ließ Jayden die Schultern sinken. »Dann hat Amanda Woolf die Daten in Wahrheit gar nicht auf ihrer Festplatte, sondern auf ihrem Kabel gespeichert«, stellte er fest.

»Deshalb hatte sie es in Señor Delgados Büro dabei«, schlussfolgerte Sofia, »um die Kopien dort zu verstecken.«

Major Conklin nickte. »Aber ich schätze, dass es bei ihrer Jagd nicht nur allein um diese Kopie ging. Denn auf dem Kabel ist auch noch etwas anderes drauf.«

Jetzt hob Jayden die Augenbrauen. »Und zwar?«

»Jede Menge älterer Daten«, erklärte Major Conklin. »Mit Quantentechnologie direkt *im* Kabel selbst versteckt. Wenn man weiß, wie es funktioniert, lassen sie sich mit einem normalen Computer auslesen.«

»Und was ist darauf gespeichert?«, fragte Erik.

Der Major schwieg, fuhr sich nur mit den Fingern über die tiefen Narben auf seiner Wange.

»Informationen über mehrere geplante Terroranschläge einer internationalen Verbrecherorganisation«, sagte Finley an seiner Stelle.

»Ha!«, rief Erik. »Also arbeitet Amanda Woolf für eine Terrorgruppe.«

»Es ist nicht bloß eine *Gruppe*«, korrigierte Major Conklin ihn nachdrücklich, »sondern eine riesige weit verzweigte Organisation.«

Jayden riss die Augen auf. »Jetzt wird mir auch klar, warum sie die Botschaft mit der gesamten Belegschaft und die MI6-Maschine in die Luft gejagt haben. Sie mussten das Kabel mit den Informationen um jeden Preis zerstören, bevor es in die falschen Hände geriet.«

Erik reckte den Hals und wollte einen Blick auf den Monitor werfen. »Und welche Organisation ist das?«

»Das, junger Mann, ist und bleibt streng geheim!« Major Conklin sah kurz zu Sofia, klappte das Notebook zu und hüllte sich in Schweigen. Er warf lediglich Mr Finley einen stummen Blick zu.

Der erhob sich sofort und bedeutete Sofia, ihm zu folgen. »Sie sind bestimmt hungrig, durstig und erschöpft von den Strapazen der letzten vierundzwanzig Stunden, richtig?«

Sofia presste ein wenig verärgert die Lippen aufeinander. »Wollen Sie mich loswerden?«

Mr Finley ging nicht darauf ein. »Kommen Sie, ich zeige Ihnen die Küchennische und den Waschraum«, erklärte er. »Dort können Sie sich frisch machen und sich anschließend in der Ruhezone etwas hinlegen.«

»Danke.« Sofia drängte sich zögernd an Jayden vorbei und folgte Mr Finley.

»Wie war das mit Ihrem Vater?«, fragte Mr Finley. »Sie wollen seinen Ruf reinwaschen?«

»Er sitzt unschuldig im Gefängnis.«

»Da könnte ich Ihnen ein paar Tipps geben.« Mr Finley lächelte. »Nachdem Sie sich ausgeruht haben, machen wir uns frisch ans Werk. Ich kenne ein paar ausgezeichnete Strafverteidiger, außerdem habe ich einige gute Pressekontakte, wo Sie Ihre Geschichte veröffentlichen können. Aber natürlich dürfen Sie unsere Organisation mit keinem Wort erwähnen.«

»Welche Organisation?«, fragte Sofia nun wieder grinsend.

Mr Finley lächelte zufrieden. Sie verschwanden in den hinteren Bereich der Maschine.

Nun sah Major Conklin den Rest von ihnen ernst an und senkte die Stimme. »Wir vermuten seit geraumer Zeit, dass ein weltweit operierendes Verbrecher-Syndikat existiert, das von einem Milliardär kontrolliert wird. Es streckt schon seit Jahren seine Arme wie die eines Riesenkraken aus und infiltriert Firmen, Organisationen und Regierungen.« Seine Gesichtszüge wurden hart. »Aber bis jetzt konnten wir weder herausfinden, wer dahintersteckt, noch wie sie organisiert sind, wo sie sitzen und was sie vorhaben.«

»Wenn Jayden recht hat, also … ich meine …« Erik räusperte sich. »Über die Tower-Daten des Aviation Centers könnten wir doch herausfinden, woher dieser Lear-Jet gekommen ist und auf welchen Namen oder welche Organisation er registriert ist«, schlug er vor.

Major Conklin dachte eine Weile nach und mahlte mit dem Unterkiefer, dass die Zähne knirschten. »Sogar Sie, Mr Tuomi«, sagte er schließlich anerkennend, »haben manchmal einen hellen Moment.« Er klappte sein Notebook auf, öffnete ein Programm und stellte eine Videoverbindung her. Während es piepte, legte er den Finger auf die Lippen und bedeutete ihnen, still zu sein.

Jayden schielte zum Monitor. Ein junger Mann, der im Anzug und mit geschniegeltem Seitenscheitel in einem Büro saß, tauchte auf. »Ja, bitte?«, fragte er.

»Major Conklin hier, ich muss sofort Direktorin Taylor sprechen. Es ist dringend.«

Der Mann lächelte echauffiert. »Das wird leider nicht möglich sein, Mrs Taylor ist in einer Besprechung mit …«

»Ist mir scheißegal, ob sie in einer Besprechung ist«, knurrte Conklin ungehalten. »Und selbst wenn es der liebe Gott wäre, holen Sie sie sofort vor den Monitor!«

»Ich …«

»Reizen Sie mich nicht!«, drohte Conklin.

»Jawohl«, seufzte der Mann. »Einen Moment …« Der Bildschirm wurde schwarz. Minuten später flackerte das Bild wieder auf. Am Monitor konnte Jayden das Gesicht von Direktorin Taylor sehen. Ihre grauweißen Haare waren wie immer zu einer perfekten hochgesteckten Frisur gelegt. Sie war dezent geschminkt und trug ein schickes blaues Kleid mit Perlenkette.

Anscheinend hatte Conklin sie gerade aus einem hochrangig besetzten Treffen geholt.

»Ma'am, Conklin hier.«

»Das sehe ich, machen Sie es kurz, ich bin in einer wichtigen Besprechung mit dem Premier.«

»Wir konnten Jayden und die junge Frau aus der Botschaft in Sicherheit bringen.«

»Und mich …« Erik linste kurz ums Eck und winkte in die Kamera, woraufhin Direktorin Taylor nur genervt die Augen verdrehte.

Conklin schob ihn dezent zur Seite. »Dabei sind wir auf brisantes Material gestoßen. Deswegen rufe ich an. *MOEBIUS* existiert tatsächlich.«

Direktorin Taylor wurde schlagartig blass. »Verflucht, ich wusste es!«

MOEBIUS? Jayden warf Erik und Lenny einen überraschten Blick zu. An ihren Gesichtern erkannte er, dass auch sie diesen Namen gerade zum ersten Mal gehört hatten.

»Wie wir soeben durch Zufall herausgefunden haben«, fuhr Conklin fort, »plant die Organisation mehrere Anschläge gegen Großbritannien. Ich schlage eine sofortige Krisensitzung mit Premierminister Metcalf, dem MI6, dem Militärnachrichtendienst, dem Protection Command und dem Verteidigungsministerium vor.«

»Einverstanden.« Direktorin Taylor nickte. »Kommen Sie so rasch wie möglich nach London. Ich bereite inzwischen alles vor.«

»Wir sind schon unterwegs.«

EPILOG

Sir Victor Crane saß in einem wuchtigen Lederstuhl in seiner Bibliothek, die er an manchen Tagen – so wie heute – als Büro benutzte. Das Fenster war gekippt, die kühle Brise bauschte den Vorhang auf und trug den Duft der nahen See herein. Möwen kreischten vor dem Fenster.

Crane hatte soeben ein wichtiges Telefonat beendet und wollte nun die Dokumente durchgehen, die auf seinem Schreibtisch lagen. Diese Arbeit würde ihn die nächsten Stunden beschäftigen, danach stand ein geheimes Treffen mit hochrangigen Personen der ehrenwerten Londoner Gesellschaft auf dem Programm. Wie er diese Verpflichtungen hasste. Er würde aber nicht persönlich erscheinen, sondern sich nur online dazuschalten lassen, denn seine Kopfschmerzen machten ihm wieder einmal zu schaffen.

Er betätigte die Steuerung an der Armlehne, woraufhin der Rollstuhl, der die Form eines bequemen Lehnstuhls hatte, eine halbe Drehung vollführte und ihn zum längeren Teil des L-förmigen Schreibtisches brachte. Crane richtete die silbernen Manschettenknöpfe an seinem Hemd, dann griff er nach der obersten Mappe, auf der ein gelbes M innerhalb eines blauen Kreises prangte.

Im Aschenbecher neben ihm qualmte eine Zigarre vor sich

hin, daneben stand ein halb volles Glas besten irischen Whiskeys. Die Eiswürfel darin waren schon halb geschmolzen. Er wollte die Mappe aufschlagen und zu lesen beginnen, als es an der Tür klopfte.

Er nahm die Lesebrille ab und sah auf. »Was gibt es, Victoria?«, rief er laut genug, damit sie ihn hören konnte. Abgesehen davon, dass außer Victoria und ihm niemand auf diesem Landsitz lebte, kannte er die zögerliche Art und Weise, wie sie an die schwere Mahagonitür klopfte. *Da-tack – da-tack!*

Die Tür schwang auf. Crane sah ihren schwarzhaarigen Pagenkopf und die weiße Krankenschwesterntracht. »Besuch ist da«, sagte sie leise.

Er legte die Mappe beiseite. »Soll hereinkommen.«

Victoria trat wortlos zur Seite und an ihrer Stelle kam eine hochgewachsene Frau im eleganten roten Kleid in sein Büro. Wie ein Wirbelwind zischte sie in ihren hochhackigen Schuhen über den Teppich und blieb vor seinem Schreibtisch stehen, einen Arm in die Hüfte gestemmt.

Er sah auf. »Ah, schon zurück?« Er lockerte den Krawattenknoten.

»Sir, ich bin so schnell wie möglich hergekommen.«

Er nickte. »Wie ist es gelaufen? Haben wir die Baupläne der Drohnen jetzt endlich?«

»Ja, Sir, nach meinem zweiten Besuch.« Sie wischte sich eine Strähne aus dem Gesicht. »Aber der Rest ist leider nicht so gut gelaufen. Unsere Leute in den Niederlassungen vor Ort in Argentinien und Uruguay haben komplett versagt. Genau davor habe ich Sie gewarnt.«

»Es war Gefahr in Verzug, Amanda. Was hätten wir denn sonst tun sollen? Noch mehr Leute einsetzen, um noch mehr Unschuldige zu töten?«

»Wenn es sein muss …« Sie stöhnte unglücklich auf. »Ja, das wäre besser gewesen. So aber ist das Tarnkappenkabel in die Hände der Briten gefallen und die sind damit in letzter Sekunde entkommen.«

Crane nickte. »Ich habe davon gehört. Mit einer Boeing C-17.« Er sah auf. »Warum konnten Sie nicht eingreifen und die Maschine am Start hindern?«

Sie lächelte bitter. »Die waren bis an die Zähne bewaffnet und haben uns schwere Verluste zugefügt. Wie gesagt – wir hätten von Anfang an mehr Leute darauf ansetzen sollen.«

Crane seufzte. »Ehrlich gesagt habe ich nicht mit einer solchen Gegenwehr gerechnet.«

Sie nickte, als hätte sie die Situation ebenfalls falsch eingeschätzt. »Diesen Fehler dürfen wir kein zweites Mal machen. Ab jetzt schlage ich erhöhte Sicherheitsvorkehrungen vor, um Unternehmen Dark Sky nicht zu gefährden.«

Crane trommelte mit den Fingern auf die Mappe. Sein Handrücken war ein verheerendes Narbengeflecht alter Brandwunden. Dazu bildeten die eleganten glänzenden Silberringe einen bizarren Kontrast. »Einverstanden.« Er nickte. »Und eliminieren Sie die Verantwortlichen.«

»Schon geschehen.«

»Danke.« Er wollte sich schon wieder seiner Mappe zuwenden, als Amanda sich räusperte.

»Äh, Sir … da wäre noch etwas.«

Er hob den Blick. »Ja?«

»Wir haben noch ein zweites Problem.« Ihre Augen begannen zu funkeln. Er kannte diesen gefährlichen Blick. Sie hatte Beute gewittert und war auf der Jagd. In dieser Phase entging nichts ihrem Scharfsinn. Deshalb arbeitete sie schon seit vielen Jahren für ihn.

»Und zwar?«

»Wir haben General Petersens Handy abgehört, und zwar auch noch nach seinem Tod in der Botschaft.«

»Und?«

»Ich ließ die letzten Anrufe zurückverfolgen – und so sind wir auf einen Hinweis gestoßen. Wie unsere Recherchen ergeben haben, existiert neben dem britischen MI6 noch eine geheime Untergrundorganisation namens Last Line of Defense.«

»Was ist mit denen?«, fragte Crane.

»Sie sind uns auf der Spur.«

Jayden D. Knoxville kommt wieder …
in »Last Line of Defense: Die Bedrohung«

DANKSAGUNG

Zunächst möchte ich mich bei Iris Praël, Nadja Korthals und Valentino Dunkenberger vom Ravensburger Verlag bedanken, die es mir ermöglicht haben, das Konzept der »Last Line of Defense« so umzusetzen, wie ich es für richtig hielt, und viele gute Ideen dazu beigesteuert haben.

Ebenfalls bedanke ich mich bei Roman Hocke, meinem Literaturagenten, der bei allen Verhandlungen und Gesprächen immer wieder das Beste für mich herausholt.

Weiters danke ich meinen dreizehn Testlesern und Testleserinnen, die das Manuskript in der Rohfassung gelesen und mir wertvolle Tipps und Hinweise zu den Figuren und der Handlung gegeben haben: Heidemarie Gruber, Veronika A. Grager, Roman Schleifer, Gaby Willhalm, Johanna Froihofer, Jürgen Pichler, Dagmar Kern, Barbara Karlich, Sebastian Aster, Stefanie Schauer, Norbert Hufnagl sowie Tim und Jane Feyer.

Im Moment sitze ich gerade in meinem Schreibbüro, es regnet, der Himmel ist grau, und ich überlege mir fiese Situationen, in die ich Erik, Lenny und Jayden als Nächstes stürzen kann.

Daher geht mein letzter Dank an euch, die ihr dieses Buch gelesen habt. Haltet die Ohren steif und lasst euch nicht unterkriegen.

Deswegen gibt es euch!

LESEPROBE

»Deep Sleep, Band 1:
Codename: White Knight«
von Chris Morton
ISBN 978-3-473-58656-1

AMERIKANISCHE OSTKÜSTE,
GROSSRAUM NEW YORK CITY
Früher Nachmittag, 8. März 2023

Der Ball kam in perfektem Bogen. Das vor dem tiefblauen Himmel rotierende Ei im Blick stürmte Ian Brown in die gegnerische 30-Yards-Zone. Umtanzte einen Verteidiger, als hätte dieser Wurzeln geschlagen. Sofort nahmen zwei weitere Gegner ihn in die Zange – bereit, ihn in den Boden zu rammen. Körpertäuschung, kurzer Haken … Nummer eins lief ins Leere. Nummer zwei fegte mit dem für Ian gedachten Tackling seinen eigenen Kumpanen von den Beinen. Lauter Zuschauerjubel übertönte das hässliche Geräusch, mit dem die beiden auf dem Boden aufschlugen.

Laut rauschte das Blut in Ians Ohren, begleitet vom dumpfen Wummern der Füße, die über den Rasen trommelten. Die Welt war zu einem Tunnel geworden, in dem es nichts gab als den Ball. Der genau in seinen Lauf kam … und mit der Wucht eines Hammerschlags in Ians Armen landete. Im nächsten Moment hatte Ian die gegnerische Endzone erreicht. Touchdown!

Der Abpfiff des Schiedsrichters ging im ohrenbetäubenden Beifallsorkan der Zuschauer unter. Wie aus einer Trance erwacht, starrte Ian auf den Ball. Sie hatten es geschafft, die County-Meisterschaft gewonnen, in allerletzter Sekunde!

Unwillkürlich flog sein Blick zur Tribüne, zu Linda und Gerald, seinen Adoptiveltern. Sein Dad pfiff und klatschte sich die Seele aus dem Leib, während Mom ihm den erhobenen Daumen entgegenstreckte. Ian wollte zu ihnen sprinten, doch schon wurde er von den Beinen gefegt und unter einer Traube von Mitspielern begraben. Es dauerte etwas, bis er sich aus dem Jubelwirrwarr lösen konnte und endlich bei ihnen war.

Wie häufig, wenn sein Dad gerührt war, machte er Anstalten, ihm durch die Haare zu rubbeln. Aber da Ian noch seinen Helm trug, geriet das Ganze zu einem etwas linkischen Klopfen gegen die harte Helmschale. »Gut gemacht!«, sagte er, bevor Ians Mom ihn auch schon an sich drückte – verschwitzt und vor Dreck starrend, wie er war.

»Wow! Lass dich ansehen!«, strahlte sie, unbeeindruckt davon, dass ihre strahlend weiße Windjacke auf einmal ein bizarres Kuhmuster aus schwarz-grünen Flecken aufwies. »Das muss gefeiert werden!«

»Genau«, griff Ians Dad den Vorschlag auf. »Wie wär's, wenn wir gleich zu Tino's fahren?«

Tino's war Ians Lieblingspizzeria. Normalerweise hätten seine Eltern damit offene Türen eingerannt. Normalerweise …

»Tja, also …«, begann er verlegen, während seine Augen zu ein paar Mitspielern und Cheerleaderinnen in der Nähe wanderten. Genauer gesagt zu einer Cheerleaderin mit wunderschönen roten Haaren, die ihm zuwinkte.

Lächelnd winkte Ians Mom zurück. »Ah, schon kapiert«, sagte sie zwinkernd. »Du hast was Besseres vor.«

»Na ja«, erwiderte Ian und wurde rot. »Wir wollten gleich noch alle zusammen zu Max. Den Sieg feiern.« Max war Ians bester Freund und Quarterback der Mannschaft.

»Kein Problem«, grinste Ians Dad. »Holen wir irgendwann nach.«

»Cool!«, grinste Ian zurück, erleichtert, dass die beiden es so leichtnahmen.

Gefeiert als Held und überglücklich, ließ Ian sich vom Rausch des Siegestrubels mitreißen und erst unter der Dusche, als das warme Wasser beruhigend auf seinen Rücken prasselte, erwachte er langsam daraus. Mit dem Anziehen ließ er sich ganz bewusst Zeit, bis er schließlich alleine war.

Totenstill war es auf einmal in der Kabine. Ian setzte sich auf die Bank, schloss die Augen und lehnte den Kopf gegen die Spindtür. Er brauchte einen Moment für sich, um richtig zu begreifen, was geschehen war.

Ein Klingeln zerriss die Stille. Es kam von seinem Handy, das neben ihm auf der Bank lag. Leicht genervt starrte er aufs Display. Eine unbekannte Nummer. Schon schwebte sein Finger über dem Ablehnen-Button – als ihm das plötzlich völlig ausgeschlossen vorkam.

Ian ging ran. »Ja?«

»*Hänschen klein, ging allein …*« Wie eine Marionette mit

durchtrennten Fäden ließ Ian das Handy sinken, kaum dass am anderen Ende die vertraute Melodie erklang. Er starrte auf das Display in seinem Schoß. Bunt wirbelnde Kreise formten dort einen Trichter, der nach jeder Faser seines Geistes zupfte. Tastend, zaghaft zunächst. Dann brutal und unbarmherzig, bis jeder Widerstand brach.

Blinzelnd starrte er auf das Display.

Autorisierungscode WHITE KNIGHT

So wie er wusste, dass der Himmel blau war, wusste er: WHITE KNIGHT, das war er. Ohne zu zögern tippte er den Code ein, dessen Zahlen und Buchstaben ihm wie aus dem Nichts in den Sinn kamen. Mehrere Seiten mit Anweisungen, Skizzen, Karten und GPS-Koordinaten poppten auf, unter der Überschrift: *Operation Lifeguard – Einsatzbriefing.*

Rasch und konzentriert überflog er alles. WHITE KNIGHT stand auf, griff seine Tasche und verließ die Umkleidekabine.

Ian Brown existierte nicht mehr …

AMERIKANISCHE OSTKÜSTE,
GROSSRAUM NEW YORK CITY
Nachmittag, 8. März 2023

Zielstrebig verließ WHITE KNIGHT das Schulgelände. Ohne übertriebene Hast steuerte er auf den Parkplatz eines Einkaufszentrums zu. Das Missionstiming war ambitioniert. Hieß: Er brauchte einen fahrbaren Untersatz. Im hintersten Winkel des Parkplatzes wurde er fündig: ein alter Dodge Pick-up, verdreckt bis zum Gehtnichtmehr und außer Sichtweite der Überwachungskameras. *Auch in Weiß lieferbar!* hatte irgendein Witzbold mit dem Finger auf die Beifahrertür geschmiert.

Die Augen auf die Umgebung gerichtet, wickelte WHITE KNIGHT seine Windjacke um den Ellenbogen. Ein harter Stoß ließ die Seitenscheibe zersplittern. Ein Griff nach innen und die Tür war entriegelt. In einer einzigen, fließenden Bewegung fegte er mit der Jacke die Splitter vom Sitz, schwang sich hinein und riss die Abdeckung der Zündverkabelung ab. Das Kurzschließen dauerte nicht viel länger als ein Wimpernschlag. Mit tiefem Wummern erwachte der Dodge zum Leben.

Auf der Interstate 95 lenkte WHITE KNIGHT den Wagen zunächst nach Norden Richtung New York. Bis zur geplanten Ankunftszeit am Einsatzort blieben nicht einmal fünf Stunden – mit eingerechnet ein Zwischenstopp im Atlantis-Marina-Jachthafen auf Staten Island, wo laut Briefing das nächste Transportmittel samt seiner Ausrüstung auf ihn warteten. Dennoch widerstand WHITE KNIGHT dem Drang, schneller als die erlaubten 65 Meilen zu fahren. Eine Fahrzeugkontrolle der Highway Patrol war das Letzte, was er jetzt gebrauchen konnte.

Während der Fahrt konnte WHITE KNIGHT ein diffuses Unbehagen nicht unterdrücken. Die Aktivierung war kurzfristig erfolgt. Wie improvisiert. Energisch schüttelte er den Kopf und schob den Gedanken beiseite. Spielte alles keine Rolle – die Mission war das Einzige, was zählte. Dafür und nur dafür war er ausgebildet worden.

Ohne Zwischenfall legte er Meile um Meile zurück. Als er endlich auf den Parkplatz des Atlantis-Marina-Jachthafens einbog, war die Sonne längst untergegangen. Zum Glück war zu dieser Jahres- und Tageszeit alles einsam und verlassen. Er kappte die Zündung und stieg aus.

Dumpf hallten seine Schritte kurz darauf über die Holzbohlen der Steganlage, vorbei an Reihen von verlassenen Segel- und Motorbooten, die träge in der kalten Brise vor sich hindümpelten. Er blieb stehen. Liegeplatz 185, ein Boot mit kleiner Kabine und Außenborder, wie Angler es gerne nutzten. Ein beiläufiger Blick zeigte, dass er immer noch alleine war. Er bückte sich und ertastete unter den Holzbohlen den mit Tape befestigten Kabinenschlüssel.

Er musste nicht lange suchen, kaum dass er die Innenbeleuchtung eingeschaltet hatte. Auf einer der beiden Sitzbänke wartete eine Segeltasche auf ihn, deren Inhalt keine Wünsche offenließ. Genauso wenig wie der Tauchscooter, der daneben unter einer Decke verborgen lag.

Wenig später steuerte WHITE KNIGHT in die nächtliche Schwärze der Lower Bay hinaus. Das Leuchtfeuer des West-Bank-Leuchtturms wies den Weg.

Nach dreißig Minuten änderte er den Kurs, um auf die gleißenden Lichter von Coney Island zuzuhalten. Schließlich stoppte er, löschte die Positionslichter und holte die Ausrüstung an Deck.

Im Okular des mitgelieferten Hochleistungsfernglases sprang ihm der Strand von Coney Island entgegen, der ebenso verwaist dalag wie die Achterbahnen des Luna-Vergnügungsparks. Ein leichter Schwenk brachte die Silhouette des New York Aquarium mit seiner blauen Leuchtfassade in den Blick. Bingo! Irgendwo dort … Er hielt inne, als das Einsatzziel in den Fokus glitt: eine hell erleuchtete Luxusjacht mit der vom Briefing vertrauten Silhouette. Richtung 10 Grad Nordnordost, Entfernung zweitausendeinhundertfünfzig Meter, der Digitalanzeige im Okular nach. Systematisch suchte WHITE KNIGHT die Wasseroberfläche im weiteren Umkreis ab. Nichts als ein paar Container- und Küstenmotorschiffe, aber weit und breit keine verdächtigen Umrisse kleinerer Boote. Wie's aussah, würde er der Erste auf der Party sein.

Zufrieden, dass er trotz des knappen Timings nun im strategischen Vorteil war, zog er sich aus und schlüpfte in den schwarzen Wetsuit aus der Segeltasche. Streifte die Tauchstiefel über, legte die taktische Weste mit den wasserdichten Taschen an und befestigte per Schnellverschluss das Dräger-Sauerstoffgerät. Mit effizienten Bewegungen befestigte er das Tauchmesser samt Futteral am Unterschenkel, unterzog die 9mm-Heckler & Koch einer kurzen Überprüfung, bevor er den Schalldämpfer montierte, eines der drei 15-Schuss-Magazine in den Schacht schob und durchlud. Wie nebenbei verstaute er die Pistole im Holster der Taktikweste und die Reservemagazine in entsprechenden Taschen, gefolgt von einer Blendgranate, einem Elektroschocker sowie diversen Kabelbindern.

Er langte in die Dose mit wasserfester Tarnfarbe und bestrich sich das Gesicht. Fertig ausgerüstet mit Taucheruhr, Armbandkompass, Brille und Flossen studierte er auf seinem Handy abschließend noch einmal die Grundrisse der Jacht, bis er sicher war, sie in- und auswendig zu kennen.

Mit einem letzten Blick durchs Okular überzeugte er sich, dass die Luft immer noch rein war, bevor er sein Handy verstaute, den Scooter über Bord hievte und sich ins Wasser gleiten ließ.

Während die einsetzende Ebbströmung das Boot auf den Atlantik hinauszog, ging er mit dem Scooter auf drei Meter Tiefe. Mit einem Blick auf die gespenstisch leuchtende Kompassanzeige lenkte er das Tauchgerät auf 10 Grad Nordnordost und ließ sich durch die eisige Schwärze ziehen.

Für kurze Zeit zum Nichtstun verdammt, klopfte sein Hirn wie von selbst noch einmal die Spezifikationen der Mission ab. Eigentümer der Luxusjacht war Yorik VanSand, gehypter High-Tech-Zar und seines Zeichens Vorstand des weltumspannenden Technologieunternehmens NEW DIMENSION. Als Hauptsponsor des New York Aquarium sollte er an der großen Spendengala teilnehmen, die dort morgen Abend für die Reichen und Schönen stattfand, offizielles Motto: »Dinner unter Haien«. Die Leute hatten Nerven. Als Liebhaber extravaganter Auftritte war VanSand schon am Vorabend mit seiner Luxusjacht, der *Mon Plaisir*, aufgekreuzt, um hundert Meter vom Strand entfernt auf Reede zu gehen.

Neben dem Glamourfaktor hatte seine Security vermutlich auch aus Sicherheitsgründen darauf beharrt. Doch sie hatten sich geschnitten. Denn gerade in diesem Moment war ein Kill-Team unterwegs, um VanSand zu liquidieren. WHITE KNIGHTs Auftrag: den Anschlag verhindern, die Attentäter dingfest machen, verhören und danach den Behörden überlassen. Um dann unterzutauchen und auf weitere Anweisungen zu warten. Dafür würde laut Briefing noch ein weiterer Gegenstand aus der Segeltasche wichtig werden. Unwillkürlich tastete seine Hand nach den Konturen des Schlüssels, den er unter dem Wetsuit an einer Halskette trug.

ANDREAS GRUBER wurde 1968 in Wien geboren und hat bereits etliche erfolgreiche Thriller für Erwachsene geschrieben, die regelmäßig die Spitze der SPIEGEL-Bestsellerliste erobern, mit zahlreichen Preisen ausgezeichnet wurden und im deutschsprachigen Raum eine Gesamtauflage von über 6 Millionen verkauften Exemplaren erreicht haben. Besonders seine Reihe um den knallharten und brillanten Ermittler Maarten S. Sneijder schockiert und fasziniert seine Fans gleichermaßen. Die ersten beiden Bände – »Todesfrist« und »Todesurteil« – wurden mit Raymond Thiry und Josefine Preuß in den Hauptrollen verfilmt. Mit »Last Line of Defense« legt Gruber eine explosive Action-Thriller-Reihe vor, in der Jugendliche zu Geheimagenten ausgebildet werden. In seiner Freizeit ist Gruber begeisterter Kinogänger und spielt leidenschaftlich gern Schlagzeug. Auf einen Anruf von Slipknot wartet er bis heute vergebens.